CAPTIVE:
NO JUEGUES CONMIGO

SARAH RIVENS

CAPTIVE: NO JUEGUES CONMIGO

Traducción de Alicia Botella y María Brotons

ediciones martínez roca

Obra editada en colaboración con Editorial Planeta - España

Título original: *Captive: Tome 1*

Composición: Realización Planeta

Bajo el sello editorial MARTÍNEZ ROCA M.R.
Avenida Presidente Masarik núm. 111,
Piso 2, Polanco V Sección, Miguel Hidalgo
C.P. 11560, Ciudad de México
www.planetadelibros.com.mx

Primera edición impresa en España: enero de 2024
ISBN: 978-84-270-5214-7

Primera edición en formato epub en México: abril de 2024
ISBN: 978-607-39-1245-7

Primera edición impresa en México: abril de 2024
ISBN: 978-607-39-1151-1

Impreso en los talleres de Litográfica Ingramex, S.A. de C.V.
Centeno núm. 162-1, colonia Granjas Esmeralda, Ciudad de México
Impreso en México – *Printed in Mexico*

Captive es un *dark romance* que no entra en los códigos del romance tradicional: el romance rima con la violencia y hay ciertas escenas que pueden sorprender a los lectores no acostumbrados.

Trigger warnings: mención de violaciones, violencia física, lenguaje violento.

Sumérgete de lleno en la atmósfera de *Captive* con esta lista de Spotify escaneando el código QR.

Atmósfera

Lovely — Billie Eilish, Khalid
Control — Halsey
The Beautiful & Damned — G-Eazy ft. Zoe Nash
Devilish — Chase Atlantic
Jungle — Emma Louise
You Don't Own Me — SAYGRACE, G-Eazy
Play with Fire — Sam Tinnesz, Yacht Money
Cold Heart Killer — Lia Marie Johnson
Lost The Game — Two Feet
Like Lovers Do — Hey Violet
Hypnotic — Zella Day
Arcade — Duncan Laurence ft. FLETCHER
Middle of The Night — Elley Duhé
Angels Like You — Miley Cyrus
Don't Blame Me — Taylor Swift
Small Does — Bebe Rexha
Angels Don't Cry — Ellise
Only Love Can Hurt Like This — Paloma Faith
Then — Anne-Marie
Everybody Wants to Rule The World — Lorde
Writing's on The Wall — Sam Smith
Someone You Loved — Lewis Capaldi
Mount Everest — Labrinth

Memento mori
Esto memor nostri

Prólogo

«Cautiva»

Así me llamaban. Me consideraban una moneda de cambio en negociaciones con fines ilegales. Una especie de ingreso económico para mi «propietario».

Me utilizaban. Me profanaban. Y así durante años. Años que pasé ahogándome en una pesadilla sin ver el final. Sin poder despertar.

Había empezado a trabajar por ella. Para salvarla. Para salvarnos.

Era una tarea sencilla: ofrecer mi cuerpo en contra de mi voluntad sin decir nada para aliviar a esos cerdos, perversos y forrados de dinero, que no se tomaban la molestia de comprender que sus acciones se me quedarían grabadas en la memoria.

Sus violaciones.

Se metían en mis pensamientos. Sentía que me tocaban aun cuando estaban lejos de mí. Y me odiaba a mí misma por su culpa. Era una cáscara vacía que ya no esperaba nada de la vida. Al fin y al cabo, la mía estaba arruinada.

¿Mi verdadero nombre? Ella. En ese momento tenía veintidós años. O eso creo.

Era la «cautiva» de un tal John. Ese tipo era una mierda. Sabía algo al respecto porque había estado soportándolo día y noche desde que me había contratado.

Era todo culpa suya. Por su culpa ahora estaba... rota.

Mi cuerpo ya no me pertenecía. Era suyo.

Pero pronto cambiaría todo.

Me había enviado a trabajar para otro; supongo que ya no me necesitaba.

¿Tenía prisa por salir de esa casa que encerraba mis peores sufrimientos? Por supuesto.

¿Sabía quién era el desconocido y por qué me había contratado? En absoluto.

¿Tenía miedo? Estaba aterrorizada.

1

Ver el final del túnel... o no

—¡Arriba! —me gritó mi propietario a la oreja.

Me desperté asustada.

El aliento le apestaba a alcohol y a tabaco. Con una mirada severa, me sacudió la cabeza brutalmente.

John. Una mierda de primera categoría, cosa que era fácil de deducir solo por su aspecto de vagabundo drogadicto sediento de dinero.

—¡Le pedí una gran suma, así que no puedo tardarme con la entrega! —exclamó en un tono falsamente alegre.

Me arrastré fuera de la cama bajo la mirada malévola de mi futuro expropietario. Todavía no era consciente de lo que estaba diciendo. Futuro expropietario.

Tropezó con torpeza: estaba borracho. Mierda, ¿cómo podía estar borracho a las nueve de la mañana?

Junto a mi cama había una vieja mochila vacía, encima de algunas cosas que John me había comprado para la ocasión: ropa interior, dos jeans y dos suéteres. Qué hombre tan atento.

Recogí las cosas del suelo y las metí de cualquier manera en el interior de la vieja mochila. Me puse unos zapatos desgastados y abrí la puerta del armario de escobas que me servía de habitación.

Tenía prisa por salir de ese lugar atroz. Para siempre.

Subí las escaleras con rapidez y me encontré cara a cara con el vagabundo que estaba esperándome ante la puerta principal.

—Ven aquí.

Recelosa, me acerqué. Pasó las manos flacuchas y asquerosas por mi melena despeinada intentando jalar de mis rebeldes mechones hacia abajo con la esperanza de arreglarme el pelo.

Al notar que me estremecía, el tipo me atrapó violentamente la mandíbula con los dedos y me obligó a mirarlo mientras escupía:

—Soy yo el que debería estar harto de tocarte, pequeña zorra.

Lo fulminé con la mirada, pero no dije nada. Con mano firme, me sacó. En retrospectiva, era un buen día. Sobre todo para mí.

Avanzó hacia el coche negro estacionado cerca de la entrada y abrió la puerta para meterme dentro de un empujón.

—No eres más que un horrible saco de problemas, sin mencionar las noches que te la pasas llorando como un bebé. Ese tipo pronto se dará cuenta y seguramente querrá que le devuelva el dinero, pero le dirás que eso es imposible.

Antes de que la puerta se cerrara, una mueca perversa se le dibujó en los labios. Suspiré aliviada y se me calmaron los latidos cuando sentí que el coche arrancaba por fin.

El conductor no hablaba mucho, por suerte. Debía de tener unos cuarenta; su cuerpo parecía más imponente que el de John. Aparté la mirada para fijarme en los paisajes nuevos que se me presentaban tras los cristales polarizados.

Me alejaba del infierno en el que había pasado la mitad de mi adolescencia. En cierto sentido, era libre. Estaba lejos de John, quien me había arrancado de mi vida anterior; quien, por codicia, había considerado oportuno borrarme de la realidad.

«Soy libre. ¡Dios, llevo mucho tiempo soñando con este momento!»

Esa idea me hizo sonreír como una niña y se me llenaron los ojos de lágrimas. Empezaba a ver el final de un túnel en el que me había perdido por el único miembro de mi familia.

Sin embargo, temía a mi nuevo propietario. Sabía que no podía haber nadie peor que John, seguro, pero me preguntaba quién sería ese desconocido. ¿Qué pretendía hacer conmigo? ¿Iba a enviarle a *él* el dinero que yo ganara? Por cierto, no había tenido noticias suyas desde que había comenzado a trabajar.

Se me pasó por la cabeza la vaga idea de escapar, pero era demasiado tarde. Mi vida estaba arruinada y no tenía adónde ir. Y, sobre todo, no sabía adónde iba.

El trayecto era largo, muy largo. Se había hecho de noche. Me dormí al menos veinte veces. Después me concentré en el conductor, que no había hablado desde que habíamos salido. Si le preguntaba cuánto quedaba, ¿me respondería? Parecía gruñón y distante.

Finalmente sentí que frenábamos. Tragué saliva cuando vi a unos hombres al lado de la carretera. En cuanto el conductor bajó la ventanilla, mis ojos se encontraron con los de esas siluetas altas e imponentes.

—Déjenlo pasar —declaró una de las siluetas.

«Mierda, ¿dónde estamos? Tengo que preguntarle...»

Vacilé durante un largo momento. Justo cuando me decidí a preguntárselo, el vehículo se detuvo con brusquedad. El conductor se bajó y rodeó el coche para abrirme la puerta. Me sacó de la cabina tirándome del brazo con tanta fuerza que hice una mueca.

«No te preocupes, no voy a escapar. No tengo adónde ir, amigo.»

Con la mochila colgada del hombro, apretó un botón con el contorno luminoso que había en el portal y esperó sin dirigirme la mirada y sin decirme una palabra. No había nada a nuestro alrededor, más allá de la carretera que se extendía detrás de mí y la puerta que tenía delante separándome de mi futura casa, protegida por un largo muro.

—Aquí está —dijo con frialdad el conductor mirando hacia una cámara de vigilancia en lo alto del muro.

La puerta se abrió automáticamente. Me arrastró a toda velocidad por un camino que me pareció eterno. A lo lejos había una casa enorme con más ventanales que paredes. «¿Mi nuevo propietario no ha visto nunca películas de miedo? Porque estas cosas suelen llamar la atención de los psicópatas.»

Era una casa grande, demasiado grande. A mi izquierda, rodeada por un césped cortado a la perfección, había una inmensa alberca. Mucho más abajo vi una entrada; parecía ser la del garage.

El conductor me agarró el brazo con más fuerza. Estaba segura de que sus dedos se me quedarían marcados en la piel. Tocó la puerta principal y nos recibió un hombre bastante mayor que nos observó con expresión neutra.

—Rick está en el segundo piso, con los demás —dijo sin apartar la mirada.

¿Rick? ¿Mi nuevo propietario se llamaba Rick?

—¿Están todos allí?

El hombre asintió brevemente y se apartó. Le dediqué una sonrisa cortés que no me devolvió; prefirió voltear la cabeza y hacer como si no hubiera visto nada. «¿Por qué le sonreí?»

Subimos los escalones blancos de la casa sin decir nada. Aunque no pude visitar las diferentes estancias, me fijé en que había varias puertas. ¿Habitaciones? ¿Quién necesitaría tantas habitaciones en casa?

Al llegar al segundo piso oí voces apagadas provenientes del fondo del pasillo. Tragué saliva con el corazón acelerado. Angustiada por el sonido de todas esas voces desconocidas, me estremecí cuando nos paramos ante la famosa puerta de la que salía aquel ligero alboroto. La puerta que separaba mi futuro incierto de mi pesadilla actual.

Tras tocar la puerta, el conductor esperó tranquilo. Percibí unos pasos. Se abrió la puerta y vi a un hombre más joven que el que había visto abajo: debía de rondar los cincuenta. Me observó con aquellos ojos azules mientras tensaba unos labios delgados. Al menos, él sí que sonreía.

—¡Has tardado mucho! —exclamó mirando al conductor.

—Lo lamento, había problemas de tráfico en la carretera principal y tuve que tomar otra ruta.

El hombre asintió con la cabeza y fijó la atención en mí. Se oyeron susurros tras él. Se apartó de la puerta para dejarnos pasar y la cerró detrás de nosotros.

Hice una mueca cuando el conductor me soltó el brazo; me dolía. Ante mí había un grupo de personas algo mayores que yo. Eran cuatro: dos chicas y dos chicos. Estaban sentados en sillas de oficina, de piel, mirándome, juzgándome sin permiso, como si yo fuera un bicho raro.

Detesté esa sensación.

—Doy por terminada esta reunión con un no rotundo —declaró uno de ellos al mismo tiempo que se levantaba de la silla.

Esa voz particularmente ronca pertenecía al único hombre rubio de los allí presentes. Le caían unos cuantos mechones de cabello alborotado sobre unos ojos grises. Tenía una mirada penetrante que intimidaba tanto como su imponente cuerpo. Apartó la vista de mi rostro cuando el cincuentón susurró:

—Ash, no seas quisquilloso. Es perfecta para el negocio. Su anterior propietario me dijo que es muy descarada.

«¡Vaya, eso es lo que llaman "publicidad engañosa"!»

—¡Yo no quiero una cautiva nueva, Rick! Carajo, mírala, ¡si parece un zombi! No sacaremos nada de ella, aparte de tocar fondo todavía más —escupió Ash señalándome con el dedo.

Aunque me dolió que fuera tan cruel a la hora de describirme, me mantuve en silencio. No tenía intención de defenderme, y mucho menos en ese momento.

Me miró con un asco que debería estar prohibido. Se me formó un nudo en el estómago al invadirme de golpe un pensamiento: ¿y si me enviaban de vuelta a casa de John?

No, por favor.

—¡Me da igual lo que digas, es preciosa! —replicó Rick acercándose a mí—. Justo como a ti te gustan.

Me puso una mano en la mejilla y me aparté de forma instintiva. El conductor volvió a agarrarme el brazo con fuerza, pensando tal vez que iba a huir.

—¿Eres miedosa? Pequeña..., en ese caso no te hubieras metido en este mundo.

Murmuró aquella frase con una sonrisa ligeramente ladeada.

«Nunca quise aventurarme en su mundo por voluntad propia. Lo hice por ella y solo por ella», pensé.

—Ash, si quieres, puedo probarla yo por ti. Solo para ver cómo se desenvuelve en el terreno... —propuso una voz masculina.

Esbocé otra mueca; los ojos oscuros del segundo hombre, que no dudó en examinarme con un brillo perverso en la mirada, me sacaban de quicio. Se había tatuado un pájaro en el cuello, tenía el cabello de color ébano y una mirada tan penetrante como la del rubio.

—Toda tuya, invita la casa.

—Ben no puede tener dos cautivas, Ash, no es negociable.

El tal «Ash» seguía mirándome con asco. Comprendí que él era mi nuevo propietario y que no le había gustado. Las dos chicas se susurraron algo que no pude oír desde mi posición.

—¡SALGAN DE AQUÍ! —gritó Ash—. Y ¡LLÉVENSELA!

Su segunda frase me sobresaltó. El mayor del grupo, Rick, puso los ojos en blanco cuando lo vio dirigirse a la puerta.

—Es lo que él habría querido que hicieras —dijo en voz baja.

El joven se detuvo en seco. Giró la cabeza para fulminarlo con la mirada y volvió la atención a los miembros del grupo. No se habían movido, observaban la escena en silencio. Perpleja, esperé una respuesta de ese hombre de cabellos claros que no quería nada de mí.

—Sin él, nunca habría entrado en sus malditos asuntos.

Rick suspiró antes de limitarse a replicar:

—Ahora que estás dentro, debes dirigir nuestro negocio como lo hizo él. Ya sabes que ellas la pasan muy mal.

—Y para eso debes aceptar a tu nueva cau...

—¡Cállate, Kiara! —la cortó Ash.

Ser la causa de aquella discusión me hacía sentir bastante incómoda. La parte buena era que estaba lejos de John. La parte mala era que pronto tendrían que amputarme el brazo, pues ya no sentía si me circulaba la sangre.

El tal Rick le hizo una señal con la cabeza al conductor, que finalmente me soltó y se fue. Ahora me había quedado a solas con aquellos dos hombres y con el resto del grupo. Me llevé una mano al brazo para masajeármelo con suavidad.

La atmósfera que se había creado me incomodaba. A decir verdad, detestaba ser el centro de atención. En ese momento solo tenía un deseo: cavar en el suelo y enterrarme mientras esperaba a que los demás encontraran una solución a sus problemas.

El tipo rubio salió de la habitación rápidamente, dejándome con ese tal Rick, quien volteó hacia mí sonriendo con todos los dientes.

—¡Bien! Ahora que el problema está solucionado, permíteme que me presente. Me llamo Rick, y estos son Ben, Kiara y Sabrina —indicó mientras señalaba con el dedo a los presentes.

La joven llamada Kiara, quien por cierto era muy guapa, me saludó con la mano. Unos rizos castaños le caían en cascada por los hombros. Tenía la nariz fina, y la sonrisa y los ojos claros y cálidos. Sabrina poseía cierto aire de *femme fatale* que yo nunca podría lucir, así como unos ojos almendrados y unos labios carnosos. Sus rasgos exóticos me hicieron pensar que podría tener orígenes latinos. Mostraba la sonrisa forzada que yo misma solía fingir cuando estaba con John.

Justo le dediqué esa sonrisa.

—Tu antiguo propietario nos cobró caro para poder tenerte —continuó—. Espero haber tomado la decisión adecuada...

—Mi propuesta sigue en pie, ¿eh? —recordó el otro joven encogiéndose de hombros.

Ben era el pervertido.

—Uno de ustedes irá a preguntarle a Ash dónde dormirá su nueva cautiva.

Ninguno se dignó a moverse; todos hicieron como si no hubieran oído nada. Rick negó con la cabeza, exasperado, y le dirigió una mirada severa al pervertido.

—¡Ve tú! ¡Yo tengo mejores cosas que hacer que quedarme atrapado en una cama de hospital! —exclamó el moreno.

—¿Puedo ir yo? —preguntó una de las dos chicas.

Sabrina.

—No —respondieron al mismo tiempo los dos hombres, sin tan siquiera mirarla.

Sabrina puso los ojos en blanco y se quedó en su asiento frunciendo el ceño.

—Kiara, baja tú.

El pervertido soltó una risa burlona mientras la joven negaba con la cabeza y se cruzaba de brazos. Ante la oscura mirada de Rick, acabó cediendo y levantándose. Masculló algo incomprensible y salió de la habitación.

Unos minutos más tarde oímos gritos sordos y vimos reaparecer a Kiara con expresión contrariada. Enojado, Rick me puso los dedos en el brazo... «Pero ¿qué les pasa a todos con mi brazo?»

Sin embargo, cuando estábamos a punto de irnos, el joven rubio reapareció en la habitación; al entrar, casi rompe la puerta. Me agarró por la muñeca y me arrebató de la mano del otro hombre.

«Al menos me agarró por la muñeca...»

Salimos a toda prisa de la habitación. Maldiciendo,

corrió escaleras abajo; estuve a punto de caer. Abrió una puerta en el primer piso.

Hice una mueca por la presión que ejercía en mi muñeca. Dimos un paso y llegamos a un pasillo húmedo y oscuro. Después del clóset para las escobas, ahora me tocaba dormir en una bodega. Qué suerte la mía.

Abrió una segunda puerta y me empujó violentamente al interior de la habitación. Perdí el equilibrio. Oí cerrarse la puerta antes de que me diera tiempo para levantarme. La estancia solo estaba iluminada por una pequeña ventana entreabierta que dejaba que el aire frío del invierno invadiera la «habitación». Solo había un viejo colchón en el suelo, sin almohadas ni cobijas.

Tragué saliva al oír ruido de objetos rompiéndose y gritos desde arriba. Eran los gritos de una sola persona: mi nuevo propietario.

Abrí mi vieja mochila y saqué mis dos suéteres con la esperanza de que me calentaran durante esa primera noche. Tras varios minutos ensordecedores, percibí el ruido de motores a través de la pequeña ventana y comprendí que iban a irse, que me dejaban sola con mi nuevo y enajenado propietario.

Me había preguntado cómo podía dormir ese tipo, con la casa llena de ventanales, y ahí tenía la respuesta. «Es un psicópata. No le dará miedo atraer a sus semejantes.»

Me puse a examinar lo que había a mi alrededor buscando algo más que no fuera un vulgar colchón que supuse que estaría sucio. No había nada aparte de la puerta de hierro que contenía una trampilla en la parte inferior. «Ay, no, parece una cárcel.»

Al oír pasos en el techo, levanté la cabeza. ¿Podía ser que estuviera en la habitación de arriba? Se me escapó un suspiro. A pesar de que la fatiga se iba apoderando de mí dulcemente, era incapaz de dormir, pues mi cabeza no dejaba de repasar una y otra vez los últimos acontecimientos.

Tras varias horas mirando el techo perdida en mis pensamientos, empezaron a pesarme los párpados. Intenté conciliar el sueño acurrucada sobre mí misma para calentarme.

Al final casi empecé a echar de menos a John.

2

Mujer de negocios

La noche se me hizo terriblemente larga, casi interminable. Además de estar muerta de hambre, necesitaba con urgencia ir al baño. Sin embargo, debía esperar a que se abriera esa maldita puerta.

Los rayos del sol, que apenas entraban por la pequeña ventana de la parte superior, hicieron que al final pudiera ver la habitación, en la que no había, como me esperaba, nada más que un viejo colchón.

Rezaba para salir lo antes posible de esa bodega, pero cuanto más tiempo pasaba, más perdía la esperanza. El joven que vivía en la enorme casa no se había movido. Al menos no había vuelto a oír sus pasos. Mientras tanto, yo daba vueltas en círculos, en un vano intento de calmar mi vejiga, que estaba a punto de explotar.

Cuando por fin oí ruidos en el techo podría haber llorado de alegría. Impaciente por salir, me situé frente a la puerta dando saltos. Oía su voz sorda. No entendía lo que decía, pero una cosa quedaba clara: estaba vivo.

Era un buen comienzo.

La espera me torturaba. Los minutos pasaban como horas, y nada.

«¿Por qué no viene? ¿Me va a dejar morir de hambre? ¿Puede una persona morir por no hacer pipí?» Ese pensamiento me revolvía el estómago.

«No se alegró mucho con mi llegada. ¿Quiere acabar conmigo para que lo deje en paz? Carajo.»

Podía esperarme cualquier cosa de un maldito psicópata que dormía sin cortinas. Yo tampoco quería estar ahí. Entonces ¿por qué no hacer un pacto para que pudiera retomar mi vida donde la había dejado?

Había pasado por lo menos una hora desde que había oído sus pasos. Era la única posibilidad. ¿Tal vez se había olvidado de mí? ¿Sería posible? ¿Tenía que gritar? Mis preguntas se evaporaron con el sonido de la cerradura. Di gracias al cielo, pero no fue la puerta lo que se abrió, sino la trampilla. Me pasó una charola con agua y un pan de chocolate.

—¡No, no, no! No te vayas, por favor, necesito ir al baño —exclamé golpeando la puerta con fuerza para que me abriera.

Sonó otro chasquido, y una chica del grupo apareció ante mí. Kiara. Reconocí sus rizos castaños y sus ojos azules.

Con una sonrisa triste, me tomó de la mano.

—¡Dios mío, estás helada! —dijo con horror.

No respondí. Mi cerebro solo tenía un objetivo: aliviar la vejiga antes de que explotara. Salimos del sótano y recorrimos un pasillo que nos condujo a un baño. Me dejó entrar y cerró la puerta.

Una vez que mi vejiga se vació, solté un suspiro de

alivio. Después de lavarme las manos, toqué la puerta. Me abrió enseguida.

—Le voy a pedir a Ash que te traiga cobijas, ¡aquí hace mucho frío! ¿Cómo pudiste dormir?

«No dormí nada, ¿sabes? Estaba esperando impaciente a que amaneciera para que tu "Ash" me trajera comida y me dejara ir al baño.»

Como respuesta, me encogí de hombros. Me explicó que Ash no se levantaba pronto por la mañana y que ella lo sustituía. Pero ese psicópata estaba despierto, ¡lo había oído!

—¿Cómo te llamas? —me preguntó.

—¿Cautiva? —respondí sin demasiada convicción.

—Me refiero a tu verdadero nombre. —Se rio.

—Ella, me llamo Ella.

—¡Qué bonito! Yo soy Kiara.

Esa chica estaba alegre desde temprano, rebosaba energía. Yo hacía tiempo que no hablaba con alguien de mi edad, o al menos de mi generación; también hacía mucho que nadie me preguntaba mi verdadero nombre.

Nos dirigimos hacia mi celda. Con una pequeña sonrisa vergonzosa, me dijo:

—No te preocupes, no será siempre así. Ash pronto te tratará como te mereces. Solo necesita un periodo de «aceptación».

Terminó la frase con una mueca. Asentí, no muy convencida, y volví a sentarme en el colchón. Me sonrió una última vez antes de cerrar la puerta con llave.

Devoré el pan de chocolate y me terminé el vaso de un trago. No estaba en absoluto saciada, pero era mejor que nada. Los rayos de sol dejaban ver el polvo y las partículas flotantes de la habitación. A pesar de su débil calor, hacía frío.

—Qué maravilla... —susurré mirando a mi alrededor.

Encerrada entre cuatro paredes, oía voces hablando sobre mi cabeza. Me tumbé dándole vueltas a cómo había llegado a este punto. Pensé en todos, desde ese rubio que me daba tanto asco y que, casualmente, no era otro que mi propietario, hasta el hombre mayor.

¿Qué querían de mí? John me había utilizado para venderme a sus clientes, que no eran más que unos cerdos que buscaban chicas jóvenes para masturbarse. Sin consentimiento, por supuesto. Pero esta gente ¿qué esperaba en realidad de mí?

Suspiré al pensar en las palabras de esa escoria, que no paraba de repetir que yo era «un saco de problemas». ¿Por culpa de quién? Él era el responsable de todos mis males, de todas las veces que me habían violado, de todos mis traumas psicológicos y físicos, tan anclados en mi alma. Esa pesadilla había empezado con él.

Me preguntaba si iba a salir del sótano. Normalmente, cuando John no estaba, yo podía andar por la casa, sin salir nunca. Cerraba las puertas y contrataba a gente para que me vigilara, día y noche.

Había intentado escaparme, varias veces. Pero cada vez era la misma farsa: sus hombres me encontraban, me daban una paliza y dejaban que las heridas se curaran sin la ayuda de medicamento alguno. Para que el dolor perdurase.

Decía que mi cara, tan inocente, atraía demasiado a sus clientes como para dejarme ir. La cuestión era: ¿por qué? Nunca me había mostrado activa, me daban asco, por favor.

Era una chica a la que habían entregado contra su voluntad a animales con impulsos enfermizos. Lo había hecho por ella, por su seguridad, por su salud. Imaginé que ahora ya nadie me necesitaba. Y esperaba que mi tía tampoco. Por ella me había dejado arrastrar a esto. Pero nunca pidió saber de mí desde que me fui de su departamento. Me preguntaba si por fin había terminado su desintoxicación y pagado todas sus deudas gracias a mi trabajo.

Así, llegué a los veintidós años habiendo sido la cautiva de un hombre que me había vendido a los seres más despreciables, personas repugnantes que tenían suficiente dinero como para financiar sus proyectos ilegales por todo el país. Después me habían enviado a casa de otro hombre, para otros proyectos. «¡Qué buena mujer de negocios soy!»

Aquellos pensamientos me agotaron. Cerré los ojos y me dejé llevar por ese sueño que no había logrado conciliar por la noche.

Me despertó el ruido de la cerradura. Me levanté y esperé para ver qué se abría. La trampilla respondió a mi pregunta: ahí tenía un plato de pasta casi quemada y agua.

La habitación estaba más oscura. Comprendí que había caído la noche y que había dormido durante casi todo el día.

Me estremecí al sentir la pasta quemada contra el paladar. Pero tenía que comer. Me obligué a terminarme el plato y el vaso; coloqué la charola cerca de la trampilla. Luego volví a ocupar mi lugar en el colchón, con los ojos clavados en la pared.

Si mi madre viera en lo que se había convertido su hija, ella, que seguramente habría querido que fuera médica o florista... O tal vez veterinaria. Por suerte ya no estaba aquí. Me sentía tan avergonzada...

Se supone que mi estancia en Florida no iba a durar para siempre. Tenía previsto volver a Australia, mi país natal, cuando cumpliera la mayoría de edad. Pero era obvio que Estados Unidos había decidido retenerme más tiempo.

—¿Ella? —me llamó una voz detrás de la puerta.

Fruncí el ceño y giré la cabeza.

—¿Sí...? —contesté.

—Soy Kiara. Voy a dejarte salir esta noche, ¿está bien? Ash trabaja y pensé que estaría bien que te quedaras en otro lugar que no fuera este nido de ratas...

No pude evitar reírme en voz baja. Asentí con la cabeza, pero me di cuenta de que no podía verme. Puse los ojos en blanco ante mi estupidez.

—Entonces ¿qué te parece?

—Sí..., ¡está bien! —exclamé con un toque de entusiasmo en la voz.

Abrió la puerta con una sonrisa cálida en los labios y me sacó del sótano. Subimos las escaleras que llevaban al vestíbulo. Kiara me condujo a una sencilla sala de estar. Los muebles oscuros combinaban a la perfección con el blanco de las paredes, creando un escenario moderno y armonioso. Había una enorme pantalla encendida con un programa de televisión que llenaba el silencio de la estancia. El sofá negro de piel, sobre el que había esparcidos almohadones de los mismos tonos, era tan grande que, sin duda, tres personas podrían dormir en él. Parecía muy cómodo.

Había una chimenea de mármol blanco justo debajo de la pantalla. Las llamas bailaban y se movían desincronizadas, haciendo la escena aún más encantadora. Una charola con dos vasos de cristal y tres cajetillas de cigarros vacías reposaba descuidadamente sobre la mesa de centro, que estaba lacada en negro.

—Por favor, ponte cómoda, voy a preparar chocolate caliente —dijo Kiara mientras me invitaba a sentarme.

Lo hice sin protestar. Como había imaginado, el sofá era muy cómodo. Me ofreció una taza de chocolate caliente, le di las gracias y me puse a ver el programa, que no conocía.

A decir verdad, no conocía muchos. Cuando estaba en casa de John veía sobre todo dibujos animados. Di un sorbo a mi bebida caliente y, después de una eternidad, mis papilas gustativas redescubrieron el dulce sabor del chocolate.

—Me encanta este programa, es un concurso para encontrar al mejor cocinero.

—No lo conozco —admití casi avergonzada—, pero... parece ser bueno.

Me reía cada vez que Kiara comentaba las escenas. Por primera vez, me sentía bien. Compartía conmigo su buen humor; no había hablado con una chica desde los dieciséis, por lo que estaba feliz.

—Háblame un poco de ti —me pidió Kiara mientras dejaba su taza en la charola—. ¿Cómo acabaste haciendo esto? Sé que la cautiva de Ben lo hace por dinero, y la de Rick empezó por su hijo, pero ¿tú? ¿Tienes un hijo, como Ally? ¿Te gusta el dinero, como a Sabrina?

Casi me atraganto. ¿Yo? ¿Un hijo? Así pues, John no les había contado cómo me convertí en su cautiva. ¿Debía hacerlo yo? Creía que ya lo sabían.

Me aclaré la garganta. Muerta de vergüenza, intenté encontrar las palabras.

—Mi tía me pidió que... trabajara para John mientras ella se recuperaba y pagaba sus deudas —confesé nerviosa.

Kiara me miró sin poder creerlo. Después empezó a reírse. ¿Qué era tan gracioso?

Fruncí el ceño, molesta. Estaba burlándose de mí.

—Ay, Dios, ¡qué graciosa eres! —Se rio mientras negaba con la cabeza—. Ahora, dime la verdad: ¿por qué quisiste empezar?

¿Pensaba que estaba bromeando? Qué inocente.

—Yo... Es la verdad —respondí más seria.

Me miró fijamente, tratando de encontrar el menor rastro de mentira. Cuando se dio cuenta de que estaba siendo sincera, sus ojos se abrieron como platos y perdió todo el color de la cara. No debía de esperarse una causa tan... ¿horrible o insensata?

—Tú..., tú... Lo siento... Pensaba... Perdóname, yo...

Por Dios —tartamudeó mientras me miraba con compasión.

O tal vez con lástima. Y yo odiaba causar lástima.

—No pasa nada —le dije.

Me tomó de la mano y empezó a hacerme preguntas sobre mi pasado y lo que había vivido con el rastrero. Respondí con un monólogo:

—Vivía en Sídney. Tras la muerte de mi madre, me vi obligada a vivir con mi tía. Me trajo a su casa, a Florida. Tenía que cuidar de mí hasta que fuera mayor de edad. Pero las drogas la sedujeron..., y al final no tenía dinero para pagar nada. Yo aún era joven..., pero podía ver que se desvanecía poco a poco. Estábamos en peligro por culpa de su *dealer*, que amenazaba con venir por nosotras si no pagaba sus deudas a tiempo.

Hice una pausa, y me vinieron a la mente nuestras noches llenas de miedo.

—Mi propietario, John, era un amigo de su *dealer*. Le propuso «acogerme bajo su techo».

Se me formó un nudo en la garganta. Para mi tía yo no valía nada. Probablemente era una carga de la que quería deshacerse.

—Ella aceptó... Me dijo que era por nuestro bien. No me di cuenta de que iba a sacrificar mi vida por la suya. John me «alquilaba» a hombres tan viejos y repugnantes como cadáveres en descomposición.

Ese comentario hizo que Kiara soltara una risita. La imité antes de continuar con mi historia. Una historia que contaba por primera vez. Y sin soltar una sola lágrima. ¿Tan vacía estaba?

—El dinero que le proporcionaba no era solo para mi tía, sino también para los negocios de John. Esos hombres adoraban hacerme daño. Cuanto más lloraba, más violentos se ponían.

Kiara se estremeció del asco y me miró mientras yo apartaba los ojos. No estaba cómoda con esa parte de mi historia. Me sentía tan sucia, tan rota...

Pero ya no lloraba. Había derramado demasiadas lágrimas antes de aceptar mi suerte, y no me gustaba llorar delante de desconocidos, detestaba la lástima que se adivinaba luego en sus ojos.

—Es horrible, lo siento tanto... Tú... Ahora todo terminó. Hablaré con Rick sobre tu tía. No sé si está al corriente... Mierda, ¡qué cabrón es John!

—Por su culpa estoy así —murmuré señalando mi cara, tan pálida, y mi cuerpo, tan flaco y cubierto de cicatrices mal curadas.

Kiara abrió los ojos como platos y exclamó:

—¿Perdón? ¿Estás bromeando? ¡Eres preciosa, Ella! Si Ash no fuera tan testarudo, te habría retenido entera para él.

Una pregunta me quemaba en los labios. Sabía que no era asunto mío, pero quería saberlo.

—¿Por qué no quiere tener una cautiva?

Se aclaró la garganta en un vano intento de poner una expresión neutra, a pesar de que sus ojos la habían traicionado.

—Es complicado, pero no te lo tomes como algo personal. Ash es el tipo de persona que culpa a todo el mundo cuando está enojado.

Asentí al entender que no iba a darme más información. Al fin y al cabo, ese psicópata no era más que un perro rabioso y caprichoso.

Seguimos con la conversación. Me habló de las otras dos cautivas, Ally y Sabrina, a las que ya conocía. Kiara no era una cautiva, sino que se dedicaba a gestionar la mercancía con Ben. Le gustaba el trabajo porque formaba parte de, como ella lo llamaba, «una de las mayores redes de Estados Unidos», dirigida por Rick y Ash. También porque podía pagarse los mejores asientos en los conciertos sin miedo a no llegar a fin de mes.

«¿Así que ahora estoy en una banda, también sin mi consentimiento? De mal en peor.»

Kiara se puso tensa cuando oyó que la puerta principal se abría. La observé sin entender mucho. Giró la cabeza lentamente, y yo seguí su mirada. Se me aceleró el pulso cuando vi al psicópata de pie en la entrada, con la mandíbula apretada y los puños cerrados.

«Mierda.»

—¿Qué hace esta aquí, Kiara?

3

Psicópata sádico

Me levanté de un salto, seguida por Kiara. Se puso delante de mí para protegerme de su amigo, que me fulminó con la mirada.

—Es decir..., yo no quería..., ya sabes..., es como Ally y Sabrina, así que... —balbuceó Kiara intentando explicarse.

—Se queda en el sótano, Kiara, no recibirá el mismo trato que las demás. Decidiste por mí, y ella pagará las consecuencias.

Cuando terminó de hablar, corrió en nuestra dirección clavándonos la mirada. O, mejor dicho, clavándola en mí. En cuanto me agarró de la muñeca, Kiara lo empujó con fuerza.

El tipo al que llamaban «Ash» me miró con desprecio. A continuación giró sobre sus talones maldiciendo. Tan pronto como llegó a las escaleras, ordenó sin darse la vuelta:

—Llévala a su lugar. Voy a guardar estos putos archivos. Si cuando vuelva a bajar me la encuentro todavía sentada en mi puto sofá, la enterraré viva de una puta vez. Y a ti con ella.

Me estremecí al oír sus «putas» amenazas de muerte. Estaba más que enojado.

Desapareció enseguida de mi vista. Volvíamos a estar solas.

Kiara me lanzó una mirada triste, como para disculparlo. Probablemente para disculpar su psicosis.

—Perdona su comportamiento, se acostumbrará a ti... Solo es un periodo de...

—¿Aceptación? —la corté, molesta por oír que repetía lo mismo que había dicho por la mañana.

—Podemos decirlo de ese modo, sí —respondió ella nerviosa.

—No me gusta nada la idea de ser su cautiva.

—¡Pues qué bien, porque tú no eres para mí! —exclamó una voz ronca detrás de nosotras—. ¡Nunca te consideraré mía!

Kiara me acompañó hasta el sótano bajo la mirada hostil de mi nuevo propietario. Me dijo que volvería pronto para traerme una cobija y una almohada.

Un instante después estallaron los gritos arriba. Supuse que se había desatado una discusión. Pasaron varios minutos antes de que Kiara volviera; parecía molesta. Dejó una cobija blanca y una almohada sobre el colchón y volvió a cerrar la puerta tras ella sin decir una palabra.

Me dejé caer en la cama contemplando el techo. La puerta principal se cerró con fuerza y se oyeron los pasos de mi amable propietario. Su voz sorda me dio a entender que estaba hablando, quizá solo.

«Es posible, está loco.»

¿Por qué reaccionaba tan mal en mi presencia? ¿Qué había en mí que le disgustaba tanto como para mostrarse tan despiadado? ¡Yo tampoco quería estar ahí!

Estaba segura de que no podía haber nadie como John, y me había equivocado. Ese tipo era aún peor, quería verme muerta. Literalmente.

Esa conclusión me provocó escalofríos, así que decidí pensar en algo que no fuera mi nuevo propietario, el psicópata en turno. Rememorando las palabras de Kiara y cómo había hablado de las otras cautivas, Ally y Sabrina, comprendí que hacían de todo excepto acostarse con desconocidos, que era lo que había hecho yo en mis años de calvario. Incluso siendo la única opción que quedaba, tenían elección.

Su trabajo consistía sobre todo en espionaje interno y externo, negociaciones, registros, seguimiento de la competencia... Representaban a su propietario cuando no estaba presente y tejían vínculos entre su red y la de los otros por medio de otras cautivas. Ellas eran su sombra, las que hacían funcionar las redes mejor que nadie. Se enfrentaban a un peligro constante durante sus misiones, pero la suma de dinero que ganaban después era increíblemente elevada y constituía una fuente de motivación.

Según Kiara, las cautivas eran un modo de optimizar los «recursos humanos». Se confiaban tareas de diferentes puestos a una sola persona, lo que, si era lo bastante eficiente, minimizaba el riesgo de que el plan fracasara.

A menudo las cautivas eran mujeres. También había cautivos, pero eran pocos. Incluso había aprendido el origen del término *cautiva*: las personas que habían creado ese puesto habían adoptado esa palabra para poner al Gobierno tras una pista falsa de raptos y secuestros; el objetivo era traficar con armas delante de sus narices.

Así que esas eran las cautivas. Las verdaderas.

El sonido de la puerta principal al cerrarse interrumpió mis pensamientos. Alguien acababa de entrar.

A continuación volvió a hacerse el silencio.

De repente, tras veinte larguísimos minutos, una voz sorda remplazó el silencio, pero no era la del psicópata. Me llevé una mano a la boca cuando comprendí que era una voz de mujer que estaba gimiendo como una loca.

«Así que, para desahogarse, ¿se coge a una tipa?»

Me pregunté si sería una cautiva. En todo caso, una cosa era segura: estaba disfrutando. Oírla gritar el nombre de mi propietario me impidió dormir.

Esperé con impaciencia a que acabaran de retozar. Cuando regresó el silencio, suspiré con alegría. Me envolví con la cobija blanca y me dejé llevar por el sueño.

El aire estaba cargado. Ignoraba dónde me encontraba, pero ese espacio confinado me resultaba insoportable.

En cuanto oí de lejos las risas de los cerdos que habían abusado de mí para su propio placer, corrí lo más rápido que pude. Intenté escapar, pero sus voces se acercaban cada vez más.

Eran rápidos. Demasiado rápidos.

—¡Váyanse! ¡Lárguense! ¡Déjenme, se los suplico!

Grité al sentir sus sucias manos sobre mi piel, su roce era el peor de los suplicios. Me sentía como una prisionera totalmente a su merced.

Mientras sus risas seguían resonándome en la cabeza, me jalaron del pelo, me hirieron, me dejaron aterrorizada e incapaz de hacer el menor movimiento. Mi tía estaba ahí, cerca de una puerta. Me pedía que me dejara maltratar por ella. Quería gritarle que me ayudara, pero no salía nada de mi boca, que unos dedos desconocidos habían cerrado.

—¡CÁLLATE, MIERDA!

Me desperté sobresaltada y jadeé sorprendida cuando sentí unas gotas sobre mi piel. Me habían despertado de mi pesadilla lanzándome un vaso de agua a la cara.

Reconocí de inmediato la silueta ante mí, sus rasgos severos y su ceño fruncido. ¿Lo había despertado? Eso parecía, si tenía en cuenta su expresión cansada.

Tenía la garganta seca y los labios agrietados. El psicópata me miró sin contenerse, pasando los ojos por mi mirada perdida; todavía tenía la respiración entrecortada y el corazón desbocado.

—¡Empieza otra vez con esa mierda y te estrangulo, cautiva! —siseó furioso—. Tengo cosas mejores que hacer que oírte llorar y gritar mientras duermes.

Su voz era cortante, como sus palabras. Cuando se dio la vuelta para subir a dormir otra vez, le pedí con una voz apenas audible:

—¿Podría beber un poco de agua?

«Tengo la garganta totalmente seca, no tiene derecho a negarme un vaso de agua.»

El psicópata se detuvo antes de responderme:

—Acabas de desperdiciarla, tienes que tener más cuidado.

Volvió a cerrar la puerta dejándome sola de nuevo en ese espacio tan angustiante como mi pesadilla.

Me puse de pie para quitarme la parte de arriba, que estaba mojada. Tras ponerme mi segundo suéter, volví a acostarme en el colchón, que también había quedado empapado. ¡Qué ironía para alguien sediento! A la mierda.

Pasaron varios días con la misma rutina: Kiara venía por las mañanas a traerme comida y luego me pasaba la tarde encerrada en la habitación. Podía bañarme en el baño adyacente cuando el psicópata estaba fuera, gracias a la discreción de Kiara. Me había preguntado por mi tía, y dos días antes me había anunciado que intentarían localizarla para mandarle la mitad de lo que ganara. Así por fin el dinero serviría para su desintoxicación.

Apenas descansaba por las noches, pues intentaba no dormirme profundamente. Mi propietario me había amenazado con estrangularme con sus propias manos si tenía otra pesadilla. Y sabía que era capaz de hacerlo. Poseo un mínimo de aprecio por mi miserable vida.

—¡Tengo una noticia maravillosa para ti! —exclamó Kiara entusiasmada cuando me trajo el desayuno poco después de despertarme—. Hablé con Rick sobre la infame hospitalidad que recibes aquí. Como eres una de las nuestras, ¡debes beneficiarte de las mismas atenciones que las demás cautivas!

—Entonces ¿soy libre? —pregunté en tono sarcástico.

—¡Sí! —declaró ella con una gran sonrisa en los labios—. Ash va a tener que aceptarlo y punto. Y ahora, ven: ¡vas a darte un buen regaderazo en el baño principal!

Me hizo salir de la habitación. Subimos los escalones en dirección a ese baño al que se había referido como «principal».

Abrí los ojos como platos en cuanto entré: los tenía poco acostumbrados a tanto lujo. El baño de John, pequeño y sucio, no contenía más que una regadera patética y un lavabo, mientras que el de mi nuevo propietario era mucho más espacioso. Un enorme espejo reforzaba todavía más esa impresión. Las paredes oscuras, los lavabos y la inmensa tina de mármol blanco creaban un contraste muy agradable. Debía admitir que tenía buen gusto.

Me dirigí hacia la tina italiana bajo la mirada compasiva de Kiara, que me dejó algo de ropa antes de cerrar la puerta tras ella.

Me apresuré a desnudarme para aprovechar el agua caliente. Se me escapó un suspiro de alivio cuando sentí que resbalaba por mis extremidades, adoloridas por culpa del colchón viejo. Sentí que revivía. Tenía el pelo empapado de agua hasta el punto de que parecía más largo de lo que realmente era. Tras lavarme, salí y me cubrí con una toalla blanca.

Me puse ropa interior limpia y los jeans y la camiseta

de tirantes que Kiara me había prestado. Después abrí la puerta con discreción. Kiara sacó la cabeza desde una habitación más lejana y me hizo señas para que me uniera a ella. La encontré tumbada en una cama con la mirada clavada en el techo.

—A partir de ahora dormirás aquí —se limitó a decir.

Asentí recorriendo la habitación con una mirada curiosa, poco convencida por sus palabras. Sin duda, el psicópata enloquecería y lo destruiría todo a su paso, o se cogería rabioso a alguna tipa, dependiendo del grado de su ira.

Era una habitación sencilla, pero magnífica. Una cama enorme con sábanas blancas y paredes del mismo color la dotaban de dulzura. Encontré los mismos tonos blancos y negros que había en el resto de la casa.

Mi atención se desvió de forma automática al ventanal que tenía frente a la puerta. Hice una mueca, no muy cómoda con la idea de que pudieran verme desde el exterior. Yo no era ninguna psicópata.

—¿Hay cortinas? —pregunté señalando los ventanales con el dedo.

—No, a Ash no le gustan.

Asentí. Ni siquiera me sorprendía. «Cada vez está más claro: es un psicópata.»

—Mañana te traeré cosas nuevas. Dime qué te gusta y veré qué puedo encontrar en el centro comercial.

—No te molestes, tengo dos jeans y dos suéteres, es suficiente.

—¡No! Nunca es suficiente cuando se trata de ropa —bromeó.

Oímos que una puerta se cerraba con fuerza abajo. Kiara dirigió la atención hacia mí, resoplando.

—El regreso de la bestia... —comentó exasperada—. Tápate las orejas, podrías perder el oído dentro de unos segundos.

Tragué saliva y oí a lo lejos puertas abriéndose y cerrándose violentamente. Gritó el nombre de Kiara por toda la casa. Al final llegó hasta nosotras.

Gritaba tanto que no entendí ni una palabra, sin mencionar los insultos que profería. ¡Qué conversación tan agradable! Nos fulminaba con esos penetrantes ojos grises; la vena del cuello le latía al mismo ritmo que sus gritos.

—¿Terminaste? —le preguntó Kiara indiferente.

—Dormirá... en... el... sótano —dijo el psicópata en un tono incisivo.

—Rick lo dejó muy claro, Ash: recibirá el mismo trato que las otras cautivas, lo quieras o no. Trabaja con nosotros y no tienes voz en esto.

Mi propietario apretó los puños. Kiara permaneció impasible ante su furia: parecía desear que nos muriéramos allí mismo. Ella volteó hacia mí y continuó tranquilamente:

—Dormirás aquí, Ella. A partir de ahora, su casa es la tuya.

El tipo resopló frustrado.

—¡Es mi puta casa y yo decido qué tiene derecho a hacer o dejar de hacer! —gruñó.

—Tal vez, pero Rick también decide por el grupo, un grupo del que ahora ella forma parte.

Kiara se acercó a mí y me abrazó. Sorprendida por su gesto, no le devolví el abrazo. Me susurró al oído:

—Te prometo que no somos como John.

Su frase fue como una bocanada de aire fresco. Kiara pensaba en mí y en mi bienestar.

Se alejó informándome de que esa noche estaría ocupada, pero que intentaría visitarme más tarde. Me quedé a solas con el psicópata en la habitación. Su presencia, tan hostil, hacía que se me formara un nudo en el estómago.

Me observaba fijamente mientras yo trataba de evitar su mirada fingiendo estar anonadada por todas aquellas decoraciones minimalistas. Sin embargo, cuando vi la sonrisa malvada que se asomaba por las comisuras de los labios, el corazón empezó a latirme con fuerza; estaba segura de que iba a morir en los próximos minutos.

—Ve a cocinar, cautiva. Así al menos servirás para algo.

—No sé cocinar... —murmuré con los ojos muy abiertos.

—Pues es momento de aprender. Vamos, aplícate.

Tras decir eso, salió de la habitación informándome de que, si no hacía lo que pedía, podía despedirme de mi habitación y de mi vida de «ensueño».

Bajé las escaleras dándole vueltas a qué podía preparar. Sabía cocinar pasta con salsa de tomate, ¿verdad?

Cuando llegué al vestíbulo, no tardé en encontrar la cocina. Estaba equipada con aparatos de última generación: un refrigerador americano, un fregadero de mármol y un lavavajillas. Deslicé la mano por la isla de color negro preguntándome si tendría contratada a una mujer de la limpieza. Estaba impecable. Frente a la barra había un ventanal con vista a un jardín que iluminaba toda la estancia.

Tras buscar en los gabinetes durante más de media hora, encontré la pasta y coloqué los ingredientes sobre la barra para organizarme. Puse la olla sobre una de las parrillas eléctricas y dejé que el agua hirviera mientras preparaba la salsa.

A veces John me obligaba a cocinar, y esa era la única receta que conocía. Hice malabares para intentar que la salsa fuera más o menos aceptable.

«No tengo ganas de morir ni de volver a dormir en ese sótano.»

Al cabo de unos minutos el plato estuvo listo. Me sobresalté al ver al psicópata apoyado contra la pared, mirándome fijamente con aquellos ojos grises y una sonrisa ladeada. Nos quedamos así, observándonos en silencio, algo que nunca me había atrevido a hacer cuando estaba furioso.

Tenía la cara un poco alargada, rasgos finos y la mandíbula bien definida. Sus ojos almendrados del color del acero eran tan penetrantes que daba la sensación de que podía verme el alma a través de mi cuerpo, tan delgado. Sus mejillas, hundidas, le resaltaban los pómulos, y una barba de tres días le daba un aire desaliñado, al igual que su cabello rubio, completamente despeinado y con unos cuantos mechones que le caían sobre la frente.

En tres palabras: un horrible psicópata.

Escuché que soltaba una risa burlona.

—Por fin. Pero ya no tengo hambre —dijo saliendo de la estancia.

—¿Qué? —exclamé sin poder evitarlo.

—¡No pienso repetirme! —gritó mi propietario desde el segundo piso.

Me quedé atónita. Realmente disfrutaba complicándome la vida por puro placer.

Aún de pie, probé el plato, que en principio tenía que ser para ese tipo que había cambiado de opinión. Al poco tiempo volvió a bajar, esta vez con un sobre en la mano. Caminó hacia mí con la mirada aún más oscura. Por puro instinto, retrocedí hasta que mi espalda chocó con la barra de la cocina. Su presencia invadía mi espacio personal. Me agarró con fuerza la muñeca y me taladró con la mirada.

En cinco palabras: un horrible y lunático psicópata.

—No saldrás de aquí. Hay cámaras de vigilancia por todas partes y me lo envían todo al celular. Si te veo entrar en una habitación que no sea la tuya, en el baño o incluso en la sala, te prometo que sufrirás un dolor aún más atroz que este.

¿«Este»? ¿Cómo que «este»?

Respondió a mis preguntas mudas agarrándome la mano y colocándomela sobre la parrilla de cocina, todavía caliente; grité de dolor y forcejeé bajo su sádica mirada. Bloqueó mis movimientos mientras me presionaba con su imponente cuerpo.

Me brotaron lágrimas de los ojos cuando me apretó la mano aún más antes de levantarla de la parrilla de un golpe seco.

—Esto es solo una advertencia, cautiva.

Salió de la cocina dejándome sola; la mano me temblaba de dolor. Abrí la llave y traté de que el agua fría calmara mi quemadura. Me quedé así varios minutos, esperando a que desapareciera el dolor.

No podía mover los dedos sin gemir. Me dirigí al

baño para buscar desesperadamente cualquier cosa que pudiera ayudarme.

Tenía la respiración acelerada y sentía pánico. La palma de la mano me dolía, me ardía. Cuando abrí el gabinete, oí que la puerta se cerraba de nuevo; me quedé sin aliento y se me comprimieron las costillas. Había vuelto.

—¿Ella? —me llamó desde abajo una voz que reconocí—. Mierda, Ella...— ¿dónde estás?

Era Kiara.

Me encontró sentada en el suelo, incapaz de mover el interior de la mano. Entró en otra habitación y volvió con una caja llena de pomadas y compresas.

Se disculpó por adelantado antes de aplicarme la pomada sobre la quemadura. Yo me retorcía de dolor cada vez que sus dedos me tocaban, y ella se disculpaba una y otra vez. Tras unos segundos la crema calmante se filtró en mi piel y suspiré con cierto alivio.

—Lo siento —farfulló Kiara—, te aseguro que es tan solo un...

—¿Periodo de aceptación? —interrumpí sin poder contenerme—. ¡Estoy harta de este puto periodo de aceptación! ¿Por qué no lo dejan sin cautiva?

Se me llenaron los ojos de lágrimas, abrumada por el comportamiento sádico de mi propietario.

—Es más complicado que eso... —comentó en voz baja examinándome la herida.

Me aplicó una segunda capa de crema y me envolvió la mano con una venda. Me aseguró que hablaría con Rick sobre el violento comportamiento de aquel psicópata.

Nos quedamos sentadas en el suelo unos minutos más. Agotada, dejé que se deshiciera en disculpas. Finalmente me ayudó a levantarme y me llevó a mi nueva habitación.

—Me gustaría muchísimo decirte todo lo que necesitas escuchar, pero Ash podría ponerse muy violento si se entera de que te lo conté —confesó en voz baja—. Algún día lo sabrás, te lo prometo, pero aún no.

No respondí. En lugar de eso, eché un vistazo a la mano. Me habían tratado con violencia, pero nunca con tal grado de sadismo; era algo inhumano.

Y no iba a quedarse ahí.

Lo sabía.

4

Misión

Habían pasado dos días desde el altercado violento con mi propietario, que no había vuelto a dejarse ver. Los dos mejores días de mi vida. Ordenaron a Kiara que se quedara conmigo hasta que volviera.

Pero mi pequeña dosis de vacaciones no duró mucho, pues, según ella, debía regresar ese día.

—Entonces eres talla 34 de jeans, talla S de camiseta. Te traeré sudaderas M o L, depende del modelo. ¡Genial! —exclamó mientras apuntaba mis medidas—. Ahora necesito saber tu talla de pecho para el sostén.

—No me la sé —contesté mientras me cepillaba los dientes y veía su reflejo sorprendido en el espejo.

Analizó mi pecho, haciéndome sentir incómoda, y tomó más notas en el celular.

—¿Tienes alguna preferencia? ¿Algún tejido o color, tal vez?

Negué con la cabeza y ella me sonrió discretamente. Me probé sus zapatos para averiguar mi talla; por suerte, teníamos la misma.

Mientras Kiara salía de la habitación me dijo que volvería al día siguiente con mis compras. Cuando se fue de casa, de repente me sentí muy sola. Solo el agua que corría de la llave rompía el silencio.

Aunque ese sentimiento de soledad nunca antes me había molestado, en ese momento me sentí asfixiada. Saber que estaba sola y que un individuo que quería verme muerta, día y noche, podía aparecer en cualquier momento me ponía paranoica.

Bajé a la sala para encender la tele. Decidí ver unas caricaturas que me encantaban, *Teen Titans.*

De repente un ruido detrás de mí hizo que me levantara de un salto y me volteara rápidamente.

—Veo que ya pasó a los castigos físicos —dijo el hombre al ver mi vendaje—. Qué cabr...

Era el pervertido de la última vez: Ben, creo. No sabía cómo había entrado, pero ahí estaba, en la sala. Con el ceño fruncido, me alejé de él. Para mi gusto, se había acercado un poco demasiado al sofá.

—No puedo tocarte, preciosa. Eres la pequeña protegida de Rick, de momento, pero no voy a negarte que te tengo bastantes ganas —afirmó relamiéndose los labios.

La forma en que me miró provocó que el estómago me diera un vuelco. Puse una mueca de asco que le hizo soltar una carcajada. Se tumbó en el sofá mirando de reojo las caricaturas que había elegido.

—Y ¿esto? —Se escandalizó—. ¿Quién ve todavía *Teen Titans*?

Me ofendí, y la imagen de Chico Bestia, mi personaje

preferido, no ayudó nada. El pervertido sacó el celular del bolsillo y escribió algo en la pantalla antes de levantar la cabeza hacia mí.

—Sabes que puedes sentarte, ¿no? El sofá es inmenso, no voy a comerte...

Dubitativa, lo miré fijamente y decidí tomar asiento en el otro extremo para mantener cierta distancia.

—Al menos, no por ahora...

Eso hizo que me sobresaltara una segunda vez, y provoqué su risa de nuevo.

—¡Ya, estoy bromeando! ¡Hubieras visto tu cara! —dijo mientras se partía de risa y volvía a agarrar el celular, que estaba sonando.

El pervertido respondió con un semblante enojado. Después de unos minutos de conversación, colgó y se volteó hacia mí.

—Mientras esperamos el retorno de nuestro querido Ash, háblame un poco de ti. Ni siquiera conozco el timbre de tu voz. ¿Eres muda? ¿Una nueva especialidad entre las cautivas?

Fruncí el ceño y negué con la cabeza. Él también estaba un poco perturbado, ¿no?

—¿Cómo te llamas?

—Ella —respondí en voz baja, todavía de pie.

—Ella... —repitió el pervertido, dejando que sus ojos negros se perdieran en la televisión—. ¿De dónde eres, hermosa Ella?

—De Sídney.

Levantó las cejas.

—¿Eres de Australia? —Se horrorizó—. ¡Mierda, tu

país me vuelve loco! Los animales de allí están poseídos... o algo así.

Que tuviera miedo a los animales australianos me hizo sonreír. Era cierto que en Australia se encontraban algunas de las especies más peligrosas del mundo, pero dependía de la zona, en realidad.

Me volví a sentar en el sofá, tranquila al ver que no tenía ninguna intención de «devorarme», tal y como había insinuado al principio.

—No en Sídney —lo informé con una sonrisa, defendiendo mi país natal—. Además, solo viví ahí durante los primeros años de mi vida, antes de mudarme a Florida.

—Veo que estamos hablando mucho por aquí —dijo una voz ronca detrás de nosotros, poniendo fin a nuestra conversación.

Me volteé al mismo tiempo que el pervertido y me encontré con el psicópata, que nos miraba de arriba abajo con una mochila en la mano.

—¡Amigo! ¿Sabías que Rick te trajo una cautiva importada de Australia? —exclamó mientras me señalaba.

Mi propietario centró la atención en mí; arqueó una ceja, luego la volvió a dirigir al pervertido.

—Dejé en tu casa eso que buscabas —le dijo con los brazos cruzados.

—¿Me estás corriendo, Scott? —preguntó el pervertido, fingiendo indignación.

—Efectivamente, Jenkins.

Así se llamaban: Ash Scott y Ben Jenkins. Psicópata Scott y Pervertido Jenkins.

El chico de pelo negro me guiñó un ojo, se levantó, salió de la casa y nos dejó solos en la sala. Tragué saliva y me tensé cuando sentí que el cuerpo de mi propietario se desplomaba en el sofá, cerca de mí.

—Ves basura —comenzó, y sacó un cigarro de su cajetilla para encenderlo.

—Puedes cambiarle si quieres —le respondí amablemente con la esperanza de que no lo hiciera.

Soltó una carcajada.

—Voy a tomarme la libertad.

Terminó la frase tomando el control. Pasó varios canales hasta encontrar una serie que le gustaba. Sentí que me atravesaba con la mirada. ¿No prefería concentrarse en su serie? Si no estaba tan interesado, podría haberme dejado ver *Teen Titans*.

—Ve a hacerme café —me ordenó mirando el cigarro, que estaba a punto de terminarse.

—No sé hacer café —confesé con aire de disculpa, aunque en realidad quería abofetearlo.

—Hay una puta máquina en la cocina. Solo hay que poner una cápsula en el interior —me explicó cortante.

Sin decir una palabra, me levanté para prepararle su bebida, rezando para que se ahogara con ella. Parecía simple. Hice lo que me dijo. Pero no precisó que debía apretar un botón para que funcionara. Podría haberme ahorrado cinco minutos de espera mientras miraba el aparato como una tonta.

Llevé la taza a la sala, donde la deposité sobre la mesa de centro. Podía sentir que me examinaba con la mirada.

Siguiéndome de cerca, analizando todos mis gestos. Justo como lo haría un psicópata.

—Volviste a poner *Teen Titans* —señalé con una sonrisa satisfecha en los labios.

¿Tal vez no era tan malo?

—No había nada interesante. No pienses que lo hice por ti —contestó con voz tajante antes de cambiar de canal por enésima vez.

Qué hombre tan amable.

El resto de la noche la pasamos de la misma forma: sentados uno al lado del otro frente a programas aburridos, sin intercambiar palabra. Nos convenía a los dos.

Me sorprendí a mí misma analizándolo, utilicé el aburrimiento que me invadía para justificar mi acción. La piel de su antebrazo estaba cubierta de tinta. No pude ver con detalle sus tatuajes porque eran muchos, pero distinguí una rosa atrapada entre espinas, un ojo lloroso y una brújula rota a la altura de su codo. Una serpiente le trepaba por el brazo, pero la manga de su camisa blanca impedía que viera más allá de la cola.

—¿Vas a dejar de mirarme? —me soltó con frialdad.

Aparté rápidamente la mirada con las mejillas sonrojadas por la vergüenza. Suspiró molesto antes de agarrar el teléfono, que vibraba. La llamada no duró mucho.

Cuando terminó, se volteó hacia mí con el ceño fruncido y un semblante serio.

—Tienes trabajo para mañana —dijo.

Me quedé congelada al oír la palabra *trabajo*. ¿El calvario volvía a empezar? No me sentía preparada para revivir todo lo que había sufrido con John. Cerré los ojos e intenté calmar mi respiración, que ya empezaba a acelerarse.

Con un nudo en el estómago, asentí nerviosa.

—Estarás con Sabrina. Irán a una gala de beneficencia que tendrá lugar mañana por la noche en casa de James Wood. Tú te encargarás de mantenerlo ocupado mientras Sabrina cumple con su parte del plan.

Me quedé boquiabierta. Recordé las explicaciones que Kiara me había dado de las cautivas. Ya no tenía que entregarme a hombres repugnantes a cambio de dinero.

Aunque estaba a punto de saltar a sus brazos, había una pregunta que me tenía desconcertada.

—¿Cómo lo puedo mantener «ocupado»? —pregunté temiendo su respuesta.

—Eso es tu trabajo, cautiva. Utiliza el cerebro. No sé, descúbrelo. Lo único que necesitamos es que Sabrina disponga del tiempo suficiente para cumplir su misión.

Asentí en silencio, aunque no entendía cuál era la misión de Sabrina. ¿Qué tenía que hacer? Y yo, ¿iba a estar a la altura? No era una persona interesante, sería complicado hacer que se quedara conmigo durante toda la noche.

—En la red nadie sabe que eres una cautiva, así que no necesitarás una transformación extrema. Kiara se encargará de traerte el vestido que te pondrás para la ocasión.

«¿Te mataría decir que soy TU cautiva, psicópata?»

—Bien.

Me volteé hacia él. Nuestros ojos se encontraron; de manera sincronizada, apartamos la mirada.

—Yo... ¿puedo hacerte una pregunta?

—No —me dijo mientras sacaba otro cigarro de la cajetilla, que lanzó sin cuidado a la mesa.

—¿Por qué no quieres poner cortinas en la casa? —pregunté de todas formas.

Me ignoró, estaba ocupado escribiendo en su celular o mirando la pantalla. Me levanté del sofá para dirigirme hacia mi habitación.

Tumbada en la cama, fijé la mirada en el techo dejando que mis pensamientos se perdieran en él. Ese hombre era agresivo conmigo, malo, arrogante. No comprendía cómo él y Kiara podían ser amigos. Ella era simpática, mientras que él... Un psicópata sádico, lunático, irascible y egocéntrico.

—¡Levántate! —me ordenó una voz ronca.

Me sobresalté por enésima vez.

Hablando del rey de Roma... Ni siquiera me había dado cuenta de que había entrado. Con un estuche en la mano, apretó el interruptor. La luz me hizo entornar los ojos por un segundo.

Le lancé una mirada de incomprensión mientras tiraba de mí hacia él. Sentado en el extremo de la cama, me retiró el vendaje. Por acto reflejo, aparté mi mano de la suya, pero él la retuvo y me fulminó con la mirada.

—Deja de moverte.

Desenrolló la tela haciendo que me estremeciera. Ahogué un gemido de dolor ante la fuerza con que me agarraba. Su sonrisa era puro sadismo, sabía perfectamente que me estaba haciendo daño. Y eso era lo que quería.

Poco a poco deslizó el pulgar por la quemadura en la palma de mi mano, un gesto que parecía cariñoso, pero no al venir de él. Entonces de repente la apretó. Me retorcí de dolor.

Mientras me miraba con una sonrisa diabólica en los labios, me puso un poco de crema calmante en la piel. Extendió el producto y lo dejó reposar unos instantes antes de cubrirme la mano con otro vendaje.

—Está demasiado apretado —lo informé mientras salía de la habitación tras terminar su obra.

—Puedes deshacerlo sola, no soy tu enfermero —respondió con frialdad.

—Podríamos haber evitado esto si no hubieras tenido la brillante idea de quemarme.

Esa respuesta fue demasiado.

Giró la cabeza y dejó caer el estuche al suelo antes de acercarse peligrosamente a mí; por poco se me echa encima.

—Repite eso —gruñó a pocos centímetros de mi cara.

Su imponente cuerpo y sus facciones duras me intimidaban, pero no podía mostrárselo.

Tenía que pelear.

—Dije que podríamos haber evitado esto si no hubieras tenido la brillante idea de quemarme —susurré aguantándole la mirada asesina.

No quería cometer el mismo error que con John: en otras palabras, dejarme pisotear como una mierda. Quería desafiarlo, a pesar de su amenazante mirada.

Apretó la mandíbula sin dejar de mirarme a los ojos, visiblemente enojado. Casi le rechinaban los dientes. Empecé a arrepentirme de mi arrebato de valentía.

No sabía hasta dónde podía llegar para someterme.

—Si mañana no tuviéramos esta puta misión, te habría arreglado esa cara de monstruo con la que andas por ahí, cautiva.

Me agarró del pelo para jalarme la cabeza hacia atrás. Después volvió a atrapar mi mandíbula entre los dedos y apretó tan fuerte que temí que me la fuera a romper.

—No te atrevas a reprocharme nada nunca más, cautiva —dijo en un tono agresivo—. No eres quién para hacerlo.

Retiró la mano de mi cara para presionar de nuevo la quemadura, haciendo que gimiera de dolor. Al final me soltó de mala gana. Al abandonar la habitación, dio un portazo tan fuerte que casi rompe las bisagras. Me llevé una mano a la mandíbula y solté un suspiro, sobrepasada por tanta violencia injustificada.

Tenía que parar. Me sequé las lágrimas con la mano y sollocé una última vez. No debía ceder a sus caprichos.

En ese momento tenía dos opciones: desafiarlo, arriesgándome a recibir una paliza, o callarme y recibir una paliza de todos modos.

En ningún caso iba a parar de hacerme daño. Así pues, mejor seguir desafiándolo.

5

Malvados

No sabía dónde estaba, hacía frío. Algo en mi interior me gritaba que huyera tan lejos como pudiera, pero era incapaz de moverme. Oí risas en la distancia, las mismas que resonaban en mi cabeza una y otra vez.

Volvía a estar atrapada.

Sentí a alguien tocándome, agarrándome el brazo y jalándome hacia el precipicio que tenía detrás. Me resistí y grité con todas mis fuerzas.

—¡Váyanse! ¡Lárguense! Se los suplico, ¡déjenme! ¡Suéltenme!

Pero no salió ningún sonido de mi boca cuando grité. Ahora había más manos y eran más violentas. Asfixiantes. Me estaba ahogando. Estaba aterrorizada, solo podía oír sus risas, solo podía sentir sus dedos sobre mi piel.

—Déjenme... —Sollocé con la esperanza de que me oyeran.

—Hazlo por mí, cariño —susurró la voz de mi tía como un eco en mi mente.

—Te va a gustar lo que voy a hacerte, zorra —murmuró otra voz cerca de mi oreja.

Forcejeé al borde del ataque al corazón. Una mano me agarró del pelo y jaló con fuerza arrancándome un grito de dolor. Ya no podía respirar, el cansancio empezaba a afectar mis movimientos. Era incapaz de seguir resistiéndome, incapaz de defenderme.

Me faltaba el aire. Algo me asfixiaba.

Me desperté sobresaltada cuando sentí una fuerte presión en el cuello cortándome la respiración. Lo primero que vi fue la cara de mi propietario casi pegada a la mía. Con los ojos entornados, aflojó su agarre.

—¿DE VERDAD QUE NO QUIERES CALLARTE? —gritó.

—Yo..., yo... estaba... —balbuceé mientras intentaba calmar mi respiración entrecortada.

Suspiró ruidosamente antes de salir de la habitación con un portazo y haciendo que volviera a sobresaltarme. Me llevé la mano al cuello.

Iba a estrangularme. Ese psicópata estaba a punto de estrangularme.

Me levanté de la cama aún desorientada y salí en silencio de la habitación, con cuidado de no hacer ningún ruido que provocase que me borrara del mapa. Una vez en el baño, me dirigí al lavabo. Me eché agua en la cara para despejarme la cabeza.

A continuación me inspeccioné la piel del cuello. Los dedos de mi propietario me habían dejado marcas. Hice una mueca observando mi reflejo. Una mano quemada y ahora también marcas de estrangulamiento.

Lo odiaba.

Sentí que regresaba el cansancio y volví a mi habitación

de puntillas. Cerré la puerta con cuidado y me enterré bajo las cobijas blancas de mi cama.

De repente sus penetrantes ojos grises vinieron a atormentarme. Me llevé la mano al cuello para recordarme cómo me había amenazado unos días antes: «¡Empieza otra vez con esa mierda y te estrangulo!».

Su voz ronca y su tono mordaz me provocaron escalofríos en la espalda, pero lo peor era que iba muy en serio. Había intentado estrangularme de verdad. Ese psicópata era, sin lugar a duda, un asesino en potencia. A menos que ya lo fuera. «Mierda, ¿y si es un asesino?»

El reloj digital de mi mesita de noche indicaba que eran las seis y media. El cielo empezaba a aclararse. La misión de esa noche, que debía llevar a cabo con la cautiva con la que me había cruzado cuando había llegado a la casa, me aterrorizaba.

¿Cómo querían que me ocupara de un hombre del que solo conocía su nombre? ¡Ni siquiera sabía qué aspecto tenía!

Oí algo estrellándose contra el suelo en el piso de abajo y el ruido me sacó de mis reflexiones. Me levanté y abrí la puerta de mi habitación con la curiosidad impulsando cada uno de mis movimientos.

«Ojalá sea el cuerpo sin vida de mi propietario.»

Estuve a punto de gritar cuando me encontré cara a cara con el psicópata, que estaba perfectamente, delante de mi puerta. Me puso un dedo en los labios.

Me miró con el ceño fruncido. A continuación se llevó el otro dedo índice a los labios indicándome que guardara silencio. Asentí con suavidad, con los ojos abiertos como platos.

Entonces me quitó el dedo de la boca, ahora tembloroso. «Si el de abajo no es él... ¿Quién es?»

De repente sacó un arma que tenía guardada en el elástico de sus pantalones deportivos y me obligó a volver a mi habitación. Me ordenó que cerrara con llave con un murmullo. Cerró la puerta con cuidado y yo hice lo que me había dicho.

Tras tres minutos, el silencio fue remplazado por unos gritos que atrajeron mi curiosidad. Abrí la puerta con delicadeza intentando comprender quién podía entrar en casa del psicópata a las seis y media de la mañana, aparte de otro psicópata.

«¡Mierda! ¡Vuelven mis peores miedos de película de terror!»

—Vine a dejar las cajas de esta noche antes de mi vuelo a Londres, que está programado para dentro de dos horas y...

—¡SE LAS HUBIERAS DEJADO A KIARA! —gritó mi propietario—. ¡Mierda, iba a dispararte!

—No lo había pensado..., pero como pareces totalmente despierto, ¡supongo que es un mal menor!

—Me despertó esa otra idiota —respondió mi propietario con voz ronca.

¿Una idiota? Imbécil, asqueroso.

Su interlocutor se rio a carcajadas; reconocí esa risa de inmediato. Era la del pervertido. Ben. Me sentí aliviada de que no hubiera otro psicópata en la casa.

—¿Qué te pidió?

—Tiene pesadillas, y eso me fastidia.

Decidí cerrar la puerta con llave fingiendo haber obedecido sus órdenes de mierda. Recuperé mi lugar en la cama volteándome hacia el ventanal por el que ya empezaba a entrar la luz.

Solo por eso odiaba esos ventanales.

Me despertó otro ruido. Alguien tocando la puerta. Me acerqué con pasos lentos y la abrí.

—¡Traje algunas cositas para ti! —exclamó Kiara alegremente al entrar.

La vi meterse en mi habitación con las manos llenas de bolsas que dejó sobre la cama.

—Te conseguí jeans, suéteres, sudaderas, cárdigans, dos abrigos, zapatos... ¡Encontré un par maravilloso! Y también algo de ropa interior bonita, porque me encanta la lencería y tenemos dinero para gastar.

Abrí como platos mis ojos cansados. A juzgar por la sonrisa que tenía en los labios y el brillo de su mirada, Kiara estaba orgullosa de sus compras.

—¿Lencería fina? —preguntó una voz ronca detrás de mí—. Esas prendas merecen un cuerpo mejor que el suyo.

«Idiota.»

—¡ASH! —exclamó ella saltando a los brazos del psicópata—. ¡Volviste!

—¡Apártate, me asfixias! —protestó él con una sonrisa en los labios.

Era la primera sonrisa sincera que le veía desde mi llegada. Concluí, sin demasiada convicción, que la quería.

«Pero ¿alguien que no tiene corazón, como él, es capaz de amar?»

—¿Cómo fue la misión? —preguntó ella mientras sacaba los artículos de las bolsas.

—Bien, creía que me costaría más conseguir información sobre la gala, pero parece ser que me equivoqué. James se ganó más enemigos de los que pensaba.

—Ella, ve a probártelos —me ordenó Kiara amablemente lanzándome dos vestidos a la cara, que atrapé con cierta torpeza; todavía estaba medio dormida.

Salí de la habitación, aunque el idiota no se movió de la puerta para dejarme pasar. Me dirigí al baño, donde me desnudé para probarme el primer vestido. Era blanco, con la espalda al aire; me llegaba a mitad del muslo.

Me paré detrás del psicópata, que seguía en el marco de la puerta.

—¡Apártate, Scott, me tapas la vista! —exclamó Kiara intentando ver cómo me quedaba el vestido.

Entonces el psicópata se volteó hacia mí. Observó el vestido entornando ligeramente los ojos para analizar cada detalle. Incómoda, me aclaré la garganta y entré en la habitación para enseñárselo a Kiara. Con una sonrisa, ella miró por encima de mi hombro a su amigo antes de dirigir su atención hacia mí.

—¡Va a una gala de beneficencia, no a un *afterparty*! —gruñó el psicópata detrás de mí.

—Si te la cruzaras en un *after* y no fuera tu cautiva, no te importaría —comentó ella maliciosamente, guiñándole un ojo con complicidad.

—Es poco para mí —replicó él.

Kiara me pidió que girara sobre mí misma y luego me mandó a probarme el otro vestido. Este era más elegante. Largo y escotado; casi se me veía toda la pierna derecha. Me abrazaba las caderas antes de ensancharse y me cubría los brazos con largas mangas de encaje. Kiara tenía muy buen gusto.

Al volver a mi habitación para enseñárselo, me di cuenta de que el psicópata ya no estaba bloqueando la puerta, sino de brazos cruzados frente al ventanal. De espaldas a mí.

Kiara entreabrió la boca y golpeó la cama sobre la que estaba sentada, lo que atrajo la atención del psicópata, que se volteó examinando de nuevo el vestido. Recorrió con la mirada cada centímetro de tela. Podía sentir como si sus penetrantes ojos grises rozaran mi piel. Me miró de los pies a la cabeza deteniéndose en mi muslo al aire.

—Llevará este —dijo sin apartar la mirada del vestido.

Kiara asintió, dejando que se le formara una sonrisa en la comisura de los labios.

—Ally pasará más tarde para maquillarte —comentó entusiasmada, y me entregó nuevos artículos.

—¿Qué es...?

—Una pijama nueva. No me des las gracias, Ash —dijo con picardía, volteándose hacia el psicópata, que puso los ojos en blanco y suspiró exasperado.

La pijama se componía de unos *leggings* de deporte y una camiseta de tirantes blanca. Comprendí que él no tenía una pijama de verdad.

Me cambié rápidamente y volví a dejar los vestidos en

la habitación. Era mediodía y empezaba a tener hambre. Kiara se dio cuenta y me invitó a bajar con ella. En la sala marcó un número y me preguntó:

—¿Te gusta el sushi?

Me encogí de hombros: no tenía opinión al respecto.

Tras unos minutos el psicópata se unió a nosotras. El cabello húmedo le caía sobre los ojos y goteaba en el suelo. Llevaba unos jeans oscuros y un suéter arremangado que dejaba a la vista sus tatuajes.

—Tienes un poco de baba por aquí —se burló con amabilidad Kiara, señalándose la comisura de la boca.

Puse los ojos en blanco en un vano intento de ocultar mi vergüenza, pero me sonrojé. Miré de reojo al psicópata, que tenía la mandíbula contraída y la mirada de acero clavada en mí.

—¡Deja de mirarme, cautiva! ¡Soy algo más que un cuerpo atractivo! —gruñó con aire asqueado.

Su comentario me hizo abrir los ojos como platos. Volteé la cabeza esperando interesarme por algo que no fuera mi propietario, que estaba muy orgulloso de sí mismo.

Kiara se carcajeó. ¿Se estaba burlando de mí?

—Le pedí a Ally que traiga sushi —informó.

El imbécil se encogió de hombros. Me quedé en un rincón retorciéndome los dedos. Kiara y el psicópata hablaron de sus asuntos; me dejaron de lado..., hasta que tocaron a la puerta.

Él se levantó de la silla para mirar la pantalla que había en la pared, al lado de la entrada. Presionó un botón rodeado de luz roja, que supuse que era el mismo que había en la puerta de abajo.

Unos minutos después entró en la casa una chica rubia acompañada de una mujer de cabello de color ébano. Era Sabrina, a quien había conocido el primer día junto a todo el grupo. Y supuse que la rubia sería Ally, la segunda cautiva que trabajaba con Rick.

—¡Me muero de hambre! —exclamó Kiara arrojándose sobre el famoso sushi.

—Así que tú eres la nueva. ¡Eres muy guapa! ¡Ash, me mentiste todo este tiempo! —exclamó Ally volteándose hacia el idiota.

Con el rabillo del ojo vi que Sabrina estaba muy cerca del psicópata. Tenía las manos en su pecho mientras él miraba fijamente su cigarro con una sonrisa, sin prestar siquiera atención a las palabras de la rubia.

—Me llamo Ally —me informó ella con una sonrisa en los labios—. Y ¿tú?

—Ella.

—Come. Después nos divertiremos un poco con tu pelo. Traje mucho maquillaje. No sabía cómo eras ni el tono de tu piel. No quiso decirme nada.

Le sonreí con amabilidad y comí sushi escuchando como se quejaba porque que esta nueva casa estaba muy lejos de la de Rick y habían tardado demasiado en llegar.

Así que mi propietario acababa de mudarse...

Sabrina se unió a nosotras cuando el psicópata la empujó para salir de la estancia con el celular en la mano.

—Entonces ¿voy a hacer la misión contigo? —preguntó admirándose las uñas, casi tan largas como mi dedo.

—Sí, eso creo —contesté encogiéndome de hombros.

Apartó la mirada de sus uñas para posarla en mí. Un celular empezó a vibrar sobre la mesa.

Era el suyo. Lo tomó y, tras unos segundos, se volteó hacia nosotras.

—¿Ash no salió? —preguntó mirando a Kiara.

—No, creo que no. Seguramente esté en el jardín. O tal vez en su habitación.

Ante esas palabras Sabrina salió de la estancia para ir a buscar al psicópata. Ally y yo empezamos a hablar de todo y de nada hasta llegar al tema de su hijo, Théo. Tenía cinco años y vivía con ella y con Rick. Me contó que antes estaba ahogada por las deudas y la renta. Entonces oyó hablar del trabajo de las cautivas y tuvo la «suerte» de encontrar a Rick. Me confió que Rick era su salvador, tanto de ella como de su hijo. Tenía una definición del término *cautiva* muy alejada de la mía.

Ahora Ally ya no podía dar marcha atrás. Entrar en esa red era un viaje solo de ida. Aunque nunca se le pasó por la cabeza dejar la red de Rick y del psicópata, ahora era incapaz de hacerlo.

Era mucho más difícil salir de ese peligroso mundo que entrar en él. A decir verdad, nunca se salía del todo.

Sabrina bajó las escaleras y abrió la puerta principal con ayuda del botón. Volvió para informarnos de que Ben había llegado.

—¿No tenía que irse a Londres? —preguntó Ally.

—Rick pospuso su vuelo. La misión de hoy es más importante que los asuntos de Londres. Ash y él trabajarán en los documentos que serán remplazados.

Se me formó un nudo en el estómago cuando oí la

palabra *misión*. Todavía ignoraba qué debía hacer y cómo hacerlo.

Kiara puso la mano sobre la mía al verme nerviosa.

—¡Bonita, ya conociste a Ally! —exclamó el pervertido entrando en la cocina.

Se sentó cerca de Kiara. Al ver su mano sobre la mía, le dirigió una mirada traviesa antes de fijarse en mí.

—¿Dónde está tu propietario?

Me encogí de hombros como respuesta, lo que hizo reír a Sabrina. En ese instante sonaron sus pasos y se unió a nosotros en la cocina.

—¿Quién las acompaña? —inquirió el pervertido.

—Carl. Las dejará en la entrada y las recogerá cuando nos llame Sabrina.

—Por cierto, explíquenme en qué consiste la misión —pidió la famosa Sabrina.

—Es fácil —empezó el psicópata—. Mientras la cautiva entretiene a James Wood, tú entrarás en su despacho y borrarás toda la información que tiene sobre nuestra red. La remplazarás por otros datos que te proporcionaremos antes de que te vayas. Las llaves de su oficina y los documentos están en manos de nuestra topo, que te esperará cerca del buffet y te acompañará hasta que termines el trabajo. Quiero que acabe todo antes de la fiesta que habrá después.

—Espero que esté a la altura —comentó Sabrina, que me miró arqueando una ceja.

El psicópata se echó a reír y se hizo un café con leche. Definitivamente Sabrina era tan perversa como él, así que no tenía muchas ganas de trabajar con ella esa noche.

6

Robo y caridad

—Cierra los ojos —me ordenó Ally mientras me aplicaba la sombra.

Ya hacía más de una hora que había empezado a prepararme. Eran las siete menos cuarto y solo faltaba acabar con mi maquillaje. Sentí, al tacto, que mi pelo castaño seguía ondulado, pero con unos rizos mucho más definidos y voluminosos. La joven madre hacía un trabajo impecable, nunca había tenido el pelo tan bonito.

Mientras Ally me maquillaba con un gusto exquisito, Kiara me explicaba el plan sentada en una silla cerca de nosotras, con los ojos clavados en las brochas que pasaban por mi nariz.

—Y mientras Sabrina borra unos documentos en el despacho, tú intentarás mantenerlo a tu lado hasta que ella termine. Lo reconocerás con facilidad, tiene una cicatriz enorme en la mejilla izquierda.

—Gracias a Ash. —Ally se rio mientras elegía otra brocha.

—Y que lo digas —añadió Kiara—. Según escuché, se

pintó el pelo de rubio, así que tienes que buscar a un tipo con el pelo rubio y una cicatriz en la mejilla. Es un seductor. Si ves a varias chicas alrededor de una persona, probablemente sea él.

Asentí mientras intentaba asimilar sus instrucciones. Kiara me explicó que durante la noche no me llamaría Ella, sino Mona Davis, una mujer que formaba parte de una importante asociación que recogía fondos para donarlos a diversas causas. La gala de beneficencia a la que iba a acudir estaba destinada a la investigación del cáncer. Me dio un papel en el que estaban escritos todos los detalles de mi falsa identidad. Me pidió que me aprendiera la información subrayada.

Es decir, toda la página. Genial.

—Ser miembro de una red de tráfico de armas y organizar una gala de beneficencia es contradictorio, ¿no? —le comenté a Kiara frunciendo el ceño.

—Es para camuflar sus verdaderas actividades. Solo el treinta por ciento de los donativos irán destinados a la causa. El resto es para la red de James.

—Pero ¡eso es robar!

Kiara asintió. Con cuidado, me aplicó un esmalte negro en las uñas. Después de unos minutos aprendiéndome el personaje, por fin estaba lista. Al menos en teoría.

—Mírate ahora —dijo Ally con los ojos brillantes.

Al ver mi reflejo, se me abrieron los ojos como platos. No tenía palabras para describir lo que veía. Estaba transformada, literalmente.

Tenía una piel de porcelana, las sombras oscuras resaltaban mis iris azules, el delineado de los ojos me dibujaba una mirada felina y el labial, de un color natural, se fundía a la perfección con el resto del maquillaje. Mi pelo descendía en una cascada de rizos suaves por toda la espalda.

Era perfecto.

Le di las gracias a Ally. Nunca me había sentido tan guapa como ese día. Ella se dio cuenta y me abrazó.

—Estás increíble. Kiara, ¡mírala!

Parpadeó varias veces antes de pasar los dedos por uno de mis rizos. Sonrió de oreja a oreja y me dijo que estaba preciosa.

Las dos amigas me ayudaron a ponerme el vestido y me dieron unos tacones. Sabrina también estaba lista. O eso suponía. No sabía dónde estaba mi cómplice para esa noche y, sinceramente, no me importaba.

Las chicas me guiaron hacia la sala, donde el psicópata y su amigo pervertido estaban hablando.

Vaya dúo.

Kiara carraspeó para llamar su atención. Voltearon sin saber qué pasaba; entonces sus ojos se posaron en mí. Bueno, en mi versión transformada.

El psicópata me analizó sin mostrar expresión o emoción alguna. Estudió en silencio cada uno de mis cabellos, así como cada centímetro de mi piel. Mientras, el pervertido me miraba boquiabierto y con los ojos abiertos como platos, estupefacto.

—¿A-Ash? ¿Me la prestas esta semana? —preguntó sin quitarme los ojos de encima.

—Mi oferta de regalártela ya no está sobre la mesa —respondió volteándose hacia el ventanal.

Resonó un ruido de tacones en el suelo y apareció una

joven. Tras unos minutos observándola, reconocí al personaje de Sabrina, que era todo lo contrario a la verdadera Sabrina.

Su pelo oscuro era ahora de un rojo intenso, su piel bronceada brillaba, y llevaba un vestido terriblemente ajustado. Sus iris verdes estaban camuflados por unos pupilentes negros y sus labios de color rojo sangre le daban aspecto de *femme fatale*. Sus pasos, dignos de las más grandes modelos, me borraban de la sala.

Con el rabillo del ojo pude ver que el psicópata se mantenía extrañamente impasible frente a la cautiva. Mientras encendía un cigarro, continuaba mirándome. Su mirada hostil recorría mi cuerpo, desde los pies hasta el pelo, pasando por las curvas de mis caderas. Un escalofrío me recorrió la espalda. Seguro que se estaba planteando cortarme en pedazos si la misión fracasaba.

Kiara puso los ojos en blanco cuando Sabrina se acercó al psicópata y le quitó el cigarro de la boca para darle una calada de la manera más descarada posible.

—No te molesto, ¿verdad? —preguntó el pervertido a su cautiva con una sonrisa sarcástica.

—Disculpa mi insolencia, propietario, deberías castigarme —respondió ella con tono burlón.

El pervertido se echó a reír, su cautiva lo imitó. El psicópata aplastó en el cenicero el cigarro que Sabrina le había devuelto y sacó otro de la cajetilla. La morena, ofendida por su gesto, abrió la boca y levantó las cejas.

Ben retiró un USB de una computadora una computadora y se lo dio a su cautiva.

—¿Carl está fuera?

—Sí, Sabrina, ya conoces el plan. Ten cuidado, que no te reconozca ni el hijo de puta ni James. Cautiva, intenta que se quede contigo durante el mayor tiempo posible. Si tienes que cogértelo para que te preste un mínimo de atención, lo haces, ¿está claro? —me ordenó el psicópata.

Tragando saliva, asentí como pude. Era demasiado bueno para ser cierto. Sabía que en algún momento se aprovecharía de mi cuerpo. Tenía que hacer todo lo posible para no llegar a eso.

—No debería ser una tarea difícil para ti, teniendo en cuenta tu experiencia profesional —soltó Sabrina burlona.

—Cállate, Sabrina —gruñó Kiara, que la fulminó con la mirada.

Le había confiado a Kiara todo lo que había vivido con John; bueno, le había hecho un resumen. Comprendí que se lo había contado al resto del grupo. La sensación de haber sido descubierta me incomodaba mucho. No me gustaba hablar de mi pasado.

Me quedé como piedra mirando al suelo. Sus palabras habían despertado recuerdos que quería enterrar hasta olvidarlos. Esperé impaciente a que saliéramos de la casa, ya no podía soportar las miradas clavadas en mí.

—¿Qué pasa, Kiara? ¿No te gusta que toquemos a tu nueva protegida? Qué pena que sea la cautiva de Ash, no la tuya —la provocó la morena.

—Me cansas —soltó el psicópata desesperado—. Ustedes dos, salgan de aquí e intenten volver con el trabajo hecho, si es que valoran sus vidas.

Sabrina puso los ojos en blanco y se acercó al psicópata. Le colocó las manos sobre el pecho y le susurró algo al oído. Mi propietario esbozó una sonrisa que desapareció tan rápido como había llegado. La apartó de un empujón y salió de la sala seguido por el pervertido.

Ally me arregló el pelo una última vez, y me tomó entre sus brazos para tranquilizarme. Kiara hizo lo mismo, luego nos acompañó fuera. Nos dirigimos hacia la salida de la enorme casa pasando por el infinito pasillo que había recorrido el día de mi llegada. Estuve a punto de caerme varias veces por culpa de los tacones, lo que hizo que tuviera que aguantar las risitas de Sabrina.

Un sedán negro nos esperaba en la entrada principal. Apoyado en la puerta, el chofer, el mismo tipo fornido de la última vez, estaba fumando un cigarro.

—¡Carl! —exclamó Sabrina saludándolo con la mano.

—Hola, belleza —dijo él antes de dirigir la mirada hacia mí—. ¿Sigues viva? Pensé que Ash acabaría contigo la primera noche.

Su risa me heló la sangre.

—No la puede soportar, ¡si supieras cuánto la odia! —afirmó la morena con cinismo.

Puse los ojos en blanco, cosa que hizo que el chofer se riera aún más.

Entre las carcajadas histéricas de Sabrina, que me daban dolor de cabeza, y las anécdotas de Carl, el trayecto fue animado.

Se estacionó a unos metros del lugar donde se celebraba la gala y nos dejó bajar. A pesar del aire fresco que me sacudía el pelo, la presión me creaba un nudo en el estómago. Nos pusimos en marcha sin intercambiar una mirada hasta que vimos a lo lejos la enorme casa del tal James Wood.

Había tres guardias vigilando la entrada. Observé que los invitados enseñaban sus invitaciones y su identificación antes de pasar. «Espera... ¿Identificaciones?»

—Buenas noches, señores —dijo Sabrina mientras buscaba nuestras invitaciones y dos identificaciones de cuya existencia yo no sabía nada.

Tras agarrarlos y examinarlos con detenimiento, los guardias nos dejaron pasar y nos desearon una velada agradable; una velada magnífica, de hecho.

Las risas y el tintineo de las copas creaban un barullo sofocante. De reojo vi que Sabrina había encontrado a la topo.

—No la cagues —me advirtió con crueldad antes de dejarme sola entre la multitud.

«Bien, Ella, ligar no es tan difícil. Bueno, es cierto que tal vez primero hay que encontrar al tal James.»

Un mesero me ofreció una copa de champaña que acepté con una sonrisa tímida. Barrí con la mirada la sala, llena de rostros desconocidos. No distinguía a ningún hombre con una cicatriz en la cara.

—¿Está perdida? —me preguntó desde detrás una voz que hizo que me sobresaltara.

Me volteé con la esperanza de que fuera la de James Wood, pero el tipo que tenía delante no encajaba con la descripción que me habían dado. Era un hombre joven, de unos treinta años, con el pelo rubio y unos ojos azules como el mar.

—No —respondí tratando de mostrar seguridad.

—Ya nos hemos cruzado antes, ¿verdad?

—Se equivoca —contesté con una sonrisa cortés en los labios.

Estaba a punto de sufrir un ataque de pánico. Nadie sabía que yo era la cautiva del psicópata o la excautiva de John, ¿no?

—Es cierto que un rostro tan bonito es casi inolvidable, disculpe mi falta de educación. Me llamo William —se presentó mientras me tendía la mano con delicadeza.

—Mona Davis —dije a mi vez poniendo la mano sobre la suya.

Me sorprendió llevándosela hacia la boca para besarla. En un acto reflejo rompí nuestro contacto.

—James solo invita a personas importantes a este tipo de recepciones, o a sus amigos. ¿En qué categoría debo situarla, señorita Davis?

Me quedé sin palabras. Eso no estaba escrito en las notas.

—Trabajo en una asociación que hizo un donativo a la gala —mentí nerviosa—. De ahí mi presencia.

Asintió, poco convencido por mis palabras. Una voz detrás de él lo llamó.

—¡James! —exclamó antes de acercarse a él, dejándome así entrever a mi objetivo de la noche.

Era el James Wood al que debía seducir, y estaba a tan solo unos metros de mí. Su cicatriz, aunque camuflada por la barba, se podía ver perfectamente. No era rubio, como Kiara me había dicho, sino que tenía el pelo más negro que mi futuro si metía la pata en esta misión.

—Señorita Davis, le presento al hombre de la noche: James Wood.

Mi objetivo me guiñó el ojo. A continuación me tendió la mano invitándome a darle la mía, cosa que hice. Se agachó para besarla mirándome con una sonrisa seductora. Me puse tensa, pero no dejé que se notara.

—Mis invitados la encuentran resplandeciente, querida. Nunca antes había venido a esta gala, ¿me equivoco?

—En efecto, es mi primera vez —respondí con una sonrisa falsa dibujada en los labios.

—Espero que disfrute de la velada. Hay una fiesta después. No sé si tendrá otras cosas que hacer.

—Eso depende de cómo se desarrolle la velada y de lo que tenga para ofrecerme —susurré.

James inclinó la cabeza hacia un lado sorprendido por mi acto de seducción. «Estoy tan sorprendida como tú.»

—Tengo que dar un discurso dentro de unos minutos, ¿me hará esta cara tan hermosa el honor de acompañarme? —me preguntó ofreciéndome el brazo—. No pasa desapercibida, así que me gustaría aprovechar para poner celosos a algunos de mis invitados.

—¡Me encantaría!

Desgraciado.

Lo seguí mientras nos dirigíamos a la gran sala, donde todos los invitados de mi objetivo estaban charlando. Se paraba cada pocos metros para saludar a sus amigos. Me sentía incómoda, tensa, y el nudo en mi estómago no hacía más que crecer. Rezaba interiormente para que Sabrina apareciera y me sacara de allí. No sabía lo que esperaba de mí, o lo que había hecho para que deseara mi compañía.

Me invitó a elegir un asiento antes de irse a pronunciar su discurso.

«¡Un aplauso para James Wood, el hombre de gran corazón que organiza esta gala de beneficencia!»

A mi lado, dos chicas estaban hablando de él como si fuera un ángel caído del cielo, un alma generosa y caritativa. Si supieran adónde iba todo ese dinero... Pasaron varios minutos. El discurso no era más que mentira tras mentira, pero sonaba tan convincente que tenía muchas ganas de creérmelo yo también.

A continuación llegó el turno de un hombre mayor que contó sus aventuras en África. Seguí a James con la mirada mientras bajaba del escenario. De repente sentí que alguien se sentaba a mi lado. Lancé una mirada furtiva al desconocido y reconocí al hombre de antes, William.

—¿Cómo se hizo eso? —murmuró señalando mi mano vendada.

«¡Ah, es una historia formidable! Soy una cautiva y, a decir verdad, mi propietario es un sádico violento que tiene un único deseo: que meta la pata para poder matarme.»

—Me... me resbalé y, por acto reflejo, me agarré a la parrilla caliente de la cocina —respondí apartando la mano de su mirada inquisitiva.

Una sonrisa suspicaz se dibujó en sus labios.

—Mire, señorita Davis —me dijo señalando a una mujer que tomaba la palabra—. ¿Ve lo incómoda que está? Es muy fácil distinguir a las personas que no están acostumbradas a mentir.

Tragué saliva. Mierda, ¿dónde se había metido la seductora de turno ahora que la necesitaba?

—¿No estás de acuerdo conmigo? —me susurró al oído.

Me quedé helada, paralizada. Los aplausos que empezaron a sonar en la sala pusieron fin a nuestra conversación. Aplaudió sin saber por qué, y yo lo seguí. Mis ojos se fijaron en un punto imaginario. Sentía como el corazón me latía tan fuerte que debía de oírse a kilómetros.

James invitó a los asistentes a disfrutar del buffet antes de bajar del escenario y dirigirse hacia nosotros.

—Vamos, no hay tiempo que perder, un conocido grupo de jazz toca para nosotros esta noche —nos anunció cogiéndome de la mano y dejando a William atrás.

Salvada por el objetivo.

La mayoría de los invitados seguían allí; bebían y disfrutaban de los canapés, que se veían deliciosos. Nada se me antojaba demasiado, esa situación tan angustiante me había quitado el apetito.

Cuando James me ofreció una copa de champaña, le dediqué una sonrisa. Saludaba y conversaba brevemente con sus invitados, presentándome a aquellos que querían conocer mi identidad. Cerca del buffet, el famoso William me miraba con una media sonrisa que me hizo estremecer. Recé para que no me descubrieran.

Me preguntaba por qué el psicópata no se había presentado. Habría sido una muy buena pareja para Sabrina.

—Tengo que dejarla durante un rato, debo recoger una cosa de mi despacho —declaró James soltándome el brazo.

—Está bi... ¡No! —Lo retuve al darme cuenta de lo que acababa de decir.

Volteó hacia mí con el ceño fruncido.

—Yo... No tardaré mucho en irme, sería una pena no poder disfrutar un poco más de su compañía.

Me observó perplejo antes de sonreír y tenderme la mano.

—Acompáñeme entonces, solo tengo que recoger una cajetilla de cigarros.

No me dio tiempo a responder. Me tomó de la mano y se deslizó entre los invitados. Ya no tenía remedio, estaba segura. Acababa de firmar mi sentencia de muerte. Con extra de sufrimiento garantizado.

Cuando llegamos a las escaleras, desató el cordón rojo que formaba una barrera para los invitados y me cedió el paso antes de volver a colocarlo en su lugar. Subí los escalones con las piernas temblando. El miedo me trepaba por las venas.

—¿Puede enseñarme antes dónde están los baños?

—¡Claro! Yo la llevo.

En lo más profundo de mí tenía la esperanza de que eso fuera suficiente para que Sabrina abandonara el despacho. James me soltó la mano cuando llegamos al piso. Me indicó cómo llegar al baño antes de dar la vuelta, probablemente para ir a buscar su cajetilla de cigarros.

—No tengo ningún sentido de la orientación, señor Wood. —Reí fingiendo estar avergonzada.

«Morir esta noche no es una posibilidad.»

—Empiezo a pensar que más bien me quiere con usted —respondió con malicia en la voz.

Me puso la mano en la espalda con brusquedad, dejándome sin aliento. Sentí como me empujaba con suavidad hasta el lugar al que yo quería llevarlo.

Cuando se alejó me invadió el pánico. Tuve un escalofrío y la adrenalina se esparció por mis venas. Lo detuve con un movimiento brusco.

Esos segundos eran muy valiosos para la misión... y sobre todo para mi vida.

Se volteó sorprendido. Sin tiempo para reflexionar, dejé de lado mis miedos y posé mis labios sobre los suyos. Mi cuerpo se tensó con violencia. Intenté calmar mi corazón, que, de lo rápido que latía, parecía estar a punto de explotar. Tras unos segundos por fin me separé de él.

No me atrevía a levantar la cabeza, mi vergüenza y mi ansiedad eran palpables. No había sentido una respuesta a mi beso, seguramente porque lo había sorprendido. En realidad, no estaba tan mal. Pero no tenía ningunas ganas de besarlo, ni a él ni a ningún hombre.

—Debería haberme dicho que esto era lo que quería, señorita Davis —murmuró con una sonrisa pícara.

—Yo... no sé qué me pasó —tartamudeé apartando la mirada.

Tenía que sonar creíble.

—A muchos invitados les habría gustado estar en mi lugar en este momento. Atrajo todas las miradas con su semblante dulce y su suntuoso vestido. Por desgracia, a mí no me atrae.

Sabía que no gustaba a los hombres, pues jamás nadie se había interesado realmente por mí. Pero en ese momento oírle decir que no lo atraía me alivió.

—¿Todavía quiere ir al baño? ¿O viene conmigo? —me preguntó James Wood con un tono de burla.

Con las mejillas sonrojadas, di un paso hacia él y retomamos el camino hacia el despacho. A medida que nos acercábamos a la puerta, mi corazón latía cada vez con más fuerza.

A toda velocidad, James buscó la llave en el bolsillo de su chamarra y abrió la cerradura.

Mierda.

Mi respiración entrecortada se detuvo cuando James entró en el despacho; sin embargo, salió unos instantes después con una cajetilla en la mano, como si no hubiera pasado nada.

Abrí los ojos como platos. ¿Sabrina ya se había ido?

Suspiré aliviada y me relajé. Ahora tenía que encontrar a la cautiva para salir de ese lugar lo antes posible.

Descendimos las escaleras bajo las curiosas miradas de los invitados y salimos de la casa en dirección al jardín, donde James encendió un cigarro. Parecía que mi vergüenza le hacía gracia.

—¿Está esquivando mi mirada, Mona? —preguntó.

—En absoluto —respondí con dulzura—. Creo que debería irme ya...

Mierda, ¿dónde estaba Sabrina?

—No se tome mal lo que le dije ahí arriba. Es usted divina, no puedo negarlo. ¡Incluso William parecía haber sucumbido a sus encantos! Pero no me atrae, ni usted ni ninguna mujer.

Entreabrí la boca. ¿De verdad había besado a...?

—Sí, soy gay. —Rio mientras observaba como me descomponía.

La ira me invadió como el rojo a mis mejillas. Los roles iban a cambiar. Iba a matar a Kiara y a ese psicópata.

7

Preferencia táctil

James era gay. Tenía el pelo negro. Todo lo contrario a su descripción. Vaya jugada me habían hecho.

No salió ni una palabra de mi boca tras su confesión. Lo único que él pudo ver fue mi tez pálida y mis ojos, todavía abiertos como platos.

—Yo... no lo... sabía —tartamudeé.

Por primera vez desde el inicio de la velada, no estaba actuando. Estaba muy avergonzada por lo que acababa de hacer.

—La próxima vez, evite besar al primero que le pase por delante. Podría toparse con cualquiera, incluso con el mayor de los psicópatas —bromeó mientras apagaba su cigarro en el suelo—. Dicho esto, debo admitir que me habría encantado ver la cara de William si nos hubiera sorprendido.

Acabó esa frase echando un vistazo por encima de mi hombro.

Giré la cabeza por curiosidad y vi al susodicho a pocos metros. Nos observaba con sus ojos azules. Era extraño, incluso opresivo. Casi me daba miedo, con su sonrisa torcida.

Ahora que la misión había acabado, era el momento de irse. Al menos, eso esperaba.

—Se está haciendo tarde. Por desgracia, debo abandonar su agradable velada —declaré en un tono falsamente decepcionado.

—¿Ya se va, señorita Davis? —preguntó una voz detrás de mí.

Me tensé al oír a William.

—La señorita Davis tiene asuntos más urgentes que atender, pero nos da las gracias por esta velada tan fascinante —contestó James con una mirada cómplice.

—¿Qué tipo de asuntos urgentes? —inquirió William colocándome la mano en la parte baja de la espalda.

Mi cuerpo se estremeció de asco con el roce de sus dedos. Empezaron a temblarme las piernas. Su mirada insistente me hizo pensar que lo sabía.

Lo sabía, estaba segura. Sabía que Mona era solo una tapadera.

—Yo... debo regresar a casa para escribir un informe para mi jefe —respondí intentando mostrar un mínimo de seguridad.

—Espero que volvamos a vernos pronto. —Suspiró poniéndome una tarjeta en la mano.

Temblaba como una gelatina cuando me la guardé en el diminuto bolso que llevaba. Les sonreí cortésmente una última vez antes de escabullirme.

William me siguió con la mirada.

Me mezclé enseguida con los invitados. Me abrumaban los vapores del alcohol, el perfume y el caleidoscopio de los vestidos, cada uno más brillante que el anterior. Me deslizaba entre los presentes en busca de mi «secuaz» cuando alguien me jaló hacia atrás. Vi una melena roja y mi ansiedad disminuyó.

Nunca me había alegrado tanto de verla.

Sabrina nos hizo salir farfullando. Encontramos enseguida a nuestro chofer, el bueno de Carl. Me volteé furtivamente hacia el gran salón, donde el alboroto se oía cada vez menos. Había gente que acababa de llegar, es probable que para la fiesta.

Recorrí con la vista a los invitados y me detuve en una mirada azul que me hizo estremecerme. William estaba muy atrás, en la entrada. Con el vaso en la mano, observó cómo me iba a toda prisa de la recepción. Incluso me pareció ver que levantaba el vaso hacia mí con una sonrisa.

Sabrina me soltó para abrir la pesada puerta del coche. Me metí en el interior. El olor a nuevo del sedán me provocó una sensación de seguridad. Habíamos acabado. En ese momento ya estaba lejos de todo ese peligroso negocio.

—Mierda, sí que se tardaron!

—Se perdió entre las sábanas de James —se burló Sabrina con picardía.

—¿En serio? ¿Usaste todos tus encantos? —preguntó Carl observándome por el espejo retrovisor.

—No —repliqué secamente—. No me hizo falta.

Sabrina me miró con desdén. A continuación, dirigiéndose hacia él, le relató un informe completo de la misión y me di cuenta de que había terminado enseguida y que le había dado tiempo para fumarse dos cigarros.

«Tengo impulsos asesinos.»

Las luces de la mansión seguían encendidas cuando llegamos. La puerta principal se abrió y sentí que el pervertido me juzgaba con la mirada. Fruncí el ceño al ver que me miraba el pelo y el cuello desnudo, antes de suspirar y cerrar los ojos.

—¡Kiara! —gritó apartándose de la puerta—. Ganaste...

Ella bajó corriendo las escaleras y le hizo al pervertido la V de victoria con los dedos. Él le dio un billete de cien dólares; Kiara se lo metió en el bolsillo trasero de los jeans. ¿Habían hecho una apuesta?

—¡Bueno, cuéntennos cómo estuvo!

Dejé que mi «secuaz» narrara su parte de la misión, optando por quitarme primero los tacones, que me producían un dolor atroz en los pies. Acto seguido me uní al resto del grupo en el sofá.

—Y ¿tú, Ella? ¿Qué tal la compañía de James?

Levanté la cabeza hacia Ben, el pervertido, quien esperaba una respuesta a su pregunta.

—Fue fascinante —respondí pensando en las palabras de James.

Ben intercambió una mirada con Kiara, que negó con la cabeza. Entonces llegó el psicópata, con un cigarro en los labios y la mirada fija en su celular, como de costumbre.

—¡ASH! —Sabrina gritó de alegría al verlo llegar.

Él se guardó el celular en el bolsillo y le dio una calada al cigarro antes de levantar la cabeza hacia nosotros.

—¿Cómo fue? —le preguntó a la morena en tono autoritario.

Ella estiró los labios formando una sonrisa de satisfacción y relató brevemente:

—Fue bastante fácil encontrar los archivos gracias a nuestra topo, pero hacía falta un código para abrirlos y solo había dos oportunidades antes de que se destruyeran y notificaran el error de contraseña. Entre los tres códigos posibles, logré encontrar el bueno.

Su modo de alardear me provocaba náuseas.

—¿Cuál era? —preguntó Kiara.

—Las coordenadas de un bar que frecuenta. —Sabrina suspiró—. Borré todo y lo remplacé por documentos nuevos, como me dijiste.

El psicópata asintió.

—Bien. ¿No te vio James? ¿Ni el otro?

—No, la cautiva sirvió para su propósito, no me molestaron en ningún momento.

Mi propietario no me había mirado ni una sola vez desde que había llegado, como si yo no existiera, lo que no me molestó en absoluto.

—Vamos, Sabrina —le dijo el pervertido a su cautiva, quien hizo un puchero infantil—. Tienes que informar a Rick, no lo hagas esperar, ya es muy tarde.

Sabrina puso los ojos en blanco y se levantó del sofá. Avanzó hacia mi propietario, le dio una calada a su cigarro y exhaló pocos segundos después. Él volvió la cabeza gruñendo antes de alejarla.

Con el ceño fruncido, Sabrina giró sobre sus talones para ir de nuevo con su propietario, que me guiñó el ojo y suspiró un «hasta mañana, preciosa mía». A continuación se fue de la mansión con su cautiva.

—¿Puedo tomar prestado un coche del garage? Tengo que volver a casa y no vine con el mío —pidió Kiara.

El psicópata asintió brevemente sin mirarla. Parecía embobado con el cristal, que no reflejaba nada más que la luna y nubes oscuras. Pero, si me concentraba un poco más, habría podido jurar que su mirada estaba fija en mi reflejo.

Esa imagen me tensó al instante y me volteé para observar a Kiara, que se estaba acercando a mí. Me dio un beso en la frente felicitándome por el éxito de mi primera misión.

Una misión que había cumplido a pesar de que había soportado mucho estrés, a diferencia de Sabrina.

Bajó los escalones que llevaban a un lugar que yo todavía no había visto: el garage. Unos minutos más tarde oí el fuerte rugido de un motor. Mi propietario soltó una risita y se sacó el celular del bolsillo.

Sin decir nada, salí de la sala y subí a mi habitación. Con la pijama en la mano, me dirigí al baño. En el lavabo había un montón de productos desmaquillantes, mascarillas y cremas de todo tipo, entre los que encontré una nota:

Seguramente no estaré ahí esta noche, así que puedes borrar mi obra maestra con estos productos. Besos, Ally.

Sonreí tontamente ante el gesto de afecto de la cautiva de Rick. Era muy dulce y amable. Agarré un algodón para desmaquillarme. La máscara de pestañas y el labial a medio borrar me hacían parecer el malo de *Batman*, lo que me hizo reír.

El baño me revitalizó al instante. Me fijé en que Ally me había dejado champú y un jabón con aroma a vainilla. Volvía a estar viva, estaba harta de oler igual que mi propietario.

Después de secarme, me vestí a toda prisa. Jadeé sorprendida cuando me encontré a mi propietario apoyado en la pared frente al baño, con esa mirada suya tan penetrante. Se enderezó y se cruzó de brazos.

—Acércate —ordenó secamente.

Hice lo que me había pedido y avancé con pasos vacilantes. Contrajo la mandíbula, molesto por mi lentitud. Cuando estuve frente a él, escuché como me olfateaba el pelo antes de resoplar exasperado. A continuación me miró el cuello haciendo que me estremeciera de angustia. Lo sentí examinar cada milímetro de mi piel, desde la nuca hasta la parte trasera de las orejas.

—¿Qué haces? —murmuré cuando sus dedos me rozaron el cuello desnudo—. Para..., por favor...

Me observó sin decir nada y detuvo sus movimientos. Se quedó varios minutos contemplando mi rostro crispado.

—No te acostaste con Wood —confirmó con la mirada tan glacial como siempre—. Si lo hubieras hecho, se habría tomado la libertad de marcarte la piel.

¿De verdad estaba comprobando si James me había dejado un chupetón?

—Puedes preguntármelo —repliqué mientras me cruzaba de brazos.

No me gustaba que me tocaran, ni él ni ningún otro. Pero él menos que nadie, después de lo que me había hecho sufrir.

—No quería hablar contigo y sigue sin quererlo —gruñó alejándose de mí.

—No quieres hablarme, pero prefieres tocarme. ¿Qué es peor para ti?

No iba a responderme, nada de lo que hacía tenía ninguna lógica. Sin embargo, mientras me miraba por encima del hombro contestó:

—Verte en mi casa, aún viva.

Retomó su camino por el oscuro pasillo dejándome sola frente a sus mortíferas palabras. Mis ansiedades volvieron con más fuerza y se me aceleró la respiración.

Un escalofrío de terror me recorrió la espalda. Durante varios minutos no me atreví a moverme, me imaginé las peores y más dolorosas maneras de morir bajo sus manos mientras me observaba con esos malditos ojos grises que me perseguían en mis pesadillas. Corriendo, me refugié en mi habitación con la esperanza de no volver a verlo durante el resto de la noche.

No obstante, cuando encendí la luz y me volteé, se me escapó un grito ahogado. Lo que quería evitar estaba ahí.

Sentado.

En mi cama.

Me miraba con la mandíbula apretada y los puños cerrados.

Tenía a su lado el bolso que me había llevado a la gala, lo había vaciado sobre la cama.

—¿Quién te dio esto? —preguntó en un tono helado enseñándome la tarjeta que sostenía entre las yemas de los dedos.

La tarjeta. Ni yo sabía qué había escrito, pero una cosa era segura: al psicópata no le había gustado nada.

—Un hombre... llamado... William —balbuceé tragando saliva con dificultad.

—¿Por qué te dio su mierda?

Tenía la voz calmada, demasiado calmada para alguien tan colérico como él. Verlo tragarse la ira resultaba aún más aterrador que ver que la exteriorizaba, como llevaba haciéndolo desde mi llegada.

—Se quedó conmigo durante buena parte de la gala, fue él quien me presentó a James Wood. No sé qué puso en la tarjeta —me defendí cruzándome de brazos.

—Pues seguirás sin saberlo —dijo antes de colocar el encendedor justo debajo de la tarjeta y dejar que se quemara entre sus finos dedos.

El olor a papel quemado invadió la estancia. El psicópata tiró al suelo los restos de la tarjeta y se acercó a mí peligrosamente.

—No volverás a pronunciar nunca el nombre de ese hijo de puta, ¿entendido? —me advirtió en un tono que me hizo estremecer.

Sus pupilas dilatadas y sus nudillos casi blancos delataban la ira que intentaba ocultar. Asentí rápidamente, tragando saliva con la esperanza de que se alejara de mí. Suspiró de frustración y abrió la puerta de mi habitación sin quitarme los ojos de encima.

Cerró la puerta al salir, haciendo que volviera a sobresaltarme. Los pensamientos se arremolinaban con violencia en mi cabeza. ¿Lo conocía? Y ¿por qué me había dado William esa tarjeta? ¿Qué había escrito en ella?

No comprendía nada, y eso me molestaba.

Mis emociones me cansaron tanto que me dejé caer en la cama. Lo oí hablar por teléfono gritándole a su interlocutor, cosa que me arrancó un largo suspiro. Ese psicópata era un manojo de nervios andante y costaba soportarlo.

La luz de la mañana perturbó mi sueño.

Cómo odiaba esos ventanales.

Cómo odiaba al que los había puesto ahí.

Cómo odiaba al que los había comprado.

Eran las nueve. Abajo oí las voces de Ben y de Kiara, así como risas que podrían parecer histéricas. «Una risa histérica... Ay, no. Sabrina no.»

Me levanté sin cuidado y me dirigí al baño. Al salir, al cabo de unos minutos, me di cuenta de que la puerta de mi propietario estaba abierta de par en par. Era extraño, pues desde que vivía ahí no la había visto nunca abierta.

Me acerqué a la habitación del psicópata y vi su cuerpo tatuado acostado bocabajo. El pelo le tapaba la mitad de la cara. A juzgar por su boca entreabierta, dormía a pierna suelta. Me sonrojé al ver su cuerpo, casi desnudo, y decidí cerrar la puerta con suavidad, haciéndola chirriar levemente.

—Gracias...

Estuvo a punto de salírseme el corazón de entre las costillas cuando lo oí pronunciar esa palabra.

Y yo que pensaba que iba a matarme por haberme atrevido a acercarme a su habitación... ¿Tal vez pensaba que era uno de sus amigos? Me alejé con discreción antes de que se diera cuenta de que era yo.

Sin duda, la risa de Sabrina era peor que la luz de la mañana. Entonces comprendí por qué el psicópata me había dado las gracias.

Bajé en silencio a la sala y me encontré cara a cara con el líder del grupo. Dick, si no recordaba mal...

—¡Ah, Rick, ahí la tienes! —exclamó Ben volteándose rápidamente hacia mí.

Rick. Mierda, me había acercado.

—¡Pequeña, estaba esperando a que te despertaras! Siéntate.

Obedecí. Sabrina estaba fumándose un cigarro en un rincón de la sala y me juzgaba con la mirada mientras Kiara y Ben jugaban a un videojuego en la pantalla gigante, discutiendo como niños.

A veces me preguntaba si de verdad pertenecían a «una de las mayores redes de tráfico de droga y de armas del país», tal y como me había dicho Kiara.

—¡Cuéntame cómo fue tu primera misión!

—Bien, yo...

—Llamó la atención del hijo de puta —gruñó una voz ronca detrás de mí.

«Pero... ¿no estaba durmiendo?»

El psicópata parecía cansado. Vestía solo un pantalón deportivo que dejaba al descubierto su imponente torso y sus tatuajes. Por otra parte, tenía un cuerpo muy atlético. Tal vez hacía mucho deporte. Tenía los músculos perfectamente definidos y...

—¿Qué? —preguntó Kiara mientras ponía en pausa el juego.

—¿Perdón? —exclamó Sabrina.

—¿Cómo puede ser? —inquirió Rick curioso.

Tenía todas las miradas puestas en mí, esperando una respuesta ante esa noticia que les había sorprendido demasiado para mi gusto. El «hijo de puta» se llamaba William, así que supuse que todos lo conocían.

—Estaba en el buffet, buscando al objetivo, cuando ese tipo llegó.

—Pero, incluso así... —insistió Ben, que me observaba.

—Él me presentó a James Wood. Después solo lo volví a ver durante el discurso y antes de irme. En los dos casos fue él quien vino hacia mí, sobre todo cuando James no estaba cerca.

—James es un seductor, le encanta recibir la atención de las mujeres. Me sorprende que solo se apartara de ti dos veces —señaló Rick arqueando una ceja.

—James es gay, y no, se quedó con...

No pude terminar la frase por culpa de sus reacciones. A Ben estuvo a punto de caérsele la mandíbula. Kiara se dejó caer en el sofá con dramatismo. A Sabrina se le deslizó el cigarro entre los dedos y acabó en el suelo. Por el contrario, el inútil de mi propietario ni siquiera pestañeó. Estaba tecleando algo en el celular. Quizá no me escuchó.

—¿A ti no te sorprendió? —se preguntó Ben mirándolo.

—Ya lo sabía —murmuró él.

—¿QUÉ? —exclamó Kiara.

—Vamos —interrumpió Rick volviendo la atención hacia mí—. Debes saber que, por el momento, no tienes derecho a entablar amistad con nadie que no sea miembro del grupo. No cometeremos dos veces el mismo error.

«¿Cómo?»

—Espero que Ash se ocupe bien de ti —añadió mientras le echaba un vistazo—. Si necesitas cualquier cosa, no dudes en avisarme.

Finalmente Rick encaró a Ben y Kiara, y les dijo en tono autoritario:

—¡Vuelvan al trabajo! Hoy y mañana tienen que mover cajas para los nuevos envíos.

Ambos se levantaron refunfuñando y siguieron a Rick hasta la puerta principal. Sabrina recogió el cigarro del suelo, lo aplastó en el cenicero y salió cerrando la puerta tras ella. Nos dejó solos.

El psicópata se dio la vuelta y lo interpelé. Sus palabras de hacía un momento me hirvieron la sangre.

—Tú sabías lo de James y no me dijiste nada. ¡Hice el ridículo besándolo!

Arqueó las cejas y esbozó una sonrisa burlona.

—¿Lo besaste? Si no te dije nada era porque quería ver que hacías. Me alegro de que funcionara, cautiva.

8

Que gane el mejor

Habían pasado cuatro días desde mi primera misión. Mis días se resumían en estar tirada delante de la televisión, devorar la poca comida que había en el refrigerador y, por supuesto, discutir a menudo con el psicópata. En lugar de pedir comida a domicilio, me obligaba a cocinar platos que luego ni tocaba, además de su maldito café. Me había convertido en su sirvienta, y eso le encantaba. Ocho de la tarde. Luchaba contra el sueño mientras veía un documental de animales. Me negaba a quedarme dormida porque, si me echaba una siesta en ese momento, no podría dormir por la noche. Sin embargo, no quería ponerme a deambular por los pasillos y arriesgarme a encontrarme con ese psicópata de sueño ligero.

—Vístete, vamos a salir.

Su voz hizo que me sobresaltara. Acababa de bañarse, mechones de pelo todavía húmedos le tapaban los ojos. Con un cigarro entre los labios, abandonó la sala sin dirigirme ni una mirada. Apagué la televisión y fui a cambiarme rápidamente. Eran tan raras las veces que salía de esa casa que hacerlo me sentaba bien.

Mientras me ponía los zapatos oí al psicópata bajar las escaleras corriendo. Me di prisa para evitar que se enojara.

«Regla número 1 en la casa: siempre evitar la muerte. Siempre.»

Bajé unos minutos después, no sin tener que oírlo protestar por mi retraso. Levantó los ojos hacia mí y me miró de arriba abajo, como era habitual.

Lo seguí hacia otras escaleras. Pasamos al lado de la puerta que llevaba a la bodega, tragué saliva y continuamos hasta el sótano de la casa. Buscó una llave en una estantería, luego abrió la puerta marcando un código secreto.

Las luces iluminaron automáticamente un inmenso garage. Ni uno ni dos; allí estaban estacionados decenas de coches. Cada uno más lujoso que el anterior. Entró en un sedán de vidrios tintados. Giró la llave e hizo rugir el motor. Me hundí de inmediato en el asiento de ese coche demasiado potente para mi gusto.

Una vez que estuvimos en la carretera principal, empezó a conducir rápido, demasiado rápido. Pero mantenía los ojos fijos en la carretera. Su mirada de concentración y sus manos, aferradas al volante, me daban algo de seguridad, parecía que sabía lo que hacía.

—No estás obligado a conducir tan rápido —señalé agarrándome a la manija interior de la puerta.

El psicópata chasqueó la lengua.

—No estás obligada a abrirla —respondió sin desviar la mirada.

Suspiré molesta y me controlé, a pesar de mi enojo.

—¿Adónde vamos? —pregunté.

—Al infierno.

Arqueé una ceja en espera de una respuesta más elaborada por su parte, pero no añadió nada. Un coche apareció en la carretera frente a nosotros, él lo esquivó con agilidad. Aunque tenía la situación bajo control, me asusté tanto que no pude evitar soltar un grito. El psicópata se burló de mi reacción, aunque estaba justificada.

Cuando llegamos a la entrada de una casa, llamó a alguien para que viniera a abrirle. La reja se abrió lentamente y nos sumergimos en esa misteriosa propiedad privada.

Vi varios coches estacionados en el exterior, así como una enorme casa a unos metros de nosotros. Una vez que el cohete, por fin, se detuvo, abrí la puerta; salir de un coche nunca me había hecho tan feliz.

En la entrada Ally nos recibió con una gran sonrisa. El psicópata pasó al interior sin preocuparse por saludar a la joven madre, que no parecía haberse molestado por su falta de educación.

—¡Bienvenida a mi casa! ¡Théo, ven a decir «hola»!

Cerró la puerta detrás de nosotras. Dos manos acompañadas de una risa que enseguida reconocí me cubrieron de repente los ojos.

—¡Hola! Tenía la esperanza de que Ash no te dejara en casa hoy. ¡Me alegro de que estés aquí! —dijo Kiara abrazándome.

Me llevó a la cocina, donde me encontré con Ben. Tenía las manos ocupadas con los diferentes platos que había en la barra.

—¡Ella, preciosa! —exclamó cuando me vio llegar—. Ash hizo bien en traerte, ¡hoy hay muchísima comida!

—¿Dónde está Théo? —preguntó Ally inquieta.

—Está jugando en el columpio de afuera —dijo él al mismo tiempo que señalaba el jardín.

Examiné la gran habitación. Estaba menos vacía que la de mi propietario. Los tonos beige y las estanterías de madera hacían que fuera más cálida, más luminosa.

Ben estaba sentado en una de las sillas altas cerca de la barra. Dio golpecitos a una de las sillas como señal para que me uniera a él.

—Hace tiempo que no te vemos. ¿Ash es muy insoportable? —me preguntó bromeando.

Asentí, cosa que lo hizo reír.

—¡De lo contrario, me habría sorprendido!

Lo vi meter el dedo discretamente en un tazón de guacamole.

—Vuelve a poner ese dedo asqueroso en la comida y te lo corto con esto —lo amenazó Kiara con un cuchillo en la mano.

Ben rio, burlón, ante la amenaza de Kiara. Después un brazo pasó por encima de mi hombro y vi otro dedo hundirse en el plato. Adiviné por los tatuajes quién era el autor de esta última provocación. Para sorpresa de nadie, el psicópata.

Me volteé hacia él. Pasó la lengua lentamente por el dedo con aire travieso. Kiara resopló con desesperación, cosa que le hizo gracia.

—Ah, okey, entonces ¿a él no lo amenazas? —Ben se indignó.

La puerta corrediza que daba al gran jardín se abrió y un niño entró en la cocina. Me llegaba a las rodillas, unos rizos rubios le caían por delante de los ojos. Así que ese era el pequeño Théo...

—¡Quítate los zapatos! La señora de la limpieza vino esta mañana —lo regañó Ally—. Ella, te presento a mi hijo, Théo.

Me saludó con la mano antes de dirigirme un discreto «hola» que le devolví con una sonrisa. Se parecía mucho a su madre.

—Creo que es la hora de cenar, ¡vamos, rápido! ¡Théo, ve a lavarte las manos!

El tono autoritario de Ally me hizo gracia. Su hijo murmuró unas palabras incomprensibles y desapareció en la casa. Seguí a Kiara, que llevaba los platos al comedor. La habitación estaba amueblada con una gran mesa rodeada de una quincena de sillas marrones. En las estanterías de madera había piezas de decoración, como marcos con fotos de Théo, y una gran lámpara de techo iluminaba la estancia. Resultaba innegable que esa casa era mucho más acogedora que la de mi antiguo propietario, el vagabundo. Vi al pequeño volver con las manos limpias seguido de Rick, que me saludó.

Sabrina apareció junto al psicópata. Seguí su ejemplo y me senté al final de la mesa. Kiara, a mi lado, se servía sin molestarse en esperar a los demás.

—¡Mi pequeña! El plan de anoche funcionó como queríamos, nadie sospecha nada, ¡bravo! —me felicitó Rick levantando la copa hacia mí.

Asentí sin decir una palabra. Solo podía pensar en

que el otro inútil sabía que James era gay y no me había avisado. Lo fulminé con la mirada, todavía enojada por su sádico plan.

Nuestros ojos se encontraron y esbozó una sonrisa satisfecha antes de probar sus papas fritas. «Espero que sean tus sesos los que pronto acaben fritos, desgraciado.»

—Si yo no hubiera estado ahí, la misión habría sido un fracaso —respondió Sabrina de brazos cruzados—. ¿No es así, Ash?

—Tú deberías comer, así evitarías decir tonterías.

Kiara rio en voz alta, igual que Ally y yo, pero me contuve cuando noté la mirada asesina de Sabrina sobre nosotras.

El resto de la noche transcurrió en calma. Esa cena era la ocasión de conocer a fondo la situación de la red. ¿Qué mejor que hablar de drogas y armas alrededor de un buen corte de carne y unas verduras salteadas?

Rick distribuyó las tareas de la semana; el psicópata ignoraba la conversación, como si no fuera con él. Me asignaron una misión que llevaría a cabo con Ally la semana siguiente.

Eran las once y media de la noche cuando nos fuimos. Di las gracias a Ally, y Kiara me abrazó una última vez antes de que empezara a seguir al psicópata hacia su coche.

Fruncí el ceño ante la rapidez de sus pasos. La casa de Rick y Ally era acogedora, pero él casi huía de allí. Aunque solo estaba a unos pasos del coche, se subió y arrancó sin esperarme.

—¡Vuelve antes de medianoche o te prometo que dormirás en la bodega! —gritó dejándome atrás.

«Espera, ¿qué?»

Pensé que me estaba tomando el pelo, confiaba en que fuera una broma de mal gusto, para molestarme, pero el imbécil se había ido de verdad, y muy rápido. Mi cerebro no asimilaba lo que acababa de pasar.

Me pedía que estuviera en su casa antes de medianoche cuando eran las doce menos cuarto y habíamos tardado casi una hora en llegar y...

Dios mío..., la bodega.

Mi cabeza se llenó de angustia y el pánico me invadió. Dormir en el sótano no era nada divertido, probado y descartado por mi cuerpo y mi mente. Con un nudo en el estómago, me pregunté cómo iba a volver a esa casa a tiempo.

—Mira quién fue abandonada por su propietario —soltó una voz desde un coche.

Sabrina.

—Querida, ¿Ash está todavía por aquí? Lo estaba buscando —quiso saber Ben.

—Se fue —le informé, cansada de su comportamiento.

Sabrina se burló de mí, cosa que puso mi paciencia al límite. Kiara pitó pidiendo a Ben que avanzara. Cuando me vio, me hizo señas para que me acercara.

—Ella, ¿dónde está Ash?

Le expliqué lo que había pasado mientras mi ira no hacía más que aumentar.

—¡Qué difícil es a veces, mierda!

—No, a veces no: siempre —la corregí.

Me dejó subir, iba a llevarme a casa. Durante el trayecto trató de darme un par de consejos.

—No debes dejar que te maneje así, es lo único que desea. Te hace la vida difícil para que le digas a Rick que no lo aguantas más y que quieres cambiar de propietario. ¡Tienes que imponerte! Ese imbécil hará lo que sea para ganar.

Asentí una vez más. Tenía razón, y yo lo sabía. Sin embargo, desde la quemadura, cada vez me esforzaba menos en desafiarlo, aunque al principio estaba decidida a hacerlo. «Eso es lo que quiere, que me rinda.»

Llegamos a su casa a la una menos veinte. Kiara entró en la propiedad. Las luces todavía estaban encendidas. Una silueta se encontraba de pie frente al ventanal de la sala. Solo verlo a lo lejos esperándome me ponía la piel de gallina.

Kiara condujo hasta el garage, que, curiosamente, estaba cerrado.

—Desafíalo, no dejes que el gran Asher Scott gane —terminó diciendo con un suspiro mientras daba marcha atrás—, es lo único que quiere. Y no podemos soportarlo más.

«Asher Scott... Así que "Ash" es solo un apodo. Interesante.»

Tragué saliva ante la idea de enfrentarme a él. La puerta no estaba cerrada con llave; la abrí y entré.

Se me cortó la respiración al ser consciente del silencio que reinaba en aquel lugar. La tele estaba apagada, no se oía nada. Volví a cerrar la puerta detrás de mí con tanto cuidado que parecía que se había quedado abierta.

Mis sentidos se agudizaron a medida que la casa se hundía en la más completa oscuridad. Oí un ruido... como... de pasos en las escaleras. Sus pasos.

—Tic-tac, tic-tac —dijo una voz ronca a lo lejos.

Cada paso iba acompañado de un «tic» o un «tac» pronunciado por ese demonio que jugaba con mi sufrimiento. Percibí su imponente silueta, de brazos cruzados, en medio de las escaleras. Temblaba como una hoja, mis piernas apenas soportaban mis pocos kilos.

Rio cínicamente antes de descender despacio el resto de los escalones, como un depredador rondando a su presa. Amenazador y opresivo.

—Llegas tarde...

Se acercó poco a poco hacia mí mientras encendía un cigarro.

—Podría haber llegado a tiempo si me hubieras traído —respondí sin demasiada seguridad, con los labios tan temblorosos como las piernas.

Soltó una risita.

—¿Tienes miedo, cautiva?

—N-No...

Lo sentía dando vueltas a mi alrededor, estaba cerca, demasiado cerca.

Instintivamente retrocedí hasta que mi espalda tocó la puerta de la entrada. Se le escapó una risa malvada. Era vulnerable, y ese psicópata lo sabía. Se la estaba pasando muy bien.

—Deberías tener miedo, puedo matarte..., arrancarte los miembros uno a uno y enterrarlos en el jardín... Nadie sabría nada —me susurró al oído.

Abrí los ojos como platos y tragué saliva al sentir su cálido aliento en la mejilla. El olor de su perfume mezclado con el del cigarro llenaba mis fosas nasales. Se me revolvió el estómago, estaba fuera de control. No soportaba sentirlo tan cerca de mí.

—¿No quieres dormir abajo? —me preguntó con un hilo de voz, colocándome un mechón detrás de la oreja—. Me lo puedes decir... No voy a obligarte...

«¿Qué?»

Inspiré profundamente intentando no desmayarme ni sucumbir a un ataque de pánico. Tenía una oportunidad para decirle lo que deseaba, así que bajo ninguna circunstancia debía desaprovecharla.

—Yo... no quiero —murmuré con la esperanza de que hablara en serio.

—Qué inocente eres... —soltó, y de repente abrió la puerta principal.

Me empujó con fuerza al exterior, casi me tira al suelo.

—Mi casa, mis reglas. ¿No haces lo que quiero? ¡Muy bien! Hasta mañana, cautiva.

Cerró la puerta, dejándome fuera. Mis puños golpeaban la puerta principal mientras le suplicaba que me abriera. Hacía mucho frío y había demasiado silencio. Solo se oía el ruido de mi insistencia.

—¡ÁBREME! —gritaba.

Los minutos pasaban y no lograba nada. No venía. Y no iba a venir.

El frío me azotaba la cara, mis extremidades se contraían. Rodeé la casa en busca de una segunda puerta. El idiota había cerrado el garage solo para impedir que entrara.

Volví sobre mis pasos y me dejé caer en el pasto fresco. Ya estaba harta de sus estupideces de niño enojado, no tenía por qué aguantar esas torturas. Todo por culpa de Rick. Si no lo hubiera obligado a tener una cautiva, nada de eso habría pasado. John era de lo peor, pero él...

Entonces sentí un líquido deslizándose por mi pelo. Era alcohol.

Al levantar la cabeza, descubrí al inútil que tenía como propietario. Sonreía satisfecho mientras me miraba, empapada del alcohol que había vertido sobre mí.

—Quería regar el pasto —dijo con tono sarcástico.

Bajé la cabeza para escurrirme el pelo. Luego levanté el dedo medio hacia él. Se rio antes de vaciar la copa en el pasto. Encendió un cigarro y me miró desde el balcón.

—Fuma. Así te morirás más rápido —le dije enojada.

Arqueó las cejas, sorprendido por la indirecta que acababa de soltarle, y respondió:

—Sigue así y tú morirás aún más rápido.

Lo miré con desdén y me tumbé en la hierba. Estaba cansada, pegajosa y tenía frío; por su parte, él disfrutaba viéndome rozar la hipotermia, fumando tranquilamente en el balcón. Algo me golpeó la frente, luego oí un «te di».

—¡PARA, CARAJO! —grité cuando comprendí que era su colilla.

Casi se ahoga de la risa. Me quemaban los ojos del cansancio, no podía más. Iba a explotar. Él seguía ahí, con esa puta sonrisa satisfecha.

—¡Me muero de frío, te dejo, la cama me espera!

—¡TE ODIO! —grité temblando de rabia.

—¡Es recíproco!

Oí la puerta corrediza cerrarse detrás de él. Después de unos minutos tirada en el suelo, me fijé en la alberca. Fui a tumbarme en una de las hamacas. El material blanco no era tan cómodo como mi cama, pero era mejor que la hierba.

Me acurruqué para intentar mantener un mínimo de calor. El abrigo que llevaba no protegía del frío tanto como mi edredón, por lo que me estremecí temblando ligeramente.

«Espero que se muera mientras duerme.»

No recordaba ni cómo ni cuándo me había quedado dormida, pero el canto de los pájaros y la luz del día me despertaron. Maldije al sol y me levanté sin olvidarme de estirar los músculos, bastante doloridos.

—La puerta está abierta y necesito un café —dijo una voz ronca a lo lejos.

Alcé la mirada hacia el balcón de su habitación, donde lo vi, con los ojos todavía medio cerrados, vestido solo con un bóxer negro. Con un movimiento de la mano se apartó unos mechones rubios que le tapaban la vista.

—¿Quieres que le añada un toque de cloro? —pregunté secamente.

Una sonrisa se le dibujó en la comisura de los labios, que sujetaban un cigarro, y respondió:

—Mejor añádeselo al tuyo.

Nunca me había alegrado tanto de entrar en su casa.

Con paso rápido, fui directa a darme un baño caliente. Me cambié antes de encerrarme en mi habitación.

—¡Púdrete! —lo insulté cerrando la puerta con llave, y me dejé caer en la cama.

—¡Te oí! —exclamó a través de la pared—. Espero mi café.

Solté una risa burlona y me hundí bajo las sábanas, suspirando. Kiara tenía razón, no podía darme por vencida. No había duda de que no estaba acostumbrado a que lo desafiaran y que no soportaba que alguien lo hiciera.

«Que gane el mejor, Asher Scott.»

9

¿Lisa o Linda?

Tres de la tarde. Todavía estaba aturdida por la siesta de seis horas que acababa de echarme. Mi cuerpo necesitaba recuperar el sueño que le había sido negado la noche anterior. En comparación con el otro imbécil, que había dormido plácidamente, yo había estado cerca de la hipotermia, durmiendo junto a la alberca. Además, tampoco lo había oído tocando mi puerta, aunque tal vez estuviera demasiado cansada para que me despertara ningún ruido.

Una vez en el baño, recobré el sentido. Casi daba miedo: tenía las ojeras hundidas y la piel completamente seca. Rebusqué en la bolsa que me había dado Ally y encontré productos que me ayudaron a sentirme más humana.

Después del esfuerzo, el consuelo. Me moría de hambre. Tras bajar las escaleras inspeccioné cada rincón del primer piso: el vestíbulo estaba vacío, al igual que la cocina. En cuanto a la sala, estaba tan silencioso como una morgue. Ni rastro del psicópata.

Desconfiada, continué investigando de puntillas. Vi

una taza de café a medio terminar en la mesa auxiliar y un vaso de whisky. Vacío.

—Supongo que sabes ocuparte de ti mismo, imbécil —murmuré satisfecha por no haberle preparado el café de la mañana.

El estómago me rugía de hambre, no había comido nada desde la noche anterior en casa de Ally. No había gran cosa en el refrigerador, no..., de hecho, no había nada. Ni tampoco en los gabinetes.

—No puede ser verdad...

Volví a abrir el refrigerador esperando encontrar algo que comer, pero, aparte de una botella de cerveza y kétchup, no quedaba nada. Excepto su maldito café.

La puerta principal se abrió para dar paso al psicópata.

—No hay nada para comer —lo informé cruzándome de brazos.

—Y ¿eso me interesa? Te hubieras levantado antes, si querías comer. No te despiertas, no comes. Y, ahora que estás aquí, necesito un café.

—¿Quieres dejarme morir de hambre? —exclamé.

—No seas tan dramática, puedes vivir treinta días sin comer, por desgracia. Pero ocúpate de mi café si no quieres que tus treinta días de supervivencia se conviertan en treinta segundos.

Tras eso, subió al piso de arriba. Refunfuñando, me acerqué a la máquina y me fijé en que ya no quedaban cápsulas. Me dirigí al cajón para sacar una caja nueva.

De repente se me ocurrió una idea. «¿No te despiertas, no comes? No como, no hay café.»

—Si yo no como, tú no tendrás tu maldito café, imbécil —susurré.

Vacié la caja de cápsulas en el bolsillo de mi sudadera. Con una sonrisa torcida, me dejé caer en el sofá y encendí la tele.

Unos minutos más tarde lo sentí sentándose a mi lado, y estalló en carcajadas.

—Qué obediente... —Suspiró mientras agarraba la taza de la mesa auxiliar y se la llevaba a los labios.

Hizo una mueca de disgusto antes de volver a dejarla enseguida. No pude reprimir una risa burlona al verlo fulminándome con la mirada. Acababa de beber del café que había dejado por la mañana.

—Me importa una mierda que te mueras de hambre; ¿dónde está mi puto café? —exclamó el psicópata con impaciencia.

—¡En el supermercado! Junto con toda la comida que no tienes en casa.

Arqueó una ceja y entró en la cocina. Lo oí soltar un «mierda». Con una sonrisa de satisfacción, recuperé mi lugar frente a la pantalla y esperé a que me dijera que iba a salir a comprar.

—Vístete, salimos.

Mis piernas me guiaron hasta mi habitación. Tras vestirme con rapidez, lo esperé abajo. Se puso su habitual chamarra de piel y nos dirigimos al garage, donde eligió un coche mucho más sencillo que el de la noche anterior.

Condujimos hasta la carretera principal en absoluto silencio. Ni él ni yo queríamos discutir, era mejor así.

A través del vidrio polarizado, mi mirada se perdió contemplando el centro de la ciudad, las afueras de un parque, las cafeterías situadas en todos los rincones de la calle. Vi a una pareja joven, un niño, una anciana paseando a sus perros, un grupo de chicas que salían del centro comercial con los brazos llenos de bolsas. La gente vivía. Y yo hacía mucho tiempo que no veía ese tipo de imágenes. Se me nubló la mirada. Llevaba años sin estar en un lugar tan animado. Envidiaba a todo el mundo, desde la pareja hasta los perros.

Sus vidas eran mucho más sencillas, mucho más banales. Una banalidad que yo aspiraba a encontrar desde el inicio de mi pesadilla. Los envidiaba; los envidiaba extremadamente.

Se me escapó un sollozo cuando vi a una madre y a su hija comprando algodón de azúcar. La echaba de menos; la echaba muchísimo de menos.

Intenté controlarme como pude. No quería dejar que mis demonios me destrozaran, otra vez no. Eso era el pasado. Ahora estaba mucho más feliz.

—Deja de lloriquear como una bebé, vas a comerte tu mierda —dijo la voz del psicópata.

Lo miré con odio. Ni siquiera sabía de qué estaba hablando y su mirada desdeñosa me molestó muchísimo.

Tras estacionar el coche entramos en un supermercado. Me ordenó que consiguiera un carrito y que lo siguiera, y obedecí sin hacer demasiadas preguntas. «Hola, sumisión.»

Avanzamos por los pasillos agarrando artículos de los estantes. Me lo negó todo, así que discretamente tomé cereales y fideos. «Sí, soy una niña.» Hacía casi seis años que no iba a un supermercado, tenía que aprovechar.

El psicópata agarró de todo sin importarle qué era y, además, ¡el doble! Con toda probabilidad para no tener que volver a comprar al menos hasta después de tres meses. Las toneladas de productos formaron una montaña delante de mí. Luché contra el carrito, mis brazos ya no podían empujar más, pero, por supuesto, el imbécil no movió ni el dedo meñique para ayudarme, demasiado ocupado consultando el celular y diciéndome que fuera más rápido.

Al salir eligió las bolsas más ligeras, dejándome para mí las que pesaban casi tanto como yo.

—¡Rápido, mierda! ¡No es momento de pasear! —exclamó mientras metía la despensa en el coche—. A menos que quieras volver a pie.

Una sonrisa maquiavélica se le dibujó en el rostro antes de subirse al coche. Contraje la mandíbula y aceleré el paso cuando oí el ruido del motor. Dejé como pude el resto de la despensa en el asiento trasero y el coche avanzó.

Agarré la manija de la puerta con la esperanza de detenerlo. Con una sonrisa burlona, el psicópata frenó dándome la oportunidad de subirme a toda prisa.

—¿Te sientes obligado a ser tan difícil? —pregunté lanzándole una mirada asesina.

—Al no hacerte mi cautiva, cosa a la que me niego, te convertí en mi pasatiempo, y de momento se te da bastante bien.

—Búscate otro pasatiempo, yo no tengo tiempo de satisfacer tus impulsos psicópatas y...

Encendió la radio con el volumen al máximo para impedir que terminara la frase. Apreté los puños. «Quiero matarlo. No, voy a masacrarlo.»

Apoyé la cabeza en el cristal y me permití contemplar el paisaje. Los coches despejaban el paso cuando el psicópata tocaba el claxon como si estuviera sordo. «Qué idiota.»

Llegamos a su casa en un rato. Salió del coche sin tomarse la molestia de darse la vuelta, dejándome sola con la despensa. Lo vi abrir la puerta antes de volver con otra llave en la mano.

Arqueé una ceja esperando una explicación. Se acercó a otro coche, que arrancó y detuvo a mi altura.

—Si en algún momento sales...

—¿... A algún lugar que no sea la sala y tu habitación, te destripo? Sí, ya me sé la canción —contesté mirándolo con desdén.

Él sonrió y fijó en mí sus ojos grises.

—Buena chica, espero que te ahogues con la mierda que vayas a preparar.

Aceleró.

—Y ¡yo espero que te vayas a vivir a donde perteneces! —grité mientras lo veía alejarse.

—¡Te llevaré al infierno conmigo! —exclamó saliendo del garage.

Me di la vuelta y tragué saliva al ver todas las bolsas blancas que tenía que llevar.

—Te odio.

Nueve de la noche. Con un tazón de fideos en la mano, veía un programa apreciando el momento de comodidad y silencio sin el ser más odioso y malvado de la casa: Asher Scott.

En todo el tiempo que había pasado en la sala, nunca me había fijado en la biblioteca. Al menos, no les había dado importancia a las estanterías negras colocadas de un modo tan minimalista como el resto de la casa. Estaban llenas de libros. ¿El psicópata leía? No podía creerlo.

Me acerqué a los libros: Stephen King, Lovecraft, Edgar Allan Poe y muchos otros grandes autores del género fantástico y de terror.

—Y yo que me preguntaba de dónde salía tu lado sádico... —murmuré pasando el dedo por los libros—. ¿*Harry Potter*? Después de todo, no tienes tan mal gusto.

Me sobresalté cuando se abrió la puerta. Kiara arrojó su bolso al sofá antes de dejarse caer ella misma en él.

—¡Me muero de hambre! —dijo agarrándose la barriga.

—Quedan fideos en la cocina, ¿quieres? —le propuse sonriendo.

—No te molestes, los busco yo, que no soy Ash.

Se levantó y salió de la sala. Volvió unos instantes después con un tazón de fideos en la mano.

—¿Qué tal tu día?

—¡Magnífico! Entre mi despertar a la intemperie y la tarde de compras, está perfecto.

—¿Dormiste fuera? —preguntó ofuscada.

—¡Me echó porque no quise dormir en la bodega!

Kiara suspiró molesta. Le conté cómo había ido la noche. Contuvo la risa cuando llegué al momento en el que Ash se había divertido tirándome alcohol por encima de la cabeza y diciéndome que se le antojaba «regar el pasto». El muy cabrón.

—Yo me pasé todo el día revisando archivos. No fue muy divertido, pero hoy abandoné a Ben para pasar la noche contigo.

—¿De verdad?

Mi sonrisa se ensanchó en cuanto asintió con sus brillantes ojos azules. No pude evitar pensar en el psicópata. ¿Lo sabía? ¿Estaba de acuerdo? Le encantaba arruinar todo lo bueno que me ocurría, así que...

Pasó el tiempo y nos entretuvimos cambiando canales en la televisión. El psicópata volvió cerca de la medianoche. Se quitó la chamarra de piel y se volteó hacia nosotras. Cuando vio a Kiara, frunció el ceño.

—¿Necesitas algo? —dijo mientras se acercaba a la sala.

Ella no lo miró, prefería seguir viendo el programa.

—¿Desde cuándo tengo que necesitar algo para pasar el rato aquí? —le preguntó sonriente.

—¿El coche? —dijo el psicópata.

—Abajo —contestó ella todavía dándole la espalda. El psicópata centró la atención en mí y me miró mal antes de subir las escaleras. Kiara me invitó a subir con ella. Apagué la tele y las luces para seguirla.

Se tumbó en mi cama.

—¡La cautiva anterior a ti no tuvo oportunidad de pasar aquí ni una sola noche, y esta es tu tercera semana!

Fruncí el ceño.

—¿Había otra cautiva antes?

—¡Pues claro! Se llama Linda... o Lisa, ya no me acuerdo. Solo se quedó dos días con Ash.

—¿Por qué? ¿Qué le hizo él?

Tenía curiosidad por saber hasta dónde podía haber llegado para que la chica tuviera que salir corriendo.

—No estoy segura de que quieras saberlo. —Suspiró preocupada examinándome la cara.

En ese momento el psicópata entró en mi habitación con un cigarro en los labios, como de costumbre.

—¿Saber qué? —preguntó dejando unos papeles sobre la barriga de Kiara.

Esta abrió mucho los ojos y contestó rápidamente:

—Nada, solo cosas de chi...

—¿Qué le hiciste a la cautiva anterior a mí? —me atreví a preguntar desafiando a mi propietario con la mirada.

Kiara se atragantó con su saliva y se levantó de un salto. Empujó a mi propietario para sacarlo de la habitación.

Cuando él tomó la palabra con una sonrisa maquiavélica en los labios, Kiara gritó con todas sus fuerzas hasta el punto de tapar las palabras que salían de la boca de Ash. Cerró la puerta con llave impidiendo que se quedara un segundo más con nosotras.

—No —se limitó a decir señalándome con el dedo.

Me crucé de brazos contrariada. Ahora sí que debía saber qué le había podido hacer para que se fuera.

—Lo descubriré —afirmé, decidida a obtener las respuestas a mis preguntas.

10

Mirada asesina

—¿Sabías que el psicópata leía *Harry Potter*? —pregunté mirando el techo.

—Fue él, ¡qué cabrón! ¡Acusé a mi ex de robármelo! —soltó Kiara sorprendida.

Llevábamos varias horas tumbadas en mi cama haciéndonos preguntas existenciales, o preguntas sin más. Pero ella no respondía cuando estaban relacionadas con el psicópata.

—¿Por qué no me quieres decir nada sobre él?

—Porque le tengo un mínimo de aprecio a mi vida. Y hay cosas que no debes saber, al menos no por ahora —me explicó sin mirarme.

Fruncí el ceño y me crucé de brazos; Kiara se rio. Sus ojos azules, ligeramente arrugados, dejaban ver su cansancio. No me extrañó, debían de ser las tres de la madrugada.

—Te prometo que un día sabrás toda la verdad. Pero no ahora, es demasiado pronto. Solo debes saber que Ash no es malo —confesó metiéndose bajo el edredón—. Eres la única que ha durado tanto tiempo... desde...

—¿Desde qué? —le pregunté poniéndome de pie—. ¿Desde qué, Kiara?

No respondió. Tenía los ojos cerrados y respiraba profundamente. Me volví a dejar caer en la cama con un suspiro de frustración. Morfeo me acababa de quitar la única oportunidad que tenía de saber un poco más del idiota de la habitación de al lado. Vivir en compañía de un hombre misterioso y que se alteraba con facilidad, dispuesto a hacerme daño tan solo por ser su cautiva, resultaba bastante estresante. Pero lo peor era no saber por qué.

Asher Scott era el ser más despreciable e impenetrable con el que me había cruzado. Era malvado, hipócrita, pretencioso, narcisista e inaguantable. Un idiota que disfrutaba haciéndome sufrir. Y lo peor era que siempre lo conseguía.

Me froté los ojos y me levanté de la cama. Mis pasos me guiaron hacia el ventanal, sobre el que apoyé las manos con delicadeza. La oscuridad se evaporaba con el paso de los minutos. De noche todo estaba más en calma, salvo nuestros pensamientos cuando se enredaban.

¿Qué había sucedido en su vida para que fuera así? Y, sobre todo, ¿por qué me odiaba tanto?

Por último, ¿quién era esa Linda? ¿O Lisa? Mierda.

Y hablando del rey de Roma..., apareció frente a mí. Apoyado en la barandilla de cristal de su balcón, se fumaba un cigarro mientras contemplaba el jardín. Por primera vez no estaba mirando el celular. Parecía perdido en sus pensamientos, muy perdido. Sus movimientos eran lentos, sus ojos no se apartaban del punto imaginario que miraba fijamente a lo lejos.

¿En qué podía estar pensando? ¿Adónde se había ido su mente?

Era tan... enigmático. Como un rompecabezas cuyas piezas estaban dispersas, perdidas. No entendía casi nada de él. Pero pronto iba a hacerlo. Me prometí que no tardaría mucho en encontrar las respuestas a mis preguntas.

—Lo descubriré, psicópata —murmuré antes de alejarme del ventanal.

Me tumbé en la cama y me cubrí con el edredón. Solo entonces me dejé llevar por mis pensamientos y mis preguntas.

—¡Despierta, Ella! —me gritó una voz cerca del oído..

Hice una mueca, me volteé y me tapé la cabeza con el edredón. Oí risas de mujeres que me resultaron familiares. Sonreí con los ojos cerrados.

—¿Crees que está muerta? —preguntó Ally.

—Ally, acaba de moverse, ¡no seas tonta! —Kiara estaba exasperada—. Vamos, vamos, yo traigo el agua.

Me levanté de un salto. El movimiento, demasiado rápido, hizo que me mareara.

—¡Bueno, bueno, por fin! —exclamó alegre Ally—. Hace buen día, hay una alberca abajo, no tienes nada que hacer en todo el día...

—Y ¡te compré un traje de baño! —gritó Kiara entusiasmada, y me lo tiró a la cara—. Vamos, vístete y baja.

Salieron de la habitación y me dejaron despertarme

con tranquilidad. Después de un baño revitalizador, me puse el traje de baño y bajé para unirme a ellas. El psicópata no estaba. Al menos no había rastro de él. Perfecto.

Ally estaba sentada en el borde de la alberca con Kiara. Me invitaron a tomar asiento junto a ellas. El agua estaba fría, por suerte, ya que hacía calor.

—¿Cómo está Théo? —le preguntó Kiara dando un sorbo a su bebida.

—Bien. Desde que encontramos a Franklin, no para de jugar con él en el jardín.

—¿Franklin? —dije sorprendida.

—Es una tortuga que encontramos en el pasto ayer por la mañana —me explicó Ally—. Kiara le tomó una foto.

Esta se rio y me enseñó la foto en el celular.

—Deberías tener un teléfono —me dijo Ally.

—Es demasiado pronto, Rick todavía no confía lo suficiente en ella como para dejarle utilizar uno —respondió Kiara.

Asentí rápidamente. No me importaba no tener celular. Llevaba años sin utilizar uno, la verdad es que no sabía ni cómo funcionaban. Por no hablar de las redes sociales.

—¡Me alegra que sigas entre nosotras! Desde el drama, ninguna cautiva había sobrevivido más de dos días —declaró Ally levantando su copa.

Kiara se atragantó con la saliva mientras yo fruncía el ceño sin comprender. ¿El drama?

Al ver nuestras respectivas reacciones, Ally hizo un gesto de indignación.

—¿No le dijiste nada? —le preguntó a Kiara, que cerró los ojos—. Mierda.

—Quiero saber qué pasó —dije mirándolas a la cara—. Tengo derecho a saber por qué se comporta así conmigo.

Kiara lanzó una mirada acusadora a Ally, que levantó los hombros en señal de disculpa. Suspiró y cerró los ojos, y unos segundos después los volvió a fijar en mí.

—Podría responder a algunas preguntas solamente, no a todas.

Esa forma de hablar tan seria me dejó perpleja. ¿Qué quería esconderme?

—Me gustaría saber cuántas cautivas trabajaron con él antes que yo y por qué se fueron —comencé.

Ally tragó saliva; Kiara me miró fijamente durante un buen rato. Nerviosa, balanceó las piernas en el agua.

—Necesito que me prometas que no te irás de la casa después de esto. No quiero que le agarres miedo a Ash porque, de todas las cautivas, eres la única que lo desafía.

—Te lo prometo —aseguré impaciente.

Kiara dudó un momento, luego admitió la derrota.

—Hubo tres cautivas antes que tú.

—No estás contando...

Lanzó a Ally una mirada que me puso los pelos de punta. La joven madre pidió perdón y la dejó terminar sin interrumpir.

—Ash tuvo ciertos... problemas que lo llevaron a odiar a las cautivas. La primera cautiva probó su odio...

—Y ¡el suelo! —exclamó una voz ronca cerca de nosotras.

Kiara abrió los ojos como platos al mirar detrás de mí. Me volteé y vi al psicópata. Aunque estaba al teléfono, no había dudado en entrometerse en la conversación.

—Eh, Jenkins —le soltó a su interlocutor—, ¿viste alguna vez a un orco nadando con sirenas? Porque es justo lo que tengo en la alberca.

«Una ogre... Ah, está hablando de mí. Qué imbécil.»

—No le hagas caso, estoy segura de que es su manera de decirte que se fijó en ti —me tranquilizó Ally, que sonreía con picardía.

—Me da absolutamente igual lo que pueda pensar o decir de mí.

Kiara intentó cambiar de tema, pero yo esperaba impaciente la segunda parte de la conversación.

—¡Mierda, eres persistente! —Kiara se rio—. ¿Estás segura de que no prefieres hablar de música...? ¡O de series! Hay una serie nueva en Netflix que seguro...

—No —respondí sonriendo—. ¿Cómo lo hizo para irse?

—¿Irse? —dijo Kiara frunciendo el ceño—. No entiendes...

¿Qué? Reflexioné durante unos segundos, luego tragué saliva cuando creí entender la indirecta del psicópata. No, no era posible, no podía...

—Ella estaba maquinando algo y, bueno..., él la mató —dijo en voz baja.

De repente se me hizo una bola en el estómago. De todas las veces en las que el psicópata intentó meterme miedo, solo ahora lo consiguió.

Saber que había matado a alguien era una cosa, saber que había sido una cautiva era otra. Y saber que el único error que había cometido había sido ser su cautiva fue la gota que colmó el vaso, lo que me hizo perder tanto la sangre fría como el coraje.

Empezó a temblarme todo el cuerpo. Kiara sacudió la mano por delante de mi cara esperando obtener una reacción por mi parte.

—¿Sigues queriendo saber el resto?

Asentí, sin demasiada convicción esta vez. ¿De verdad quería? ¿Hasta dónde podía llegar su odio por las cautivas?

—No me acuerdo de sus nombres, pero llamemos Katy a la segunda: llegó unas semanas después de la primera. Rick prefirió no hablarle a Ash del tema, pero él no opinaba lo mismo. Le advirtió que había matado a la primera y que no dudaría en matarla a ella también. Katy se asustó y huyó de la casa, nunca la encontramos. Solo estuvo aquí tres días.

—La tercera también murió... Pobre chica. No sabemos qué pasó. Pero Ash le daba tanto miedo... Fue un paro cardiaco, creo —dijo Ally bajando la mirada—. Ni siquiera tuve tiempo de conocerla...

Así que a una la asesinó, otra huyó y la tercera se murió de miedo. De mal en peor.

—Después de eso, Ash estuvo sin cautiva durante más de seis meses. Hasta que llegaste tú.

Me quedé como piedra sin saber qué pensar. Todo se mezclaba en mi cabeza, no sabía qué decir. De hecho, no me esperaba ese tipo de confesión.

Mataba por odio, eso era todo.

Era un asesino.

Un psicópata asesino.

Pero lo que me heló la sangre fue la insensibilidad de las chicas. Me lo contaron con algo de tristeza en la voz, pero sin más. No mostraban reacción alguna, como si para ellas fuera normal presenciar muertes por todas partes.

Tal vez vivía en un mundo paralelo, pero aún no estaba lista para enfrentarme a actos inhumanos y crueles que cualquier mortal denunciaría. Y pensar que Kiara me había asegurado el día anterior que Ash «no era malo»...

—Comprendo que esto pueda dejarte como piedra, pero, te lo suplico, sigue siendo como eres. No debe darte miedo —me rogó Kiara—. Se vuelve loco cuando lo desafías, a pesar de todo lo que intenta hacerte, y le molesta que no le tengas miedo.

—Queremos que Ash vuelva a ser como antes...

Las miré en silencio. Todo lo que podía ver eran sus ojos grises. Oía su voz en mi cabeza. Sentía que todo daba vueltas a mi alrededor, ¿o era solo yo?

—¿Ella? Ella, ¿estás bien?

—Kiara, creo que...

Sus voces se volvieron lejanas, muy lejanas.

Parpadeé intentando enfocar la vista, pero no había forma: todo estaba borroso. No podía sostener mi propio cuerpo. Sentí que el agua entraba en mis fosas nasales. Luego nada, salvo el vacío azul.

Y sus ojos grises.

11

¡Que empiece la fiesta!

—Ash..., debemos llamar a Cole.

—No, va a despert...

—... llamar a Ri...

—No es nece...

Sus voces resonaron en mi mente como un eco lejano. Con los ojos aún cerrados, los entorné poco a poco intentando recuperar el control de mi cuerpo.

—... acabo de hablar con Cole..., viene ensegui...

—... golpeado la cabeza con...

No podía tranquilizarlos, estaba demasiado cansada para abrir un solo párpado. Me dolía muchísimo la cabeza, tanto que ni siquiera podía seguir la conversación que estaban manteniendo Kiara y Ally.

Mierda, ¿qué había pasado? ¿Por qué me dolía tanto la cabeza?

Oí una puerta y pasos. Mientras empezaba a recuperar el sentido poco a poco, una voz desconocida tomó la palabra.

—Explíquenme cómo pasó. ¿Fuiste tú, Scott? —preguntó una voz de hombre cerca de mí.

—Fui yo —admitió Kiara en voz baja—. Le dije cosas que todavía no estaba preparada para escuchar; se puso pálida justo antes de desmayarse. Al caer se golpeó la cabeza con el borde de la alberca. La recogimos a tiempo. Me da miedo que tenga una conmoción cerebral.

—¿Cuánto lleva así?

—Tal vez una hora. ¿Crees que es grave? ¿Se morirá? —preguntó Ally asustada.

—Señor, por fin respondes a mis plegarias —susurró la voz ronca del psicópata.

«No te daré el placer de verme muerta.»

Abrí los párpados delicadamente para permitir que mis ojos se adaptaran a la luz que entraba en la habitación. Por suerte, era la mía.

—Por fin se despierta. Ella, ¿cómo estás? ¿Te duele algo? ¿Quieres alguna...?

—Deja que me ocupe yo, Kiara, está bien. Bajen. Iré a verlos en cuanto termine —dijo el desconocido junto a mi cabecera.

Las dos jóvenes obedecieron sin dejar de mirarme. Salieron del dormitorio seguidas de cerca por el demonio que hacía de mi propietario.

—Esperaba conocerte en otras circunstancias —confesó abriendo su bolsa—, pero no está mal. Encantado, me llamo Cole.

—E... Ella —contesté en voz baja haciendo una mueca.

—Sé quién eres —me aseguró Cole—. Todos hablan de ti en la red. Y eres justo como dice el rumor, no me decepcionaste.

Así que él también trabajaba para la red. Era una verdadera secta, no teníamos contacto alguno con el mundo exterior.

«Un momento, ¿qué rumor?»

—¿Recuerdas por qué te desmayaste? —preguntó encendiendo una linternita y apuntándome con ella al ojo derecho.

—Vagamente —admití—. Tengo algunos destellos, pero es un caos.

—Mejor.

Continuó examinándome en silencio y después se aclaró la garganta.

—¿Puedes levantarte? Tengo que comprobar que puedas mantener el equilibrio.

Sentía las piernas como losas y me parecía como si, de repente, pesara el doble. Tomé la mano que me tendía e intenté levantarme, no sin un ligero mareo al principio. Tras unos pasos, lo logré. Aunque aún me dolía la cabeza, todo sea dicho.

—Todavía estás algo afectada, pero a primera vista no hay conmoción. Solo un pequeño chichón en la cabeza —añadió sonriente—. Después de unos días tomándote el medicacamento, todo volverá a la normalidad. Me gustaría que esta noche te quedaras despierta. Si hay alguna complicación como vómitos, me llamas enseguida.

Tenían su propio médico. Un médico que trabajaba en una red de tráfico de armas. Un médico.

—Descansa, le diré a Ash lo que tiene que hacer para que te recuperes antes de tu próxima misión. De todas formas, buena suerte.

Era demasiado amable.

—Gracias —respondí en voz baja mientras me sentaba en la cama.

Salió de la habitación llevándose con él toda la amabilidad que emanaba su sonrisa.

Los destellos se arremolinaban en mi cabeza. Fueron colocándose suavemente en una línea cronológica. Estornudé varias veces por culpa de la camiseta aún mojada que llevaba y me puse ropa más abrigadora. Pero no tenía ganas de bajar.

No quería enfrentarme a la realidad, todavía no. No estaba preparada para decirme a mí misma que vivía bajo el mismo techo que un asesino de cautivas. Además mi cabeza, probablemente diciéndose a sí misma que todavía no estaba lo bastante estresada, echó más leña al fuego al recordarme la vez que había intentado estrangularme.

Y la vez que me había quemado.

Y aquella infame noche después de la misión, cuando me había dicho que quería verme muerta.

Recordé las confesiones de Kiara.

«De todas las cautivas, tú eres la única que lo desafías.»

Me arrepentía de haberle pedido a Kiara que me lo explicara todo. Al fin y al cabo, no estaba preparada para conocer la verdad. Ahora no sabía cómo comportarme con él.

Antes me atrevía a enfrentarme a él porque, Dios, me ponía de los nervios con sus aires egocéntricos y de tirano, pero ahora no pensaba salir de mi habitación a no ser que tuviera una misión.

Me sobresalté cuando la puerta se abrió con suavidad. No me arriesgué a darme la vuelta, se me cortó la respiración. Esperaba una prueba de que no era él.

—¿Ella?

De golpe, la presión que había acumulado durante esos segundos desapareció, la voz de Kiara fue como un calmante. La vi de pie en el umbral acompañada de Ally.

—¿Cómo te encuentras? —preguntó.

—Todavía me duele la cabeza, pero estoy bien —admití sonriendo con dulzura.

—Lo sentimos, no queríamos asustarte ni...

—No es culpa de ustedes, fui yo la que preguntó.

Avanzaron hacia mí con pasos dubitativos. Se sentaron a los pies de la cama y Ally tomó la palabra.

—Cole nos dijo que no tenías nada grave pero que no puedes dormir esta noche, por si se había equivocado en su diagnóstico rápido.

Asentí lentamente. Kiara se quedó callada. Podía ver que se culpaba. Le puse la mano en el muslo con suavidad y le murmuré que no era nada grave.

—Empieza a hacerse tarde, tengo que volver con Théo —comentó la joven madre levantándose—. Si no puedo darme la vuelta esta semana, nos veremos en la misión.

—Yo tenía un concierto hoy, pero voy a cancelar. Quiero quedarme contigo y...

—¡No! —repliqué—. ¡Diviértete! Estoy bien, Kiara, te lo prometo.

No quería que cancelara sus planes. Me encontraba bien, no tenía de qué preocuparse.

—¿Estás segura? Si no me quedo, ¿quién va a cuidar de ti? No, no seas tonta, me quedo.

—Cole dijo que Ash se ocuparía de mí —mentí.

Mantuve la sonrisa en los labios esperando que así se fuera.

—En cuanto a Ash... Ella, no te hará ningún daño. Por alguna razón que se me escapa, pero que me parece perfecta, te aceptó. Por favor, no le tengas miedo. Comportándote así tendrás más oportunidades de conseguirlo.

Tragué saliva. Se me había vuelto a formar un nudo en el estómago. Me sentí dominada por el miedo, por el miedo a morir.

—No la asustes más de lo que ya lo está. Ella, eres fuerte y tenaz, sigue teniendo la misma actitud con él. Creo que eso es lo que te salva de ese odio que siente por las cautivas. ¿Vienes, Kiara? Te llevo —dijo Ally abriendo la puerta.

Kiara vaciló. Con un suspiro, acabó levantándose y me dio un beso en la frente. Me prometió que regresaría a la mañana siguiente. Me asustaba que no se quedara. Tal vez pensaran que sus palabras me habían tranquilizado, pero más bien habían conseguido todo lo contrario. ¿Cómo querían que estuviera frente a frente ahora que lo sabía?

Por otra parte, seguía ignorando por qué odiaba a las cautivas. Conocía la consecuencia, pero la causa todavía no me había quedado clara. No obstante, no iba a preguntarlo, prefería no saberlo, nunca. Su pasado era demasiado sangriento para mí, demasiado negro.

Me sobresalté y se me cortó la respiración cuando oí

como la puerta se abría suavemente, chirriando al acercarse a la pared. Se me puso la piel de gallina. Con un nudo en el estómago, esperé a oír la voz de aquel que me atormentaba.

No se movió, ni un solo gesto. Sentí su mirada en la espalda presionándome. Estaba incómoda. Respiraba en voz baja, como si me diera miedo que me oyera. Entré en pánico, justo lo contrario de lo que me habían recomendado hacer Kiara y Ally. Lo que me quedaba de determinación se había evaporado en cuanto él había abierto la puerta.

—¿Sigues viva?

Su voz ronca resonó en mi cabeza como un disco rayado.

—S-sí… —articulé con mucha dificultad.

—Qué lástima —respondió simplemente—. Baja, no pienso subirte la comida.

«¿Cocinó?» Tal vez Kiara lo obligó a cuidar de mí. O puede que hubiera sido Cole.

Asentí y él salió de la habitación. Respiré despacio para calmar mi ansiedad. Las chicas tenían razón. Si seguía adelante, era probable que evitara la muerte.

Me uní a él en la cocina, donde oí ruido de platos entrechocando. Estaba ahí llenando un tazón de sopa que dejó en el mostrador. Lo vi agarrar la sal y murmurar con tono malvado:

—Espero que te guste la sal, porque vas a estar bien servida.

Me precipité a donde estaba él para evitar que ejecutara su demoniaco plan. Al verme, negó con la cabeza.

—Siempre apareces en el momento inoportuno. —El psicópata suspiró dejando el salero—. Come y tómate los medicamentos. La noche acaba de empezar, cautiva.

Tragué saliva y fruncí el ceño. La sonrisa que se le dibujó en los labios era diabólica; sus ojos brillaban de emoción. Tenía una idea sádica en la cabeza.

Avanzó hasta mi altura. Se me cortó la respiración y me temblaron las piernas. Se inclinó sobre mí. Me rozó el pelo con los dedos y noté su aliento en la oreja cuando me susurró:

—Me muero de ganas de mantenerte despierta, vamos a divertirnos.

Luego se alejó dejándome sola, para que entendiera sus palabras.

¡Qué puta mierda! Se había ofrecido voluntario para evitar que me durmiera. Estaba muerta.

12

La fiesta de las cautivas

—No vas a poder esconderte durante mucho tiempo; lo sabes, ¿no? La noche es joven —dijo su voz ronca detrás de la puerta.

Llevaba encerrada en mi habitación veinte largos minutos.

Después de haber comido y haberme tomado los medicamentos que me había dejado cerca del plato, me topé con su rostro. Ver sus ojos brillantes y su sonrisa pícara mientras me acechaba como el depredador sádico que era hizo que echara a correr escaleras arriba. Él me pisaba los talones.

«¿Qué? ¿Me da miedo? ¿Él? Por supuesto.»

—¡No voy a salir! —grité al borde de un ataque de pánico al ver que la manija de la puerta se movía rápidamente.

—O sales por tu propia voluntad, o te sacaré a la fuerza. Pierdo la paciencia con mucha facilidad, ábreme.

—¡En tus sueños, psicópata!

El hecho de que una puerta nos separara me dio algo de

confianza. Esa protección me devolvió las ganas de desafiarlo sin temer su reacción. Y, Dios, lo había echado de menos.

—La cuenta regresiva comenzará a la de cinco —declaró con una voz extrañamente confiada.

—¡La magia no existe, deja de creerte lo que lees en *Harry Potter*!

—Cinco —empezó el psicópata creyendo que me asustaba.

—Cuatro, tres, dos, uno —respondí desafiando su intento de intimidarme.

—Cero —terminó con una risa burlona.

—Te dije que la magia no existía...

Mi frase se vio interrumpida por el ruido de la cerradura. Abrí los ojos como platos al ver al psicópata aparecer lentamente detrás de la puerta.

Con el hombro apoyado en el marco, puso los ojos en blanco y me enseñó una llave que sujetaba entre el índice y el pulgar.

—Me sacas de quicio —resopló mientras se acercaba a mí—. En mi casa tengo todas las llaves.

Tragué saliva y me puse tensa cuando su mano me agarró del brazo. Me jaló hasta llegar abajo, yo lo seguí sin decir una palabra, con las piernas temblorosas y sudores fríos recorriéndome la espalda. Me esperaba lo peor, esa noche iba a ser horrible.

—Me habría encantado arrancarte los pelos uno a uno durante horas, o hacerte tatuajes con un cuchillo —comenzó a decir—, pero ¿por qué no combinar negocios con placer?

Su sonrisa diabólica decía mucho de la idea que tenía en la cabeza, y yo no conseguía calmar la respiración. Con mano firme me arrastró por pasillos que nunca había podido explorar.

Pensándolo bien, esa casa era inmensa y nunca había tenido la oportunidad de visitarla por culpa de las cámaras que el psicópata había instalado. Vigilaba todas mis acciones. Pero, sinceramente, no quería sufrir su ira. Menos aún en ese momento.

Me condujo a una especie de sótano gigante con paredes de hormigón y suelo liso. Presionó un interruptor, que emitió un ruido de ventilación. Las luces iluminaron la habitación. Entonces pude ver... ¿dianas?

«Esto no puede ser un...»

—Un campo de tiro y, para empezar la noche, tú eres mi diana.

Mientras agarraba una pistola, me ordenó que me situara de espaldas a la diana más alejada. Ni me inmuté. De todas formas, tenía los pies clavados al suelo. Una serie de escalofríos me recorrieron el cuerpo mientras tragaba saliva con dificultad.

—¿Prefieres pasar al tatuaje con un cuchillo? No es tan emocionante...

Me volteé hacia él. Iba muy en serio.

Seguía luciendo esa sonrisa perversa. Con un movimiento se apartó los mechones rubios que le impedían verme y esperó pacientemente a que me colocara de espaldas a la diana.

Tragué saliva y me acerqué despacio, como si estuviera dirigiéndome a la guillotina. Sentía la muerte merodeando a mi alrededor, segura de que me llevaría en el primer disparo.

Se me secaron los labios. Me tembló todo el cuerpo cuando lo vi cargar la pistola. Parecía concentrado mientras apuntaba el arma hacia mí con una risa malvada. Mi corazón estaba a punto de explotar.

Oí el primer disparo.

El ruido estridente me hizo gritar y saltar. Por acto reflejo, me cubrí la cara con las manos. Al inclinar la cabeza vi un agujero en la diana, bastante cerca de mi brazo. Estaba completamente tensa, y por su sonrisa de satisfacción supe que la noche no había hecho más que empezar.

—Podríamos decir que te fallé —dijo con un tono pícaro.

—Para...

—Si vuelves a hablar, apuntaré a tu cabeza —me amenazó—. Y créeme, cuando quiero, nunca fallo.

Cerré la boca de inmediato. Lágrimas de terror me recorrieron las mejillas. Estaba atrapada e indefensa frente al arma, frente a él.

—Me encanta verte tan vulnerable...

De repente sonó un segundo disparo seguido de un eco. Volví a gritar de miedo. Apoyada en la diana, sentí el impacto de la bala. Estaba más cerca de mi cuerpo que la primera vez. Se iba aproximando.

Otro disparo, temblaba como una hoja, cerca del ataque de ansiedad. Ya no conseguía calmarme, mis pies ya no podían soportar tanto miedo.

—Me encanta ser superior a ti, cautiva...

Otro ruido estridente hizo eco. Sentí que mis miembros cedían. Se me cortaba la respiración con cada disparo que sonaba, apenas me atrevía a moverme. Sin que me lo esperara, otra bala salió de la pistola y esta vez el ruido fue mucho más fuerte. Me zumbaba el oído.

Tenía el corazón a punto de explotar en el interior de la caja torácica. Volteé la cabeza en busca del agujero y me quedé horrorizada al darme cuenta de que la bala había rozado mi cráneo literalmente. Por instinto y curiosidad me rocé la oreja con los dedos. Estaba herida.

Me había tocado.

Levanté la vista hacia él. Su sonrisa se ensanchó cuando me vio la cara, pálida a causa del miedo y la angustia.

—Vamos a dejarlo aquí. No quiero que mueras, por ahora —dijo guardando el arma.

A continuación se acercó a mí. Se puso cerca de mi oreja y me apartó un mechón de pelo antes de susurrarme:

—Porque hay que saber alargar el placer. Y, mierda, ahora estoy disfrutando.

Y así, se alejó de mi cuerpo, todavía tomado por el miedo. Apagó la ventilación y me pidió que lo siguiera, siempre con esa sonrisa burlona en los labios.

«Es un demonio.»

Obedecí rezando a todos los dioses para que esa masacre acabara, para que todo fuera una pesadilla. Inhalé y exhalé profundamente intentando calmar mi corazón, que no podía estarse quieto. El demonio me esperaba de brazos cruzados, impaciente.

Cuando llegué hasta él me agarró de la muñeca. Me hizo salir de casa en dirección a la alberca, no entendí qué quería.

Paró en el borde y se volteó hacia mí con una sonrisita.

—Espero que sepas nadar. Sobre todo entre serpientes.

—¿Qué?

Respondió a mi pregunta tirándome al agua con fuerza.

Me hundí de inmediato. Casi me ahogo antes de salir a la superficie, donde inspiré profundamente.

Miré en torno a mí frenética. ¿De qué serpientes hablaba?

De repente descubrí dos cuerpos que zigzagueaban sobre la superficie a una velocidad increíble. Mis sentidos volvieron a ponerse en alerta; los ahuyenté salpicándolos con agua. No fue muy inteligente, pero el miedo nos hace hacer cosas incomprensibles. El corazón me latía con fuerza y el pánico controlaba mis movimientos, bruscos. Todo lo que veía eran serpientes que se movían; podía sentir que me rodeaban.

El psicópata se moría de la risa desde su rincón con un raro objeto en la mano. Estaba sentado en el pasto, cerca de la alberca, desde donde disfrutaba del espectáculo impaciente por que me ahogara tras una mordedura.

El timbre de su celular interrumpió su risa. Suspiró y levantó la mirada hacia mí.

—Vamos a hacer una pequeña pausa. Sal de la alberca, no quiero que se convierta en radioactiva —concluyó levantándose y alejándose.

Apreté la mandíbula. Llegué rápidamente a las escaleras. Lo odiaba cada vez más, su arrogancia y su insolencia me ponían de nervios.

Salí de la alberca temblando. El aire frío azotó mi cuerpo mojado, sentía como mis extremidades se congelaban poco a poco. ¿Quién tenía serpientes en casa? Me volteé hacia la alberca; estaban... ¿inmóviles?

¿Tal vez estaban muertas? Oh, no, ¿acababa de matar a unos animales?

En el interior de la casa todo estaba en silencio. Corrí a mi habitación y cerré la puerta tras de mí, asegurándome de que el cerrojo estuviera puesto, antes de cambiarme.

Oí al demonio hablar por teléfono. Luego nada.

—Cautiva —me llamó—, salimos.

«¿Qué?»

—Si no bajas en los próximos cinco minutos, no fallaré la próxima vez —añadió al otro lado de mi puerta.

Tragué saliva como pude y le abrí. Mi corazón no podría soportar otra sesión de disparos. Bajó las escaleras con prisa y mis piernas lo siguieron mecánicamente. Mi cerebro acababa de entrar en modo supervivencia.

En el garage buscó una llave. Luego avanzó hacia un coche deportivo negro. Casi se me salen los ojos de las órbitas cuando encendió el motor y lo hizo rugir.

—Sube. Cuanto antes salgamos de aquí, antes volveremos para seguir con la acción.

Su voz era una mezcla de impaciencia y emoción. Sin responderle, me subí a ese cohete. Me aferré al asiento cuando lo vi acelerar ya en la salida.

A esa hora no se oía nada en los alrededores, excepto el rugido del motor. El demonio que iba a mi lado puso las manos en el volante y presionó el pedal, dejándome clavada en el asiento. En el panel digital, la velocidad del coche no hacía más que aumentar, igual que mis niveles de estrés.

—¡VAMOS A MORIR! —grité sin aliento.

Él se rio, pero no redujo la velocidad. Mi cuerpo se tensó aún más. Iba tan rápido que ni siquiera podía ver los árboles desde la ventanilla.

Y, de repente, un camión. Un puto camión delante de nosotros. Estaba cerca, demasiado cerca.

El camión casi roza el coche. Me cubrí la cara en un acto reflejo y él ni se inmutó, cambió de carril a toda velocidad esquivando una muerte casi segura. Por poco se me sale el corazón por la garganta al verlo acelerar aún más. Sus ojos grises observaban la carretera con una concentración casi palpable, sus manos no soltaban el volante. De repente tomó una curva cerrada y sentí como mi cuerpo chocaba bruscamente contra la puerta. Estuve a punto de salir disparada por la ventana. Jugaba con mi vida.

Por fin llegamos a un edificio cerrado. Unos muros rodeaban aquel inmenso lugar y hombres armados con kalasnikovs permanecían firmes frente a un alto portón. Asher bajó la ventanilla del coche. Uno de los hombres asintió, luego le hizo un gesto a otro tipo más alto, sentado en su puesto de guardia, para que abriera el portón automático. ¿Me había llevado a la sede de su secta?

Tras el muro, por un lado, vi coches estacionados; por el otro, un almacén. Hombres y mujeres llenaban camiones con cajas cerradas mientras otros descargaban mercancías.

El psicópata estacionó el coche y salió; yo lo seguí

sin rechistar. Todas las miradas estaban clavadas en mí. Cada persona que pasaba por nuestro lado me juzgaba. Oía murmullos a mi paso. Mi cabeza giró automáticamente hacia el psicópata, que mantenía los ojos fijos en el edificio. Mandíbula apretada y ojos negros, era aterrador.

Una vez en el interior, subimos unas escaleras hasta el segundo piso. El ambiente era silencioso. A través de las ventanas se podía observar a personas que, todavía a esas horas, estaban trabajando; delante tenía a gente que, suponía, formaba la red del psicópata.

Abrió una puerta y me hizo un gesto para que lo siguiera. Me llevé la agradable sorpresa de ver a Kiara y a Ally sentadas en un sofá cerca de la inmensa mesa de reuniones que ocupaba casi toda la estancia.

—¡La trajiste! —Ally se sorprendió—. ¿Cómo estás? ¿Todavía te duele? Tienes el pelo mojado, ¡te vas a enfermar!

—¡Está muy bien! ¿Verdad, cautiva? —insistió el imbécil de mi propietario con una sonrisa malévola.

Asentí, no tenía ganas de contradecirlo. Dios sabía lo que podía hacerme cuando estuviéramos solos.

—¿Nos vas a contar por qué nos obligaste a cancelar nuestros planes? —murmuró Kiara.

Asher ignoró su pregunta. Tomó asiento en una de las grandes sillas y ojeó unos documentos que había sobre la mesa. Me senté a su lado.

—¿Así que este año son ustedes? —les preguntó dejando los papeles.

—Deberían ser las hermanas Linn, pero los negocios

de sus propietarios no van muy bien, así que prefirieron pasar.

—Y ¿tú crees que tenemos tiempo y dinero para perderlo en esta mierda? —preguntó levantando la cabeza hacia las chicas.

—Tú tienes más que ganar que nosotras, Ash —contestó Kiara mientras se encogía de hombros.

Asher no respondió nada y sacó una cajetilla de cigarros del bolsillo.

—¿Dónde está Rick?

—Bajó a recoger mapas, archivos y otros papeles —lo informó Ally—. Espero que vengas a la fiesta —añadió dirigiéndose hacia mí—. El tema es *Bloody goddesses*.

—No —dijo secamente el muy inútil—, no irá.

—¡Deja de privarla de sus derechos, mierda! —exclamó Kiara levantándose—. ¡Tiene derecho a asistir a la fiesta de las cautivas, como todo el mundo!

—¿Una fiesta de las cautivas? —pregunté mientras fruncía el ceño.

—Cada año se organiza una, para establecer contactos, chismear un poco y, por qué no, crear vínculos entre las redes.

—Y cada año se elige a las cautivas de una red para organizarla —explicó Ally—. ¡Este año nos toca a nosotras!

—Este año les tocaba a las cautivas de otra red, pero no tienen fondos y no pueden encargarse. Así que nosotras organizaremos la noche de las cautivas.

La puerta se abrió y aparecieron Ben, Rick y Sabrina. Los dos hombres depositaron sobre la mesa unas cajas llenas de papeles.

—Preciosa mía, ¡viniste! ¡Bienvenida a la red! —dijo entusiasmado el chico moreno.

—Ella, pequeña, me dijo que te caíste a la alberca. ¿Cómo estás? —me preguntó Rick—. ¿Ash está cuidando de ti?

—Desde luego —respondió el demonio echando humo y guiñándome un ojo.

Todos se sentaron alrededor de la gran mesa. Rick vació las cajas y desplegó documentos y mapas antes de tomar la palabra.

—Bien, ahora que ya estamos todos aquí, podemos empezar. ¿Cuándo se celebrará la fiesta?

—El mes que viene —contestó Kiara—. Todavía no hemos repartido las tareas, pero debemos ser rápidos; enviaremos las invitaciones mañana por la mañana. Le encargué a uno de los hombres que compre lo necesario y que llame a nuestros proveedores.

—¡Excelente! Ella, me gustaría que vinieras a esta fiesta. Será una buena oportunidad para unirte a la red de cautivas y...

—No irá —lo interrumpió el psicópata—. No es negociable; todavía nadie está al corriente de que tengo una nueva cautiva, sin contar con los rumores que circulan por la red, y es mucho mejor así.

Con el ceño fruncido, Rick preguntó:

—¿Por qué no quieres que los miembros de las otras redes sepan que tienes una cautiva?

—¡No es tu puto problema! —soltó molesto—. No irá y punto.

Estaba enojada, harta de ver como decidía qué podía

hacer y qué no mientras él ni siquiera era capaz de aceptarme.

—Iré —lo desafié cruzándome de brazos—. Después de todo, soy una cautiva.

Vi que la sonrisa de Kiara se ensanchaba. El demonio a mi lado rio con cinismo mientras negaba con la cabeza. Luego, con una mirada asesina, me susurró:

—¿Estás segura de que tienes ganas?

De repente sentí su mano sobre la mía, apretaba mi quemadura. Tragué saliva y aparté la palma.

—Podría fingir que es alguien que vino a ayudar..., ¿como Kiara? —preguntó Ally encogiéndose de hombros.

—Ya hablaremos más tarde —respondió Rick—. Antes explíquenme sus planes para la fiesta. ¿Cuál es su intención?

—Ash necesita las ubicaciones de las redes de Aaron, Chase y Luther. Como fueron cómplices de William, tenemos que encontrar sus escondites para destruirlos —explicó Ally.

¿William?

—¿Invitaron a sus cautivas? —preguntó Ben.

—Evidentemente, vamos a invitar a todo el mundo —afirmó Kiara mirando de reojo al psicópata.

Él apartó la mirada. Rick asintió, luego se dirigió a Ally y a mí.

—Teniendo en cuenta la situación, vamos a adelantar su misión —dijo—. Serán las encargadas de hacer una visita a la red de Londres, en lugar de Ash y yo. Asegúrense de que estos documentos le lleguen a Kyle y vigilen de cerca las acciones de su objetivo, Carlos. Creo que trabaja con uno de nuestros proveedores exclusivos, y quiero estar seguro de ello.

El psicópata aplastó su colilla en un cenicero y preguntó con brusquedad:

—¿Por qué no envías a los hombres de Kyle?

—Carlos ya los conoce. Ally y Ella no son conocidas en las redes de Londres, así que irán y volverán al día siguiente. Un avión privado las esperará para partir dentro de dos días, estén preparadas.

Asentí a la vez que Ally. Sabrina, en su rincón, sonreía.

—Me muero de ganas de que llegue la fiesta para volver a ver a la verdadera Ella —dijo con ironía.

El demonio la fulminó con la mirada. Su mandíbula estaba tan apretada que parecía que se iba a romper.

«¿La verdadera Ella?»

—La reunión terminó —anunció el psicópata—. Sabrina, tú quédate ahí.

13

Los Scott

—Detrás de esta puerta están los archivos. Es tan grande que uno suele perderse cuando busca algo, pero es de gran ayuda cuando queremos encontrar planes y acuerdos pasados.

Kiara me hizo una visita guiada del cuartel general de su red y tuve el «honor» de aventurarme en sus diferentes almacenes.

—Y ¡así es el cuartel general de la red de la gran familia de los Scott! —exclamó entusiasmada.

Me detuve tras oír esa frase. «¿Cómo?»

De todas las bandas y redes existentes en Estados Unidos, ¿tenía que acabar en esta? ¿En serio?

No había recibido clases de historia sobre ese tema, pero los conocía gracias a mi querido y atento expropietario, John. Él revendía su mercancía e idolatraba a esa peligrosa familia como si formara parte de ella. Me fascinaba ver como todos sus hombres los temían, desde el más fornido hasta el más mezquino. Todos palidecían por igual y sentían escalofríos cuando oían pronunciar ese apellido.

Los Scott.

Era un detalle que se me había escapado, pero que en ese momento tamborileó en mi cabeza.

«Asher Scott. Por supuesto.»

Así que formaba parte de la dinastía de los Scott. Sentí mucha curiosidad por saber cuál era su posición en el árbol genealógico de esa familia de pasado sangriento y oscuro, pero con un presente igual de intocable e influyente.

—¿Me estás escuchando? —preguntó Kiara sacándome de mis reflexiones.

—Perdona, estaba pensando... ¿Qué decías?

—Debes convencer a Ash para que te deje venir con nosotras a la fiesta. ¡Solo es una vez al año!

Asentí con la cabeza. El psicópata había sido muy claro: no quería que fuera. Pero... «adivina quién va a ir de todos modos».

Sin embargo, me hacía falta trazar una buena estrategia o una excusa para justificar mi presencia en la fiesta sin temor a sufrir demasiadas represalias. Lo último que había sabido era que se trataba de un asesino.

Empezaba a cansarme. Apenas eran las dos de la madrugada y aún me quedaban tres largas horas por delante antes de volver a meterme en la cama. Caminamos un poco más por los pasillos del edificio hasta que vimos a dos jóvenes avanzando hacia nosotras y haciéndole señales a Kiara. Parecían conocerla. Al fin y al cabo, ella trabajaba ahí.

—No te vimos en todo el día, Smith —dijo uno de los chicos.

Kiara Smith. Así se apellidaba.

—También tengo una vida fuera —bromeó ella dándole un abrazo.

—Y ¿quién es esta preciosidad que va contigo? —preguntó el otro chico mientras me miraba.

—Se llama Ella. —Se me adelantó.

—Se parece vagamente a la otra zorra de J...

—Y... es hora de irnos, Rick nos espera —lo cortó Kiara empujándome hacia delante—. Ah, por cierto. —El chico levantó la cabeza y Kiara le sonrió antes de añadir—: Es la cautiva de Ash, le diré que piensas que tiene muy buen gusto.

Se puso blanco como un fantasma. Su sonrisa burlona se convirtió en una mueca y parecía que fueran a salírsele los ojos de las órbitas en cualquier momento. El otro chico me miró arqueando las cejas, visiblemente sorprendido.

El primero parecía muy asustado: al fin y al cabo, ¿a quién no le daría miedo un asesino sádico descendiente de la gran familia de gánsteres y mafiosos más peligrosos del país? Como le había oído decir a John: «Prefiero cavar mi tumba y encerrarme en mi propio ataúd que caer en las manos de un Scott».

—Ella..., él... —balbuceó—. Ash..., cautiva...

—¡Nos vemos mañana! Si todavía sigues vivo, claro —bromeó Kiara antes de alejarme de ellos.

Nos deslizamos por los pasillos del edificio hacia la gran sala de reuniones. Mis pasos siguieron a los de Kiara; me fijé en los diferentes cuadros y pinturas que adornaban las paredes oscuras del cuartel general.

—¿Por qué tantos cuadros? No hace que este lugar sea más acogedor, ¿lo sabes?

Se rio ante mi comentario.

—Cuando la creó, el tatarabuelo de Ash y de Ben no tenía tiempo ni energía para decorar esta nueva sede. En cambio, su mujer quería darle algo de vida al lugar. Estaba locamente enamorado de ella. ¿Conoces a Judy Scott, la pintora?

«Ash... y ¿Ben?»

—Oí hablar de ella cuando era pequeña, sus obras son impresionantes.

—Pues tienes ante ti las obras menos conocidas de Judy. Su marido quedó devastado cuando murió y las colgó como tributo a la mujer que amaba. Incluso quiso comprar todas las que habían subastado cuando vivía.

—Qué triste, estas paredes tienen historia —comenté tocándolas con la yema de los dedos.

—Cada ladrillo y cada centímetro de este suelo cuenta una historia, la red existe desde hace generaciones. Es más que una simple banda, es una familia.

Asentí en silencio. Verla hablar de la red como si fuera lo más bonito del mundo me dejó perpleja, pero tenía razón en algo: no era una simple banda, era una empresa familiar.

—Las obras de Judy nos recuerdan que el espíritu de los Scott está en el corazón de la banda. Primero va la familia, y después, el dinero —explicó tocando el cristal que protegía los cuadros—. Mi madre es la mejor amiga de la de Ben, Gemma Scott. Crecí aquí con Ash, Ben y con otros Scott. Son como mis hermanos.

Entendí mejor que Kiara viera la red como algo familiar; había crecido literalmente en el seno de esta gran familia.

Pero... eso quería decir que Ben y Asher eran ¿qué? ¿Primos?

—¿Vienes? Ash nos está esperando.

Asentí. El demonio seguía con Rick en la sala de reuniones. Dejaron de hablar en cuanto entramos por la puerta.

—Solo tenemos que pedirle que tome una decisión —dijo Rick, que me miraba—. Ella, ¿te gustaría participar en la fiesta de las cautivas?

—No, me niego. Cautiva, si dices que sí, te prometo que...

—Sí —afirmé desafiándolo con la mirada y con una sonrisa insolente.

—Bien, en ese caso, por motivos que debes desconocer por el momento, no revelarás tu identidad a ninguna de las cautivas presentes. Mantendrás tu nombre, pero serás solo una empleada que vino a ayudar, como Kiara.

Esta saltó de alegría y me abrazó ante la mirada del demonio-psicópata-asesino-sádico... Un apodo que le quedaba perfecto, aunque quizá fuera demasiado largo, eso sí. No me dejé intimidar, pese a que, en el fondo, lo único que quería era pegarme un tiro en la cabeza antes de que él tuviera la oportunidad de hacerlo.

—¿Alguna pregunta? —insistió Rick.

Nadie respondió. El psicópata encendió un cigarro y salió de la habitación dando un portazo.

—No te preocupes, se le pasará. Mientras tanto, prepárate para el viaje. Ash te proporcionará el pasaporte antes de salir. Carl pasará a recogerte a las seis.

Asentí memorizando todas aquellas formalidades, pero no podía evitar pensar en el psicópata. Cuando estábamos a punto de irnos, Rick me llamó una última vez. Me di la vuelta y me tendió un documento.

—Ash no va a volver, así que tómalo y dáselo en cuanto lo veas.

Me dio las gracias antes de que saliera de la sala con Kiara.

—¿Ally regresó a casa? —pregunté al ver que la joven madre ya no estaba ahí.

—La niñera no pudo quedarse más tiempo y, como Rick está aquí, no podía dejar a Théo solo.

Fuimos a los coches. Kiara entró en el suyo.

—Buena suerte con Scott, siempre está acechando —dijo con una sonrisa mientras se ponía el cinturón.

—Reza por que mañana siga viva —repliqué con sinceridad—. ¡Ya me aventó a la alberca con serpientes para obligarme a mantenerme despierta!

—¿Serpientes? —preguntó frunciendo el ceño—. ¡Ah! ¡Se las quedó!

Se echó a reír.

—¿Qué?

—La última Navidad, Ben le regaló unas serpientes controladas por control remoto resistentes al agua, creía que las había tirado después de tanto tiempo. Me alegro de que le hayan servido, bueno..., ¿casi?

Se estaba burlando de mí como si nada. La fulminé con la mirada, y ella se rio antes de despedirse con la mano y irse del cuartel general de los Scott.

Serpientes teledirigidas... Así que lo que sostenía

cuando aullaba de risa junto a la alberca era el control remoto... Idiota. Suspiré. Ahora que me había quedado sola, no sabía qué hacer. Me apoyé en el coche del psicópata esperando a que volviera.

Pregunté la hora a la gente que seguía por ahí. Eran casi las tres. Me pesaban los párpados. El psicópata había desaparecido y yo empezaba a impacientarme.

—¡Vaya! Al final aceptó sacar a su joyita —dijo una voz detrás de mí.

Me di la vuelta y vi a un hombre asiático al que reconocí enseguida. Cole, el médico. Acompañado por el demonio.

—La única joya que saco es este coche, doctor —declaró con frialdad.

Cole sonrió.

—Una joya solo lo es cuando conoces su valor, Scott. —Se volteó hacia mí—. Ya no te encuentras mal, ¿verdad? ¿Ni dolor de cabeza ni nada? —preguntó.

Negué con un gesto. Lo único que quería era dormir. Y estar lejos del demonio, que me miraba fijamente desde que había llegado.

—Puedes volver a casa y descansar. Recupera fuerzas, ahora tu cuerpo necesita energía —declaró antes de alejarse—. Y... ¿Ash?

El psicópata giró la cabeza un poco hacia él.

—Si la traes aquí, conoces su valor —dijo por encima del hombro antes de unirse a un grupo de gente que nos observaba.

—La he traído solo porque... Qué mierdas, no tengo que justificarme. ¡Vuelve al trabajo! —dijo antes de subirse al coche.

—No tengo trabajo, jefe.

Asher esbozó una sonrisa malvada.

—¡Oye, tú! ¡Ven aquí!

El psicópata interpeló a un hombre que abrió mucho los ojos al verlo.

Se acercó despacio, preparado para huir. Sin perder un segundo, el psicópata le soltó un fuerte puñetazo en la mandíbula que le hizo ahogar un grito de sorpresa.

—Ahora sí que tienes trabajo.

Cole negó con la cabeza con una sonrisa torcida y me guiñó discretamente el ojo antes de llevarse al pobre tipo lejos del psicópata.

Cuando arrancó el coche, ocupé el asiento del copiloto y me acerqué al máximo a la puerta, para alejarme de él.

—¿Por qué le pegaste? —pregunté.

—Estaba en el lugar equivocado en el momento equivocado. ¿El documento que tienes sobre las rodillas es el que te dio Rick?

Asentí.

El resto del trayecto transcurrió en silencio.

Una vez en su casa, bajé del coche sintiendo el peso de su mirada sobre mí. Se me puso la piel de gallina. Jadeé de sorpresa cuando me dio la vuelta bruscamente y me presionó contra la pared del garage de espaldas a él. Me puso una mano alrededor del cuello y apretó un poco. Su cuerpo pegado al mío me impedía moverme mientras sus ojos grises fijos en mi cara me clavaban en el lugar.

—Si en algún momento, durante la fiesta, siembras la más mínima duda entre las otras cautivas sobre el hecho de que eres mía, rezarás a todos tus dioses para que puedas pudrirte en el infierno durante toda la eternidad antes que quedarte bajo el mismo techo que yo. ¿Queda claro?

Asentí con suavidad y me soltó. Me llevé la mano al cuello, recuperando el aliento entrecortado mientras él entraba en la casa. Tras unos minutos luchando contra la ansiedad, subí las escaleras a toda prisa y me metí en la habitación, que me aseguré de cerrar con llave. Me recogí el pelo y me puse mi pijama.

Había echado de menos la cama. La ausencia del psicópata me devolvió la confianza en mí misma. Era violento y daba un miedo espantoso. Pero no iba a dejar que me controlara. Podía asustarme todo lo que quisiera, amenazarme con estrangularme, pero nunca me sometería a él.

Poco a poco la luz del ventanal me hizo salir del coma. Tenía que instalar cortinas, era imposible dormir..

Era mediodía. Me levanté y me desperecé antes de ir a quitarle la llave a la puerta. Me detuve en seco. Recordaba haberlo cerrado la noche anterior, pero ahora estaba abierto. Mierda. Me di la vuelta para examinar la habitación. No había cambiado nada, no vi nada sospechoso. Tenía que mantener la calma. Tal vez hubiera sido Kiara. O Ally.

Salí de la habitación de puntillas. El dormitorio del psicópata estaba cerrado. Escuché por las escaleras, pero no oí voz alguna. A fin de cuentas, tal vez se me había olvidado cerrar, aunque estaba segura de haberlo hecho.

Bajé y agarré un tazón de cereal antes de sentarme a

ver mi serie: *Teen Titans.* El psicópata se unió a mí unos minutos más tarde con una manzana en la mano. El señorito comía *healthy*.

—Ves basura.

Era el mismo comentario que había hecho la primera vez que nos sentamos en el sofá delante de ese programa.

—Y tú lees basura —lo provoqué señalando su biblioteca.

Sus libros no eran basura, pero no tenía nada más con que atacarlo. Soltó una risa malvada.

—No, cautiva, yo no leo nada, solo tenía que llenar la biblioteca.

—Eso es aún peor —declaré tomando una cucharada de cereal.

—No tengo tiempo que malgastar —replicó mientras le daba un mordisco a la manzana.

—Claro, estar al mando de la empresa familiar día tras día no debe de ser fácil —contesté con voz melosa; sabía de sobra que era Rick quien se encargaba de todo.

Dejó de masticar y volteó hacia mí. Me dedicó una sonrisa burlona que le devolví con mucho gusto. Qué imbécil.

Era casi medianoche. Me tumbé en la cama. Esta vez presté atención y puse la cerradura. En el fondo, sabía que la noche anterior también lo había hecho. Me habían atormentado escenarios en los que el psicópata o un ladrón se metía en mi habitación.

En ese momento oí la voz del psicópata resonando en su dormitorio. Acababa de volver tras haber estado todo el día fuera. Asher Scott, una de las personas más lunáticas y demoniacas sobre la faz de la Tierra, formaba parte del linaje de los Scott, «los» Scott.

Su apellido había estado en boca de todos durante siglos. Una familia demasiado rica e influyente, tan peligrosa como invisible. Según John, todas las bandas querían seguir sus pasos, el camino sangriento y oscuro que habían tenido que emprender para llegar a lo más alto.

Me pregunté una vez más qué lugar ocuparía él en el árbol familiar, y si era cierto que ahora estaba al mando de la empresa. Por lo que yo veía, era Rick quien tomaba las decisiones. ¿Él también sería un Scott?

Mis preguntas se evaporaron cuando oí que la cerradura de mi puerta se abría delicadamente. Se me encogió el estómago, y de inmediato cerré los ojos. Oí un ligero crujido seguido de los pasos sigilosos del psicópata. Tomó la silla que había junto al clóset para sentarse cerca de la ventana. Me observó mientras fumaba.

El corazón me latía con fuerza.

Mantuve los ojos entrecerrados, vigilando todos sus movimientos y gestos. Se me entrecortó la respiración, no esperaba verlo mirándome a esas horas. Mi ansiedad se redobló cuando comprendí que también había estado ahí el día anterior.

Sí que había cerrado con llave.

Se quedó en su rincón mirándome fijamente unos

minutos más hasta que, de repente, se levantó y se acercó a mi cama. Me tensé en el momento en que me rozó la mejilla con el dedo antes de bajar con suavidad hacia mi pelo, dibujó cada rasgo de mi rostro con tanta dulzura que pensé que estaba soñando. Me agarró un mechón con delicadeza. Sus gestos eran tan confusos como mi vista en ese momento. Mierda, ¿qué estaba haciendo?

Me di la vuelta y retrocedió enseguida. Suspiré levemente. Se quedó quieto otro instante. Le vibró el celular en el bolsillo, descolgó y salió en silencio de mi dormitorio.

—Estoy en casa, ¿qué quieres? —susurró delante de mi puerta.

Me senté en la cama. «¿Por qué no dices que eres un puto *voyeur*? Maldito psicópata.»

—La cautiva... No lo sé, creo que está durmiendo. No quiero hablarle... Ya la verás mañana por la mañana antes del vuelo... Calla ya, Kiara. Me muero de ganas de que se vaya de mi casa... No quiero que él sepa que tengo una cautiva, todavía no.

¿De qué estaba hablando?

—Tengo un plan, ya se lo expliqué a Ben. Y necesito su silencio para que funcione.

¿Era por la fiesta de las cautivas? ¿Tenía una idea en mente? ¿Algo que me incluía?

«Señoras y señores, tomen asiento y palomitas para presenciar el plan de mierda del psicópata. ¿Están preparados? Yo no.»

14

Doble espionaje

No recordaba en qué momento me había quedado dormida, pero sabía muy bien qué me había despertado.

El psicópata me acababa de tirar un tazón con cubitos de hielo a la cara: me desperté sobresaltada. Sentía que se me pegaban a la piel y se fundían poco a poco, dejando el frío del agua deslizarse por detrás de mis orejas.

«Desgraciado.»

Soltó una carcajada frente a mi grito de rabia.

—¡Vamos, arriba! Tienes un vuelo dentro de dos horas —anunció su voz ronca—. Espero que hayas hecho la maleta, porque no tengo ningún problema en enviarte a Inglaterra sin nada.

Acompañó su frase de una molesta risa burlona, antes de salir de la habitación dando un buen portazo. Furiosa, me aparté los hielos de la cara.

—¡MUÉRETE! —grité.

Todavía estaba medio dormida. Eran las cinco de la mañana, Carl tenía que recogerme al cabo de una hora. Me preparé y desayuné a toda prisa. Después bajé con los zapatos en una mano y la maleta en la otra. Me detuve cuando lo vi agarrar su habitual chamarra de piel y examinarme.

—¿Estás lista?

—Es Carl quien me tiene que llevar, no tú —le recordé mientras bajaba los últimos escalones.

Se acercó despacio hacia mí, tragué saliva. Cada paso resonaba en el recibidor, todavía oscuro y silencioso; cuando su imponente cuerpo estuvo casi pegado al mío, susurró:

—¿No entiendes que hago lo que quiero, que soy yo quien decide?

Empezó a alejarse sin esperar una respuesta.

—Y ¿tienes ganas de llevarme? ¿Tú?

—No cambiaría por nada del mundo un último paseo en coche contigo y con tu miedo a la velocidad, cautiva. ¡Date prisa, son las seis menos cinco!

Así, retomó su camino en dirección al garage. Suspiré pellizcándome el puente de la nariz. Qué pesadilla.

Me apresuré a ponerme los zapatos para seguir sus pasos. Tragué saliva cuando lo vi subirse a otro coche deportivo. Mierda. El rugido del motor me dio escalofríos.

Insegura, me acerqué hacia el coche. Puse la pequeña maleta en la parte de atrás antes de sentarme al lado del psicópata, que parecía impaciente. Apretó el acelerador y salimos hacia una nueva ronda de gritos y de «CUIDADO», uno tras otro.

Ese tipo disfrutaba mientras mi corazón latía tan fuerte que sentía que podía oírse a kilómetros. El panel digital que marcaba la velocidad no paraba de aumentar.

Me entraron náuseas en cuanto empezó a zigzaguear de un carril a otro evitando los grandes camiones que normalmente circulaban por las mañanas y algunos coches que habían salido temprano de casa.

Y cómo olvidar, por supuesto, las curvas cerradas que daba siempre pensando que su coche era un cohete. Tras varios kilómetros de sufrimiento, llegamos por fin a una especie de hangar gigante. A lo lejos pude ver el famoso avión privado que nos esperaba.

Estábamos en un aeródromo.

Vi a Ally apoyada en la puerta del coche de Carl, discutiendo con él. Empezó a hacer gestos cuando vio que había llegado.

Saqué la maleta y, aliviada, me lancé a sus brazos. Mientras yo saludaba a Carl, el psicópata discutía con una persona lejos de nosotros. «A ver si habla tan rápido como conduce.»

—Salimos dentro de veinte minutos. Ash se encargó de registrar tu pasaporte en la base de datos de la compañía. ¿Quieres que entremos ya en el avión? ¿O prefieres despedirte de él? —me preguntó Carl con maldad.

Negué con la cabeza e hice una mueca. Ally se rio. Tras desearnos un buen viaje, Carl se fue. En el último momento el demonio nos llamó.

—Tengan cuidado, atenganse al plan y no hagan nada para acabar muertas. Sobre todo tú, cautiva, quiero matarte con mis propias manos.

Su perversa sonrisa antes de entrar en el coche me puso la piel de gallina. Ally le dirigió un último adiós con la mano mientras yo contemplaba ese avión que me llamaba. Por fin entramos. Dos azafatas nos recibieron y agarraron nuestras maletas.

El interior era magnífico, aunque minimalista. Los sillones de piel beige parecían tan cómodos como el sofá del psicópata. Y, hablando de sofás, había uno inmenso que ocupaba uno de los lados de la cabina, junto a una gran pantalla y una mesa provista con un llamativo surtido de aperitivos y dulces. La alfombra gris y el techo beige daban al interior un aspecto lujoso, realzado por los acabados de madera barnizada. Cada asiento tenía su propia ventanilla, así como enchufes y puertos USB.

Ally se echó en el sofá y agarró el control de la enorme pantalla para cambiarle un poco.

—Tenemos siete horas de vuelo por delante —me informó, levantándose para agarrar un pastelito—. Los baños están al fondo, a la izquierda. Si necesitas lo que sea, no dudes en decírselo a las chicas. ¡Ah, y mira!

Se arrodilló a mi lado y bajó una palanca que reclinó completamente mi asiento.

—Por si quieres dormir.

—¿Qué haremos cuando lleguemos?

—Ash me envió una gran cantidad de archivos para que se los demos a su primo, Kyle, el encargado de la red de los Scott en Londres. También tenemos un arsenal de documentos acerca de nuestros proveedores exclusivos que debemos estudiar; muchos de ellos son sobre Carlos, nuestro objetivo. Uno de nuestros proveedores hace negocios con él, pero aún no sabemos cuál de ellos.

—Y ¿quién es Carlos?

—Un tipo insignificante que pertenece a una red de

tráfico de armas y que ya quiere enfrentarse a los más grandes. O sea, un imbécil —se burló.

—¿Los documentos sobre nuestros proveedores contienen sus perfiles? —pregunté frunciendo el ceño.

—Por supuesto. Y también información sobre los lugares que frecuentan, su familia, su entorno profesional, sus antecedentes, los puntos de encuentro, todo. Ash reunió toda su vida en estas páginas, cosa que va a facilitar nuestra búsqueda —me explicó.

Asentí mientras le daba un mordisco a uno de los pastelitos. Ally tomó una llamada.

—Buenos días, tesoro, ¿cómo es que ya estás despierto? —dijo con una voz dulce.

—¿Dónde estás, mamá? —le preguntó Théo.

—Estaré fuera hasta mañana, te lo dije ayer. Papá se va a quedar contigo todo el día hasta que yo vuelva. Te encanta ir al trabajo con él.

¿«Papá»? ¡Ally no me había dicho que Rick era el padre!

No pude oír la respuesta de Théo.

—Estoy con la tía Ella, ¡volvemos pronto! Ahora me tengo que ir. Pídele a Isma el desayuno y no olvides lavarte las manos. Besos, mi amor, ¡pórtate bien!

Colgó con una sonrisa en los labios. Le sonreí conmovida por el amor que sentía por su hijo.

—Espero que Rick cuide bien de él. Está muy ocupado ahora mismo, así que añadir un niño a sus tareas es bastante complicado.

—Es su padre, hará lo que sea necesario, no te preocupes —la tranquilicé.

—No, no es su padre. —Rio—. Théo lo llama «papá» porque es más fácil para él. Rick es muy paternal; el niño no ve ninguna diferencia.

—Lo siento, yo... creía que...

—No lo sientas, el padre de Théo desapareció mucho antes de que diera a luz. No quería hacerse cargo de un niño cuando ya estábamos ahogados en deudas. Me dejó sola con nuestro hijo.

—No debió de ser fácil para ti.

—Di a luz en mi baño. No fue muy agradable, pero oírlo llorar por primera vez hizo que todo valiera la pena. Desde ese momento me entregué a él, y todo se volvió más fácil cuando Rick entró en nuestras vidas.

Asentí sin saber qué responder. A fin de cuentas, yo no era la única con una vida de mierda. Pero esas últimas semanas, desde que las había conocido, habían sido las mejores para mí desde hacía mucho tiempo, sin tener en cuenta la presencia del psicópata, claro.

Una de las dos azafatas vino a informarnos de que el avión iba a despegar. Me abroché el cinturón mientras Ally seguía tumbada en el sofá. Con la cabeza apoyada en la ventanilla, vi el paisaje cambiar ante mis ojos: la ciudad se hizo pequeña, luego las montañas y los bosques nos rodearon, y finalmente las nubes, majestuosas, se amontonaron bajo el avión.

No pude evitar pensar en mi tía, que me había sacado de mi país natal y me había entregado a un gánster que trabajaba para la red más famosa e influyente del continente americano. Me pregunté qué podía estar haciendo en ese momento. ¿Habría intentado contactar conmigo? Tal vez le daba igual; después de todo, no era su hija.

Tenía muchas preguntas que hacerle: ¿cómo había sido tan fácil para ella dejarme en manos de una mafia tan peligrosa como esa? ¿Se sentía culpable? ¿Pensaba en mí cuando veía a chicas de mi edad disfrutando de su vida, mientras que ella me había enviado a morir lentamente a casa de un tipo peligroso y asqueroso?

Me gustaría volver a verla y formularle todas esas preguntas. Pero estaba tan enojada con ella... Tan enojada...

—¿En qué piensas? —me preguntó Ally sacándome de mis pensamientos.

—En nada, estaba perdida contemplando el paisaje...

—Toma —dijo, y me tendió unos documentos—. Solo tenemos una noche para confirmar o descartar las sospechas de Rick y Ash, así que no hay tiempo que perder.

Asentí y agarré la enorme pila de papeles, que leí en detalle. Tras casi cuatro horas de estudio, sabíamos cuáles eran los proveedores susceptibles de hacer negocios con Carlos y cuáles no.

Coincidencias en los lugares que frecuentaban y su entorno profesional nos guiaron hacia los posibles puntos de encuentro, que apuntamos en el GPS del celular de Ally. De repente empezó a sonar. Abrí los ojos como platos.

—¿Cómo es posible que tengas cobertura?

—Conexión por satélite —respondió sin inmutarse.

Alzó la pantalla hacia mí y pude ver una foto del psicópata armado con su eterna sonrisita.

—Parece que no se cansa de ti —bromeó antes de aceptar la llamada.

—Ahórratelo —contesté negando con la cabeza.

Puso el celular en altavoz. Y, mierda, su voz sonaba aún más áspera por teléfono.

—Según Kyle, Carlos está intentando hacer negocios con nuestro proveedor de armas rusas. ¿Revisaron los documentos?

—Sí, y hemos llegado a la conclusión de que podía ser él o el exportador europeo.

—Tienes todos los datos, organícense para hacer una búsqueda rápida y discreta. Kyle te dará las llaves de la mansión y del coche.

Ella sonrió de oreja a oreja; los ojos le brillaban de la emoción.

—Perfecto, nos quedan menos de tres horas de vuelo. La diferencia horaria entre Los Ángeles y Londres es de ocho horas. Ahora mismo allí son las siete, por lo que llegaremos alrededor de las diez de la noche. Para cuando tengamos las llaves del coche, serán las once, justo a tiempo.

—Eso espero. Duerman un poco, necesitan estar completamente despiertas por la noche. Al final me enviarás un informe.

Colgó. Sin embargo, de todo lo que se había dicho durante la conversación, yo solo podía pensar en una cosa: ¡Los Ángeles!

Así que estaba en Los Ángeles. Durante todo ese tiempo no sabía adónde me había llevado el conductor de John. Recordaba que el trayecto hasta casa del psicópata había sido largo, muy largo..., pero pensaba que seguíamos en Florida. Estaba muy equivocada.

¡Los Ángeles!

—Oí hablar mucho de la casa londinense de los Scott, me muero por verla —dijo Ally emocionada.

—¿Qué tiene de especial? —pregunté.

—Es una de las más antiguas, del siglo XVII. La familia siempre la conservó, como un monumento histórico y familiar. Los Scott me fascinan tanto...

—Ya lo veo —bromeé negando con la cabeza.

Las calles iluminadas ahuyentaban la oscuridad de la noche. Un chofer nos esperaba cerca de la pista de aterrizaje para llevarnos a la sede de Londres. Por el camino vi el London Eye y el Big Ben, me habría encantado tenerlos más cerca. Pero no iba a turistear, sino solo estaba de paso. Sentí una punzada en el corazón cuando vi alejarse los monumentos de la ciudad.

Poco después llegamos a un enorme almacén. Bajamos y seguí a Ally de cerca, aterrorizada ante la idea de perderme. Un chico con ojos de color avellana y pelo castaño nos esperaba en la entrada con una sonrisa traviesa en los labios. Ally le hizo un gesto con la mano que él le devolvió enseguida exclamando:

—¡HOLA, GENTE!

Ally se acercó a él riendo. Me di cuenta de que se parecía a Rick. No tenían los mismos ojos, pero sí los mismos rasgos.

—Esperaba ver a Kiara contigo —admitió mientras la abrazaba; luego se dirigió a mí—. Pero ¿quién eres tú?

—Ella —me limité a responder.

—¡Es la nueva cautiva de Ash!

—Ah, ¡eres tú! Es un honor darte la bienvenida a Londres —me dijo guiñándome un ojo.

Le sonreí con timidez. Ally le entregó enseguida los documentos que Asher nos había dado. Luego él nos dio dos llaves que serían esenciales para nuestra breve estancia.

—Vayan con cuidado. Mis hombres me informaron de que Carlos salió de la capital en dirección al norte hace unos minutos. Saquen sus propias conclusiones —dijo Kyle.

Recordé la información que había leído sobre nuestros proveedores. Si Carlos iba hacia el norte, su intención era reunirse con el exportador.

—Watford —solté mirándolos—, se dirige a Watford.

Kyle sonrió.

—Me gusta la chica nueva. ¡Vamos, el Bentley nos espera!

—¡Dios mío, un Bentley! —gritó Ally corriendo hacia el coche.

Me apresuré para alcanzarla, temiendo que se fuera sin mí. Ya estaba en el interior, con chispas en los ojos y extasiada ante la idea de conducir ese coche. Me senté en el asiento del copiloto y la vi presionar el acelerador. «Mierda, ya empezamos. ¿Acaso todos están locos por la velocidad?»

No tardamos en llegar a la carretera principal, y enseguida a la autopista hacia el norte. Saltó una llamada en el panel digital, era Kyle. Ally contestó feliz.

—¡Adoro esta joyita! —exclamó, y apretó una vez más el acelerador.

—Ya lo sé, yo también. Lo compramos esta tarde, así que devuélvemelo intacto, si no es mucho pedir. Te estoy enviando las coordenadas GPS del coche de Carlos.

—¿Qué? ¿Cómo hiciste eso? —preguntó ella frunciendo el ceño.

—Ese idiota tiene un localizador GPS antirrobo en el coche, y lo acabamos de hackear.

El coche mostró en la pantalla unas coordenadas y la ruta en tiempo real.

—¡Bien jugado! —lo felicitó ella—. Solo quedamos tú y yo, mexicano.

—¡Sobre todo, ten cuidado con el coche! Puedo ser un Scott, pero no soy tan rico como mis primos —añadió antes de finalizar la llamada.

El vehículo aceleró entre los carriles. Nuestro objetivo estaba a pocos kilómetros de nosotras. Lo vimos detenerse en una zona de almacenes. Ally aceleró hasta que estuvimos cerca del punto de encuentro. Una vez allí, apagó las luces, avanzó sigilosamente y se estacionó detrás de una camioneta negra, a la entrada de un callejón, desde donde, sin ser vistas, teníamos en la mira el coche blanco de Carlos.

—Agáchate —me ordenó.

Tras unos minutos, otro coche avanzó por el sendero vacío. Era uno de los vehículos del exportador europeo. Estacionó un poco más allá de donde estaba Carlos y bajó. Una vez fuera, sacó su celular para llamar a alguien y esperó, apoyado en el coche, hasta que el mexicano decidió salir de su escondite con un maletín en la mano.

Ally aprovechó para hacer fotos como prueba para Ash. Mientras los dos hombres hablaban, bajó discretamente la ventanilla para intentar captar fragmentos de su conversación. De repente el exportador se puso a gritar:

—¡Es menos de lo que gano con Scott! ¡Hicimos un trato, tú me pagas el doble! ¡Me hiciste venir aquí por una mierda! ¡ Maldita sea!

—Hombre, esto es solo el principio. Luego creceremos y...

—¡No creceremos una mierda! Me estoy jugando la vida... Si Ash se entera de que estoy dobleteando... Y ¿vienes tú y me traes veinticinco mil libras? ¿Eso es todo lo que tienes?

Sacó un arma y apuntó a Carlos, que levantó las manos y le pidió que se calmara. No logramos oír nada más. El exportador regresó a su coche y salió del callejón. Carlos volvió a agarrar el maletín y lo lanzó al interior de su vehículo.

Esperamos durante casi treinta minutos antes de que por fin decidiera irse él también.

Pero mientras lo veíamos alejarse, la camioneta detrás de la que estábamos escondidas lo siguió lentamente. El estómago me dio un vuelco de golpe.

Los ojos de Ally se abrieron como platos, igual que los míos. ¿Qué diablos...?

—Él también los estaba vigilando —declaró Ally en voz baja—. Mierda, tenemos que salir de aquí. ¡Ahora mismo!

15

Infierno londinense

—¿Kyle? Tenemos un problema.

Ally se quedó agachada asomando ligeramente la cabeza para observar que la camioneta se alejaba de su escondite siguiendo de cerca el coche de Carlos.

—Quédense en el coche donde están y no se muevan. Las seguirán si se van ahora. Si oyen disparos, vayan directo a Londres e iremos a recogerlas de inmediato.

Ally, frunciendo el ceño, escuchó atenta las instrucciones de Kyle. En cambio, el nudo de angustia y terror que se me había formado en el estómago no hacía más que aumentar ante el inminente peligro.

Tras unos minutos, colgó e inspiró profundamente. Nos quedamos en silencio. No me atrevía a respirar, pues el riesgo de que nos descubrieran era grande. Ally decidió recuperar el control de la situación: volvió a encender el GPS y rastreó de nuevo a Carlos, que conducía a una velocidad vertiginosa.

Había iniciado una persecución. Carlos trataba de dejar atrás a sus perseguidores entre las calles de los alrededores. No se había dirigido hacia la autopista. Al contrario, era como si estuviera esperando a alguien. Como si esperara... refuerzos.

Los dos coches pasaron junto a nosotras a toda velocidad antes de meterse en un callejón. Otra llamada de Kyle resonó en el coche.

—¿Ally? En la cajuela hay un tanque de gasolina, viértelo sobre el Bentley. Estamos a pocos minutos de su ubicación.

—Entendido.

Se desabrochó el cinturón y volteó hacia mí con una expresión seria en el rostro.

—Si lo ves llegar, pulsa una vez el botón de las luces de emergencia y apágalas inmediatamente después.

Asentí. Corrió hacia la cajuela, la abrió para agarrar el tanque de gasolina y lo vertió encima el coche. De repente vi que el punto que representaba a Carlos se acercaba a nosotras. Di la señal. Ally se precipitó en el interior del vehículo y se manchó la ropa de gasolina.

Los dos vehículos nos adelantaron a la velocidad de la luz y entendí el motivo cuando vi a dos hombres armados intentando vaciar sus cargadores en la defensa de Carlos. Esa imagen, así como el ruido que la acompañaba, me horrorizó. Íbamos a presenciar un asesinato.

Ally volvió a salir y terminó de vaciar el tanque por todas partes. El interior del coche apestaba a gasolina. Kyle llamó y descolgué enseguida.

—¡Salgan rápido del coche, estamos ahí! —anunció antes de colgar sin darme tiempo de responderle.

Avisé a Ally. Un instante después dos motos enormes

se pararon cerca de nosotras y los conductores nos hicieron señales para que subiéramos. Obedecimos sin rechistar. Nos pusimos los cascos mientras uno de los motoristas arrojaba un encendedor prendido al Bentley, que se incendió al momento. Pobre Bentley, acababa de ver la luz del día. Bueno, de la noche.

Con el motor en marcha, me aferré al conductor. Salté violentamente al oír la explosión del Bentley.

—¡A la izquierda! —gritó el motorista antes de precipitarse en un callejón.

Serpenteamos entre las callejuelas esperando no toparnos con la persecución que estaba teniendo lugar a pocos metros. Pero, por supuesto, nada sucedió como esperábamos.

Con un golpe seco, las dos motos frenaron al ver el coche de Carlos en medio de la carretera. Su cuerpo sin vida estaba tendido sobre el suelo.

—¡Eh, ustedes! —gritó un hombre mientras sacaba la cabeza de la camioneta.

—Mierda. ¡KYLE, ACELERA!

Mi conductor también aceleró. Tomó el primer callejón a la derecha, seguido por Kyle.

La camioneta nos pisaba los talones, los hombres que iban en ella disparaban en todas direcciones. Kyle ordenó que nos dispersáramos. Separados tendríamos una posibilidad entre dos de esquivar la camioneta y, por lo tanto, la muerte. Íbamos tan rápido que me agarré al cuerpo que tenía delante como si mi vida dependiera de ello. Aceleró todavía más cuando oyó disparos detrás de nosotros.

Mierda.

Nuestros perseguidores apuntaban a las llantas y a nuestras cabezas, pero el motorista los frustraba zigzagueando sin dejarles la oportunidad de acertar sobre nosotros.

—¡Mira la matrícula! —gritó el conductor.

«¿Me habla a mí? Oh, no.»

—¡Rápido, MALDITA SEA! —insistió.

Me volteé con el miedo acumulado en el estómago.

—¡No hay nada! —grité esperando que me oyera.

—¡Cerca del faro derecho! ¡Mira si hay algún símbolo, el que sea!

Resoplé ansiosa. Estaba a punto de morir bajo los disparos de unos asesinos que nos pisaban los talones. Escaneé la superficie y distinguí un símbolo en el faro derecho, justo como me había dicho. Era un símbolo de color rojo sangre que representaba un árbol sin hojas y un águila, el símbolo de una banda.

El corazón estaba a punto de estallarme. En ese momento mi adrenalina y mi miedo a morir debían de sentirse a kilómetros a la redonda. Mi conductor serpenteaba entre callejones, cada uno más estrecho que el anterior, minimizando así las posibilidades de que la camioneta pasara cómodamente. Sentí que rozaba el suelo cuando dimos un giro brusco, pero nada detuvo al tipo, que siguió conduciendo a toda velocidad.

De repente aceleró todo lo que pudo y se metió en un paso subterráneo, un túnel muy bajo que apestaba a alcantarillado y que salía a la carretera principal unos cuantos callejones más adelante. La moto pasó de un carril a otro entre coches y camiones, siempre con esa velocidad que me recordaba al psicópata.

En mi cabeza bombardeaba con insultos a ese demonio que nos había enviado hasta aquí.

Unos minutos más tarde condujimos por una carretera vacía. Solo se oía el ruido de la moto: era aterrador. Un miedo furtivo se abrió paso en mí: ¿y si este hombre planeaba llevarme a un bosque y violarme antes de dejar que me pudriera allí?

Finalmente giró a la derecha hacia un sendero y vi un enorme portal en el que había inscrita una palabra: SCOTT.

Estábamos en el dominio de los Scott. Eso estuvo cerca.

—¿Las llaves las tienes tú o Ally? —preguntó el hombre jadeando.

Se quitó el casco y se echó el largo cabello hacia atrás. Tenía la piel morena y una mandíbula bien definida que recordaba vagamente a la de mi propietario.

—Ally —respondí todavía mareada.

Agarró el celular, marcó un número y esperó una respuesta.

—Ábrenos —dijo antes de colgar y de hacer rugir el motor de la moto un poco demasiado fuerte para mi gusto.

Esperamos cinco minutos hasta que Ally abrió la puerta con las manos ensangrentadas. Parecía aterrorizada.

—¡Le dispararon a Kyle! ¡Le dieron! —exclamó corriendo hacia la mansión—. Estamos intentando detener la hemorragia.

Abrí los ojos como platos. El hombre asintió antes de acelerar y estacionarse cerca de la gran mansión.

«Gran» era un eufemismo. Era una mansión gigante y

de aspecto antiguo. Comprendí las ganas de Ally de venir aquí. No me imaginaba cómo debía de ser el interior.

Recorrimos un camino de entrada cubierto de grava y rodeado de árboles delicadamente tallados y de un pasto bien cuidado. Al contrario que el castillo de hielo de mi propietario, esta mansión no tenía ventanales, sino una gran cantidad de ventanas que es probable que se remontaran a cuando la construyeron. Cerca de los jardines vi varias esculturas y una fuente. «Dios, es inmensa.»

Había varios vehículos de colección estacionados cerca de la entrada principal. En comparación con ellos, la moto del hombre que me había llevado hasta allí parecía una mancha.

El hecho de haber entrado tan precipitadamente hizo que no reparara en los detalles de aquella mansión. En el interior Kyle estaba medio tumbado sobre una sábana tendida en el suelo, sujetándose la herida con fuerza; tenía la cabeza apoyada en los cojines del sofá blanco. Parecía sufrir un martirio.

—Más asustado que herido, dicen —murmuró con una mueca.

—Savannah llegará dentro de un par de minutos para quitarte la bala, sigue presionando para detener la hemorragia —indicó Ally con expresión seria—. Ella, ¿puedes llamar a Ash y contarle lo que pasó? Toma mi celular.

Mecánicamente tomé su teléfono del sofá y busqué en su lista de contactos hasta que encontré a un «Ash S». Me alejé de esa estancia y me dirigí a un suntuoso vestíbulo que podría haber servido como museo, por todas las esculturas y obras que había expuestas.

Dudé si llamarlo. Aunque esa noche había vivido infinidad de peligros, él era sin duda la mayor amenaza. De todos modos, presioné la pantalla táctil con el dedo. Esperé a que contestara, mientras que rezaba para que no lo hiciera.

Pero, por supuesto, nunca nada sucede como espero.

—Y ¿bien, Carter? —preguntó la voz ronca del psicópata.

Pensaba que era Ally.

—Soy Ella —dije, e hice una mueca—. Tuvimos un problema.

—¿Qué pasó?

Le conté lo sucedido; permaneció en silencio todo el tiempo. Solo me preguntó una cosa y, por una vez, tenía la respuesta:

—¿Pudiste ver algún símbolo en la camioneta?

—Un árbol rojo con un águila al lado.

Lo oí maldecir. Percibí las voces de Rick y de Kiara al fondo. El demonio estaba hablando con ellos.

—Escúchame, cautiva: no salgas de la propiedad, dile a Kyle que...

—Kyle está herido —informé cuando ese inútil empezó a darme órdenes—. Los hombres que nos perseguían le dieron antes de que nos separáramos.

—Y ¿Savannah? ¿No está aún con ustedes?

—Llegará enseguida —respondí.

Suspiró pesadamente.

—Bien, te llamaré dentro de unos minutos.

Colgó.

Respiré aliviada por no tener que seguir hablando con él.

La pesada puerta de la mansión se abrió y vi a una joven pelirroja con una bolsa grande en la mano. Su voluminoso cabello rizado de color rojo fuego combinaba a la perfección con su piel bronceada y sus ojos verdes.

—¿Dónde está Kyle?

—En la sala de est...

Se fue sin dejarme tiempo de terminar la frase. Un terrible dolor de cabeza hizo que me estremeciera. «Toqué fondo, no hay nada peor.»

Pasé varios minutos en el vestíbulo contemplando el exterior sin decir ni una palabra, percibiendo a lo lejos los gemidos de dolor de Kyle. Cuando volví a la sala de estar, lo encontré agarrándose el brazo del que ya le habían quitado la bala. El joven que me había llevado estaba tumbado junto a la enorme chimenea con el celular en las manos y su largo cabello extendido sobre el suelo blanco.

—Carter, ¿quién es esta? —preguntó mientras giraba la cabeza hacia mí—. ¿Es nueva?

—Sam, te presento a Ella Collins, la cautiva de tu primo.

La doctora se dio la vuelta y me miró de arriba abajo. Observó con los ojos muy abiertos mi cuerpo, todavía conmocionado.

¿Sam era primo de Ash? ¿Él también?

—¿Desde cuándo Kyle tiene derecho a tener una cautiva? Creía que de momento solo podían tenerlas Ash, Ben y Rick —preguntó el tal Sam.

—Así es, no es mía, sino de Ash —replicó Kyle con mala cara—. ¡Ay! Con cuidado, mi brazo.

La doctora terminó su intervención tras pasar un buen rato envolviéndole la herida. Se quitó los guantes y los tiró en una bolsa que tenía cerca.

—¡Como nuevo!

Se volteó hacia Ally y le preguntó cómo había ido la misión, mientras yo examinaba la impresionante habitación con el rabillo del ojo. Una enorme cantidad de luces iluminaban el salón, incluido un gigantesco candelabro de cristal que colgaba del techo, absolutamente asombroso. La chimenea, igual de imponente, de mármol y con hilos de oro incrustados, recordaba algo a la del psicópata. En la estantería había varias fotos antiguas que rememoraban la historia de la familia. Enfrente había un gran sofá blanco rodeado de sillones del mismo estilo antiguo. Por último, cerca de la chimenea, un enorme piano blanco acumulaba polvo.

Junto a la chimenea, unas escaleras llevaban a un piso elevado de la sala de estar; allí había una gigantesca biblioteca que se extendía a lo largo de una pared en la que los libros estaban cuidadosamente alineados. El suelo brillaba tanto que casi reflejaba mi imagen como un espejo; al fondo de la sala, justo debajo de la biblioteca, había un lienzo rodeado por dos estanterías. Era un árbol genealógico. Esa familia se idolatraba a sí misma.

El celular que tenía en las manos empezó a sonar y la pantalla mostró «Ash S». Levanté la cabeza y busqué a Ally con la mirada esperando encontrarla, pero no estaba allí.

Suspiré.

—Ally no está...

—Cautiva, vamos a tomar un vuelo a Londres, no vuelvas.

Colgó.

«Vamos.» Creía que había tocado fondo y, sin embargo, seguía hundiéndome.

—¿Ella? —dijo Ally detrás de mí—. ¿Hablaste con Ash?

—Sí..., va a venir —contesté con una pizca de decepción en la voz—. Creo que con Rick.

Sam se echó a reír desde donde estaba y volteó hacia el herido, que tenía la mirada perdida en el fuego de la chimenea.

—¿Oyes eso, Kyle? Sé de alguien que va a ver a su padre —se burló Sam todavía tumbado.

Así que Kyle era hijo de Rick, de ahí su parecido.

—Extraño más a Ash que a mi padre —bromeó—. ¡Estás de suerte, Ella! ¡Ash es el más idolatrado entre las cautivas!

Esbocé una mueca de disgusto. «¿Ash? ¿Idolatrado? Y yo soy modelo para las mejores agencias de Estados Unidos.»

—¿Viene el señor Scott? —preguntó Savannah mientras desinfectaba sus utensilios de trabajo.

Asentí al mismo tiempo que Kyle sonreía con cierta maldad. Tenía el mismo modo de sonreír que el psicópata, pero, extrañamente, a él le sentaba bien.

—¿Cómo está tu hijo? —inquirió este último dirigiéndose a Ally.

—Muy bien, tu padre cuida de él como si fuera suyo —respondió la joven madre con una sonrisa orgullosa.

—Y a ti te considera la hija que nunca tuvo... ¿Sabes?, tú y yo podríamos averiguar a qué sabe el incesto —añadió con un tono insinuante.

—Y, una vez más, te digo que no —contestó ella negando con la cabeza.

¿Una vez más? Parecía ser que Kyle no ocultaba su interés por Ally.

—Te estás perdiendo la mejor noche de tu vida, encanto. Palabra de Scott.

Volvieron a reír antes de contarse las últimas noticias. Posé la mirada en Savannah, que no dejaba de observarme. Sus ojos penetrantes me intimidaban.

—Ella y yo vamos a dormir —anunció Ally sin poder reprimir un bostezo—. ¿Dónde pusiste nuestras maletas?

—En el ala izquierda. La tercera puerta para ti; para Ella, la del fondo a la derecha.

Le dimos las gracias y subimos por una de las escaleras del vestíbulo. El ala izquierda estaba en silencio. Ese ambiente tenue me habría resultado aterrador si hubiera estado sola. Había retratos familiares a ambos lados de aquellos interminables pasillos.

Ally abrió la puerta de una habitación.

—La tuya está al fondo. Si necesitas cualquier cosa, no dudes en decírmelo. Fue una noche agotadora, debes descansar. Por suerte, mañana será un día lento y aburrido.

Tras darle las buenas noches, me dirigí a la habitación que me había tocado. Al encender la luz descubrí una habitación digna de la realeza, decorada al estilo inglés con un candelabro de cristal, una cama de matrimonio grande y un sillón al lado de la ventana.

Abrí la maleta y me puse mi pijama antes de meterme debajo del grueso edredón dorado. Apenas tardé un momento en quedarme dormida.

Estaba sola en un pasillo oscuro y deteriorado. Oía a hombres hablando, riendo. Esas risas, sus risas. Se abrió una puerta y ahí estaban sus sombras ante mí. Me di la vuelta y eché a correr por aquel pasillo interminable. Era imposible escapar de ellos.

—¡Cariño, hazlo por mí! —exclamó una voz de mujer.

Mi tía.

—Zorra, esto te va a encantar —dijo alguien detrás de mí.

Me quedé helada cuando una mano me rozó la piel. Luego fueron dos, después tres. Venían manos de todas partes para ahogarme.

Me desperté sobresaltada. Me faltaba el oxígeno, me ahogaba. Me pasé una mano por la cara, temblando, y me aparté el pelo que tenía pegado a la frente, de la que me caían gotas de sudor.

Abrí la ventana de mi habitación para dejar que entrara el aire fresco mientras intentaba calmar mi corazón, que latía erráticamente. Mis pesadillas y mis demonios seguían aquí. Atormentándome. Consumiéndome.

Ally entró en mi dormitorio y me arrancó del sueño. Su radiante rostro reveló que llevaba bastante rato levantada. Olía a champú. Mierda, yo también necesitaba un baño.

—Son las diez y media. Ash me pidió que te despierte antes de que lo haga él mismo. No quería que sufrieras ya por la mañana. —Se rio arreglándose la cola de caballo.

«Ya veo que no van a cambiar las viejas costumbres matutinas.»

El psicópata había vuelto decidido a cagarme.

«Bienvenida al infierno. Le deseamos una estancia agradable.»

16

Odio y rencores

Llevaba veinte minutos en ese enorme baño. No quería cruzarme con el psicópata, mi cerebro aún no estaba preparado para ello. ¿Por qué tenía que venir?

Incluso estando a miles de kilómetros me seguía. Un puto virus.

—¿Ella? —me llamó Ally desde detrás de la puerta—. ¿Te encuentras bien? Te estamos esperando para desayunar.

—Sí, enseguida voy —respondí.

Mi ansiedad se disparó.

No sabía cómo iba a comportarse conmigo. Estaba siempre alerta, era un lunático que no me aceptaba como cautiva. Su cautiva, por si fuera poco.

Me pasé las manos por la cara una última vez antes de exhalar con fuerza.

—Ella, bienvenida a Inglaterra.

Salí de la habitación y bajé las grandes y lujosas escaleras con pasos silenciosos. Sentir el frío del suelo en las plantas de los pies me hizo temblar. Oí voces, pero no esa voz ronca que temía desde nuestra última llamada. ¿Y si Ally me había mentido solo para despertarme?

Se me llenó el corazón de esperanza ante la idea de no verle la cara. Mi angustia se desvaneció por completo cuando recorrí el espacio con la mirada sin toparme con los ojos grises del psicópata. No estaba. ¡Mierda, no estaba! Una bocanada de aire me llenó los pulmones. Había pasado mucho miedo. Solo estaba Rick.

Vi a Kyle tirado en el sofá, Ally hablaba por teléfono y Rick miraba de cerca las fotos familiares, que llevaban años, o incluso siglos, colgadas en la pared. Además, dos chicas hablaban cerca de la chimenea con Sam, quien, si había entendido bien, era también primo de Kyle, Asher y Ben. Los cuatro primos trabajaban en la empresa familiar.

—¡Por fin se levantó! —exclamó Kyle levantando el brazo.

Su comentario hizo que todos los presentes giraran la cabeza hacia mí; genial.

—¡Mi pequeña Ella! —soltó Rick— Una noche movidita, ¿no? Menos mal que no te dieron.

—Pero ¡a mí sí! —dijo su hijo—. ¡Me destrozaron el brazo!

—Sobrevivirás, Kyle. No pongas esa cara de lástima, no es el momento, estamos de vacaciones.

Presencié esa discusión entre padre e hijo con una sonrisa. Un brazo se abrió paso con brusquedad sobre mis hombros. Giré la cabeza y vi un tatuaje de un gran pájaro que desplegaba las alas. Solo podía pertenecer a Ben.

—¡Querida! Pensaba que te habrían disparado en esa

carita —empezó a decir poniéndome una mano sobre la mejilla.

—Mi bra...

—Me da exactamente igual tu brazo, Kyle —lo interrumpió Ben—. Te estábamos esperando para desayunar, ¡me muero de hambre!

Las dos chicas que hablaban cerca de la chimenea no habían abierto la boca desde mi llegada, pero me miraban con descaro.

Ben me jaló hacia el interior de la casa. El vestíbulo daba a un inmenso comedor. La mesa que presidía la estancia era casi igual de grande que la alberca de mi propietario y había decenas de sillas blancas dispuestas a su alrededor. Un pueblo entero podría comer ahí, y aún quedarían asientos libres.

Había de todo sobre la mesa: huevos preparados de distintas maneras, pastelitos, frutas, quesos, cereales y demás. Solo éramos ocho, había demasiada comida para tan pocas personas.

—Normalmente todo está repartido a lo largo de la mesa. Me alegra que todo esté cerca de mí. Siempre me da una flojera tremenda levantarme para agarrar otro croissant —dijo Ben.

Empezó a llenarse el plato mientras comentaba cada cosa que agarraba. Los demás tomaron asiento uno por uno. Rick se puso frente a nosotros, al lado de Kyle. Ally se unió un poco después, seguida de Sam y las dos chicas.

—Ella —comenzó Rick aclarándose la garganta—, conoces a Sam, mi sobrino; y estas dos jóvenes están aquí para protegeros a ti y a Ally durante los próximos días.

¿Cómo que «protegernos»? Y ¿cómo que «durante los próximos días»? Las dos chicas me sonrieron rápidamente antes de volver a centrar la atención en lo que Rick decía.

—Sabemos protegernos solas, Rick —contestó Ally mientras se tomaba una cucharada de yogur.

—No lo dudo, pero ellas tuvieron formación para ello —dijo mirándolas.

Me llevé un vaso lleno de jugo de naranja a los labios. Me preguntaba qué entendía Rick por «formación». ¿Habían sido entrenadas para enfrentarse a ese tipo de situaciones? Seguramente.

—Además, estoy seguro de que no quieres tener a Ash y a Ben cerca mientras van de compras —añadió sonriendo.

Me atraganté con el líquido que acababa de bajarme por la garganta. ¿Cómo que «Ash»?

En ese momento oímos fuera el rugido de un motor antes de apagarse. «Mierda, espero que sean los hombres de ayer, que vienen a matarnos.»

—¡Volvió! —dijo Kyle con una sonrisa en los labios y los ojos brillantes.

La gran puerta se abrió y se cerró de nuevo con un portazo que casi hizo temblar los muros de la mansión. Los portazos no solían anunciar nada bueno.

—Y está muy enojado —agregó Sam mordiendo su croissant.

La puerta de la habitación se abrió, era él. Estaba ahí. Kyle se levantó de la silla y gritó:

—¡Cabrón! ¡Casi había olvidado tu cara!

El psicópata se relajó. Avanzó hacia su primo y le dio un breve abrazo. Sam esbozó una sonrisa e hizo lo mismo. Parecía que todos lo querían mucho.

Se sentó y se sirvió un jugo de naranja sin dirigirme ni una mirada.

—Ash, las elegimos para proteger a Ally y a Ella —explicó Rick, y le presentó las dos chicas al demonio, que parecía totalmente indiferente.

Ambas le sonrieron con timidez y él apenas asintió.

—Me gustaría saber todo lo que pasó anoche, solo vamos a quedarnos aquí tres días. Tenemos otras cosas que hacer en Estados Unidos. Además, no quiero dejar que Kiara se agobie con la organización de la fiesta de las cautivas —dijo con voz ronca el psicópata.

Kyle puso cara de pocos amigos y se acabó el café de un trago. Se levantó cuando el timbre de su celular rompió el silencio de la habitación. Mientras tanto, el inútil empezó a dar órdenes a Sam y a las dos chicas.

—En otras palabras, manténgase alerta a partir de ahora —resumió mientras sacaba una cajetilla del bolsillo—. Nos quedaremos aquí hasta que volvamos a Estados Unidos, la mansión tiene más seguridad que el resto de las residencias.

Ally asintió. Yo permanecí en silencio, con los ojos clavados en el vaso vacío que tenía delante. De todas formas, no tenía ni voz ni voto.

—¿Puedo tomarme un día libre por enfermedad? —preguntó Kyle—. No es que quiera irme de vacaciones a una isla, pero...

—No —lo interrumpió el psicópata exhalando el

humo del cigarro—. Las únicas vacaciones a las que tienes derecho son las que pasarás en el cementerio.

Ben y Sam soltaron una carcajada. Kyle les sacó el dedo y frunció el ceño desde su silla mientras murmuraba palabras incomprensibles.

Llegué a la conclusión de que Asher decidía por ellos. Interesante.

El resto del desayuno pasó rápido, animado por las anécdotas de Ben sobre la infancia de los tres primos que estaban destinados a convertirse en lo que eran hoy: unos rebeldes.

—Savannah llegó —anunció Kyle—. Tiene que cambiarme la venda.

El psicópata asintió y se levantó. Todos hicieron lo mismo. Efectivamente, la doctora del día anterior esperaba en el gran salón. Abrió un poco los ojos cuando vio al inútil poniéndose su chamarra de piel, pero se compuso de inmediato. Se aclaró la garganta y le dio la mano de manera profesional.

—Buenos días, señor Scott, no tengo el honor de conocerlo, soy Savannah...

—Sé quién es —la cortó el psicópata—. ¿Cuánto cree que tardará en recuperarse?

—Tal vez una semana. Es importante que no fuerce mucho el brazo para que se le regeneren los tejidos; por lo demás, todo debería ir bien.

—¿Lo ves, Kyle? —le dijo mirándolo por encima del hombro—, no necesitas vacaciones.

Este puso los ojos en blanco y se dirigió hacia el sofá, donde se sentó mientras Savannah hacía su trabajo.

—Cautiva —me llamó el psicópata por primera vez desde su llegada—, sígueme.

«Y yo que esperaba pasar un día sin que me dirigiera la palabra... Pero resulta que él quiere hablar a solas.»

La ansiedad tocó mi puerta y se me formó un nudo en la garganta. Lo seguí sin rechistar por el laberinto de pasillos. Entró en un despacho. Me uní a él y oí la puerta cerrarse a mi espalda. Estaba de pie detrás de mí.

Se acercó, como un asesino listo para abalanzarse sobre mí y dejarme sin sangre. Sus pasos resonaron en la habitación como un eco aterrador. Entonces, durante un segundo, un segundo de calma, su aliento me rozó la nuca. Un escalofrío me recorrió el cuerpo. Voltear me daba pavor. La idea de estar sola con él en un despacho, lejos de las miradas, me ponía tan nerviosa que quería huir de ahí en ese mismo instante.

Me rozó el hombro con el brazo mientras su cuerpo pasaba por delante de mí para colocarse detrás del escritorio. Me sentí más relajada: la mesa que nos separaba me calmó. «Qué cobarde soy.»

Me senté en una de las sillas frente a él.

—Cuéntame lo que pasó, con detalles.

Le empecé a hacer un resumen detallado de los hechos, desde el exportador que se había vuelto loco hasta lo de la camioneta. Estuvo concentrado durante mi relato. Nunca lo había visto tan atento.

—Recuérdamelo, y no te equivoques: ¿cómo era el símbolo que viste?

Ya se lo había dicho. ¿No confiaba en mí?

—Era un árbol con un águila o un pájaro al lado.

Frunció el ceño y tensó la mandíbula. Casi podía oír sus dientes chirriar. Puso los codos sobre la mesa y entrelazó las manos cerca de la boca.

—¿Llevabas casco cuando te volteaste? —preguntó levantando la mirada hacia mí.

—Sí.

—Bien, ahora dibuja el símbolo que viste.

Me tendió una hoja y una pluma. Dibujé como pude el símbolo que guardaba en la memoria. A juzgar por la reacción de mi propietario, le era muy familiar.

Mientras llevaba a cabo mi tarea, sentí el peso de su mirada sobre mí, como si fuera capaz de hundirla en mi piel. Cuando le mostré el dibujo terminado, cerró los ojos un instante antes de volver a abrirlos. Resoplando ruidosamente, encendió un cigarro.

—Irás a la fiesta de las cautivas —me informó mientras aspiraba el humo.

—Iba a ir antes de que tú lo dijeras —respondí de brazos cruzados.

Se rio.

—En absoluto, dejé que pensaras que ibas a hacerlo; de lo contrario, me habrías fastidiado y no habría tenido más remedio que matarte —dijo como si nada.

Tragué saliva, no quería dejarme intimidar por ese arrogante psicópata. Me observó con una sonrisa, luego apartó la mirada.

—Ya puedes irte —me despidió mientras apagaba la colilla en un cenicero.

Me dirigí hacia la salida con gusto, hasta que volví a oír que me llamaba. Mierda.

—Toma —añadió tirándome a la cara dos grandes fajos de billetes—. Para que te las arregles en Londres hasta que te llegue el sueldo a tu nueva cuenta bancaria.

Los recogí sorprendida. Había olvidado que tenía un sueldo. Y eso era mucho dinero.

—Nada de teléfono. Ahora sal, contaminas el aire.

—Dijo el que malgasta oxígeno —respondí abriendo la puerta.

Lanzó una caja de madera que golpeó la pared cerca de mí. Aunque sabía que iba a tirar algo, no me esperaba que fallara.

—Fallaste, como siempre —lo provoqué.

Explotó. Tragué saliva en cuanto se levantó de la silla. Ahí estaba una vez más, obligada a enfrentarme a ese demonio cuando podría haber cerrado la puerta e irme. Con los puños cerrados y la mandíbula tan apretada que parecía a punto de romperse, avanzó hacia mí.

—Di una palabra más y no será un trozo de madera lo que te tire al cráneo, sino de plomo —me amenazó—. Verás..., odio que me desafíen, y tú, tú lo haces para demostrarte a ti misma que eres fuerte y que no dejas que te pisoteen, pero sueles olvidar, por alguna razón que se me escapa, ¡que no eres nadie, carajo!

Me agarró de la muñeca para voltearme y que quedara cara a cara con él. Entonces me envolvió el cuello con una mano y lo apretó mientras con la otra presionaba uno de mis brazos contra la pared.

—¿Te gusta que te hagan daño? ¿Te gusta sufrir, cautiva?

Me apretó aún más el cuello. Me faltaba el oxígeno, mi mano libre luchaba contra la suya en un intento de aflojar sus dedos. Pegó su cuerpo al mío, impidiéndome así cualquier movimiento. Estaba a su merced y, Dios, me aterrorizaba ese sentimiento de debilidad. Sí, era débil.

Sus ojos estaban clavados en los míos, que se me llenaron de lágrimas. Ya no podía respirar bien.

—¿Por qué haces esto? ¿Por qué quieres volverme loco? ¿Tienes ganas de que te mate? No te voy a dar ese placer, la muerte es demasiado simple. No, existen cosas peores que la muerte. Por ejemplo, yo mismo, cautiva. Lo sabes muy bien.

—No... pue... respi... —articulé como pude.

—¿No puedes respirar? —murmuró apretándome un poco más el cuello—. No te atrevas a volver a hablarme como acabas de hacerlo. Convertiré tu vida en un infierno, y créeme, no puedes imaginarte de lo que soy capaz.

Luego me empujó con violencia. Mi cuerpo no podía sostenerse, por lo que caí al suelo. Me llevé la mano al cuello y por fin respiré hondo. Aturdida, lo vi salir del despacho.

Durante diez minutos no me moví de lugar; otra vez completamente aterrorizada. Ese hombre era el peor ser que había pisado la Tierra. En ese momento habría hecho un pacto con el diablo para pudrirme en el infierno durante una eternidad antes que quedarme con él un segundo más.

Salí de la habitación, que parecía cerrarse sobre mí. Me faltaba el aire, me ahogaba. Bajé las escaleras. Tenía que salir de ahí, no podía quedarme, no con él. Todo daba vueltas a mi alrededor. Otra vez ese sentimiento. Ya no tenía control sobre mis miedos. Sobre mí.

Me temblaban las piernas, el corazón me latía con

fuerza, me asfixiaba. Sudores fríos y sofocos. No podía sostenerme. Mis pasos me guiaron al recibidor, abrí la gran puerta.

Estaba débil.

—Ella, ¿estás bien?

Empujé a la persona que tenía delante. No sabía quién era, y no quería saberlo. Sus manos en mi cuello, todavía podía sentirlas. Peor aún, podía sentirlas todas: las de los demonios que atormentaban mis noches y ahora también las suyas.

Ya no oía nada a mi alrededor, solo sus risas. Una mordaza me oprimía la garganta, exactamente como él lo había hecho, exactamente como ellos lo habían hecho. Mis pesadillas se volvían realidad. Esos malditos ojos grises me observaban.

Las piernas me abandonaron. Me caí sobre el pasto recién cortado de la mansión con las manos aferradas a los tímpanos, hecha un ovillo, con la respiración entrecortada. Creía que el corazón me iba a estallar.

—¡Está sufriendo un ataque de ansiedad! Ella, ¿me oyes? Ella, concéntrate en mi voz, escúchame...

No podía hablar. Se reunieron a mi alrededor. Ally me dio la mano y me pidió que controlara la respiración.

Entonces llegaron los sollozos: había explotado.

—No pasa nada, Ella, todo va a estar bien, respira. Savannah, ¿qué tenemos que hacer?

—Nada..., tiene que calmarse. Ella, concéntrate en mi voz, respira... Cuenta conmigo: uno..., dos..., tres. Uno..., dos..., tres. Uno..., dos..., tres.

Mi cerebro volvía a funcionar lentamente mientras

me concentraba en esos números. Tras unos minutos estuve más o menos calmada. Ally me dio un abrazo y me tranquilizó como pudo.

—¿Fue Ash? Fue él, ¿verdad? —me preguntó frunciendo el ceño.

Se levantó sin ni siquiera dejarme tiempo para contestar y gritó el nombre del demonio. Savannah me llevó al interior sin dejar de rodearme con los brazos.

—¡Deja de gritar, Carter! Mira, sigue viva, no voy a matarla —soltó el psicópata con indiferencia mientras se guardaba el celular.

Tan distante... Tan frío...

—¡TÚ! —gritó Ally—. Deja de echarle la culpa a todo el mundo, ¿está bien? A todos nos afectó lo que pasó, pero nos volvimos a levantar. ¡Todos menos tú!

El corazón me dio un vuelco cuando lo vi levantarse, dispuesto a abalanzarse sobre Ally. Su mirada me asustaba. Lanzó el vaso de alcohol que sostenía contra la pared más lejana. Tenía la respiración agitada y entrecortada, jamás lo había visto en ese estado.

—¡No sabes nada, HIJA DE PUTA! —gritó, con tanta fuerza que se le hincharon las venas del cuello—. Les dije y no me escucharon; ahora ella paga las consecuencias.

Me señaló mientras hablaba, su voz ronca sonaba como un rugido. Nos miró uno por uno.

Cuando llegó mi turno, algo diferente se reflejó en sus pupilas.

Era asco.

Era odio.

Era venganza.

17

Cuerpo a cuerpo

—Señorita Collins, ¿quiere comer algo?

La voz del ama de llaves me sacó de mis pensamientos. Solo quedábamos nosotras dos en la enorme mansión de los Scott, ya que el demonio les había pedido a todos que lo acompañaran al cuartel general de Londres. A todos menos a mí.

Por supuesto, yo tampoco quería pasar un segundo más en su presencia. No lo soportaba, al igual que él no podía aguantarme a mí. Me sentía débil.

«No. Soy débil.»

Me llevé la mano al cuello, sobre el cual habían quedado marcadas las huellas dactilares de mi propietario; un cuello sobre el cual muchos otros hombres habían dejado las mismas marcas.

«Soy débil. Muy débil.»

—¿Señorita Collins? —volvió a llamarme esa voz desde detrás de la puerta.

—Gracias, pero no tengo hambre, Dorothéa —contesté esperando que me oyera.

—Muy bien. No dude en buscarme cuando quiera tomar algo, no estaré muy lejos.

Era adorable. Me sabía mal negarme, pero no tenía hambre. Por el momento no podía tragar nada. Agarré la bolsa de hielo que me había dado Savannah y me la puse sobre las marcas para atenuarlas. Carajo, lo odiaba.

«Soy débil.»

«Lo detesto.»

No debía volver a entrar en su juego, me negaba a seguir siendo la esclava de su cruel y enfermizo entretenimiento. Quería verme sufrir, deseaba hacerme perder los estribos. Me quería a su merced. Justo como las anteriores cautivas a las que había acabado matando.

Pero eso no sucedería conmigo.

No me daba miedo. Lo odiaba, pero no lo temía. Nunca me sometería. Me lo prometí a mí misma.

Asher Scott podía ser un hombre arrogante y malévolo que siempre conseguía lo que quería con una mirada o un chasquido de sus dedos, que no dudaba en utilizar la fuerza y en matar por placer, pero conmigo sería diferente. Sabía que era terco y nervioso. Tal vez fuera jugar con fuego, pero no le daría la oportunidad de creer que había ganado.

Jamás.

«No soy débil.»

No debía dejarme controlar por ese hombre. Por ningún hombre, en realidad. Iba a reconstruirme. Iba a curarme de mis decisiones y de mi pasado. Nunca volvería a cometer los mismos errores, jamás volvería a tomar las mismas decisiones. No seguiría hundiéndome en el silencio.

No iba a dejarme controlar más.

Armada con mi nueva determinación, me levanté de la cama y salí de la habitación con ganas de cambiar. Bajé rápidamente las escaleras y me encontré cara a cara con el mayordomo, Anderson.

—Ella, ¿se encuentra mejor? —preguntó con expresión preocupada.

—Sí, gracias, Anderson. ¿Vio a la señora Dorothéa?

—Está detrás de la casa. Sígame, no quiero que se pierda —bromeó, y echó a caminar.

Sonreí. Anderson era quien me había abierto la puerta cuando había llegado a casa del psicópata. No me había sonreído, había sido frío y hostil, pero estaba fingiendo. Según Ally, por órdenes del gran Asher Scott. No tenía ninguna duda al respecto.

—¿Sigue durmiendo en la bodega? —me preguntó con curiosidad.

—¡Por suerte ya hace un tiempo que no! Hacía mucho frío. —Reí en voz baja—. ¿De verdad pensaba que iba a quedarme encerrada allí abajo?

—En realidad no esperaba volver a verla con vida, es una agradable sorpresa.

Sonreí, a pesar de que sus palabras me habían helado la sangre. ¿Acaso todos menos yo pensaban que iba a acabar enterrada?

—Quería disculparme por cómo le abrí la puerta en Los Ángeles...

—No lo haga, Anderson —lo interrumpí—. Es su trabajo.

Señaló una sala toda de cristal escondida entre los árboles.

—Probablemente Dorothéa esté ahí dentro. Se alegrará de tener un poco de compañía —me aseguró antes de dar media vuelta.

Me acerqué a la estancia acristalada y, como era de esperar, encontré al ama de llaves sentada en uno de los sofás blancos con la mirada fija en el cristal y un té en la mano. Sonrió al verme.

—Acérquese, traje una taza de más por si quería tomar el té.

—E hizo bien —contesté sentándome frente a ella.

Me sirvió un poco de té y nos quedamos en silencio unos minutos, intercambiando miradas y sonrisas hasta que ella decidió romper el hielo.

—¿Cómo se encuentra?

—Ya estoy mejor —la informé—. ¡El té está delicioso!

Sonrojada, me dio las gracias. En efecto, era una mujer muy agradable.

—¿Lleva mucho tiempo trabajando aquí? —pregunté.

—Sí, trabajo con los Scott desde hace ya treinta y cinco años. Conocí a las dos últimas generaciones de la dinastía —añadió con orgullo mientras tomaba un sorbo de té.

Abrí los ojos como platos, sorprendida.

—¿Las dos últimas generaciones?

—La del señor Scott y la de su padre.

Ahora que lo mencionaba, nunca había visto a los padres del psicópata. Sabía que Rick era su tío, pero no conocía ni a su padre ni a su madre. Tal vez fuera huérfano, pero, entonces, ¿tenía derecho a dirigir la empresa familiar?

Me pregunté cómo funcionaba la dinastía. ¿Cómo compartían el trono? ¿Cómo habían decidido que era el psicópata el que tenía que mandar y no Ben o Kyle, que también eran Scott? ¿Y si tenían hermanos o hermanas? ¿Cómo se tenían en cuenta todos esos parámetros?

—Es un lugar muy tranquilo —comenté mirando a través de la cristalera.

—La verdad es que sí. No tuvimos más remedio que acostumbrarnos. Pero es muy diferente con las comilonas y las reuniones familiares. ¡Usted misma lo verá esta noche!

—¿Esta noche?

—Rick organizó una cena familiar, así que disfrute de la calma antes de la velada.

Con un gesto dramático cerró los ojos y suspiró aliviada, lo que me hizo reír en voz baja. Pensé en qué ponerme, no me había llevado nada para un evento de ese tipo.

—¿Hay algún código de vestimenta para la cena?

—Normalmente los Scott prefieren los atuendos elegantes. Para este tipo de cenas y veladas, a las mujeres Scott les encanta llevar vestidos hechos a la medida por grandes casas de moda.

Hice una mueca. Iba a quedar fatal con mi pijama del koala comiendo pizza. Me esperaba una cena sencilla y familiar, no un extravagante banquete con copas de champaña y vestidos de lentejuelas. Conocía a Ally, y sabía que pasaría por alguna tienda a comprarse un vestido que, sin duda, sería mucho más bonito que los «vestidos hechos a la medida por las grandes casas de moda».

—¿Señorita Collins? —preguntó Dorothéa.

—Llámeme Ella —le pedí mientras bebía de ese té absolutamente delicioso.

—Ella —continuó—, sé que no es asunto mío, pero me gustaría darle un consejo respecto al señor Scott. Es usted una mujer fuerte y valiente, pero, por favor, tenga cuidado. No juegue con fuego.

Un destello de preocupación atravesó su mirada. Sabía que tenía razón; sin embargo, no podía obedecerlo siempre. Lo importante no era no jugar con fuego, sino no quemarse, ¿verdad?

Charlamos de todo y de nada, y salimos de la estancia acristalada. Descubrí que Dorothéa sentía verdadero aprecio por algunos de los miembros de la gran familia Scott, mientras que otros eran demasiado arrogantes para su gusto. Esto prometía.

—Y allí, al fondo, está el primer cementerio de los Scott, que se ha quedado muy pequeño. —Rio entre dientes mientras caminaba con cuidado sobre el pasto—. No venga aquí por las noches, no han sido muy amistosos desde su muerte.

—¿Cómo dice? —pregunté frunciendo el ceño.

—Bueno, los fantasmas —respondió como si fuera lo más natural del mundo.

Tendría que habérmelo esperado. Tras treinta y cinco años trabajando al servicio de los Scott, una acaba perdiendo la cabeza. Pobre Dorothéa, ni siquiera podía imaginar cómo eran los otros miembros de la familia para que aquella mujer hubiera acabado así.

—Sonríe —me ordenó Ally mientras me ponía rubor en las mejillas.

Ambas estábamos preparadas para esa cena familiar a la que habíamos sido invitadas. Ally lo había previsto todo y me había comprado un vestido de raso de color crema para la ocasión. Me quedaba genial con mi tono de piel. Ally era la mejor a la hora de encontrar el vestido y el maquillaje perfectos. Gracias a ella me sentí guapa por segunda vez.

—Estás increíble —murmuró pasándome el pulgar por la comisura de los labios para quitar el exceso de labial.

—Te devuelvo el cumplido —dije, y sonreí.

Me guiñó el ojo y me levanté de la silla agarrando los tacones de color crema que complementaban mi atuendo. Ally había optado por un vestido escotado que le llegaba hasta la mitad del muslo; se lo ceñía a la cintura con un cinturón delgado. Llevaba el pelo liso, mientras que el mío caía en cascadas con rizos bien definidos, como los que lucía en la gala de beneficencia de James Wood.

—Si Kiara estuviera aquí, llevaríamos al menos cuatro horas oyéndola quejarse de lo de esta noche.

—¿Por qué? —pregunté mientras que me ponía los aretes.

—«Las mujeres Scott: pesadas, zorras, Sabrinas...» —la imitó—. Ya verás el desfile de moda que tendrá lugar en la entrada, por no hablar de los comentarios sobre la ropa, las uñas, el pelo...

—Entiendo. —Me reí temiendo el momento—. La *fashion week* de la mansión.

—¡La *fashion week* de la mansión! —repitió con una sonrisa—. Lo único que me empuja a no encerrarme contigo en mi habitación para esperar a que acabe la celebración es volver a ver al gran Asher Scott con traje.

Sonreí. Me había acostumbrado a ver al psicópata con unos jeans oscuros y su chamarra de piel. Alguien tocó la puerta. Era Dorothéa, que nos informó de que Rick y los chicos nos esperaban abajo; es decir, que teníamos que acabar de arreglarnos pronto. Ally asintió y dirigió hacia mí con una sonrisa.

—Y como dice Ash antes de cada comida familiar: «¡Que empiece el infierno!».

Solté una suave risita. La vez que nos habían invitado a casa de Rick me había dicho prácticamente lo mismo.

Bajamos los escalones de la gran mansión de los Scott, que pronto estaría llena. Al entrar en el salón vi a Rick, Ben, Sam y Kyle con sus mejores trajes. Ally les sonrió orgullosa de sí misma, y los cuatro hombres se quedaron boquiabiertos con nuestro aspecto, menos Rick, que se aclaró la garganta.

—Deléitense con esta vista, no jugamos en la misma categoría —comentó agarrando dos copas de champaña de una de las mesas.

Me tendió una. Kyle me miró de arriba abajo con la boca entreabierta.

—Carajo, Ella, si no fueras la cauti...

—No me utilices a mí de excusa, no harías nada en ningún caso —dijo la voz ronca del psicópata detrás de mí.

Pasó por delante de mí rozándome el hombro. Cuando me dio la espalda, pude ver que vestía una camisa blanca y la parte inferior de un traje negro impecablemente confeccionado. Se volteó para mirarme. Llevaba la camisa desabrochada hasta el inicio de los pectorales, dejando entrever la mitad del tatuaje que tenía en la clavícula. Tragué saliva. «Sí, es horrible. Definitivamente horrible.»

Mis ojos, que escrutaban su atuendo, se movieron hasta su rostro; curvó una comisura de la boca cuando encontré su mirada. Sin dejar de observarme, sacó un cigarro, lo encendió y se aclaró la garganta.

—¿A quién invitaste? —le preguntó a Rick.

—A todos los que podían venir —contestó él al instante.

—Espero que no la hayas llamado —amenazó el inútil, que se bebió su copa de un trago.

—No, no la llamé —lo tranquilizó Rick tocando su celular.

Quedaba claro que Asher no quería ver a ciertos miembros de su familia. Anderson entró en la sala para informarnos de que fuera todo estaba preparado. Rick anunció que la cena se celebraría en el exterior, en el «jardín blanco», y nos invitó a llegar primero para ocupar los mejores asientos.

Ally y yo seguimos a Kyle, que conocía la mansión como la palma de la mano, hasta el jardín blanco. Era una imagen casi irreal. En medio del inmenso espacio lleno de flores blancas y esculturas grises había una carpa iluminada con luz suave. En el centro, una mesa casi tan grande como la del enorme comedor, rodeada de un montón de sillas, lo que significaba que habría un montón de invitados. Finalmente, al lado, un estanque tranquilo, tan tranquilo como el ambiente..., más allá de las palabras provocadoras de Kyle hacia Ally, claro.

—¿Dónde vas a sentarte, Carter? —le preguntó.

—Cerca de tu padre, Scott, y Ella se sentará al lado de Ash. No es negociable.

—¡No! —Kyle se sentó enfurruñado.

Ally me señaló el asiento que debía ocupar, ignorando las palabras de Kyle. Me senté donde me dijo.

Cuando llegó Ben, se instaló a mi lado. Suspiré con alivio. Me daba miedo tener que estar entre alguien que no conocía y el demonio. Antes de que llegaran los invitados me escapé al baño. El psicópata estaba en la entrada hablando por teléfono y Rick le daba órdenes a Anderson acerca de la velada.

En cuanto volví a bajar, poco después, no se había movido, pero había colgado. Me deslicé por su lado sigilosamente tratando de pasar desapercibida, pero el ruido de mis tacones me traicionó.

—Cautiva —me llamó el demonio cuando ya me estaba alejando.

Hice una mueca. Se me cerraron los ojos y suspiré antes de darme la vuelta.

—¿Qué?

—Quédate aquí —ordenó, y señaló con el dedo el espacio libre que había a su lado—. Si yo no tengo derecho a sentarme, tú tampoco.

Solté una risita, giré sobre mis talones y le respondí alto y claro:

—Ya no sigo ninguna de tus órdenes.

Y continué mi camino hasta que noté que me agarraba de la muñeca. Me jaló hacia él y me empujó contra la contra la pared.

Lo estaba haciendo de nuevo.

Con sus manos sujetándome las muñecas impedía cualquier intento de fuga que se me pasara por la cabeza. Sin embargo, a pesar de que el corazón me latía muy rápido, no tenía miedo y estaba dispuesta a mantener mi promesa: desde ese momento iba a desafiarlo.

Me resistí, pero bloqueó mi torso con el suyo impidiendo que me liberara de su agarre. Apretaba la mandíbula y me miraba como si no me hubiera visto nunca antes. Parecía estudiar cada detalle de mis rostro, mientras respiraba de manera entrecortada y fruncía el ceño, como la bestia furiosa que era y que parecía emerger aún más en mi presencia.

No podía negar que me intimidaba. Nadie me había mirado a los ojos con tal intensidad. Era como si pudiera leerme el alma y los pensamientos de temor que despertaba en mí tenerlo tan cerca.

Entonces sentí que su mano me soltaba la muñeca y se dirigía a mi cuello. En ese momento me paralicé. «El cuello no.»

Me rozó la piel con el pulgar. Sintiendo mi crispación, levantó la mirada y siguió escrutándome durante varios segundos antes de esbozar una sonrisa ladeada.

—Por fin lo encontré —murmuró con orgullo.

Tragué saliva con dificultad. La nuca y el cuello eran mis puntos débiles. Esas dos partes maltratadas de mi cuerpo me volvían muy vulnerable. Y ahora lo había descubierto.

—Verás, odio que se me resistan, como haces tú, cautiva. Lo detesto.

Se me aceleró el pulso cuando lo vi acercarse lentamente a mi cuello. Un desfile de recuerdos dolorosos se me pasó por la mente en cuanto su nariz rozó mi piel todavía enrojecida e inhaló el perfume que llevaba.

—Y, a pesar de todo lo que te he hecho, no te detienes, eso me frustra..., pero, Dios, también me excita.

Se me cortó la respiración al oír su voz cálida y ronca que hablaba sin filtro.

—No me gusta hacerlo, pero si la única manera de volverte dócil es explotando tus miedos a mi favor...

Después se quedó en silencio, haciéndome entender el significado de su frase de otra manera. Lamió suavemente la piel de mi cuello, provocando en mí un grito ahogado de sorpresa. Se me puso la piel de gallina del disgusto. Quería controlarme a través de mis traumas. Era horrible.

—Ten por seguro que no dudaré en recordarte que eres vulnerable en el cuerpo a cuerpo... —Subió poco a poco hasta mi oreja y me susurró—: Y los golpes no te los daré con los puños —añadió, y me mordió con suavidad el lóbulo de la oreja, pegándose todavía más a mí.

Acarició con los labios la piel humedecida por su lengua mientras se me empañaban los ojos. «No dejes que te controle, ¡contrólate!» Su otra mano me soltó la muñeca, estaba confiado. Sabía que yo trataba de luchar contra mis demonios y se aprovechaba de ello. «Debo reaccionar.»

Alzó la mirada hacia mí.

—Creo que ya lo entendiste —continuó, mientras con su pulgar secó una lágrima que lentamente rodaba por mi mejilla—. No sigas poniéndome nervioso, porque mi paciencia se está acabando.

Debía hacerlo cuanto antes. Tenía que reaccionar.

De repente salí del trance, reuní todo mi coraje y mis fuerzas y lo empujé con violencia. Retrocedió, pero sin tambalearse. Era como si supiera que iba a reaccionar así. Me leía como un libro abierto, y eso me hizo odiarlo aún más.

—¡No vuelvas a tocarme más! —le grité, con el cuerpo temblándome de rabia.

—Basta con que no vuelvas a tentarme —replicó él con una sonrisa maliciosa en los labios.

Típico del psicópata que era.

Sin moverme del lugar, lo vi regodearse. «Lo odio.»

—Me das asco —dije.

Él sonrió.

—¿Eso es lo que sientes? Permíteme que lo dude —respondió, y señaló mi piel, que todavía estaba erizada.

Se dio la vuelta guiñándome el ojo con una sonrisa de superioridad. Estaba fuera de mí, tanto que podría cometer un asesinato.

Llamaron a la puerta y Anderson bajó corriendo las escaleras. La abrió y sonrió a los primeros invitados.

—Ash Scott, ¡ven a mis brazos! —gritó uno de ellos, y le dio un abrazo al psicópata.

Otros lo siguieron, eufóricos al verlo. No comprendía cómo podían querer a alguien tan detestable. Y toda esa compañía de circo me juzgaba con la mirada. El primero que había abierto la boca era, sin duda, el que más se había emocionado del grupo.

—Encantado, señorita...

—Tom, dirige tu atención hacia otro lado —lo interrumpió el psicópata.

—¿Carter también está aquí? —preguntó con los ojos brillantes.

El psicópata asintió, invitándolo a salir a buscar a Ally. Vaya, y yo que pensaba que Kyle era el único que estaba enamorado de la cautiva de Rick. Por otra parte, era una chica preciosa, así que podía entenderlo.

El hombre se alejó de nosotros, mientras dos chicas le propusieron al demonio que saliera con ellas al jardín, pero él se negó con amabilidad. Eso sí que era nuevo.

Rick reapareció y esperó junto a la puerta al resto de los invitados, que llegaban uno a uno. Me sonrió y después se volteó hacia el demonio, que vigilaba la entrada de la mansión.

—¿Tienes aquí tus cigarros? —preguntó sacando su cajetilla del bolsillo.

—No, ¿por qué?

El motor de un gran coche rugió en el exterior. A los miembros de esa familia les encantaba destacar.

—Toma, vas a necesitar uno —le aseguró Rick, y le tendió no solo uno, sino dos cigarros.

Eso no era bueno. Nada bueno.

—¿A qué te re...?

—¡Queriiiiido! —exclamó la mujer que salió de aquel coche tan ensordecedor como aterrador.

Me volteé hacia el psicópata; se le acababan de caer los dos cigarros al suelo. Casi se le salían los ojos de las órbitas. Tenía la boca entreabierta.

La única palabra que pudo salir de su boca hizo que yo también abriera los ojos como platos.

—¿Ma-mamá?

18

Seguridad diabólica

El psicópata echaba humo por las orejas desde que había visto a su madre, cosa que arrojaba luz sobre la situación.

—Y ¿tú eres...? —dijo ella volteándose hacia mí tras haber saludado a Rick.

Me habló de una manera un poco arrogante, pero no le hice mucho caso. En realidad, mi mente no dejaba de darle vueltas a la expresión del psicópata, que la fusilaba con la mirada.

—Soy...

—La novia de Kyle —me interrumpió él—, no la conocías.

«¿Novia de Kyle? ¿Yo?»

Rick soltó una risita discreta y me miró levantando las cejas. Sentía tanta presión que me entraron ganas de fingir que no había oído nada y salir corriendo. Todos esperaban una respuesta.

—Mmm..., yo...

—Es tímida, pero sí, tienes ante tus ojos a la única mujer que quiso a Kyle —soltó el muy cabrón.

Tomó otro cigarro que Rick se apresuró a ofrecerle. Pero...

—Y ¡yo que pensaba que iba a acabar solo y resulta que se está cogiendo a una chica guapísima! ¿Cómo te llamas?

—Ella... —respondí, todavía atónita, mientras miraba a su hijo.

—Ella —murmuró la mujer, y me puso una mano en el hombro con una sonrisa tan falsa como las palabras del psicópata—. Bien, ¿dónde están los demás?

Rick la invitó a reunirse con ellos en el jardín blanco, que ya estaba bastante lleno.

—Los espero en el salón, me siento fuera de lugar sin mi hijo —dijo con un toque de tristeza en la voz.

Tan pronto como nos dejó solos, el psicópata llamó por teléfono a Kyle, ordenándole: «Ni una palabra a Chris. Y si te pregunta algo, dile a todo que sí».

Su madre se llamaba Chris. Tras colgar, no tardó ni un segundo en explotar y asesinar con la mirada a su tío.

—¡Me dijiste que no la habías llamado! —exclamó haciendo aspavientos.

Su tono de voz hizo que me sobresaltara, pero Rick siguió contemplando su cigarro sin pestañear. Lo vi esbozar una sonrisa antes de responderle con calma y un toque de humor:

—En efecto, no la llamé, le mandé un mensaje.

Kyle se unió a nosotros poco después e inspeccionó los alrededores. En ese momento el psicópata se pellizcó el puente de la nariz y comenzó a murmurar unas palabras que no pude oír desde donde estaba.

—No viste a una chica guapa que dice ser mi novia, ¿no? Porque la semana pasada me acosté con un par y Chris acaba de felicitarme.

Rick soltó una carcajada al ver al psicópata darse una palmada en la frente y señalarme con un movimiento de la cabeza. Entonces ¿no solo debía mentir, también tenía que fingir ser la novia de Kyle?

La situación no podía ir peor.

—Chris no puede saber que la cautiva es mi cautiva, así que vas a cubrirme —dijo de la manera más educada posible—. Esta noche ella será tu novia.

Kyle se quedó inmóvil por un momento, luego se volteó lentamente hacia mí. Me dedicó una gran sonrisa, demasiado maquiavélica para mi gusto.

—Es la mejor idea que tuviste en todo el día, Ash —dijo rodeándome con el brazo—. ¡Mi nueva novia es despampanante!

Casi me desmayo cuando me pellizcó la mejilla. Iba a ser una noche larga, muy larga.

—¿Cuáles son los límites del juego? —preguntó Kyle con una sonrisa pícara.

—Si tienen que coger encima de la mesa delante de todo el mundo para que parezca creíble, lo hacen.

«¿Recuerdan cuando dije que la situación no podía ir peor? Me equivoqué. Cada segundo me hundo más.»

—Espero que sea broma —solté indignada mientras él fumaba como si estuviéramos hablando del clima que hacía esa noche.

—Ese es el límite, cautiva —insistió—. Miren, el Carnaval de Río ya está aquí.

Llegó un hombre de la misma edad que Rick acompañado de tres mujeres que llevaban variopintos vestidos llenos de plumas.

Todos saludaron al psicópata. Kyle me presentó, con un toque de orgullo en la voz, como su novia, y ellos me saludaron preguntándome cómo podía soportarlo. Buena pregunta.

Hablaron durante un rato con el psicópata y con Rick sobre la red y los avances en la localización de la banda que vigilaba a nuestro proveedor, mientras Kyle y yo permanecíamos en silencio.

A medida que los invitados iban entrando, me pregunté a qué esperábamos. En el interior había unas quince personas.

—¿Quién falta?

—Hector y Sienna.

—¡Ya ves tú! —soltó Kyle poniendo los ojos en blanco—. Quiero al tío Hector, pero ¿desde cuándo tenemos que esperar a esa zorra? ¿O darle siquiera un poco de importancia?

—No vamos a esperarla —respondió el demonio, y apagó la colilla en el suelo.

Se dio la vuelta para irse. Kyle me tomó de la mano y lo siguió. Nos pidió que esperáramos mientras iba a buscar a Chris. Volvieron juntos unos segundos después. «Se lleva a su madre con él, qué lindo.»

Chris tenía una cara de satisfacción que brillaba como una señal fluorescente. Estaba feliz de ir acompañada por su hijo. A pesar de eso, me perturbó un brillo malévolo en sus pupilas.

Cuando llegamos al jardín, todas las miradas se clavaron en nosotros. Los que bebían estuvieron a punto de atragantarse. Los cubiertos cayeron sobre los platos blancos.

—Carajo.

—Mierda.

Al principio pensé que era por Kyle y por mí, pero luego me di cuenta de que lo que había provocado esa reacción era que Chris estuviera allí.

—¡Buen provecho! —gritó el psicópata sarcásticamente mientras se dirigía al final de la mesa para sentarse a presidirla.

Seguí a Kyle, que no tardó en pedirle a Sam que se pusiera al lado del psicópata para cederme su lugar, cosa que hizo sin muchas preguntas. El silencio era pesado. Todos miraban a Chris como si fuera un enemigo mientras ella hacía como si no pasara nada. Le pidió a una mesera una copa de vino como la duquesa que no era.

La presión fue disminuyendo y todos los comensales empezaron a encontrar temas de conversación lo suficientemente interesantes como para entretenerse. No hace falta que diga que solo se hablaba de negocios familiares.

Entonces llegó Hector acompañado de esa famosa «zorra», Sienna. El tío de los cuatro primos parecía mayor. Su expresión cerrada me hizo pensar que era bastante severo, pero eso estaba por verse. En cuanto a ella, tenía un aire de *femme fatale* de película, con el pelo corto y unos carnosos labios rojos como la sangre.

Rick y los dos recién llegados tomaron asiento. Rick

hizo un brindis por la familia y les dio las gracias por haber respondido a su invitación. Solo entonces la cena pudo empezar.

Durante la velada Kyle amagó varias veces con acariciarme la mano sobre la mesa. Su gesto aparentemente tierno me hizo sentir muy incómoda. «Te detesto, Asher Scott.»

—¿Cuánto tiempo llevan juntos? —le preguntó el hombre que había acudido con tres mujeres—. No sabía que por fin habías encontrado el amor, Kyle.

Al escuchar esas palabras, Kyle se atragantó con la champaña. Sam arqueó una ceja mientras giraba la cabeza y Ally siguió comiendo con los ojos abiertos como platos. Kyle respondió orgulloso:

—Pues ya bastante.

Ally se atragantó con la comida y tosió. Ben y Sam tuvieron la misma reacción y se volvieron hacia el psicópata, que parecía mirar hacia otro lado con aire inocente.

—Es una delicia, Kyle —lo felicitó un hombre mientras se lamía los labios.

«Qué asco.»

—Gracias, Dylan.

—No me creo que por fin tengas novia, ¡seguro que es una de tus amigas siguiéndote el juego! —gritó entre risas una de las mujeres desde el otro lado de la mesa.

—Igual que en la cena de Navidad del año pasado, ¿te acuerdas? —se burló la otra.

Y así empezó la farsa. Todo bajo la mirada entretenida del demonio, que no dudaba en burlarse de mí mientras jugaba con sus anillos.

—¡El año pasado fue diferente! —se defendió con una sonrisa—. Y no tengo que demostrarte que es mi novia, yo se lo demuestro a ella.

Me puso una mano en la cara y me dio un pequeño beso en la mejilla. Instintivamente me aparté. No podía soportar tanta cercanía; tal vez nunca podría. Sentí las miradas burlonas de los invitados.

Kyle lo arregló tomando mi mano para besarla. Intentaba tranquilizarme, y estaba funcionando. Lo miré, me acarició la mano con los dedos mientras esperaba una reacción por mi parte. Le sonreí con dulzura y asentí. La presión disminuyó.

El psicópata nos observaba con los codos apoyados en la mesa y los dedos cruzados delante de la boca.

Se inclinó hacia Sam y le susurró algo al oído, luego se levantó y salió de la carpa con él.

Cuando volvieron unos minutos más tarde Ben los miró con una sonrisa pintada en los labios. Asher le devolvió una mirada oscura.

Hector hablaba de sus proyectos mientras Kyle comentaba en voz baja las palabras de su tío, lo que me hacía reír. En realidad Kyle era gracioso, así que la cosa no estaba yendo tan mal. El psicópata perdió el interés por sus conversaciones y se pasó toda la noche lanzando miradas furtivas a Kyle.

—Eso es, en resumen, lo que pasó.

Mientras me desmaquillaba, acababa de explicarle a Ally cómo y por qué Kyle y yo teníamos que fingir.

—Y ¿cuál es el límite? —preguntó arrugando los ojos.

—Dijo que si teníamos que coger encima de la mesa para que pareciera creíble, que lo hiciéramos —contesté mientras me encogía de hombros.

Se rio, luego su expresión se volvió pensativa. Yo tampoco entendía nada. Si podíamos coger, no había límite, ¿no? En cualquier caso, nadie podía entenderlo, era una persona demasiado complicada.

—Le seguiste bien el juego, parecía que estaban juntos de verdad —bromeó mientras se lavaba las manos—. Había complicidad en sus miradas. Y al ver la reacción de Ash, he pensado que él tampoco estaba al corriente.

—¿La reacción de Asher?

Levantó la vista del lavabo y me soltó sonriendo:

—Sabes que eres la única que lo llama «Asher», ¿no? Pero sí, mientras los demás cuestionaban su «relación», Ash observaba sin decir una palabra. Y, al ver su pequeño acercamiento, salió a fumar con Sam.

Asentí. Por eso estaba tan enojado. El señorito solo necesitaba una pausa para fumar, no me sorprende. Sin embargo, su comentario me hizo darme cuenta de que, efectivamente, nunca lo llamaba «Ash» como todo el mundo, sino «Asher».

—Ash nunca hace pausas para fumar durante las comidas familiares, Ella, siempre antes o después. Nunca durante.

Ally me lanzó una mirada traviesa mientras yo negaba con la cabeza tras comprender adónde quería llegar.

—Dime que no crees que eso lo haya molestado —le pedí con una mano en el corazón, temiendo su respuesta.

—Piensa lo que quieras, pero yo solo creo lo que veo.

Salió del baño, dejándome a solas con su insensata teoría. Solo quería fumar. Si eso lo molestara, no le habría pedido a Kyle que se hiciera pasar por mi novio. Me reí al mismo tiempo que movía la cabeza de lado a lado. «Se molestó.» Menuda idea.

Terminé de cambiarme a toda prisa y salí de la habitación para unirme a los demás. Tal vez fuera medianoche o la una de la madrugada, todo el mundo se había ido, la fiesta se había acabado. En el recibidor me encontré cara a cara con Kyle, que me tendió la mano con una pequeña sonrisa.

—Fue divertido jugar a ser tu novio.

Puse la mano sobre la suya y asentí con la cabeza. Me miró a los ojos todavía sonriendo.

—Si tuviéramos que fingir durante un par de meses más, no me importaría —murmuró colocándome un mechón detrás de la oreja.

Se me escapó una risa. Sentí un poco de vergüenza al oír sus palabras, nunca nadie me había dicho algo así.

—Pero sé que, si ese fuera el caso, sobrepasaría el límite —concluyó, y me acarició la cara con suavidad.

—¿Cuál es el límite?

¿Él sí lo había entendido?

—Los sentimientos, Ella —me respondió dándome un beso en la mejilla—. Los sentimientos son el límite.

No parpadeé, pero durante un segundo, el tiempo que duró ese acercamiento, vi sus ojos grises. Asher estaba detrás de Kyle y nos observaba desde lejos sin decir una palabra.

Esa visión desapareció, dejando que el rostro de Kyle tomara el relevo.

—Ash me va a matar —susurró mientras miraba peligrosamente mis labios—, pero es demasiado...

Me invadió el pánico, no me gustaba esa cercanía. Me recorrió un escalofrío cuando sentí sus labios rozando los míos. Lo aparté despacio e intenté mantener la mayor calma posible, aunque en el fondo estaba aterrorizada.

—Cautiva —me llamó la voz ronca del psicópata—. Ven aquí.

Salvada por el diablo.

Me disculpé y me dirigí hacia el genio que me había puesto en esa situación. Estaba en la entrada del salón, de pie y con los brazos cruzados. Me puse frente a él y me agarró de la muñeca para jalarme hacia atrás.

—La fiesta terminó —declaró mirando a Kyle.

—¡No puedes prestarme un coche de carreras y pedirme que no lo utilice!

«¿Ahora soy un coche?»

—Nunca me gustó que jueguen con mis juguetes, y tú lo sabes —añadió, y se dio la vuelta—. No pongas a prueba mi paciencia.

«Ah, no, espera: soy un juguete. Genial.»

Kyle se pasó la mano por la nuca sin añadir nada más que una mueca. Asher me condujo hasta el salón, donde Rick y Ben seguían hablando por teléfono.

Rick me invitó a subir e irme a dormir. Les di las buenas noches y me acosté enseguida. Mientras cerraba los ojos para conciliar el sueño, las palabras que el psicópata había dicho unas horas antes en la cena volvieron a mi memoria.

«Eso me frustra..., pero, Dios, también me excita.»

Era repugnante. Había entendido mis traumas y los usaba para evitar que lo desafiara. Me tocaba mis fibras más sensibles para someterme. Pero no iba a conseguirlo.

Tampoco podía evitar pensar en lo que Kyle había dicho sobre el límite impuesto por el psicópata.

«Los sentimientos, Ella.»

¿Teníamos derecho a hacer de todo salvo mostrar sentimientos? Pero ese límite ¿lo había impuesto por mí o por Kyle? En vista de lo que acababa de pasar, la respuesta era evidente.

Asher sabía que estaba incómoda cuando un hombre se me acercaba demasiado. Con James Wood me había preparado psicológicamente. Pero con Kyle no había podido, el psicópata lo sabía. Le daba las gracias por dentro por haber intervenido antes de que su primo cometiera un error.

Pensaba en esa mujer, Sienna. Me preguntaba por qué no les caía bien. Y lo mismo con Chris. Aquella familia tenía muchas historias y secretos ocultos. Necesitaría años para descubrir algunos. Si conseguía sobrevivir.

Desde la cama oí un eco de pisadas en el pasillo. Pisadas que se acercaban a mi habitación y se paraban delante de la puerta. Me quedé inmóvil y contuve la respiración.

¿Acaso era Kyle? ¿Había vuelto para terminar lo que había empezado?

El corazón casi se me sale del pecho cuando la perilla empezó a girar poco a poco.

«Si alguien quiere asustarme, lo consiguió. Aunque, en realidad, nunca me sentí segura.»

De repente los pasos se alejaron de la puerta sin dejar nada más que un eco en el pasillo. Armándome de valor, salí con cuidado de la cama para abrir en silencio la puerta. Por suerte, ninguna señal de Kyle.

Pero algo acababa de caerse en el piso de abajo. Imaginé que era cosa de los miembros de la familia que se habían quedado a dormir; algunos invitados habían decidido pasar la noche en la mansión e irse pronto por la mañana.

No sabía cuánto tiempo había estado tumbada en la cama con mis pensamientos, pero suponía que un buen rato. No debía de haber nadie despierto tan tarde. La curiosidad me hizo bajar de puntillas, volteando la mirada atrás cada tanto.

Sí, soy una cobarde.

¿Y si era un fantasma de los Scott que deambulaba por la casa, como había dicho Dorothéa? El corazón me latía con fuerza. Los fantasmas no existían. Dorothéa ya no estaba en su sano juicio, y de eso sí que había pruebas.

Mis pasos me guiaron hacia los extraños ruidos que provenían del salón y, mierda, habría preferido ver un fantasma que verlo a él.

—Parece que viste un fantasma —dijo, supongo que por el miedo que se reflejaba en mi cara.

—Créeme, me gustaría —le respondí con sarcasmo.

—Te gustaría estar en mi lugar, entonces, porque eso

es justo lo que estoy viendo yo ahora mismo —se burló dando un sorbo de su copa.

«*Touchée*, inútil.»

—¿Por qué sigues despierta? —me preguntó el psicópata.

—¿Tal vez porque intentaste entrar en mi habitación? Solo quedaba él despierto.

—¿De qué estás hablando?

—Alguien intentó abrir la puerta de mi habitación. Aparte de ti, no veo a nadie más capaz de hacer algo así; además, tú eres el único que sigue despierto.

De repente se oyeron unos pasos detrás de mí. Al voltearme, vi al joven que se había quedado a dormir.

—Pero qué... —susurró mientras nos miraba—. Qué raro, Ella, no te vi ir a dormir con Kyle, su habitación está frente a la mía. ¿Y ahora te sorprendo aquí, con su primo, en mitad de la noche?

—No es su novia, Dylan —soltó el psicópata.

Era el chico que había felicitado a Kyle en la mesa.

—Lo sabía, es demasiado guapa para él. —Se rio y agarró un vaso, que llenó de alcohol—. Entonces ¿quién es?

—Trabaja para la red, nada importante.

El famoso Dylan asintió con la mirada clavada en mí, la misma que me había provocado náuseas durante la cena.

—Nada importante, pero ¿duerme en el segundo piso? —preguntó sorprendido—. Interesante.

Por Dios, ¿era él quien había tratado de entrar en mi cuarto? El corazón me latía muy rápido y un escalofrío me recorrió la espalda. Al notar mi nerviosismo, el psicópata se acercó a mí y me puso una mano en la parte baja de la espalda.

—Ocúpate de tus asuntos, salvo que quieras hacer una visita al cementerio.

Asher me acompañó hasta mi habitación. Tenía las manos húmedas. No me sentía más segura ahora que sabía que era Dylan quien había intentado entrar en mi habitación. Me miraba de la misma forma que los viejos cerdos que habían abusado de mí. Me daba miedo.

El psicópata me abrió la puerta. Sin embargo, me quedé en el umbral. Eché un vistazo al otro lado del pasillo para asegurarme de que Dylan no nos había seguido. La puerta no tenía cerradura, y eso me aterrorizaba.

Dudaba si pedírselo, pero no podía hacer otra cosa.

—Yo...

—¿Tú?

¡Era su cautiva! El idiota tenía que estar ahí para mí. Y me daba mucha tranquilidad que se quedara despierto a mi lado. Aunque dijera que lo detestaba, que era cierto, me sentía más segura con él que sola.

—¿Qué, maldita sea? —soltó el psicópata frunciendo el ceño con impaciencia.

—¿Puedes quedarte conmigo esta noche?

19

Lo que dura una noche

La pregunta se me había escapado sola, de un modo irreflexivo y espontáneo, empujada por el miedo a ser violada por el rarito que había estado a punto de entrar en mi habitación unos minutos antes. Al parecer, al psicópata mi petición le pareció ridícula. Se echó a reír como si acabara de contarle el chiste del año.

Arqueé una ceja y él comprendió que no era una broma. Se calmó y se aclaró la garganta antes de responder en tono frío:

—No.

—¡Me niego a dormir aquí sola mientras el rarito de tu primo ronda por ahí! —exclamé señalando las escaleras.

—No tienes elección.

Me dejó en la puerta y comenzó a alejarse por el pasillo oscuro. «¿Estoy soñando? ¿Está loco o qué le pasa? ¡Necesito descansar! ¡Es cuestión de vida o muerte!»

—Pues le diré que soy tu cautiva —lo amenacé, y él se detuvo en seco.

Esperaba que funcionara. Aunque lo conocía, y podía mandarme a volar, a pesar de que eso comprometiera sus planes.

Solo por tener la última palabra.

—No te atreverás —replicó a la vez que se volteaba hacia mí con una ceja arqueada.

Pues...

—Voy a hacerlo —dije, esperando que se tomara en serio mi amenaza.

Piedad.

Me observó sin moverse mientras nos desafiábamos en silencio con la mirada. Suspiró pesadamente antes de pedirme que lo esperara con la puerta cerrada. Y, por una vez, obedecí con gusto aguardando a que el señor volviera.

Había ganado. Sí, le había ganado a Asher Scott.

Sabía que volvería. No sabía adónde había ido, pero regresaría. Estaba obligado. Me recosté contra la cabecera de la cama y esperé en silencio a que el demonio regresara. Por primera vez.

El tiempo pasó y pasó. Pero no había ni rastro de él. ¿Y si se había ido de verdad? ¿Y si me había hecho creer que volvería, aunque no tuviera intención de hacerlo?

En cuanto oí pasos, el pánico se apoderó de mí. Estaba preparada para gritar, pero la puerta se abrió y el psicópata entró con una almohada. Noté que la presión descendía de golpe.

—¡Tardaste mucho! ¡Podrían haberme violado doce veces! —gemí.

—Cállate. —Me lanzó la almohada a la cara y se cruzó

de brazos con semblante serio—. Tú duermes en el suelo, no pienso compartir cama contigo, de ningún modo.

—Pero ¡hace frío!

—Y ¿crees que eso me importa? En el suelo o me voy.

Esperó a que me moviera, lo que me negué a hacer. Perdió la paciencia y volvió a abrir la puerta dispuesto a irse.

—¡Está bien! —Cedí agarrando la almohada.

La coloqué lo más cerca posible de la cama y me tumbé. Podía ver los pies del psicópata todavía en el suelo, estaba sentado en la cama. Se levantó y se quitó la camisa. La imponente musculatura de su torso no dejaba de impresionarme.

Se tumbó y apagó la lámpara. Nos sumimos en la oscuridad. Solo la puerta dejaba entrar un haz de luz muy tenue proveniente del pasillo. Sabía que todavía no se había dormido. Al menos esperaba quedarme dormida antes que él.

«¿Qué? Tengo miedo.»

El suelo era de todo menos cómodo, y tenía mucho frío. Lo oí dejar el celular en la mesita de noche y vi que se movían las cobijas, señal de que se preparaba para dormir.

—Hace frío —dije, como si él no lo supiera.

No respondió. Suspiré pesadamente. ¡Qué desesperante podía llegar a ser! Para él era fácil dormir. Estaba en una cama grande con cobijas con las que calentarse, mientras que yo estaba en el suelo como una don nadie.

—Tengo frío —repetí esperando que me diera una de las cobijas.

Nada de nada.

—¡Hace demasiado frío!

—Y ¿qué quieres que haga? ¿Llamo a Dylan para que te caliente? —preguntó exasperado.

Aquello hizo que tragara saliva y me quedara en silencio. Se incorporó un poco, con un molesto resoplido. Con el codo apoyado en la cama, me fulminó con la mirada. Comprendí que más me valía callarme si quería que se quedara.

Volvió a tumbarse y se durmió como si nada. Mientras tanto, intenté calentarme como pude. Encogiéndome sobre mí misma y con los brazos metidos por dentro del suéter.

Cuanto más tiempo pasaba, más cansada estaba y más frío tenía. Cuando me incorporé, me golpeé la cabeza con la mesita de noche, cosa que despertó al psicópata, que no dudó en mostrar su molestia con un gruñido. Estaba de espaldas a mí, así que le levanté el dedo, e intenté buscar, aunque fuera, una sábana para taparme.

Pero no había nada.

No lograba conciliar el sueño en aquella habitación tan silenciosa. Ni calentarme. Y yo que pensaba que tener ahí al psicópata me ayudaría a dormir... Debía reírme de mi propia estupidez.

Él se puso bocarriba. Mechones de cabello rubio ocultaban sus ojos cerrados y su respiración era lenta y regular. Podía ver los diversos tatuajes que tenía en el brazo, desde el hombro hasta la muñeca.

Sin embargo, no podía analizarlos bien por culpa de la oscuridad de la habitación. Además, el único tatuaje que reconocí fue el de su cuello, justo por debajo de la oreja: el de la rosa atravesada por la fina hoja de un cuchillo. Un dibujo que decía mucho de él.

Volví a tumbarme en el suelo. En ese momento me di cuenta de que la puerta ya no dejaba pasar ese fino haz de luz directo del pasillo. Estaba cortado por dos sombras, dos pies. Se me comprimió la caja torácica cuando oí que la puerta se abría chirriando levemente.

Ya no respiraba, me quedé inmóvil. Temblaba como si hubiera visto la muerte.

—¿Qué chingados haces aquí, Dylan? —preguntó el psicópata con la voz adormecida pero fría.

—Y ¿qué mierda haces tú aquí? Creía que era la habitación de...

—Ella duerme con Carter. Lárgate antes de que abra los ojos.

Dylan murmuró un «está bien» y se fue.

—¿Lo ves? —susurré levantándome—. Mierda, lo sabía. ¡Tenía razón!

No contestó; me dejó saborear mi momento de gloria sola.

—No voy a poder dormir sin sábanas y me duele la espalda; ¿no podrías...?

—Sube a la cama—ordenó.

—¿Qué?

—Vas a seguir molestándome y quiero dormir. Así que sube y duerme, o te mataré y dormirás para toda la eternidad.

Me levanté de un salto sin tener en cuenta sus amenazas y me tumbé al borde de la cama. No quería que mi cuerpo tocara el suyo.

Me tapé con las cobijas y suspiré de alivio. Me adormecí durante unos minutos y luego volví a despertarme. No podía dormir. En realidad me daba miedo sucumbir al sueño. Jamás había compartido cama con un hombre, mucho menos con un psicópata que odiaba a las cautivas. Que me odiaba a mí.

También me daba miedo que me atormentaran mis demonios, despertarlo y que me estrangulara como había hecho la última vez. Era demasiado complicada.

Me moví en la cama intentando encontrar una postura que me ayudara a conciliar el sueño. No sirvió de nada.

Cuando me puse otra vez de lado dándole la espalda al psicópata, dos brazos me rodearon la cintura y bloquearon mis movimientos. Jadeé sorprendida mientras su voz adormecida resonaba por la habitación.

—Deja de moverte, me molesta.

Se me cortó la respiración y todos mis miembros se tensaron de golpe. Me costó comprender lo que estaba sucediendo. Intenté calmarme porque no quería tener un ataque de ansiedad a esas horas. Le rodeé los brazos con los dedos para liberarme de su agarre.

Pero volvió a sorprenderme.

—Cálmate —murmuró mientras me estrechaba la cintura con suavidad—. Tranquila, no te haré nada.

«No te haré nada.»

Esa frase se repitió en mi mente como un eco destinado a calmar mi angustia y disipar mis medios. Tenía problemas con el contacto físico, sobre todo con los hombres.

Aún más con él.

Sin embargo, me calmé cuando me acarició con un dedo en el costado. Ese gesto, que en otro momento me habría disgustado, me ayudó a bajar la guardia y funcionó como sedante. Me tranquilizó.

Asher me relajó.

Nadie me había relajado nunca al tocarme, pero él... Él lo hizo.

El cansancio que había sentido al principio de la noche volvió y me dormí bajo sus caricias tímidas y lentas. Por primera vez no estaba en los brazos de Morfeo, sino en los de ese psicópata que quería verme muerta.

Frío, más frío. Un frío que me provocaba náuseas y un nudo en el estómago, recordaba esa sensación. Pero no quería creerlo. ¿Cómo era posible?

Miré a mi alrededor, reconocía esas paredes. Reconocía ese ambiente lúgubre. La lluvia y la tormenta en el exterior. Mi puerta. Era mi habitación. En Sídney.

Conocía lo que seguía a continuación, me sabía el desarrollo de memoria. Entré en pánico. Era prisionera, prisionera de mis propios recuerdos, prisionera de esa noche.

Me levanté de la cama sin quererlo, de manera automática. Oí los gritos de mi madre en el piso de abajo. Poco a poco abrí la puerta de mi dormitorio y bajé a verla. Tenía el rostro bañado en lágrimas... Discutía con alguien por teléfono.

—¡Se acabó! ¡Me voy con mi hija! —gritó, y colgó.

Se volteó hacia mí y se arrodilló. Me acarició suavemente la mejilla y apoyó la otra mano en mi pelo. Me sonrió, a pesar de sus sollozos.

—Cariño, recoge tus cosas. Vamos a dar un paseo, ¿está bien?

Obedecí. No comprendía qué pasaba, estaba sucediendo todo muy rápido. Solo eran fragmentos de recuerdos que seguían reproduciéndose en mi cabeza.

Estaba en el coche con mi peluche verde en la mano. La lluvia, veía llover. Oía el ruido del motor y de los sollozos de mi madre, que temblaba mientras sostenía con firmeza el volante.

La tormenta, veía la tormenta. Veía a mi madre aterrorizada acelerando por la carretera resbaladiza. Alguien la seguía.

—¿Adónde vamos, mamá? —pregunté, y miré por la ventana.

—Solo aquí, cariño. No te preocupes, ¿está bien?

Revisó el retrovisor por enésima vez en diez segundos.

—¿Es el zorro, mamá?

No contestó nada. Todo sucedió muy rápido. No entendía lo que acababa de pasar, todo estaba borroso. Solo tenía una cosa grabada en la memoria: el rostro ensangrentado de mi madre. Su mirada vacía de vida. Estaba muerta y yo no lo comprendía.

—¿Mamá? ¿Mamá...? Tengo miedo, mamá...

De repente su rostro se transformó dando paso al del hombre al que yo llamaba «zorro». Me miró con su sonrisa glacial.

—Ah, Ella... Volvemos a casa, ratoncita.

Me desperté sobresaltada con el cuerpo cubierto de sudor y temblando como si hubiera visto la muerte. Me faltaba el aire. El psicópata, que se había despertado al mismo tiempo que yo, observó como recuperaba el control en silencio. Tenía la cabeza llena de recuerdos que quería ahogar.

La imagen de mi madre muerta se había quedado congelada, solo la veía a ella. Y a él. El zorro había vuelto a atormentarme en sueños. No comprendía por qué. No había tenido esa pesadilla, mi peor pesadilla, desde mis inicios como cautiva en casa de John. Hacía ya seis años.

Sintiendo la atención del psicópata sobre mí, me di la vuelta, aún desorientada.

Se me escapó un sollozo de los labios al recordar el rostro de mi madre. Encogí las piernas y me acurruqué para protegerme de mis recuerdos. Él no. No lo soportaría.

—Estás...

Calló y me contempló sin decir nada más. No me atrevía a mirarlo. Fijé la mirada en el suelo intentando calmarme. «Fue una pesadilla, Ella, solo una pesadilla.» Él ya no estaba ahí. Ya no estaba en sus manos.

«Ahora está muy lejos de ti.»

Levanté poco a poco la cabeza hacia Asher, quien frunció el ceño. Noté que una lágrima me bajaba por la mejilla. Su rostro no cambió de expresión al observar que descendía. Se aclaró la garganta y se acercó, vacilante, pidiéndome permiso.

Me preguntaba. Asher me pedía permiso.

Ante mi silencio, murmuró:

—¿Pu-puedo?

Guardó cierta distancia entre nosotros. Asentí lentamente y se acercó todavía más. Descruzó mis brazos con cuidado y me atrajo hacia él con suavidad.

—No te haré nada, Ella —me tranquilizó por segunda vez al ver que mis brazos se tensaban.

«Ella.»

Mi corazón dio un vuelco. Nunca me había llamado por mi nombre.

Cedí en silencio a mis lágrimas. Traté de sofocar mis sollozos de algún modo, tal vez para intentar parecer fuerte, pero fracasé. Esa pesadilla era la peor de todas porque no era solo una pesadilla.

El accidente, aquella noche.

Él.

Asher me puso una mano en la cabeza y la llevó a su torso. Estrechó su agarre, se echó hacia atrás y se apoyó en la cabecera de la cama dejándome exteriorizar mis miedos sin decir nada.

Como si supiera que no debía romper el silencio.

Su mano izquierda subió poco a poco por mi espalda mientras apoyaba la barbilla en mi cabeza. Movió el pulgar de un lado a otro sobre mi mejilla mojada.

Nos quedamos así, conmigo entre sus piernas, con la cabeza apoyada en su torso escuchando los latidos anormalmente rápidos de su corazón, intentando calmar mi alma rota. Él siguió sin decir nada.

No me había dado cuenta, no había sido consciente de hasta qué punto..., hasta qué punto necesitaba ese consuelo.

Ese sentimiento desconocido actuó como un remedio contra mis males, contra mis pesadillas, contra mi pasado. Contra las heridas que me ahogaban con mis continuos:

«Lo superaré».

«Hay cosas peores.»

«No es nada.»

«No es grave.»

Ese sentimiento que acababa de ofrecerme alguien a quien odiaba, a quien detestaba, un tipo que me había hecho vivir un infierno desde que nuestras miradas se habían encontrado por primera vez. Acababa de consolarme, me estaba protegiendo sin pedir nada a cambio.

¿Tal vez fuera lástima?

¿Tal vez esperaba en silencio que me alejara de él? Pero yo no quería hacerlo.

No quería abandonar sus brazos, que me hacían sentir segura, ese sentimiento tan extraño y al mismo tiempo tan fuerte.

—No te muevas —susurró apretándome más contra sí y tumbándose en la cama conmigo.

Tras unos minutos relajantes, me calmé. Por fin pude abandonar sus brazos y él no se opuso.

Más bien al contrario, me dio la espalda. Como si nada. Yo hice lo mismo. Tuve la sensación de que alzó un muro entre nosotros, y por algún motivo que no acabé de comprender, eso me molestó.

Solo retuve una cosa: me había protegido. Asher me había protegido de mis demonios.

Me despertó un cosquilleo en la punta de la nariz. Tenía la cabeza pegada a algo..., a algo que se movía suavemente...

«Ay, Dios..., no...»

Abrí los ojos y me di cuenta de que estaba bien pegada al torso del psicópata. Lo que me hacía cosquillas en la nariz era la delgada cruz que colgaba de una cadena de plata que le rodeaba el cuello.

Sus brazos alrededor de mi cintura hicieron que todos mis sentidos se pusieran en alerta. Me aparté de él rápidamente, lo que lo despertó.

Se dio cuenta de lo que acababa de suceder y me miró durante tres segundos antes de volver a adoptar su mirada vacía e impasible. Se dio la vuelta como si nada. Una vez más.

Me quedé mirando su espalda unos minutos más antes de pasarme la mano por el pelo, todavía confundida por la cercanía que habíamos compartido durante la noche y que acabábamos de romper.

Sin quererlo, recordé sus gestos para calmarme, su modo de abrazarme. Seguía notando su abrazo, sus dedos y los sentimientos que me habían atravesado. La sensación de seguridad y consuelo que había provocado en mí tras mi pesadilla.

Pero no quería. Me prohibí imaginarme, aunque fuera por un instante, que podía ser dulce. No lo era. Nunca lo había sido.

Era lástima, eso era todo. Además, ya lo había expresado.

Con el neceser en la mano, salí en silencio de la habitación todavía perdida en mis pensamientos para lavarme la cara y cepillarme los dientes. Sabía que no había dormido mucho, mis ojeras me delataban.

En ese momento Ally salió resplandeciente de su habitación. Al verme, me interrogó con la mirada.

—Tienes un aspecto horrible —me informó, como si yo no lo supiera.

—Lo sé, acabo de verme en el espejo —contesté bostezando.

—¿Segura que dormiste?

Asentí para evitar que me hiciera más preguntas. Esperaba que no quisiera entrar en mi habitación. El psicópata seguía durmiendo, y si lo veía en mi cama... Mierda. ¿Qué podría decirle? La verdad. Nada más que la verdad. Sin contar los detalles.

Pero cuando vi que sus ojos se abrían como bolas de billar al ver algo por encima de mi hombro, fruncí el ceño sin comprender y me di la vuelta. Tuve la misma reacción.

Permaneció impasible mientras salía de mi dormitorio. Ese tipo era un iceberg.

—Tú..., él..., ustedes... —balbuceó mientras nos señalaba con el dedo.

—Relaja tus hormonas —respondió el psicópata con voz pastosa—. Solo vine por mi cajetilla de cigarros; la dejé ayer aquí.

Ally suspiró de alivio, y yo asentí con la cabeza para apoyar su mentira. Nunca podría decirle que habíamos pasado la noche juntos.

Durante el desayuno el psicópata no me miró ni una

sola vez. Hizo como si no existiera. Y me ignoró durante todo el día, evitando incluso hablar conmigo. Sin burlas ni ataques ni nada.

Por la tarde nos dirigimos al cuartel general de Londres. Le pidió a Ally que me llevara con ella y con Rick, mientras que su coche iba vacío. Bueno, solo iba con Ben. No comprendía por qué evitaba mi presencia. Me molestó verlo huir de mí como de la peste cuando yo tampoco quería hablar de la noche anterior. Había sido un error provocado por el miedo, el cansancio y la falta de consuelo.

El resto del día pasó rápido. Salí con Ally y las dos chicas que nos hacían de guardaespaldas para comprarle algo de ropa y regalos a Kiara. La extrañaba tanto. Me di cuenta de que se había convertido en la amiga que nunca había tenido. Me había apoyado desde el principio y le estaría eternamente agradecida por ello.

Después de cenar el psicópata hizo algo que por fin me dio la oportunidad de hablar con él. Sacó su cajetilla de cigarros y se apartó de la mesa. Me disculpé y salí para mantener una conversación con Ignora Man.

Se paró en la entrada sin prestar atención a quién lo seguía. Me quedé a unos metros de él antes de romper el silencio.

—¿Se puede saber qué te pasa? —pregunté, y me crucé de brazos. Continuó ignorándome—. ¡Llevas desde esta mañana evitándome! —exclamé. No es que me importara, es que me sentía como una pared—. ¡Deja de ignorarme!

Pese a que no quería hacerlo, había alzado la voz.

—¿Desde cuándo reclamas mi atención? —preguntó mientras me miraba por encima del hombro.

—Desde que te comportas como si fuera un juguete que puedes tirar cuando te cansas de él.

—Pero es que para mí eres un juguete, cautiva. ¿Todavía no lo entiendes? Te creía más inteligente...

Cautiva. Esa palabra fue como una bofetada.

Estábamos de nuevo en el punto de partida.

—No te lo tomes a mal. Bueno, aunque lo hagas, me importará una mierda, pero ayer simplemente me dio lástima verte llorar como una bebé que acababa de perderse en el parque de atracciones.

Se me formó un nudo en la garganta y se me cortó la respiración. Quería hacerme daño, estaba claro. Su modo de mirarme había cambiado, era la misma mirada que me había lanzado la primera vez, llena de asco, arrogancia y odio.

Y sabía dónde había que apretar para hacer daño.

—Que sepas que lo habría hecho por cualquiera. Incluso una rata me habría dado pena en ese estado. Tú eres la prueba.

Mi ego recibió un duro golpe. Dejé que mis emociones me dominaran e hice lo que él quería: me fui.

Volví a la mesa y pasé el resto de la velada tratando de aparentar normalidad. Ella Collins o la silenciadora de sentimientos. Tenía fuerza para no mostrarlos, para ocultárselos al mundo. Enterrarlos en lo más profundo de mi ser se había convertido en un juego de niños, aunque seguía siendo sensible. Demasiado sensible.

Aquella noche me dormí con sus palabras dándome vueltas en la cabeza como un disco rayado.

«Para mí eres un juguete...»

«Simplemente me dio lástima...»

«Lo habría hecho por cualquiera... Tú eres la prueba.»

Lo detestaba. Lo odiaba a muerte. De todos modos, ¿qué estaba pensando? ¿Que tras esa noche nos convertiríamos en los mejores amigos del mudo? ¿Que a partir de entonces me protegería de mis miedos?

Era demasiado tonta. Sin embargo, lo sabía. En cuanto me había dado la espalda, supe que su gesto solo había estado motivado por la lástima. Pero no quería comprenderlo. No deseaba que sus palabras me afectaran. Peor aún, no quería que él supiera que tenía ese poder.

Me negué a perder al juego silencioso al que, inconscientemente, ambos estábamos jugando: romper el caparazón del otro. Y todo por una simple historia de satisfacción personal y ego.

Pero, por el momento, sabía que él acababa de tomar la delantera.

20

Solo presencia nocturna

Acabábamos de aterrizar en suelo estadounidense. Sobre las tres y media de la madrugada un coche nos esperaba, al psicópata y a mí, en el estacionamiento del aeropuerto.

Nunca había sentido tanta hostilidad por su parte como durante ese vuelo. Al menos no desde nuestro primer encuentro. No estaba preparada para volver al punto de partida.

El Asher que me había consolado aquella noche no era el Asher que tenía delante. Aquella noche habíamos sido Asher y Ella. En ese momento volvíamos a ser el psicópata y la cautiva.

—Pon tu maleta atrás —me ordenó con un tono seco.

Puse los ojos en blanco, harta de esa actitud fría y distante que tenía cuando estaba conmigo. Sin embargo, terminé por hacer lo que me dijo y me subí al asiento del copiloto mientras él se fumaba un cigarro afuera escuchando a Ben.

Ally había notado esa tensión entre nosotros. Cuando

ella le había pedido con malicia que me prestara la chamarra porque hacía frío y no tenía abrigo, él había respondido con un tono tan desagradable como serio: «Deja que se muera de frío, Ally». Ella había puesto una expresión indignada y un estremecimiento me había recorrido la espalda.

Unos minutos más tarde abrió la puerta del coche y entró bruscamente en el sedán de cristales tintados. Olía a tabaco y perfume de hombre. Su olor invadió el interior del vehículo.

Arrancó y dejamos atrás al resto del grupo. En el trayecto de vuelta me quedé medio dormida. No abrí los ojos hasta que sentí que el coche se paraba. Estábamos en su casa.

Tras darme un buen baño, caí rendida en la cama y me cubrí el cuerpo con las sábanas.

La casa. La casa estaba fría y en silencio. Me habían atrapado. Otra vez.

Tenía miedo, me sentía terriblemente sola en mi habitación. Cuando oí un portazo en la entrada, el corazón me dio un vuelco.

Él estaba ahí. Y no había nadie que pudiera protegerme de ese monstruo.

Estaba sola. Otra vez.

—¿Ella? —me llamó el hombre desde abajo—, mi ratoncita...

El miedo hizo que se me retorciera el estómago. Fui a esconderme en el clóset, detrás de los abrigos, y me hice un ovillo.

Oí sus pasos en las escaleras de madera. Avanzó poco a poco hasta que oí el chirrido de la puerta de mi habitación. Uno de los sonidos que más me aterrorizaban era el de una puerta cerrándose.

—Vi abajo tu mochila rosa, ratoncita —me dijo con un toque de malicia en la voz.

Abracé mis temblorosas piernas.

De repente abrió la puerta del clóset. Su sonrisa se ensanchó al verme mientras las lágrimas me invadían la cara. Apestaba a alcohol, una muy mala señal.

—Así que la ratoncita está jugando a las escondidas...

Vi su mano acercarse a mí. Estaba atrapada, el zorro acababa de atraparme.

Me levanté de un salto. El corazón me latía tan fuerte que estaba a punto de salírseme del pecho. Me había puesto de pie sin saber si seguía en mis sueños; escondí la cara entre las manos. Cuando de repente dos manos me rodearon de la cintura, me sobresalté y jadeé asustada.

—Suéltame —forcejeé sollozando e intentando por todos los medios liberarme de las garras del lobo—. Déjame ir..., ¡te lo suplico! No puedo más..., por favor...

—Ella, soy yo —dijo una voz grave—. Soy yo, Ella.

Dejé de moverme. Esa voz ronca no era la del hombre que atormentaba mis noches, sino la del que atormentaba mis días.

Mis sollozos de desesperación se intensificaron por el

alivio que sentí de haber salido de esa pesadilla. Sin que entendiese cómo, me volteó hacia él. Con cuidado, me pasó los dedos por el pelo y me acarició la nuca con el pulgar mientras yo me refugiaba en su hombro. Me temblaba el labio y mis ojos no paraban de llorar.

—Soy yo..., Asher... —murmuró.

Su barbilla apoyada en mi cabeza, sus brazos a mi alrededor y su manera de tranquilizarme acariciándome con delicadeza el pelo me ayudaron a calmar un inminente ataque de ansiedad.

—¿Cómo lo supiste? —le pregunté.

—Simplemente te oí —me respondió con un tono frío.

Aflojó el abrazo y comprendí que se iba a ir. Sin dirigirme ni una mirada, se alejó de mí. Me quedé en medio de la habitación, sola. Y perdida.

Dos de la tarde. Estaba esperando a que el psicópata volviera para pedirle que hiciera la despensa. La mañana había sido, como había imaginado, fría y hostil. Como si lo que había pasado por la noche hubiera sido fruto de mi imaginación.

Me molestaba porque no se responsabilizaba de lo que hacía; me molestaba porque me hacía sentir que estaba loca. Y hablando del rey de Roma...

Oí un portazo y su respiración fuerte en el silencio del recibidor.

Tragué saliva, estaba enojado. Iba a tener que dejar la despensa para otro día.

Me puse tensa cuando oí sus pasos en el interior de la sala, detrás del sofá. Lo vi, con el ceño fruncido y la mandíbula apretada. Una vena le palpitaba en el cuello. También vi unas manchas rojas en su suéter blanco que me dejaron perpleja. ¿Sería sangre?

—¿Todo bien? —me atreví a preguntarle.

—Tú no hables —gruñó sin mirarme.

Me encogí de hombros y me volteé de nuevo hacia la televisión. Su celular vibró y respondió:

—¿Sí...? Lo maté... Dejé el cuerpo en el almacén, se llevará una pequeña sorpresa... Nadie juega con mis cosas, Rick. Te había avisado, no soy tu hermano.

Y colgó.

Volví a levantar la cara hacia él. Me lanzó una mirada llena de maldad y soltó:

—Voy a sacarte los ojos y a obligarte a comértelos si me miras durante un segundo más.

—¡Qué difícil eres a veces! —refunfuñé.

—¡Cállate!

Me puse frente a él.

—Por fin vas a dejar de descargar tu ira conmigo.

Me fulminó con la mirada, estaba a punto de abalanzarse sobre mí, pero, contra todo pronóstico, se dio la vuelta para irse.

—¡Eres increíble!

—Si me quedo un minuto más contigo, o te mato o te destrozo en este puto sofá. Y carajo, hoy tengo ganas de matar.

Me quedé boquiabierta, con los ojos abiertos como platos. Salió de la habitación y me dejó asimilando sus duras palabras. No entendía nada, era la persona más lunática que había conocido. Me pasé una mano por la cara intentando olvidar lo que había oído.

Más entrada la tarde Kiara apareció por la puerta. Corrí a sus brazos. La había extrañado mucho.

—¡Parece que hace cinco meses que no nos vemos! —me dijo con una gran sonrisa en los labios.

—Te extrañé tanto —admití mientras la abrazaba de nuevo.

—¿Qué haces aquí? —soltó la famosa voz ronca del psicópata desde lo alto de las escaleras.

—Tranquilo, no voy a sermonearte, voté a favor de que lo mataras. Vine a recoger las invitaciones para la fiesta —lo informó.

La miré sin entender muy bien qué estaba pasando. Luego me acordé de que la fiesta de las cautivas tendría lugar al cabo de unos días.

—Llévate a la cautiva contigo, no la quiero ver aquí.

Se me cortó la respiración. No hablaba en serio, ¿no?

Kiara lo miró sin creerlo; luego me dirigió una mirada interrogativa, a la cual respondí encogiéndome de hombros. ¡Si ella supiera lo impredecible que podía ser!

—¿Puedes venir a ayudarme? —me preguntó, y yo asentí.

El psicópata había vuelto a su habitación.

—La tensión sexual es palpable por aquí —murmuró con una mirada traviesa.

Esbocé una mueca de asco mientras ella reía por las escaleras. La seguí hasta el tercer piso. Nunca me había atrevido a visitar la casa en su totalidad. Temía la reacción exagerada del psicópata, que estaba esperando a que diera un paso en falso para estrangularme.

Kiara nos condujo hasta un amplio despacho donde había una estantería con diversos documentos archivados, papeles esparcidos en la mesa y un pequeño sofá negro a un lado. En un mapamundi pegado a la pared blanca había clavados unos hilos que conectaban unos continentes con otros. Representaban una especie de flujos.

—Agarra las cajas de ahí abajo —me ordenó al mismo tiempo que señalaba un rincón de la habitación.

Obedecí. Las depositamos dentro de su coche. Mientras subía, vi al psicópata salir de su habitación. Con un cigarro entre los labios, se apartó con la mano los mechones que le caían delante de los ojos. Nuestras miradas se encontraron por un segundo. Giré la cabeza y seguí subiendo para terminar mi tarea. Mi cuerpo se tensó al oír sus pasos detrás de mí.

Cuando llegué al despacho, Kiara miró por encima de mi hombro antes de señalarme otra gran caja. Sentí que él pasaba por detrás de mí, nuestros cuerpos se rozaron. El psicópata acababa de agarrar la caja. Sus músculos se contrajeron en una demostración de fuerza. Me aparté de su camino y él sonrió satisfecho antes de bajar.

Kiara puso los ojos en blanco antes de sonreír. Encontró en el suelo un papel lleno de garabatos que arrugó, pero que se guardó.

De repente oímos voces que venían de abajo. Kiara bajó, yo la seguí sin decir una palabra. Se detuvo en el segundo piso, que daba al recibidor donde el psicópata discutía con Ben.

—¡Ya era hora, maldita sea, ya terminé! —exclamó ella con las manos en la barandilla de vidrio que nos separaba del vacío.

Ben levantó el rostro con una sonrisa de oreja a oreja.

—¡¿Lo ves?, no me necesitabas!

Lanzó un beso y, en respuesta, ella le tiró la bola de papel que tenía en la mano y que aterrizó en su cabeza.

—Ella, ¿podrías agarrar tus cosas? —me preguntó Kiara—. Voy fuera a repartirme las cajas con Ben.

Asentí y me escabullí a mi habitación. Los oía discutir como niños, cosa que me hizo sonreír. Juntos, Ben y Kiara eran muy graciosos. Iba dejando la ropa sobre la cama a medida que la sacaba. No sabía cuánto tiempo me quedaría en casa de Kiara.

Mientras buscaba en el clóset oí que la puerta se abría y se cerraba de nuevo. Me di la vuelta. ¿Qué más quería?

—Te equivocaste de habitación —le indiqué con un tono burlón.

Avanzó hacia la cama y miró la ropa que había extendida. Una sonrisa se dibujó en sus labios mientras enganchaba un tirante con el meñique y tiraba suavemente de él hacia arriba.

—¿Te llevas esto para una noche de chicas? No sabía que querías hacer algo más aparte de hablar —dijo exhibiendo el sostén de encaje con una sonrisa perversa en los labios.

—¡Dame eso! —exclamé, y se lo quité de las manos—. Y, para tu información, no soy yo la que llenó mi clóset, ¿recuerdas?

Se echó a reír al ver que el rubor me subía a las mejillas y dijo con un tono de burla:

—No te creía tan pudorosa, es raro en una cautiva.

—Que sepas que nunca quise ser una cautiva, así que no saques conclusiones precipitadas —respondí metiendo mis cosas en una mochila.

—Estoy al corriente —me informó con un tono neutro.

Era previsible. Era probable que Kiara le hubiera contado lo que le había confiado durante mis primeras noches ahí. Seguramente lo había hecho para explicar por qué era necesario enviarle dinero a mi tía.

—¿Te llevas todo eso? ¿Crees que vas a quedarte una eternidad en casa de Kiara?

—Para empezar, no entiendo por qué tengo que irme a su casa.

—Porque no te quiero ver aquí esta noche.

—Yo no te quiero ver nunca, pero no digo nada —le recordé.

—¿En serio?

Lo dijo con un tono burlón y se acercó despacio. De espaldas a él no veía nada, pero sentí como su dedo se posaba sobre mi hombro y subía poco a poco. Mi cuerpo se tensó de nuevo.

—Sin embargo..., te frustras cuando no te doy la atención que deseas...

Me apartó el pelo con delicadeza, dejando la piel de mi cuello al descubierto.

—Para —articulé con dificultad, sabía muy bien lo que venía después.

No me escuchó. Sus labios me rozaron la piel.

—Por esto prefiero que te vayas hoy —murmuró muy cerca de mi oreja—. Lo único que quiero ahora mismo es satisfacer mis deseos. Y, una vez más, no hablo de matarte...

—Déjame tranquila...

Se me escapó un suspiro cuando atrapó mi lóbulo entre los dientes. Sus labios me rozaron la parte de atrás de la oreja. Sonrió.

—Si te quedas una noche más, no voy a poder controlarme. —Se detuvo y retrocedió antes de concluir con un tono frío—: Y nunca cometería un error así.

Entonces se alejó como si no hubiera pasado nada.

Me volteé hacia él todavía confundida por su comportamiento. Jugaba conmigo como un niño con su juguete para luego abandonarme. Detestaba su bipolaridad ridícula.

—¡Deja de actuar como un psicópata lunático, carajo! —grité mientras salía de mi habitación.

Me lanzó una mirada asesina.

—No vales la pena. Tu tía hizo lo correcto al entregarte al primero que pasaba. Ahora, vete de mi casa.

Salió sin mirarme a la cara mientras mi corazón se rompía en mil pedazos. Una vez más, Asher lo había conseguido. Resoplé frustrada y me pasé la mano por el pelo para calmar las ganas de matarlo.

Agarré mis cosas y salí de la habitación a toda prisa. Fuera, me encontré con Kiara, que había terminado su tarea con Ben.

—¿Desde cuándo Ash deja que Ella salga de...?

Se quedó callado, con los ojos abiertos como platos, y se volteó hacia Kiara, que lucía una mirada traviesa.

—¿Crees que...? ¡Abran sus apuestas! —exclamó—. Te apuesto mil dólares a que está enamorado de ella.

Puse una mueca de disgusto. De repente la risa malévola del psicópata desde el balcón de su habitación me hizo levantar la cara. Con un cigarro entre los labios, nos miraba con desprecio, arrogante.

—Y tú, Kiara, ¿qué dices? —Se rio—. ¿Que está embarazada?

Reflexionó por un momento. Luego, con una sonrisita, nos miró y dijo:

—Apuesto a que algo pasó entre ellos, Jenkins.

Me puse nerviosa, luego me crucé de brazos negando con la cabeza. Fingí estar desesperada por su actitud infantil.

El psicópata ahogó una risa, luego volvió a entrar en su habitación. La sonrisa de Kiara se ensanchó.

—Ya veremos quién gana mil dólares.

Me pidió que la siguiera. Nos subimos al Range Rover negro, en el que había una pila de cajas. Cuando Ben la llamó, bajó la ventanilla. Apoyó el brazo en la puerta y le preguntó:

—¿Estarás en casa alrededor de las dos o las tres de la madrugada?

—Seguramente, ¿por qué? —preguntó ella con el ceño fruncido.

—Tengo que ir por las cosas de Sabrina cuando salga del trabajo.

Kiara asintió. Se alejó de la puerta del coche guiñándome un ojo con una sonrisa que decía: «es un seductor». Hice un gesto de resignación mordiéndome los labios.

Por el camino, Kiara puso música. Me gustaban sus gustos musicales, le apasionaba el rock. De repente bajó el volumen y me lanzó una mirada antes de volver a concentrarse en la carretera.

—¿Me vas a decir qué está pasando?

Fingí no comprender qué me había preguntado.

—¡Con Ash! —Se desesperó.

—¡Nada! ¿Por qué?

—Me dijo que algo había cambiado —me confió—, pero no me lo creí hasta que me pidió que te llevara conmigo.

No respondí nada y giré la cabeza hacia la ventana para evitar su pregunta. No iba a contarle nada de lo que había pasado por la noche. Solo empeoraría las cosas.

—Estoy esperando —insistió Kiara.

—No pasó nada —mentí resoplando—. Imagino que simplemente quiere estar solo. Al menos, hoy. Y no me importa, yo tampoco quiero verlo.

Me miró con suspicacia, luego suspiró. Se contentó con esa explicación. No podía decirle que el psicópata y yo habíamos pasado una noche en la misma cama, que habíamos tenido encuentros de todo menos formales y que jugaba con mis emociones para luego soltarme frases crueles. Por la noche todos los gatos eran pardos, y para Asher Scott, nosotros también lo éramos.

Sin embargo, sabía una cosa: había empezado un combate contra sí mismo, y yo era la culpable.

21

Compañía

—Vacía sobre la cama la caja que dice «invitaciones» —me pidió Kiara, que bajó de nuevo—. ¡Vuelvo enseguida!

Acabábamos de llegar a su casa. Me había acostumbrado a que todo el mundo viviera en mansiones de lujo, así que me sorprendió que Kiara habitara en un gran cobertizo convertido en loft.

Era espacioso y luminoso. En la entrada se podía abarcar todo el lugar con la mirada, desde la gran sala en tonos blancos, grises y rojos que teníamos delante hasta la cocina abierta de estilo moderno que había al lado y que se parecía de una forma extraña a la del psicópata. Unas escaleras blancas conducían directamente a un entresuelo.

Como imaginaba, arriba estaba su habitación, con un librero como simple decoración; estaba lleno de CD, casetes y vinilos. Me sorprendió descubrir que dormía en un gran colchón en el suelo. No obstante, lo que más me impresionó fue el techo de cristal a través del cual se podía admirar el cielo estrellado. Tenía muy buen gusto, era un lugar muy acogedor.

Oí sus pasos por las escaleras. Mientras tanto, me había cambiado y había vaciado la caja como me había pedido. Me tendió una hoja.

—Esta es la lista de las que confirmaron su asistencia —me explicó—. Hay que separar las que vienen de las que no están seguras.

—Aquí está tu invitación —comenté—. Por cierto, ¿por qué estás invitada a la fiesta si no eres una cautiva?

Kiara se encogió de hombros.

—No iba a perderme una fiesta con todas mis compañeras. Trabajar para los Scott ayuda, tengo ciertos privilegios —dijo guiñándome el ojo—. Además, ¡me encanta organizarla con Ally!

Asentí y empecé a dictar los nombres de la lista mientras ella distinguía las invitadas potenciales de las confirmadas.

—¿Quién decidió hacer la lista empezando por los nombres? Suelen ordenarse alfabéticamente los apellidos, ¿no? —pregunté con curiosidad.

—El genio de Ben Jenkins nunca dejará de impresionarme. Si quieres saber mi opinión, solo quería sacarme de quicio.

Reí en voz baja.

—Ahora, Hannah Yard —continué.

Kiara puso los ojos en blanco y suspiró.

—¿La conoces?

—Es mi ex —me confió con aire apático y de molestia.

Terminé la larga lista de las H. A decir verdad, no

sabía que había tantos nombres que empezaran con H. Por suerte, la sección I solo tenía a una persona.

—La única con I, Isobel Jones —comenté sonriendo.

Kiara se detuvo de golpe y levantó el rostro hacia mí con el ceño fruncido.

—Es la lista de las invitadas que vienen seguro, ¿verdad? —preguntó.

—Eh..., sí, ¿por...? —inquirí al mismo tiempo que examinaba su reacción—. ¿También es ex tuya?

—¡No, por Dios! —resopló—. Solo siento curiosidad por saber por qué la muy zorra va a venir este año.

Arqueé las cejas.

—¿No viene nunca?

—Casi nunca, a menos que tenga algún interés —precisó con cierta suspicacia.

Asentí con la cabeza. Tras casi otra hora clasificando las cajas de invitaciones, recogimos los papeles esparcidos por la cama. Luego bajamos para pedir la cena.

El repartidor nos trajo dos pizzas que nos comimos mientras veíamos una serie de Netflix. *Stranger Things* creo que se llamaba.

—¿Te gustaría ir a pasear? Hay un parque a pocos minutos de aquí, y a mí me gusta mucho caminar por la noche —propuso Kiara.

¿Caminar? ¿Por la noche? ¿En un parque? No lo había hecho nunca. Eran casi las once. Aunque dudaba, asentí dejándome guiar por los impulsos de mi amiga. Tal vez resultara terapéutico, quién sabe.

—Nunca se es demasiado prudente —declaró; cargó su pistola y se la metió en el interior de la chamarra.

Kiara cerró la puerta y se volteó hacia mí con una sonrisa en los labios. Hacía frío. Por suerte, me había prestado una chamarra que me ayudaría a mantener el calor. Y, de momento, nuestro paseo nocturno me gustaba. La calle estaba tranquila y silenciosa, aparte del ruido de nuestras pisadas. Examiné con la mirada el barrio residencial de Kiara y me fijé en que era la única que tenía un cobertizo como casa, los demás tenían mansiones.

Aprovechó para hacerme una visita guiada de su barrio. Me habló de todos los vecinos que le caían mal.

—Antes no era un barrio residencial, como lo ves ahora, solo era un terreno con cobertizos. Y mira en qué se ha convertido. El dinero trae la belleza, Ella.

Reí suavemente. Tenía razón.

Al cabo de unos metros entramos en el famoso parque. Reinaba un silencio sepulcral que casi me daba miedo; por suerte, había luz.

—Venía aquí a menudo con Ash —me confesó—. Fue él quien me contagió la costumbre de caminar por las noches, y se lo agradezco.

—¿Qué te aporta? —pregunté confusa.

—Lo encuentro muy relajante, me ayuda a digerir. —Rio—. También me ayuda a reflexionar. Ahora yo camino y él boxea. A veces.

De ahí su cuerpo bien definido, practicaba boxeo. A veces.

Asentí con la cabeza. En efecto, era relajante caminar sin nadie alrededor.

Kiara me contó todo lo que había tenido que hacer durante nuestra ausencia, o, al menos, las tareas que Ben, que trabajaba con ella, le había confiado antes de irse a Londres. No habían tenido tiempo de descansar.

—Y ¡ahora, la fiesta de las cautivas! —exclamó refunfuñando—. Tenía muchas ganas de que volvieras.

—Yo también —respondí empatizando con su sufrimiento.

Me lanzó una mirada traviesa.

—¿Estás segura? Me encantaría saber por qué ahora Ash y tú se comportan de un modo tan raro.

—Él siempre ha sido raro, es amigo tuyo; deberías saberlo después de tanto tiempo —repliqué mientras intentaba parecer lo más inocente posible.

Soltó una carcajada.

—Lo digo precisamente porque es amigo mío.

No añadí ni una palabra, a pesar de que quería contárselo todo. Todo lo que él había hecho y que yo no lograba comprender, sin mencionar su comportamiento malhumorado y su ambigua forma de hablar.

Quería decírselo todo, pero no podía. Porque sabía que, si me atrevía a hacerlo, Kiara se haría ideas equivocadas, y volvería al punto de partida. Y esta vez sin posibilidades de avanzar.

—Yo solo espero que sepa lo que hace —murmuró en voz tan baja que me costó oírla.

Acababa de confundirme aún más.

Seguimos caminando unos minutos antes de que Kiara decidiera que había llegado el momento de dar media vuelta. Durante el camino de regreso, el ambiente, demasiado silencioso, me provocó escalofríos. Incluso con Kiara a mi lado no me sentía segura. Mi desbordante imaginación me proporcionaba diferentes escenarios en los que acabábamos secuestradas por tipos encapuchados.

Sonó su teléfono y me enseñó la pantalla:

«*Asquer* Scotch.»

Nos echamos a reír. Definitivamente, Kiara tenía un gran sentido del humor. Descolgó y puso el altavoz.

—Buenas noches, señor Scott —dijo aclarándose la garganta y adoptando un tono de falsa gravedad.

—¿La cautiva está contigo? —preguntó con seriedad.

—¿Ya la extrañas?

—No. Asegúrate de que no duerma sola.

Entonces colgó.

Kiara esperaba una reacción por mi parte, pero me mantuve estoica. Me miró de un modo insistente con la esperanza de que le explicara algo que ni yo misma alcanzaba a comprender.

¿Podría ser que hablara de mis pesadillas? ¿O creía que iba a tener miedo estando sola en casa de Kiara?

—¿Te da miedo la oscuridad? —preguntó al mismo tiempo que fruncía el ceño.

—No. —Suspiré, todavía perdida en mis pensamientos.

Una vez en su casa, nos sentamos en el sofá. Kiara me dijo que iba a darse un baño rápido mientras esperaba a Ben.

Volvió a sonar su celular.

—¡Kiara! ¡Tienes otra llamada de *Asquer* Scotch! —exclamé riéndome por el ridículo apodo.

—¡Contesta tú! —gritó desde el baño.

Tragué saliva y toqué el botón verde con el dedo.

—Kiara está en la regadera —dije rápidamente con una mueca en los labios.

—Acaban de llegar sus vestidos.

Colgó antes de que me diera tiempo a responder.

Kiara salió del baño con una toalla. Le transmití el mensaje.

—¡Por fin! Tengo ganas de verlos —comentó emocionada.

Me volteé cuando oí el timbre. Kiara fue a abrir. Se apartó para dejar pasar a Ben. Él me guiñó el ojo y se sentó a mi lado en el sofá.

—¿Por qué tardaste tanto? —preguntó ella subiendo las escaleras.

—Tu jefe me pidió que le llevara los vestidos para la fiesta. Acaban de llegar —dijo en voz alta para que lo oyera desde su habitación.

—¡Se tardaron!

—El tipo dijo que estaban sobrepasados por las nuevas colecciones y los eventos de los famosos. Todo el equipo pide disculpas por el retraso.

Volvió a bajar con un bolso marrón que era de Sabrina y lo arrojó sobre el sofá. Él se levantó y le dio las gracias.

—¿Cuándo será la fiesta?

—Pasado mañana. Por cierto, toma las tarjetas y envíalas, no tenemos mucho tiempo.

Volvió a subir por la caja de confirmaciones. Ben le preguntó con picardía:

—¿Sorprendida por las invitadas?

—Pues sí, y tengo mucha curiosidad por saber por qué —respondió ella cruzándose de brazos.

—Yo también —replicó él antes de agarrar el celular, que acababa de vibrar.

Esbozó una sonrisita y se volteó hacia nosotras.

—Buenas noches, chicas. ¡Piensen mucho en mí!

Tras eso, se fue de la casa. No había entendido aquella conversación, pero una cosa era segura: las sorpresas no habían acabado para mí.

—¡Ella, estás impresionante! —exclamó Ally al verme entrar en mi habitación.

Habíamos vuelto a casa del psicópata a primera hora de la tarde. Ally estaba esperándonos para las pruebas. Los vestidos nos los habían enviado tres grandes casas de moda.

Yo llevaba un vestido largo con tirantes finos, y me sorprendió que me quedara como un guante. Kiara me dijo que les había pasado mis medidas.

—¿Por qué vamos las tres de rojo? —pregunté observando sus atuendos.

—Recuerda el tema: *Bloody Goddesses.* ¡Será todo tan rojo como las suelas de los zapatos que te vas a poner!

—Y ¿por qué ese tema?

—Una decisión unánime entre cautivas —contestó Kiara.

Me fui para cambiarme sin hacer más preguntas. El vestido era uno de los más bonitos que me había puesto en la vida, tanto que no podía esperar a lucirlo en la fiesta.

El psicópata estaba en la red. No me lo había cruzado todavía, y tampoco es que tuviera ganas. Tan solo esperaba que no hubiera cambiado de opinión y que me dejara asistir a la famosa fiesta. Aunque, en el fondo, no tenía ni idea de por qué quería impedírmelo. Tenía que ir haciéndome pasar por otra. Fingir que no era su cautiva se había convertido en costumbre, aunque las razones por las que se avergonzaba tanto de mí se me escapaban.

Con las pruebas terminadas, las dos chicas se fueron de casa del psicópata diciéndome que volverían la tarde siguiente para prepararnos juntas.

Las siete de la tarde. Estaba haciéndome un sandwich cuando oí el rugido del motor.

«Ya volvió.»

El señorito se unió a mí en la cocina unos minutos más tarde. Se apoyó en el marco de la puerta. Hice como si no existiera, a pesar de que no podía ignorar su complexión y su aura demoniaca.

—Prepárame lo mismo —dijo al ver el sandwich.

Resoplé.

—¿Conoces las fórmulas de cortesía? Sirven de ayuda cuando se pide algo.

—Yo no pido, yo ordeno. Si no haces lo que quiero, puedes prepararte para quedarte conmigo mañana por la noche. Aunque no seas consciente de la suerte que tendrías —replicó antes de alejarse.

Puse los ojos en blanco. Odiaba que tuviera ventaja y que la utilizara contra mí.

Después de prepararle el sandwich, me instalé en la sala con una cobija sobre las piernas y la mirada fija en mi *reality show*. Volvió treinta minutos más tarde vestido solo con unos pants negros y el pelo mojado. Olía a gel de baño para hombre, el que usaba yo al principio, cuando me bañaba a escondidas.

Riendo discretamente, tomó el plato que había preparado para él y lo examinó antes de murmurar lo bastante fuerte para que yo pudiera oírlo:

—Qué obediente.

Hice una mueca exasperada sin responder a sus idioteces, que no eran más que pura provocación. No se daba cuenta de que solo respirando ya me molestaba.

—¿Pasaste de *Teen Titans* a las Kardashian?

—No ponen *Teen Titans* ahora y me aburrí —me justifiqué, y le di un mordisco a mi sandwich.

—Es cierto que la vida de Kim es más interesante que los demás programas —comentó él con sarcasmo.

Resoplé. Tarde o temprano acabaría cansándose y cerrando el pico.

Pero no. No dejó de hablar: cada escena era objeto de comentarios.

Cuando vi la publicidad de una nueva línea de comida para perros en la tele, abrí los ojos como platos y me volteé hacia el psicópata con una mirada insistente. ¡Siempre había soñado con tener un perro!

Me dirigió una mirada furtiva antes de decir con frialdad:

—No.

—¡Vamos! —supliqué—. Me siento muy sola todo el día.

—¿Alguna vez viste a una mascota tener una mascota? No, así que para.

Con los brazos cruzados, expresé mi descontento en forma de insultos que lo hicieron reír.

—¿Enviaron las confirmaciones? —preguntó de repente.

—Las mandó Ben ayer —repliqué.

—¿Son muchas?

—Casi cien personas —especifiqué.

Pareció reflexionar con el ceño ligeramente fruncido. Levantó el rostro hacia mí.

—Mañana serás una empleada, no una cautiva —me dijo en tono serio.

—Ya lo sé —contesté exasperada.

Se dirigió hacia la mesita en la que había varias botellas de alcohol. Se sirvió, volvió a su lugar y sacó la cajetilla de cigarros. Con el rabillo del ojo lo vi subir y volvió unos instantes más tarde con una caja negra en la mano. La tiró sobre el sofá; rebotó cerca de mí.

—Para mañana —indicó apartando la mirada—. Por si acaso.

Abrí la caja. Era un celular. No había tenido teléfono propio desde los dieciséis años, y acababa de entregarme uno más grande que mi mano. Al darle la vuelta me fijé en algo muy raro.

—¿Por qué tiene tres cámaras? —pregunté con el ceño fruncido.

Se encogió de hombros y estiró los labios en una sonrisa engreída.

—Así, si te sacas una foto, tienes tres posibilidades más de romper el teléfono —dijo casi riéndose.

«Ja, ja. Qué gracioso. Me muero.»

—Gracias. —Suspiré.

Me miró de reojo, pero no contestó. El resto de la noche transcurrió con tranquilidad. Nada de comportamiento lunático, malas palabras, insultos ni violencia. Por primera vez, fue pacífico. Por primera vez, su compañía no me molestó.

A las once y media estaba en mi habitación con mi nuevo celular. Y, mierda, qué complicado era. Todavía tenía mucho que aprender sobre tecnología, llevaba años de retraso.

El psicópata entró en la habitación con un chip en la mano.

—Dame el celular —me ordenó con firmeza.

Me apoyé en la cabecera de piel de la cama. Él se sentó en el borde y agarró el teléfono para insertar el chip. Me pidió que me acercara y me enseñó a desbloquearlo, aunque riéndose de mí.

—Tienes los números de todo el grupo —me informó—. Si alguna vez pasa algo, envíame un mensaje o llama a Rick.

Me lo entregó y salió de mi habitación. Con el celular desbloqueado, me puse a investigar las opciones que contenía. A las dos de la madrugada las había repasado todas y me divertí sacando fotos como Kiara y Ally. Era ridículo, pero muy divertido.

Además, le puse una contraseña. Nunca se es demasiado prudente con el psicópata.

A la mañana siguiente estaba delante de la tele con mi tazón de cereal y *Scooby-Doo* de fondo mientras el psicópata se paseaba de lado a lado en la sala.

—Sí, voy a salir con la cautiva... —decía por teléfono—. Tiene que firmar papeles para la red... Sí, volveré antes de las dos. Me vale.

Colgó y le lancé una mirada inquisitiva.

—Acaba y vístete, tienes que firmar unos papeles.

—Pero... no tengo firma —confesé haciendo una mueca.

Se pellizcó el puente de la nariz y suspiró molesto.

—Agarra una hoja y una pluma y búscate una firma.

A continuación salió de la estancia.

Me apresuré a hacer lo que me había dicho y dibujé garabatos parecidos a firmas, todas muy complicadas de retener. Pero había una firma que volvía cada vez. Decidí que utilizaría esa.

Nos marchamos hacia la red. Estaba impaciente. En menos de diez horas se celebraría la famosa fiesta de la que todo el mundo hablaba; sentía mucha curiosidad por ver cómo iría.

22

La esperada

—¿Este par o ese? —me preguntó Ally.

Señalé los zapatos de tacón rojos. Kiara hizo lo mismo. Estábamos en medio de los preparativos para la famosa fiesta de las cautivas.

Solo con ver la euforia de las chicas comprendí lo impacientes que estaban por que llegara esa noche del año. Llevábamos casi dos horas preparándonos: el pelo, el maquillaje, las uñas, los vestidos... Todo requería su tiempo. Era hasta aburrido.

Sin olvidar que mi habitación parecía, como había dicho Kiara, «el *backstage* de un desfile durante la semana de la moda». En otras palabras, estaba todo hecho un desastre.

Ocho y media de la noche. Estábamos casi listas. Mi vestido largo y escotado dejaba al descubierto mis piernas, que parecían más largas gracias a los tacones que llevaba. Había decidido dejarme el pelo ondulado y definir algunos rizos sin que parecieran demasiado artificiales. Aunque estaba bastante fuera de lugar al lado de Kiara y Ally. Eran verdaderas diosas.

—Acércate —me dijo Kiara sonriendo—. Labial para el toque final.

Obedecí. Me pintó los labios de un color rojo sangre. Un poco de perfume y me miré una última vez al espejo para comprobar que no me había olvidado de nada. Pero, por suerte, al fin estaba lista.

Me volteé hacia las chicas, que también habían terminado.

—Nunca me cansaré de verte antes de una fiesta, Ella —dijo Ally.

—Estás increíble —me halagó Kiara mientras se ponía los zapatos.

Con las mejillas rojas, les devolví los cumplidos. Ben nos llamó desde la planta baja. Kiara puso los ojos en blanco y se pasó las manos por el vestido una última vez antes de decir:

—¡Vámonos!

Bajando las escaleras, escuché como Ben se reía con el psicópata. Su verdadera risa se me hacía muy extraña, porque rara vez la oía. Hablaba de una risa real, no la risita burlona o insolente que tenía que oír cada día.

Cuando entramos en la sala, los vimos de pie, cerca de la chimenea, con una copa en la mano. Levantaron el rostro hacia nosotras. Ben nos observó a las tres, mientras que el psicópata solo se fijó en mi silueta.

Nada escapaba a su penetrante mirada. Mi vestido, mis piernas, cada parte de mi cuerpo analizada sin límite.

Ante mi mirada perpleja, esbozó una pequeña sonrisa y giró la cabeza hacia Ally.

—¿Cuándo se van? —preguntó.

—Dentro de media hora —respondió ella mirándose las uñas.

—Pero ¡si empieza dentro de media hora! —exclamó Ben.

Kiara le guiñó el ojo.

—Lo mejor para el final, querido.

—Para eso mejor no ir —añadió el psicópata con un tono cansado antes de dejar la copa sobre la mesa—. Además, se parecen a las Chicas Superpoderosas.

Kiara lo miró con desdén. Nos sentamos en el sofá, desde donde observé al demonio mientras se perdía contemplando sus anillos.

Ben se acabó la copa y encendió un cigarro. El psicópata hizo lo mismo antes de examinarme una vez más. Sus ojos grises me intimidaban, lo único que hacían desde que había entrado en la habitación era mirarme fijamente. Su sonrisa triunfal me ponía de nervios.

Ben, Kiara y Ally cuchicheaban entre ellos mientras yo permanecía en silencio desafiando al psicópata con la mirada para ver quién giraba la cabeza primero.

Ally me pidió que tomara una foto de las tres. Yo no sabía hacerlo, así que le delegué la tarea a Kiara, que aceptó encantada.

—Dios, mañana voy a darme una vuelta a la tienda —exclamó admirando mi celular—. ¡Mira qué calidad!

Me reí. Kiara tecleó algo antes de devolvérmelo. Me lanzó un guiño travieso y se levantó.

—¿Dónde está nuestro carruaje, cochero? —preguntó con un tono regio.

Ben le lanzó una mirada asesina y murmuró unas palabras incomprensibles. El psicópata soltó una risa burlona y se volteó hacia mí.

—Cautiva, sígueme.

Avanzó hacia la salida de la sala mientras me levantaba del sofá bajo miradas curiosas. Mis tacones chasquearon en el suelo. Lo seguí en silencio hasta lo alto de las escaleras. Llegamos a mi habitación, donde cerró la puerta detrás de mí. Sin decir una palabra, dio un paso adelante para colocarse frente a mí.

Sabía perfectamente lo que iba a decirme por una buena razón: llevaba más de una semana repitiéndome la misma mierda como un disco rayado.

—Ya sé que estoy...

—Cállate un poco. —Suspiró desesperado—. Si se habla de mí, o si te preguntan algo sobre mí, no digas nada.

Lo miré sin comprender demasiado.

—Esta fiesta está hecha para reunir a las cautivas y que así puedan recopilar información sobre otras redes. Puede servir para forjar relaciones con algunas de ellas... o todo lo contrario. Así que, si te preguntan algo sobre mí, Ben o incluso la red, dices que aún eres nueva y que no sabes nada.

Asentí y él se cruzó de brazos.

—Bueno, vete, me estás cansando la vista.

—¿Porque estoy radiante? Lo sé —respondí, y me di la vuelta.

Se echó a reír.

—Sí, seguro. Y yo soy un refrigerador.

Me reí negando con la cabeza; era de lo más desesperante.

En el garage nos esperaba un increíble sedán negro. El trayecto fue corto, pero la emoción de las chicas era incontenible.

—Tu teléfono no para de vibrar, Ben —dijo Kiara con cierta maldad.

—¿Conoces las redes sociales? —contestó él con una sonrisa en los labios.

Llegamos cerca de lo que parecía una residencia privada. La entrada estaba protegida por cinco enormes guardias vestidos de negro que nos bloqueaban el paso. Ben bajó la ventanilla para enseñarles las invitaciones. Nos dejaron entrar.

Una inmensa fuente reinaba en medio de una rotonda alrededor de la cual los coches dejaban a las invitadas.

Kiara bajó primero y nos abrió la puerta. Me arreglé el vestido mientras analizaba el lugar. Parecía una mansión moderna. Una larga alfombra púrpura iluminada por focos se extendía en la entrada. Seguí a las chicas al recibidor, decorado en tonos rojos, negros y dorados.

La fiesta se celebraba en el piso de arriba. La mayoría de las invitadas ya habían llegado. Música, risas y voces femeninas llenaban la enorme sala.

—Suban, voy a asegurarme de que todo esté en orden.

Kiara se alejó. Ally me arrastró con ella hacia arriba. A medida que subíamos las escaleras cubiertas con una alfombra roja sobre la que había esparcidos pétalos de rosas, el ruido se iba haciendo más fuerte.

Llegamos a una enorme sala abarrotada de gente que no conocía. A pesar de las paredes blancas, la iluminación tenue creaba en la estancia un ambiente casi íntimo.

Las mesas estaban cubiertas con manteles que me parecieron de seda. En el fondo vi un escenario donde un grupo de música estaba tocando. Detrás, en un cartel con luces de neón rojas, estaba escrito: WELCOME TO OUR BLOODY GODDESSES!

Los ventanales daban a la ciudad, luminosa y despierta. Era la ventaja de tener una propiedad privada en lo alto de una colina. La decoración era extravagante, pero no esperaba menos de esa velada.

Con curiosidad, observé a las presentes. Ninguna me resultaba familiar. Algunas de ellas bailaban, otras hablaban mientras se tomaban una copa. Oía risas, expresiones de sorpresa, comentarios despiadados. Era como asistir a una fiesta organizada por una hermandad de ricos, pero sin los estudiantes.

Unos tenues haces de luz roja hacían que la atmósfera fuera tal y como Kiara la quería: sangrienta. Además, los vestidos de las mujeres que me rodeaban, dignos de los mejores desfiles de moda, seguían la temática de la extravagancia: plumas, joyas más grandes y brillantes que cristales, y tejidos de calidad. Sin olvidar el toque de rojo que todas llevaban y que constituía la esencia de la fiesta.

Ally se detuvo delante de dos chicas, una rubia y una morena. Gritaron de la sorpresa que se llevaron al verla. Se abrazaron, felices de haberse reencontrado.

—Ella, te presento a Romee y Jazz. Chicas, esta es Ella, es nueva en la red.

Las jóvenes me dedicaron una agradable sonrisa. Entonces la morena, Jazz, se quedó mirándome.

—¿Tienes una hermana?

Negué con la cabeza.

—¡Te pareces muchísimo a Jones!

Jones... Ese apellido me sonaba. Le dije amablemente que no la conocía.

—Es verdad que se parecen —confirmó la rubia, Romee—. Tal vez por eso la contrataron...

La mirada traviesa que me dirigió a continuación me resultó confusa. No entendía el rumbo que estaba tomando la conversación.

—Créeme, si así fuera, no habría conseguido el trabajo —dijo Ally antes de acercarse a mí—. Vamos a buscar nuestra mesa, ¡nos vemos luego!

La encontramos cerca del escenario, sobre el que había esparcidos pétalos de rosa negros, rojos y dorados. Me senté al lado de Ally. Algunas invitadas me observaban mientras otras sonreían con falsedad a mi acompañante. Ella les ofrecía su famosa sonrisa deslumbrante, seguramente para tomarles el pelo. Todas se conocían entre sí, era sorprendente.

Un mesero nos llevó varias copas. Ally empezó a presentarme a todas las cautivas, de la más tonta a la más aburrida. Y hablando de personas aburridas, de repente apareció Sabrina. De pie en la entrada de la sala, se notaba que esperaba a alguien.

Romee, la rubia con la que nos habíamos cruzado al entrar, se sentó a nuestra mesa. Nos dedicó una mirada insistente antes de empezar a interrogar a Ally.

—Bueno, ¿me vas a decir ya quién es? A mí no me vengas con tonterías.

—¿Por qué dices eso? —preguntó Ally con inocencia.

—Fui a la fiesta de James Wood a hablar de negocios —anunció haciendo que me tensara en mi asiento—. Según recuerdo, se llamaba Mona, no pasó desapercibida, toda la noche agarrada al brazo de James, me entiendes...

Ally se echó a reír. Un segundo después chocaron los puños.

—¡Bravo, Sherlock! —la felicitó la joven madre.

Me miró más seria antes de volver a hablar.

—Entonces, si es lo que creo..., ¿desde cuándo?

Ally bebió un sorbo de su copa de champaña y le respondió vagamente:

—Tal vez uno o dos meses.

¿Hacía ya dos meses que era la cautiva del psicópata? Pasaba más tiempo en su casa que en el exterior. Imaginé que por eso había perdido la noción del tiempo.

Dos meses... Dos meses.

—Se parece mucho a ella —comentó la rubia—, quizá por eso aguantó tanto... ¡El imbécil no me llamó para darme la noticia!

—Ella —me dijo Ally—, Romee es una muy buena amiga y su banda tiene una excelente relación con la nuestra. También es una amiga de la infancia de Ash.

La aludida me dedicó una sonrisa angelical.

—Me llamo Romee, cautiva de Noah Kindley, jefe de la banda de los hermanos Kindley. Nuestra red es casi tan antigua como la de los Scott, de ahí la buena relación que tenemos, aunque no siempre fue así. Entonces ¿tú eres la nueva cautiva del gran Asher Scott?

Ally se puso el dedo índice delante de la boca pidiéndole que hablara en voz baja. Yo no respondí nada. Si el psicópata se enteraba de que lo había desobedecido, me mataría.

Kiara se unió a nosotras un poco más tarde. Abrazó a Romee en cuanto la vio. Tal vez fuera verdad, puede que su red y la del psicópata tuviesen muy buena relación.

—¿Cómo es que nadie me avisó de que había una nueva cautiva? —exclamó Romee.

—¡Shhh, no grites! —murmuró Kiara—. Pensaba que se lo había dicho a tu propietario.

—Estoy segura de que se lo dijo a Noah, son amigos desde hace años —afirmó Ally.

Romee se encogió de hombros. A medida que iba descubriendo información sobre Asher *Imbécil* Scott, comprendía que no sabía nada sobre él. Aparte de que fumaba más de lo que respiraba y que me ponía de nervios en la mañana a la... Bueno, sin parar.

—Miren quién llegó. —Kiara suspiró con los ojos fijos en algo.

O más bien en alguien.

Giré la cara al mismo tiempo que las chicas. Descubrí a una mujer de figura esbelta que se acercaba con pasos felinos. Era intimidante. Además del pelo liso y aplastado recogido en una cola de caballo baja, del maquillaje impecable, de los ojos verdes y de la piel mate, tenía una cara perfecta. Era la famosa persona a la que Sabrina había estado esperando.

Con una sonrisa burlona, se detuvo cerca de nuestra mesa.

—¡Qué nostalgia! ¡Cómo cambiaron, pequeñas! —exclamó con tono arrogante.

—No podemos decir lo mismo de ti —refunfuñó Ally.

La desconocida analizó a Romee con la mirada y luego se interesó por mí. Durante casi un minuto me examinó como si fuera un extraterrestre.

De repente soltó una risita.

—¿Es tu nueva novia? —le preguntó a Kiara—. Tus gustos cambiaron. Pensaba que las preferías rubias, ¿no es así?

Kiara se levantó de su asiento y puso las manos sobre la mesa desafiándola con la mirada. La tensión que se podía palpar en el ambiente me hacía sentir muy incómoda.

—Es...

—Seguro que tienes cosas mejores que hacer en otro lugar —la interrumpió Romee con cara de pocos amigos—. Nos molestas.

Me miró con una sonrisa insolente en los labios. Parecía un demonio recién salido del infierno para asistir a la fiesta. Tal vez debería presentársela al psicópata; viendo su aura maquiavélica, seguro que le caía bien.

Como se suele decir: aves del mismo plumaje vuelan juntas.

Su guiño hizo que me estremeciera. Desvié la atención de ella mientras se alejaba. Por el contrario, Kiara mantenía los puños cerrados al mismo tiempo que la seguía con la mirada.

—¡Lo que pagaría por verla morir en las peores condiciones! —dijo apretando los dientes.

—¿Por qué no te cae bien? —me atreví a preguntar; esperaba que no se me lanzara encima.

Romee levantó las cejas como si mi pregunta fuera estúpida.

—Ella...

—Es la peor clase de zorra —la interrumpió Ally—. Nos ocasionó muchos problemas. Y pérdidas.

—Y que lo digas... —Kiara suspiró tocándose el pelo.

Permanecí en silencio, no quería saber más. Pero no podía dejar de mirarla. Parecía tan segura de sí misma... Demasiado.

Sabrina la seguía como un cachorrito, cosa que me hizo poner los ojos en blanco. ¡Qué desesperante podía ser!

A lo largo de la noche conocí a algunas cautivas más gracias a Kiara y Ally. Romee permaneció la mayor parte del tiempo a mi lado mientras me contaba los secretos más jugosos que había podido reunir. Era graciosa y espontánea, el tipo de amiga simpática que a cualquiera le gustaría tener a su lado.

Vi a varias cautivas manos a la obra: buscaban información y datos interesantes para sus propietarios. Su enfoque era bueno, discreto y muy inteligente. La mayoría estaba ahí para explorar y, entre ellas, Kiara y Ally no se quedaban atrás: habían ido también en busca de información.

Al cabo de un rato me agobié. Les dije a las chicas que salía a despejarme.

Volví a la entrada de la mansión para respirar aire fresco. Mi pelo volaba al viento y me golpeaba la cara. Un escalofrío me recorrió el cuerpo. Llevaba casi cinco minutos contemplando la fuente cuando sentí una presencia detrás de mí. Como si alguien me estuviera observando.

Giré la cara con discreción, pero no vi a nadie. ¿Tenía alucinaciones? De tanto soportar al psicópata, me estaba volviendo paranoica.

—Qué velada tan bonita, ¿no?

Me sobresalté cuando vi a la famosa Jones a mi lado.

Un fino cigarro entre sus dedos de manicura, anillos de oro blanco engarzados con diamantes..., tenía la apariencia de una auténtica *femme fatale.*

—Sí —articulé intentando parecer lo menos intimidada posible.

—No te había visto nunca aquí —me dijo con curiosidad—. ¿Eres una nueva cautiva?

Su pregunta sonó como una afirmación, pero me ceñí a las órdenes del psicópata y le respondí de la manera más neutra posible:

—No, solo trabajo en una red.

—¿En cuál? —insistió ella—. Creo que ya nos cruzamos en algún lugar, ¿me equivoco?

—Soy una nueva empleada de los Scott.

Reconocí la sorpresa en su mirada. Una tímida sonrisa se dibujó en sus labios carnosos.

Exhaló el humo de su cigarro.

—¡Los Scott! —exclamó fingiendo asombro—. Tengo muy buenos recuerdos. ¿Ya conociste a Liam?

¿Liam? Nunca había oído ese nombre. ¿Tal vez era una trampa y ese tal Liam no existía? Probablemente quería confirmar que de verdad era una de los suyos.

Negué con la cabeza y señalé que aún no conocía a todos los que trabajaban para los Scott.

—No lo dudo —afirmó Jones con un suspiro—. Por

cierto, si alguna vez conoces a tu jefe, Ash Scott, salúdalo de mi parte.

Apagó el cigarro en el suelo, luego se dio la vuelta. Devorada por la curiosidad, rompí el silencio para preguntarle:

—¿De parte de quién?

Se rio, luego giró el rostro hacia mí para responderme con un tono insolente:

—Isobel... Isobel Jones.

23

Ángel(es)

La una de la madrugada. Íbamos por la carretera de camino a casa del psicópata. Ben conducía atento a lo que le contaban las chicas. Habían podido sacar información para sus próximas misiones, así como un montón de chismes jugosos sobre las otras redes.

En cambio, yo me quedé en mi esquina escuchando su conversación de pasada. Tenía la cabeza en otra parte, atrapada aún en los ojos crueles de Isobel Jones. Así que ella era Jones, el famoso nombre de la lista. No pensaba que nos pareciéramos tanto como habían dicho. Teníamos el mismo color de piel o similar, y ojos claros, pero nada más.

Recordé la reacción de Kiara la noche que pasamos clasificando las invitaciones. Todo empezaba a aclararse. Comprendí que la breve discusión que había tenido con Ben esa noche había sido por ella.

Se me acumulaban en la mente las preguntas sin respuesta. ¿Quién era? ¿El psicópata la conocía de verdad o había sido solo una artimaña para hacerme hablar?

En vista de la hostilidad de las otras, estaba claro que no era una desconocida. Más bien al contrario. Ally me había dicho que les había causado muchos problemas, pero ¿en qué sentido?

Sabía que, si se lo preguntaba a Kiara, o bien mantendría la boca cerrada o bien se enojaría. La solución se llamaba Asher Scott. Solo él podía explicarme por qué la odiaban tanto Kiara y Ally. Además, ella me había dicho que lo saludara, lo que me daba la oportunidad de preguntarle al respecto.

Nos detuvimos en la entrada de la propiedad privada del psicópata. Ben y las chicas me dieron las buenas noches y me dejaron cerca del portero automático que protegía la casa. Apreté el botón rojo iluminado para que me abriera.

Y esperé.

Dos..., tres..., cinco minutos. Sin respuesta.

Entonces recordé que tenía celular, aunque la verdad era que no lo había mirado en toda la noche. En la pantalla vi dos mensajes y una llamada perdida de...

—«¡Mi hombre!» —exclamé horrorizada.

Con el ceño fruncido, abrí los mensajes. Puse los ojos en blanco con exasperación y recordé la mirada pícara de Kiara, quien había estado usando mi celular antes de irnos a la fiesta.

De «Mi hombre»:

Cautiva, espero que no
la hayas cagado.
Si te compro un celular es
para que me respondas, payasa.

En ese instante se abrió la puerta. Aliviada, entré rápidamente en la casa, donde tres minutos más tarde encontré al psicópata fulminándome con la mirada desde el balcón de su habitación. Sin prestarle la menor atención, intenté girar la perilla. Soltó una risa burlona al ver mis esfuerzos.

«Está bien, Ella. Tranquila. Es un idiota, ya lo conoces.»

Era de esperar que la puerta estuviera bloqueada. Suspiré con los ojos cerrados tratando de calmar mi ira antes de retroceder unos cuantos pasos.

—Julieta, ¿quieres abrirme la puerta? —pregunté con sarcasmo.

—¿Por qué no has respondido a mis mensajes? —inquirió con frialdad.

¿Hablaba en serio?

—No miré el celular en toda la velada —expliqué al mismo tiempo que me cruzaba de brazos—. ¡Va, ábreme, que tengo frío!

—¿La cagaste, tal y como te dije que no lo hicieras? —insistió en el mismo tono.

—Lo sabrás si me abres la puerta —lo informé mientras me dirigía a sentarme en el camastro que había junto a la alberca.

Se me escapó un suspiro de los labios cuando lo vi apartándose del balcón y entrando de nuevo en el interior. Volvería a dormir fuera porque no había contestado al señor. Molesta, di unos golpecitos con el pie mientras esperaba impacientemente a que regresara.

El viento que soplaba hizo que se me pusiera la piel de gallina. No había previsto tener que quedarme fuera, sobre todo porque mi vestido no estaba hecho para dormir a la intemperie en pleno invierno.

—Ábr...

Me interrumpí en cuanto volvió y me lanzó su manojo de llaves, que aterrizó cerca del borde de la alberca. Por un instante recé para no tener que sumergirme en el agua helada para recoger el maldito llavero. Estuve cinco minutos probando llaves con temblores hasta encontrar la buena.

Se me escapó un suspiro de alivio cuando por fin logré abrir la puerta. Me encontré cara a cara con el psicópata, que me esperaba cerca de las escaleras vestido tan solo con un pantalón deportivo y con un vaso en la mano.

Lo fulminé con la mirada y volví a cerrar la puerta detrás de mí mientras él se bebía los últimos tragos.

—Quiero saberlo todo.

Me dirigí a la sala de estar recordando vagamente todo lo sucedido durante la noche: mis encuentros con las otras cautivas y Romee. En el momento en que esbozó una sonrisita, comprendí que ella había dicho la verdad: se conocían muy bien.

Una vez terminadas las explicaciones, se dio la vuelta para irse a su habitación en el primer piso.

—De hecho, una mujer te manda saludos —informé.

Se detuvo de golpe y se volvió interrogándome con la mirada, con una expresión demasiado severa para mi gusto.

—Isobel Jones, ya ha...

Su cuerpo medio desnudo se crispó al instante, lo que hizo que interrumpiera mi explicación. Apretó el vaso con tanta fuerza que me dio la impresión de que iba a romperse bajo sus dedos.

«Eso no augura nada bueno.»

—Ashe...

—¿Te habló? —preguntó con voz cortante.

—S-sí... —respondí mientras empezaba a lamentar haber mencionado su nombre.

Se puso frente a mí. Su mirada de pocos amigos hizo que tragara saliva. El sofá era lo único que nos separaba. Sin embargo, su reacción me hizo pensar que no era la mejor protección.

Poco a poco el psicópata estaba perdiendo la compostura; me estremecí.

—¿Qué te dijo?

Me quedé callada sin comprender su reacción. Cuando se ponía así me daba miedo, lo conocía lo suficiente para saber que era tan impulsivo como imprevisible.

—¿Qué te dijo, Ella? —repitió alzando la voz mientras se acercaba a mí peligrosamente.

«Ella.»

Pocas veces me llamaba por mi nombre, así que cuando lo hacía era porque el tema era serio.

Estaba más cerca y se cernía sobre mí con aire amenazante. Todo dependería de lo que yo dijera. ¿Debía mentirle? No tuve el coraje.

—Me habló de la red...

—Rápido, Ella —dijo molesto, y agarró un vaso de alcohol que había en la mesa de café—. ¿Qué te dijo?

Tragué saliva asustada. Inspiró profundamente, cerrando los ojos. Le tembló la mano un poco mientras bebía un trago de whisky. Me mantuve callada y quieta ante su actitud.

—¡Responde, carajo! —gritó.

Me sobresalté y contesté con nerviosismo:

—Que tenía muy buenos recuerdos.

Había hecho falta una frase, una sola frase, para que arrojara el vaso que tenía en las manos contra la pared de la entrada con tanta rabia que me arrancó un grito de sorpresa.

Tenía ante mí un Asher preso de una ira descontrolada.

Me atravesaba con la mirada. No sabía qué hacer, más allá de admirar el vaso roto en mil pedazos. De repente se jaló del pelo. Respiraba de manera pesada y entrecortada.

Al cabo de un instante estrelló el puño contra la estantería que tenía al lado. Lo siguió un grito de rabia que nunca le había oído. Continuó golpeando una y otra vez hasta que le quedaron los nudillos magullados.

Lo vi derribar la mesa de café, así como todo lo que pudieron encontrar sus manos.

Estaba descontrolado. Daba miedo.

No era él mismo.

Acabaría rompiéndose los huesos si no hacía algo.

—¡Carajo, detente! —exclamé, y lo aparté de la estantería, que era su objetivo.

Sin embargo, su fuerza sobrepasaba la mía, así que no pude detenerlo. Solo paró cuando los estantes cayeron al suelo. Insultó a la joven diciéndole de todo, descargando el odio que guardaba en su interior. A continuación lo vi cerrar los puños ensangrentados, preparado para golpear una vez más.

—Apártate, Ella —ordenó sin mirarme.

Él temblaba. Temblaba de rabia. Esa rabia que guardaba en el fondo de su ser había salido a la luz con un solo nombre.

—¡Para, vas a hacerte daño! ¡Asher! —grité, y me alejé del mueble salpicado por su propia sangre.

De repente sus ojos se encontraron con los míos y me miró como si hubiera dicho algo sin sentido. Dibujó una sonrisa maliciosa que me envió una serie escalofríos a la espalda.

—¿Hacerme daño? ¿Quién te crees que eres? ¿Mi ángel de la guarda? —se burló de mí.

Hice una mueca. El corazón me latía con fuerza ante tanta ira.

—¿Temes por mí, ángel mío?

Ese apodo hizo que me estremeciera tanto como el tono de su voz y su malévola sonrisa. No era él. Era algo demasiado salvaje, demasiado rabioso, demasiado violento.

Me puso una mano en la mejilla y, con la velocidad de un rayo, me estrelló contra la pared. Envolvió con fuerza mi mandíbula con los dedos. La vena que le palpitaba en el cuello parecía a punto de explotar.

No era Asher quien estaba frente a mí.

Le golpeé el brazo, tenso, para tratar de hacer que volviera en sí. Pero estaba aturdido, demasiado furioso para darse cuenta de que me estaba asustando. Me volvieron destellos a la mente. Con un solo gesto, mis pesadillas habían cobrado vida.

Contra todo pronóstico, me soltó. Su puño se estrelló al lado de mi rostro, que dejaba ver el miedo que sentía. Volví a sobresaltarme cuando oí el estruendo muy cerca de mi oído. Estaba paralizada, incapaz de hacer el menor gesto. Me miró fijamente con el mismo asco y odio que sentía por mí.

—¿Por qué tenías que parecerte a ella? ¡Mierda! —gritó haciéndome estallar los tímpanos—. ¡No quiero que vuelvas a pronunciar el nombre de esa puta delante de mí! ¿Lo entiendes?

Me sostuvo la mirada esperando una respuesta, pero no logré pronunciarla. Tenía miedo. El mundo daba vueltas a mi alrededor, sus ojos del color del acero eran mi única ancla.

—¡Responde!

Pegó la frente a la mía y me aprisionó contra él con las manos.

—Asher... Para... Me das... miedo —murmuré casi suplicando.

Temía que se desquitara conmigo. Su furia hizo resurgir recuerdos que mi cerebro trataba de enterrar, vestigios de escenas que había vivido demasiadas veces. Y desde muy joven.

Sentí que me inmovilizaba; a continuación me soltó. Abrí los ojos. Me miraba como si no me hubiera visto nunca mientras yo dejaba que los sollozos me superaran.

Su rostro se suavizaba mientras el mío se ahogaba en el terror.

Todavía tenía las manos alrededor del cuello para protegerme de él. Para protegerme de mis recuerdos.

No me sentía preparada para revivir ese infierno, aún no. Todo volvía con la misma nitidez que el primer día: cada noche, cada golpe, cada portazo, cada ruido de pisadas, cada crujido de las escaleras. Todo se reproducía en mi mente, vivía una pesadilla despierta.

Me temblaban las manos. Mi cuerpo se deslizó poco a poco por la pared antes de acurrucarse sobre sí mismo para protegerse mejor de aquel que había reavivado mis tormentos.

Mi mente ahora solo lo veía a él, el hombre que había creado esas imágenes tóxicas que se habían arraigado en mí y que seguían destruyéndome. El zorro.

Asher resopló ruidosamente. Yo ya no tenía aliento que soltar.

—Cau... ¿Ella?

Oí su voz, pero no pude responderle.

Cuando noté dos manos en los hombros, mis temblores se redoblaron.

—Ella —murmuró mi propietario retirándolas rápido—. Ella..., háblame.

Negué con la cabeza, todavía tenía la mirada fija en un punto imaginario de la puerta.

No podía hablar.

No conseguía hacerlo.

No debía hacerlo.

Lo oí renegar, pero no podía decirle nada.

Era incapaz.

—Mírame, por favor —susurró—. Ella, soy yo, soy Ash..., Asher.

Me temblaron los labios cuando oí su nombre y empezaron a caerme las lágrimas. Necesitaba oírlo decir que era él, Asher, y no el responsable de todos mis males.

—Soy yo —repitió para tranquilizarme—. Soy yo, Ella.

No podía mirarlo a la cara, no sabía si era por miedo o por instinto.

Titubeante, se arrodilló para ponerse a mi altura. Encogí todavía más las piernas y negué con la cabeza esperando que se fuera. Pero él no hizo nada. Se quedó observándome sin saber cómo actuar.

Casi con timidez, me puso la mano en la mejilla, completamente empapada. Me tensé de golpe.

—No tengas miedo —murmuró sin quitar la mano—. No tengas miedo de mí, por favor.

Seguía con la piel de gallina. Asher mantenía la mirada fija en mí intentando provocar alguna reacción. Pero mi rostro no expresaba nada más que temor. Tenía que calmarme. Decirme a mí misma que era Asher quien estaba ante mí.

Y no el zorro.

—Está bien, está bien —empezó él, y se pasó la mano por la cara—. No... No estoy enojado. Ella..., mírame.

No contesté, intenté calmarme sin su ayuda.

—Lo... lo siento.

«Lo siento.» Lamentaba que hubiera visto ese aspecto de su personalidad.

Lo sentía.

Mi cuerpo empezó a relajarse y los temblores disminuyeron de forma gradual. Oírlo deshacerse en disculpas me tranquilizó.

Al final volví el rostro hacia él. Seguía observándome con un brillo de preocupación en sus ojos grises que casi me asustó.

Me tomó lentamente la mano, que yo todavía tenía alrededor del cuello. Volví a tensarme y él susurró:

—No tengas miedo..., ángel mío. Por favor.

Ese apodo hizo que me estremeciera de nuevo. Me cubrió la mano con la suya y me la apartó del cuello con una delicadeza que no sabía que podía tener. Como si estuviera hecha de cristal y temiera romperme en cualquier momento.

Dirigió mi mano hasta su torso desnudo, atrayendo progresivamente mi cuerpo hacia el suyo mientras yo me dejaba llevar. Como aquella famosa noche.

Apoyé la cabeza en su hombro mientras él envolvía casi toda la parte alta de mi cuerpo con los brazos. Cerré los ojos y él soltó un profundo suspiro. El corazón le latía a toda velocidad por culpa de la rabia.

Estaba con Asher, no con él. Asher me protegía de él.

Sus dedos trazaron el surco de mi espalda, un gesto que me recordó de nuevo a aquella noche que habíamos pasado juntos en Londres. Ese gesto me ayudó a relajarme y a dejar de pensar en el zorro, y me sacó de la crisis de ansiedad que se había apoderado de mi cuerpo.

Asher había estallado y yo había intervenido. Quería ayudarlo al igual que él me había ayudado aquella noche. Me había ordenado que me fuera, pero me había quedado, a pesar del miedo. Ya no me entendía a mí misma.

¿Por qué me había comportado de ese modo? ¿Cómo lograba él cambiar incluso mi forma de pensar?

Ignoraba cuánto tiempo llevábamos entrelazados en el suelo de la sala de estar, pero sabía que me sentía exhausta; estaba a punto de explotarme la cabeza.

—¿De verdad quieres quedarte a dormir aquí? —susurró él recorriendo la estancia con la mirada—. No es demasiado cómodo...

Negué con una sonrisita, antes de mirarlo. Nuestros rostros estaban a pocos centímetros de distancia, nunca lo había visto tan de cerca. Nunca habíamos estado tan pegados.

Nos miramos como si nos descubriéramos. Lo vi recorrer mi cara hasta detenerse en mi labial, que debía de haberse corrido. Yo también lo observé y no podía negarlo: el desgraciado era guapo. Muy guapo. Aunque nunca me había atrevido a admitirlo por culpa de su horrible personalidad.

Cerró los ojos y negó antes de relajar su agarre. Me levanté y él hizo lo mismo.

—Sube a acostarte —ordenó sin mirarme.

Y, una vez más, se volvió frío.

Me lo esperaba, ya lo sabía, no era la primera vez que pasaba. Cuando salió de la sala de estar, lo seguí sin decir una palabra y me metí en mi habitación.

Mi dormitorio parecía un chiquero. La cama estaba escondida bajo la pila de vestidos, ropa, bolsos y accesorios que habían llevado las chicas. Me di un baño rápido y me vestí. Como me daba pereza ponerme a ordenar la habitación a las dos y media de la madrugada y más aún después de lo que acababa de soportar mi cuerpo, agarré la almohada y el edredón, y bajé a la sala de estar. Lo dejé todo sobre el sofá bajo la mirada perpleja del psicópata.

Mientras me cambiaba, lo había oído recogiendo el desastre que había provocado él mismo. Había fragmentos de vidrio por todas partes y los estantes seguían en el suelo, pero había salvado un vaso y una botella de whisky.

—Tienes una habitación —comentó al tiempo que tomaba un trago de su bebida alcohólica favorita.

—Una habitación que parece un chiquero y que no tengo fuerzas para ordenar ahora.

No respondió. Seguía mis movimientos con la mirada mientras yo me acomodaba en el sofá cubriéndome con el edredón; mi cuerpo me reclamaba calor desde que había llegado.

—¿No te da miedo dormir aquí sola?

Asher el humorista, el regreso.

—No me da miedo que haya monstruos bajo el sofá, Scott —repliqué con el mismo tono sarcástico.

—Incluso los monstruos tienen miedo por las noches —contestó él con una calma exagerada—. Y ¿sabes por qué?

—¿Por qué? —pregunté con escepticismo.

—Porque yo estoy al acecho.

Puse los ojos en blanco con aire de aburrimiento. Esbozó una sonrisa antes de dejar el vaso sobre la mesa y de irse apagando la luz. Pero sabía que seguía ahí, lo sentía. Empezaba a conocerlo, estaba detrás.

—Sube a acostarte, la falta de sueño no es buena para la salud.

Oí su risa discreta. Respondió burlonamente sorprendido y con voz sarcástica:

—Qué sorpresa, ¿de verdad te preocupas por mí? ¿Qué eres ahora? ¿Mi conciencia? ¿Mi ángel?

—No, me estresas si te quedas detrás de mí como un psicópata. Y no podré dormir por tu culpa.

Sus pasos resonaron por la estancia. Observé que su silueta se desplazaba hasta sentarse en el sillón de piel que había cerca de la chimenea que calentaba e iluminaba el espacio.

—Ahora estoy delante de ti. ¿Sigo estresándote?

Con un suspiro exasperado, me volteé de espaldas a él. Mis sentidos se multiplicaron atentos al más mínimo ruido de pasos o del cigarro que seguro que iba a encenderse en un momento.

—¿Por qué?

Me volteé hacia él.

—¿De qué hablas? —pregunté mientras el cansancio hacía que me pesaran los párpados.

—¿Por qué reaccionaste así antes?

«¡No lo sé ni yo! ¿Tal vez porque ibas a descargar tu ira sobre mí?»

Cerré los ojos intentando ordenar mis pensamientos. Sabía que no hablaba de lo que había hecho, sino de la ansiedad que siempre me acechaba. No quería abrirme por completo a él. Nunca lo había hecho y me resultaba complicado.

«... Porque aquello que más nos marca, lo más traumático, lo que nos succiona desde dentro, a menudo es lo más silencioso y la mayor parte del tiempo no sale de nuestra boca.»

—Viví... cosas que me marcaron y que no consigo olvidar.

Era todo lo que podía confesarle, por el momento. No me sentía preparada para explicarle nada más.

Me miró fijamente, sin duda esperando una continuación o más detalles, pero respetó mi decisión de guardar silencio y no me hizo más preguntas.

—Isobel es una persona mezquina, muy mezquina.

El tono serio que utilizó me hizo tragar saliva, me daba miedo que volviera a hundirse en esa ira oscura.

—Ella significaba mucho para la red, pero la red no significaba nada para ella.

—¿Qué hizo? —pregunté.

—Cosas que nos marcaron y que la red nunca podrá olvidar.

Esbozó una leve sonrisa, a pesar de su mirada severa. Acababa de repetir mi frase, matando mi curiosidad con unas pocas palabras. Justo como había hecho yo.

Se me cerraban los ojos, pero Asher seguía sentado y bien despierto, como de costumbre.

—¿Por qué no duermes nunca? —susurré; empezaba a sumirme ya en el sueño.

—Porque es más fácil, ángel mío.

El sueño me venció, aunque me dormí sin hacerle la pregunta que me quemaba en los labios: «¿Por qué es más fácil?».

Me despertaron el sonido de la televisión y el de la voz de una mujer que había en la estancia. Entorné los ojos, aún más cansada que por la noche.

—¡Arriba! —exclamó Kiara acercándose a mi oreja, que estaba cubierta por el edredón blanco.

Gruñí.

—La señora de la limpieza acaba de arreglar tu habitación y toda la casa. ¡Está como nueva!

Adoraba cuando venía la señora de la limpieza.

Asentí y me hundí aún más bajo el edredón. Kiara se divirtió jalando de él para hacerme salir del sofá, pero me negué a moverme. Estaba demasiado cómoda.

—¡Va, despierta! —me suplicó en un tono infantil.

Con un suspiro, me volteé hacia ella. Sonriendo de oreja a oreja, se tiró sobre mí y apoyó la cabeza en mi barriga.

—Ash me dijo que la zorra te habló en la fiesta.

—Efectivamente.

—¿Qué te preguntó?

—Quería saber quién era, y le respondí lo que Asher quería que respondiera: le dije que acababa de entrar en la red.

Kiara murmuró que de momento era lo mejor. Cambió de tema enseguida.

—¡Tengo buenas noticias para ti! Adivina quién se va pronto a una misión con Asquer...

Sonreí al oír ese ridículo apodo.

—¿Tú? —pregunté sin darle demasiada importancia a su anuncio.

—¡Error! ¡Tú! —exclamó rodeándome la cintura con los brazos—. ¡Lo harás perfecto!

Suspiré pellizcándome el puente de la nariz. No era algo que me gustara oír tan temprano.

De repente se me pasó una cosa por la mente. Tenía que preguntárselo para saber si había hecho bien o no.

—Kiara —la interpelé—, ¿hay algún Liam en la red?

Me contestó sin mirarme, con la cabeza todavía apoyada en mi barriga.

—Sí, es el que contrata y entrena a los nuevos en el cuartel general. ¿Por qué?

Cerré los ojos para mostrarme lo más tranquila posible mientras se me nublaba la mente y se me aceleraba el corazón. Mierda.

—Por nada.

Isobel era mezquina y yo había caído en su trampa.

Asher iba a matarme.

24

Ayúdame

Once de la noche. Sentada a la gran mesa del cuartel general, observaba como el psicópata daba órdenes a su equipo para nuestra futura ausencia, en una misión de la que aún no sabía nada.

—Has lo que te dije, ni más ni menos —dijo con tono severo—. Ahora, la misión.

Eso sí que me incumbía.

—Me invitaron a una subasta organizada en secreto por los Addams en Mónaco —nos informó.

Con el ceño fruncido, Ben colgó para tomar la palabra.

—¿Por qué iban los Addams a invitarte a su subasta?

El psicópata dio una calada a su cigarro.

—Porque resulta que tenemos un enemigo común. Un enemigo al que vamos a derrotar.

Kiara se enderezó y apoyó los codos sobre la mesa, parecía que lo que acababa de oír le interesaba.

—¿William? —preguntó.

¿Estaban hablando del William al que yo había conocido en la gala de beneficencia?

El psicópata negó con la cabeza y le respondió muy seriamente:

—James Wood.

El corazón me dio un vuelco. Abrí los ojos como platos cuando oí ese nombre salir de la boca de quien lo iba a matar. James Wood. El organizador de la gala de beneficencia, el que robaba donativos para alimentar sus reservas y a quien yo había besado.

A Ben se le escapó la risa, visiblemente sorprendido, pero no decepcionado. Ally y Rick no mostraron reacción alguna, más allá de esbozar una pequeña sonrisa.

—¡El plan no era matar a James, Ash! —protestó Kiara—. Empezaríamos una guerra con...

—¿William? —la interrumpió el aludido—. Eso es justo lo que quiero.

Kiara se quedó callada mientras yo intentaba comprender el plan sin tener toda la información.

—Una vida por una vida —murmuró Ben mirando a su primo.

Asher asintió lentamente y cerró los ojos perdido en sus pensamientos. Lo vi apretar los puños y la mandíbula durante dos minutos antes de resoplar y volver a abrir los ojos.

—Y ¿cómo figura la cautiva en esta historia? —le preguntó Sabrina.

—La necesitaré durante la noche. ¿Más preguntas?

Todos negaron con la cabeza. El psicópata dio por finalizada la reunión y dejó que los miembros del equipo se levantaran de la mesa.

—Sabrina —la llamó el psicópata sin mirarla a la cara.

Ella se volteó hacia él con expresión interrogante.

—Procura llamarla por su nombre la próxima vez —le ordenó con frialdad—. Te prohíbo que la llames así. Solo yo puedo hacerlo.

Ella lo miró sin dar crédito antes de voltear sus ojos verdes hacia mí y mirarme con desdén. Salió de la habitación con un portazo. Solo quedábamos él y yo: él fumando y bebiendo mientras hojeaba expedientes, y yo siguiendo todos sus movimientos. Le di las gracias en un susurro al que no respondió. Vi que estaba muy concentrado. Con el ceño fruncido, agarró un bolígrafo y marcó varios lugares en el mapa que tenía al lado. Luego le tomó una foto con el celular.

—¿Por qué tengo que ir contigo? —le pregunté.

Me miró y sonrió ligeramente.

—Para traerme cocteles y encontrarme chicas guapas con las que pasar la noche —dijo con picardía.

Puse los ojos en blanco y él soltó una risita. Con los brazos cruzados, esperé a que dejara de decir estupideces y de reírse de mí y me diera una respuesta de verdad.

Volvió a hablar, un poco más serio.

—Te utilizaré como cebo. James te reconocerá y, gracias a ti, será más accesible para mí. Sospecha que no eres quien dijiste ser en su fiesta y hará lo que sea para descubrir tu verdadera identidad.

—¿Sospecha que mentí?

—Cree que eres una cautiva, pero desde luego no se imagina que eres mía. Así que asegúrate de que se fija en ti y deja que su curiosidad haga el resto.

Su frase sonó extraña; tuve un mal presentimiento.

—¿Eso significa que debo ponerme en peligro? —le pregunté sintiendo que la ansiedad me ahogaba.

—En parte.

Tragué saliva. Me temía lo peor, pero una vocecita en mi cabeza me tranquilizó diciéndome que, como era gay, James no intentaría propasarse conmigo.

En silencio, pensé en todo lo que podía suceder. En el peor de los casos..., moriría. Un escalofrío me recorrió el cuerpo. Respiré profundamente mientras me repetía a mí misma que todo iba a salir bien.

Jugaba con mis dedos, nerviosa. Mi propietario, en cambio, no mostraba el mismo estado de ánimo: parecía tranquilo y confiado. Era probable que estuviera acostumbrado a ponerse en peligro y a arriesgarse a que sus enemigos lo asesinaran...

—¿Asher? —lo llamé.

Levantó la vista hacia mí y arqueó una ceja.

—¿Tienes enemigos?

—Evidentemente —respondió con una sonrisa—. En mi familia, los enemigos son sinónimo de éxito. Entre más enemigos tengas, más has triunfado.

—Y ¿tú triunfaste?

—Sí.

Asentí sin añadir nada y él volvió a lo suyo.

De repente la puerta se abrió y Kiara apareció con documentos que había desenterrado de los archivos del cuartel general. Aunque parecía estar sin aliento, nos dedicó una amplia sonrisa.

—¡Ya están aquí! —exclamó mientras los ponía sobre la mesa—. Aquí tienes todos los mapas de los escondites de William y James, los chicos estuvieron indagando. James a cambió de almacén y trasladó todo a Florida anteayer.

Se me formó un nudo en la garganta. Florida, donde mi pesadilla había empezado.

El psicópata analizó los mapas y las fechas que aparecían en ellos.

—¿Y el hijo de puta? —le preguntó con frialdad.

—Desaparecido desde el doble espionaje de Londres. ¿Quieres que investiguemos más?

¿El doble espionaje?

El psicópata respondió con cinismo:

—No será necesario, un perro siempre vuelve a su dueño.

Arqueé una ceja con una expresión de asco mientras Kiara soltaba una carcajada.

Asher le dio las gracias. Ella se despidió una última vez y salió del despacho.

—¿Conoces bien a ese tal William? —le pregunté.

—Por desgracia.

Al salir del gran edificio del cuartel general, percibí el temor y la admiración hacia el psicópata en las miradas de los empleados de la red, pero también la curiosidad cuando me observaban a mí.

Al levantar la vista hacia el psicópata, me di cuenta de que tenía una expresión completamente diferente: más seria, más severa y, sobre todo, impasible. Se dirigía hacia su coche sin prestar la menor atención a los demás. Su forma de caminar también había cambiado.

Dios, desprendía tanto carisma...

Y él lo sabía.

Dos de la madrugada.

Daba vueltas en la cama intentando encontrar una postura que me ayudara a dormir. Sin éxito.

Mientras trataba de unir las piezas del rompecabezas que era Asher Scott, una oleada de preguntas nublaba mi mente y me mantenía despierta. Había demasiados huecos, demasiadas piezas sueltas. Tenía que saber qué había pasado en su vida, en sus vidas. Sabía que habían vivido una tragedia, o varias, pero no encontraba la pieza central, esa que haría encajar todas las demás.

¿Por qué todos odiaban a Isobel? ¿O a William? Y ¿ahora querían matar a James Wood? ¿Por qué William comenzaría una guerra con Asher si mataba a James? De hecho, ¿por qué quería comenzar una guerra con él?

Y así un montón de preguntas más sobre Asher Scott que me habían estado rondando desde mi llegada...

¿Por qué odiaba a las cautivas? ¿Cómo es que al final me había aceptado?

Me levanté y salí de mi habitación, tenía la garganta seca y me moría de sed. De repente el timbre de la puerta sonó en el pasillo varias veces. Sin entender qué estaba sucediendo, me dirigí hacia la pequeña pantalla para descubrir quién podía llamar a esas horas de la noche. Ben y Kiara tenían llaves y solían entrar sin llamar.

Dos hombres con la cara tapada por un sombrero estaban de pie fuera de la propiedad esperando a que alguien los dejara entrar. Rápidamente oí los pasos del psicópata. Se puso a mi lado para poder mirar también por la pequeña pantalla. Cuando vio a los dos individuos, apretó la mandíbula y empezó a maldecir. Nervioso, me dio una lista de instrucciones mientras se pasaba la mano por el pelo:

—Sube a mi habitación y cierra con llave. No abras hasta que toque la puerta cuatro veces. Ni más ni menos. Si oyes disparos, no salgas y llama a Rick.

Asentí presa del pánico. Me quedó claro que los hombres que había detrás de la puerta eran muy peligrosos. Me tomó la cara entre las manos y me miró con dureza.

—Lo digo en serio, Ella. Prométeme que no saldrás a no ser que toque la puerta cuatro veces.

«Ella.»

—Te doy mi palabra.

Tras soltarme, presionó el botón rojo para abrirles la puerta y mi ritmo cardiaco se aceleró.

Corrí a mi habitación, donde desenchufé mi celular, que se estaba cargando. Luego me encerré en la de mi propietario asegurándome de poner la cerradura.

Me senté en su cama, desde donde se veía el jardín. A lo lejos, dos hombres atravesaban la entrada mientras examinaban la gran mansión del psicópata. Se me hizo un nudo en el estómago.

—Mierda...

Me tumbé para que no pudieran verme. El olor de mi propietario, que impregnaba las sábanas y las almohadas, me tranquilizó de inmediato. No estaba sola frente a esos intrusos.

Todas mis extremidades temblaban y estaban tan tensas que me dolían. Pasaron veinte minutos sin señal alguna del psicópata. Vacilante, me levanté y me dirigí despacio hacia la puerta. Pegué la oreja al marco para intentar escuchar su conversación.

De repente sentí que la perilla giraba, varias veces. Me alejé poco a poco con la mirada puesta en la puerta, que no paraba de moverse. Luego alguien tocó con cuidado tres veces seguidas. No cuatro. El pánico se apoderó de mí: no era Asher. Tenía que ser uno de los hombres. ¿Cómo habían conseguido subir?

¿Y si lo habían matado? Mierda.

Me llevé la mano a la boca, esa idea me aterrorizaba. No sabía qué hacer. Tenía que mantener la calma mientras no lo supiera con seguridad.

Pero ¿y si Asher estaba muerto?

Pasaron unos minutos más en un silencio absoluto. Me pegué a la puerta esperando oír algo. Tan solo un ruido que me tranquilizara, que me indicara que el psicópata seguía vivo. Esperaba la más mínima señal que ahuyentara el miedo que habitaba en mí y calmara los desenfrenados latidos de mi corazón.

Ahí estaban.

Dos disparos rompieron aquel pesado silencio. Grité del susto y me alejé rápidamente de la puerta. Se me llenaron los ojos de lágrimas al pensar que Ash podía ser el blanco de esos estridentes disparos.

No. No podía morir.

Me lancé sobre mi celular recordando sus palabras: «Si oyes disparos, no salgas y llama a Rick».

Me temblaban tanto las manos que no conseguía sostener el teléfono. Busqué el número de Rick; por culpa del pánico, me costó un buen rato encontrarlo.

Unos ruidos sospechosos en el piso de abajo hicieron que me estremeciera y mis sollozos se duplicaron. Lo habían matado. Habían matado a Asher.

Oí una voz sorda, luego nada más... No. Pasos. Pasos en las escaleras.

Se me cortó la respiración. Con los ojos muy abiertos busqué lo único que me separaba de esos hombres.

De repente alguien tocó la puerta. Cuatro veces seguidas, esta vez sí.

Me quedé helada.

—¿Cautiva? —dijo una voz ronca—. Abre, soy Ash..., Asher.

Una ola de alivio me recorrió, mis músculos se descontracturaron y dejé que las lágrimas recorrieran mis mejillas.

Todavía me temblaba el labio inferior, pero me sentía aliviada tras oír su voz.

—¿Cautiva?

Me levanté de la cama despacio para abrir la puerta. Estaba vivo. Aunque las gotas que salpicaban su rostro sugerían que acababa de limpiarse, aún tenía algunas manchas de sangre en el cuello. Me miró frunciendo el ceño.

—¿Por qué lloras? —me preguntó casi molesto.

Las lágrimas continuaban cayendo. Me tranquilizó

tanto ver que aquel imbécil seguía vivo y frente a mí que me abalancé entre sus brazos. Se puso tenso.

Me importaba una mierda lo que pensara de ese gesto. Lo único que quería en ese momento era sentirlo a mi lado y olvidar lo sucedido. Tras unos segundos durante los que permaneció impasible, sus brazos rodearon mis hombros y apoyó la barbilla en mi cabeza.

—Te veo muy unida a mí para ser una chica que ha vivido todo tipo de cosas con hombres —susurró con sarcasmo.

Una fina sonrisa se dibujó en mis labios. ¡Qué imbécil podía llegar a ser! Pero tenía razón. A pesar de que me sacaba de mis casillas, me sentía en cierto modo unida a Asher Scott, ese psicópata descerebrado que además era mi propietario.

Y había tenido que estar a las puertas de la muerte para que me diera cuenta. Porque no sentimos amor hasta que estamos a punto de perderlo.

Me aparté de él y levanté la cara. Una pequeña sonrisa de satisfacción se dibujaba en sus labios. Me puso una mano en la mejilla mientras examinaba mi rostro.

—Es muy raro, pero me equivoqué —murmuró—. Tú eres diferente.

Luego se alejó de mí sin decir nada más.

—Los... ¿Los mataste? —susurré.

Se detuvo. Luego, sin voltearse, asintió en silencio. Lo seguí y se paró a medio camino entre su habitación y la mía para teclear algo en su celular. Tenía la mirada vacía y la mandíbula tensa. No entendía qué emociones lo recorrían.

Con el teléfono pegado a la oreja, se pellizcó el puente de la nariz mientras esperaba a que su interlocutor descolgara.

—Rick, tuve invitados en casa... Los mercenarios... Iban a matarme... No pasa nada, ya me ocupé de ellos... Sí, estoy bien... No, ella también está bien... Está bien, te espero.

Colgó. Cuando volvió a mirarme, no había brillo en sus ojos. Nos quedamos contemplándonos un momento. Entonces percibí que le temblaban los dedos. ¿Qué le pasaba?

—No lo hice por diversión.

No me lo decía a mí; lo supe cuando vi sus ojos vacíos de emociones.

—¿Por qué querían matarte?

—No me importa por qué, solo quiero saber quién los envió —respondió.

Asentí y tragué saliva. Se apoyó en la barandilla de las escaleras y me uní a él sin decir una palabra.

—No mires —me ordenó levantando la cara hacia el techo.

Pero ya era demasiado tarde.

Ahogué un grito al ver un cuerpo sin vida justo debajo de nosotros, en el suelo, empapado en su propia sangre.

Se me revolvió el estómago. Corrí al baño, donde vomité casi hasta el alma en el retrete. Había visto pocos cadáveres en mi vida. De hecho, era el segundo, después del de mi madre. Ese recuerdo me removió de nuevo, así que vomité una segunda vez.

Jalé la cadena y fui a lavarme las manos y la boca reprimiendo el asco.

La puerta se abrió justo cuando llegué junto al psicópata, que seguía apoyado en la barandilla.

—Te dije que no miraras —me recordó.

Su primo arqueó las cejas al descubrir el cuerpo sin vida.

—Por lo que veo, está muerto de verdad —dijo Ben mientras se arrodillaba junto al hombre.

Qué perspicaz.

—No te rías —respondió el psicópata.

—Querida, ¿viste? Los tipos estos llevan unos trajes muy bonitos.

La situación era alarmante, pero no para Ben, que parecía muy cómodo junto al cadáver.

—¿Mercenarios? —preguntó alzando la voz.

—Hmm —murmuró el psicópata, y cerró los ojos un instante.

La puerta se abrió una vez más, dejando entrar a Rick. Sus ojos se posaron en el cadáver y dijo con orgullo:

—Una bala en la cabeza. Bien hecho.

Asher asintió antes de resoplar con frustración:

—Necesito una copa...

El ruido de una caída, y luego un gemido de dolor, un golpe. Ben maldijo mientras explicaba que se acababa de resbalar con la sangre del segundo cadáver de la sala.

—O una botella —terminó Asher exasperado por las estupideces de su primo.

Bajó rápidamente. Rick levantó la mirada hacia mí.

—¿Estás bien? —me preguntó.

Asentí sin demasiada convicción. Él me dedicó una

tenue sonrisa antes de unirse a sus dos sobrinos. Bajé con ellos con paso inseguro y la mirada fija en aquel cadáver que se estaba quedando sin sangre. Aceleré el paso hasta que entré en la sala, donde yacía el segundo cadáver.

Mientras mi mirada se dirigía hacia él, una mano me cubrió los ojos. Anillos... Era la mano de Asher.

Me protegió de ver el cadáver.

—Voy a pedir a los chicos que inicien una investigación para que tengas toda la información necesaria cuando vuelvas de tu próxima misión.

El tono de Rick era serio. Sabía que no era algo que debía tomarse a la ligera.

Cuando le retiré la mano, Asher se alejó. Dio una calada a su cigarro mientras observaba el cadáver y, sin responder a su tío, acercó el vaso lentamente a los labios.

Luego dirigió su mirada vacía hacia mí. Parecía estar perdido en sus pensamientos.

Ben empezó a empujar el primer cadáver hacia la salida dejando un rastro de sangre tras él.

—¿Tienes amoniaco? —preguntó Rick.

—En la cocina, bajo el fregadero.

Ben volvió y siguió a Rick hacia la cocina. Solo quedábamos nosotros dos en la sala, que apestaba a sangre y plomo. Lo oí maldecir y volvió a llenarse el vaso de whisky; casi dejó vacía la botella. Con los ojos cerrados, se puso otro cigarro entre los labios.

Rick regresó con una botella de amoniaco, una mascarilla y trapos. Nos dijo que saliéramos. Yo obedecí, pero

Asher no. Subí las escaleras y me quedé cerca de la barandilla del piso de arriba junto con Ben.

—Ash solo lo hizo para defenderse —lo justificó su primo, a pesar de que yo no había dicho nada.

—Lo sé.

Me sonrió.

—Ayúdalo esta noche e intenta no enojarlo. Se vuelve muy irritable cuando mata a alguien.

Ya había comprobado que era cierto. Se comportaba de forma rara, aunque, al principio, cuando nos habíamos reencontrado, no había sido así. Había empezado a comportarse de una manera tan... vacía después de preguntarle si los había matado.

Los dos hombres se quedaron otra media hora en la casa, que dejaron en calma y limpia, libre de cadáveres y de sangre. Sin embargo, el ruido estridente de los disparos aún resonaba entre las paredes y el frío rondaba por las dos habitaciones en las que los mercenarios habían perdido la vida.

El psicópata salió de la sala y subió las escaleras en silencio. Por sus lentos movimientos comprendí que estaba ausente.

—¿Te encuentras bien? —le pregunté con amabilidad.

—Sí.

Seco, frío y cruel. Una sola respuesta que escondía muchas, entre ellas un «no me hables».

Dejé que llegara hasta su habitación sin decir una palabra. Pegó un portazo que me sobresaltó. Resoplé frustrada, sintiéndome impotente.

Una vez sentada en mi cama, me acaricié el pelo antes de voltearme hacia el ventanal. Iba a ser una noche tranquila. Pero la calma nunca duraba demasiado en esa enorme mansión llena de secretos.

Avancé hacia el cristal, a través del cual vi de nuevo al psicópata apoyado en la barandilla de su balcón con un cigarro entre los labios. Esa escena me recordó al momento en el que me había prometido comprender al enigmático personaje que era Asher Scott. Me pregunté si dormiría esa noche, aunque sabía que la respuesta era negativa.

Quería ayudarlo como él me había ayudado durante la noche de Londres. Deseaba comprenderlo, pero no me dejaba llegar hasta él. No quería ayuda, aunque yo sabía que la necesitaba.

Lo sentía.

De repente lanzó violentamente el cigarro y se estiró del pelo. Agarró con fuerza la barandilla y empezó a respirar de manera acelerada.

Demasiado acelerada.

Sus músculos descubiertos estaban tensos, parecía enojado.

No.

Estaba enojado.

—¡MIERDA! —gritó golpeando la barandilla con furia.

Volvía a empezar.

Con paso firme, salí de mi habitación para entrar en la suya. Advirtió mi llegada y frunció el ceño.

—Ella, vuelve a dormirte —dijo apretando los dientes desde el balcón.

—No fue culpa tuya —repliqué con voz dulce—. Solo te defendiste, Asher.

Avanzó peligrosamente hacia mí. Por instinto retrocedí a medida que se acercaba.

Mi espalda tocó la puerta. Sin embargo, me fue imposible escapar de sus profundos ojos grises. Fijó la mirada en mí, provocando una multitud de escalofríos en mi cuerpo, desbordado por la adrenalina.

—¿Tú crees? ¿Crees que no fue culpa mía?

Su cuerpo chocó contra el mío de forma brusca y me aprisionó la mandíbula con la mano. Temblaba de rabia y respiraba de manera entrecortada.

—Todo es culpa mía.

No entendía nada: eran esos hombres los que habían ido por él, no al revés. ¿Por qué se culpaba?

Al ver que podía saltar por cualquier cosa, preferí guardar silencio.

De repente dijo entre dientes:

—A la mierda...

Sin dejarme tiempo para reaccionar, puso sus labios ardientes sobre los míos.

Abrí los ojos como platos y me quedé petrificada. Ese beso fue como una descarga eléctrica. El psicópata Asher Scott me estaba besando.

Cuando me di cuenta de lo que pasaba, puse las manos sobre su torso y, por acto reflejo, intenté frenarlo, pero solo conseguí que me besara con más intensidad. Con su mano libre me agarró las muñecas y las levantó por encima de mi cabeza.

Sus labios hambrientos, voraces y salvajes, devoraban

los míos. Me mordió el labio inferior y jaló de él con delicadeza solicitando acceso a mi boca. Su respiración entrecortada se mezclaba con la mía.

Sentí que no tenía control sobre sí mismo, sus acciones se adelantaban a sus pensamientos. Y mi cuerpo vibraba por la cantidad de emociones que no lograba contener. Por primera vez, no era el miedo lo que hacía temblar mis células.

Mierda.

—Ayúdame —me suplicó con un susurro—. Te necesito... Ella...

El tono de su voz me rompió el alma. Quería olvidar el asesinato, escapar de su realidad.

Su mano temblorosa se alejó de mi mandíbula para agarrarme el pelo, del que tiró despacio hacia abajo. Mi cuello quedó entonces a su merced.

—A... Ash... er —murmuré sintiendo su cálido aliento al acercarse a mi cuello—. No es necesario...

Continuó torturándome con sus labios ardientes. Sentí que su lengua me rozaba lentamente la piel, luego subía hacia la parte de atrás de la oreja, donde me mordió el lóbulo.

Tenía la mente nublada por lo que me hacía, por lo que estaba sintiendo. Cerré los ojos. Mi cuerpo ya no intentaba frenarlo y me dejé llevar.

Me di cuenta de que no estaba tensa. Su tacto no me disgustaba, no me hacía pensar en los hombres que en el pasado me habían puesto las manos encima. Era una nueva experiencia cuyos efectos todavía desconocía.

Levantó la mirada. Sus ojos estaban entrecerrados y

su respiración era irregular. Me acarició la boca con el pulgar antes de unir de nuevo nuestros labios.

En ese instante, sedienta de emociones, le devolví el beso por primera vez. Lo deseaba. Quería descubrir hasta dónde podía llegar, hasta qué punto Asher era capaz de derrumbar las barreras que había construido con el tiempo.

Hasta qué punto era diferente del resto de los hombres.

Hasta qué punto confiaba en él.

Soltó mis muñecas y me agarró la mandíbula a la vez que yo envolvía su nuca con las manos. Cuando mis dedos lo jalaron delicadamente del pelo, se estremeció, pegándose un poco más a mí.

El beso salvaje del principio se volvió apasionado y frenético, liberador de esos sentimientos enterrados en nosotros. Tras unos instantes interrumpió nuestro contacto. Pegó su frente a la mía. Jadeantes, no nos atrevíamos a mirarnos a los ojos, pero nos entendíamos.

A través de ese beso nos enfrentamos a quienes éramos, a nuestros pasados y a nuestros demonios, a nuestras angustias y a nuestras prohibiciones.

Y, por encima de todo, nos gritamos el uno al otro que necesitábamos ayuda.

25

Cuestión de ego

El dolor. La angustia.

Esos dos sentimientos, que habían propiciado el momento que acabábamos de compartir, eran muy fuertes.

Muy potentes.

Teníamos la frente unida, nuestra respiración se entremezclaba y los latidos de mi corazón podían oírse a kilómetros a la redonda. Estábamos vacíos, nuestras emociones habían encontrado una grieta cuando nos habíamos tocado; a nuestro alrededor se habían desbordado como un océano invisible.

Pero era solo cuestión de tiempo.

—Mierda.

El océano se vació tan rápidamente como se había llenado cuando Asher se apartó de mí con los ojos cerrados.

Sentía que su gesto nos había permitido redescubrir la realidad y salvarnos de ahogarnos de forma inminente.

—Fue... un error —susurró pasándose la mano por el pelo.

Rechazo.

Se me cortó la respiración y me tensé al oír sus palabras. Se alejó y se apoyó en el balcón lanzándome una mirada oscura.

—¿Por qué no me apartaste? —me acusó con un tono mordaz.

Sorprendida, tartamudeé. Me estaba culpando a mí.

—Eh..., yo..., tú...

—Da igual, déjalo —dijo—. No volvamos a hablar de esto.

La ira se apoderó de mi cuerpo. ¡Me culpaba por algo que había empezado él! Parecía una pesadilla. Bueno, hubiera preferido que fuera una pesadilla.

—¿Me estás tomando el pelo? ¿Saltas encima de mí y ahora me echas la culpa? —pregunté enojada.

Él soltó una risa perversa antes de responderme con maldad:

—¿Saltar encima de ti? No te creas especial, en ese instante habría besado a cualquiera.

Aquella frase rompió algo en mi interior.

Había sido una tonta al pensar que era diferente. Dios. Qué tonta era.

Me había utilizado como un juguete desechable, como todos los demás.

—Pero tú no... —constató mirándome fijamente con aire sorprendido—. Esa es la diferencia entre tú... y yo.

Fue la gota que colmó el vaso. Avancé con rapidez hacia él. La ira impulsaba mis movimientos, de modo que, en un gesto irreflexivo, mi mano se movió veloz hacia su mejilla.

La detuvo en seco con los dedos y me aprisionó la

muñeca violentamente. Me fulminó con la mirada mientras me agarraba la mandíbula con la otra mano.

—No te atrevas a volver a hacer eso nunca —me amenazó apretando los dientes.

—Te odio —repliqué con el mismo tono, mientras me deshacía de su mano.

Se le escapó una risita. Abrió la boca, pero se lo pensó mejor y no dijo nada.

—¿Por qué me besaste? ¿Por qué?

Vi que tensaba los músculos. A continuación se llevó un cigarro a los labios. Ignoró mi pregunta. Como si no la hubiera oído. O como si no valiera la pena contestarme.

—Te hice una pre...

—Porque me molestaba tu voz —me cortó seco, y me dio la espalda.

Huía. Huía desde el principio.

Nada tenía sentido. Se me estaba acabando la paciencia.

—Fue un error, eso es todo —repitió a la vez que se encogía de hombros.

Con los puños cerrados volví a encerrarme en mi habitación. Mi furia amenazaba con reaparecer, llena de pensamientos asesinos.

Allí solté las lágrimas que llevaba varios minutos tragándome para parecer insensible ante el rechazo del hombre al que creía diferente.

Me había equivocado.

Mi opinión había cambiado al recibir sus atenciones aquella famosa noche londinense. Pero solo había sido una ilusión.

La realidad me golpeó gritándome que había sido una ingenua al pensar que Asher Scott podría ayudarme a cambiar la imagen tan oscura que tenía de los hombres. Y que yo también podría ayudarlo a él.

La culpa era solo mía porque, al fin y al cabo, no tenía ninguna confianza en ese hombre, solo en la imagen errónea que me había hecho de él.

Un clic me despertó. Miré el reloj: eran las once. La puerta se abrió poco a poco: en el umbral apareció el psicópata.

—Despierta.

Mantuve los ojos entornados y le di la espalda hundiéndome bajo las sábanas. Murmuró un «tú lo quisiste» antes de largarse, era probable que para buscar algo.

Quería jugar a hacerse el sádico ya por la mañana, pero no le daría la oportunidad. Me levanté a toda prisa y me dirigí al baño, donde me saludó mi mala cara. Ver mis ojeras y mis ojos hinchados fue como un golpe de realidad. Lo detestaba.

El agua fría de la llave me ayudó a despertarme. Se abrió la puerta principal y las voces de Ben y Kiara llenaron el vestíbulo.

Vi el reflejo del psicópata por el espejo, que me observaba con una sonrisa triunfal. Puse los ojos en blanco y decidí no prestarle la más mínima atención. No se la merecía después de su comportamiento del día anterior. En respuesta, se echó a reír.

Bajé corriendo las escaleras para escapar del hombre más lunático y sádico de la casa.

Agarré un tazón con cereal de la cocina y me uní a Ben y Kiara, que estaban en plena discusión.

—Fue justo ahí —dijo Ben colocándose en el lugar exacto en el que había ocurrido el asesinato la noche anterior.

Cuando me vio, mi amiga me sonrió radiante. Tras un breve abrazo, se fijó en mis rasgos cansados.

—Tienes mala cara —comentó.

—No pasé buena noche —respondí, y me encogí de hombros.

Me miró con tristeza pensando que habría sido por esos dos mercenarios, aunque la realidad era muy diferente.

Nos sentamos en el sofá. El psicópata se dejó caer en él y sacó un cajetilla de cigarros del bolsillo de su pantalón deportivo.

Kiara siguió sus movimientos de cerca y le preguntó con el ceño fruncido:

—¿Dormiste?

—Como un bebé —contestó con sarcasmo.

Al oír su respuesta, Ben se sentó a la mesa de café y acercó la cara a la suya. Examinó su rostro con suspicacia.

—Cogió antes de dormir —dijo, y estuve a punto de escupir el cereal.

El psicópata soltó una risa burlona.

—Yo no diría tanto.

Kiara negó con la cabeza, indiferente, mientras Ben empezaba a enumerar las potenciales mujeres con las que el psicópata habría podido coger a las tres de la madrugada.

—¡Cállate, Ben! —reprendió Kiara antes de voltearse hacia nosotros—. ¿Están preparados?

Levanté la cara hacia ella frunciendo el ceño. ¿Cómo que «preparados»?

—Todavía no —repuso el psicópata poniéndose un cigarro entre los labios—. Salimos dentro de una hora.

Se me formó un nudo en el estómago. Se refería a la misión suicida.

Mientras hablaban, comprendí que Kiara y Ben se quedarían ahí por si sucedía algo durante nuestra ausencia. Kiara me invitó a subir a mi habitación con ella y empezó a hacerme la maleta. Íbamos a quedarnos dos días en Mónaco.

—¿Se cogió a alguna? —preguntó con curiosidad.

Se me cortó la respiración durante un instante. Le contesté con la mayor naturalidad posible.

—Yo no sé nada, estaba durmiendo.

Sin acabar de creerme, me informó mientras sacaba la ropa del clóset:

—Cuando mata a alguien, Ash no duerme demasiado bien, y se nota. Pero hoy parece que haya tenido una noche tranquila.

Me encogí de hombros y fingí una expresión de desinterés mientras, por dentro, el pánico se apoderaba de mí.

—Pues se habrá drogado —concluyó doblando un suéter.

Casi suelto una carcajada al oírla. Si hubiera sabido la verdad, habría preferido que se drogara.

Una vez hecha la maleta, me di un buen baño antes de ponerme la ropa con la que iba a hacer ese largo viaje acompañada del diablo.

Kiara estaba abajo con los dos hombres. Me uní a ella con la maleta en la mano.

—¿Preparados? —preguntó Ben entusiasmado.

Parecía impaciente por quedarse ahí sin Asher.

—¿De verdad me estás corriendo de mi casa? —preguntó el psicópata mientras aplastaba el cigarro en el cenicero.

—¡Qué bien me conoces, primito!

El interpelado negó con indiferencia y repitió sus amenazas:

—Si rompes algo, te parto los huesos. No duermas en mi habitación y, por favor, nada de fiestas.

Ambos asintieron como adolescentes ante su padre.

—Y ¿puedo...? —empezó Ben.

—No.

Reí en voz baja al ver la expresión enfurruñada de Ben. A continuación arqueé una ceja, sorprendida, cuando vi al psicópata dirigiéndose a las escaleras que llevaban al garage con su maleta y la mía.

Asher, el falso caballero: capítulo uno.

Me despedí por última vez de Kiara y Ben antes de seguir a ese idiota con el que no quería hablar. Lo encontré intentando meter el equipaje en la cajuela. Nos sentamos en el coche sin decir una palabra.

Tal y como sospechaba, salió a toda velocidad, y creó un estruendo en el garage.

Me crucé de brazos y suspiré molesta, preparada una

vez más para ser sacudida en todas direcciones por la forma de conducir de ese loco de la carretera que no tenía miedo de perder en ella su vida y la mía.

Durante el trayecto noté que me lanzaba miradas furtivas al pisar el acelerador, esperando tal vez una reacción por mi parte, pero me mantuve callada, aunque por dentro estuviera gritando de miedo.

—Ah..., estás de mal humor —se burló mientras aceleraba.

No contesté nada.

«Divirtámonos contando con cuántas paredes va a hablar al intentar mantener una conversación unidireccional conmigo. Él solo.»

—¿Te levantaste con el pie izquierdo? ¿O es que estás en tu periodo?

«Dos paredes.»

—¿Sabes, cautiva? Hay una secta cerca de aquí. ¿Te gustaría ofrecerte como sacrificio?

«Tres paredes.»

—¿Qué me dices de conducir en sentido contrario? Seguro que será divertido —añadió con maldad.

«Cuatro paredes.»

—Se me antoja conducir con las rodillas, vamos a probarlo.

«Cinco paredes.»

—O vamos a comprobar si el coche es hermético sumergiéndonos en el río que hay por aquí cerca.

«Seis paredes.»

Aun así siguió molestándome una y otra vez. Pero yo no cedí y le dejé hablar sin decir nada mientras miraba por la ventanilla para evitar cualquier contacto visual.

Tras unos minutos más diciendo tonterías para atraer mi atención, sentí que se irritaba por mi mutismo.

—Está bien, ya lo pensé mejor, paramos aquí.

Frenó en seco en mitad de la carretera. Abrí los ojos como platos.

—No nos moveremos de aquí hasta que hables —anunció.

Los coches nos esquivaban a toda velocidad, casi rozándonos. El corazón me latía con fuerza.

—¡Arranca! —le ordené mientras miraba hacia atrás.

—Ah, ahora sí que hablas —comentó orgulloso de su logro.

Pero no se movió, sino que se mantuvo de brazos cruzados con la mirada severa.

—Arranca, van a matarnos, y no me gustaría morir contigo.

Soltó una risa burlona ante el tono frío y seco que había usado, como la noche anterior.

—Pues no sabes lo que te pierdes, sería un gran honor.

—Está bien, ya te hablé; ¿podemos movernos?

Se quedó en silencio un instante, antes de suspirar y sonreír levemente.

—De todos modos, aún queda mucho viaje por delante.

En ese momento no entendí su comentario. Entonces recordé que en solo veinte minutos estaríamos volando a Mónaco. Y eran once malditas horas de vuelo.

Cuando el coche se detuvo de nuevo, aparté la mirada del teléfono. Estábamos cerca del *jet* del psicópata. Salió y yo lo seguí. Cargando con su maleta y con la mía, se dirigió al avión.

Asher, el falso caballero: capítulo dos.

En cuanto entramos corriendo, las dos azafatas le tomaron las maletas con una cálida sonrisa; su respuesta fue ofrecerles esa expresión cerrada tan suya. Pobrecillas.

En cuanto me senté en uno de los asientos de piel beige, me puse a mirar por la ventanilla. Así evitaba toda confrontación con aquel estúpido que me había rechazado después de conseguir lo que quería.

Lo oí reírse. Suspiré, molesta ante la perspectiva de seguir sufriendo las inmadureces y los cambios de humor de aquel imbécil indeciso.

—¿De verdad estás de mal humor, cautiva? —preguntó con aire burlón—. Hay quien murió por menos, ¿sabes?

Agarré el celular ignorándolo por completo.

—Estoy seguro de que todos los insultos que te llevas guardando desde anoche te queman en los labios —se burló de nuevo.

No eran los labios lo que me quemaba, todo mi ser ardía mientras reprimía las ganas de abofetearlo allí mismo para que cerrara la boca para siempre. Debía contenerme. No se merecía que le concediera importancia. Debía mantener el control.

De repente, me arrebató el celular, que me estaba ayudando a canalizar mis impulsos. Lo fulminé con la mirada mientras se lo guardaba en el bolsillo.

—¿Quieres comportarte como una niña pequeña? Pues serás castigada como tal.

—Muérete —dije con rabia.

Él continuó en un tono falsamente seductor.

—Y además salvaje... Conozco otros modos de castigarte —concluyó relamiéndose los labios.

Abrí los ojos de par en par al ver su lengua; soltó una carcajada.

Mantuve la mirada fija en la ventanilla mientras el psicópata se hurgaba en los bolsillos. Entonces oí el ruido del encendedor. Lo escuché respirar lentamente. Estaba fumando. Dentro del *jet*.

El humo no tardó en invadir mi espacio. Me di cuenta de que acababa de lanzarme su veneno.

Aparté con la mano su aire tóxico al oír que se reía.

—¿Sigues de mal humor?

No contesté.

—Si no quieres hablarme, bueno... —Suspiró—. Me vendrá bien, porque deseo sincerarme contigo.

El tono grave y casi triste que había utilizado me hizo girar la cabeza. ¿Iba en serio? ¿Por fin iba a abrirse?

Esbozó una sonrisa engreída agarrando un café con leche.

—Siempre me han dicho que podría ser actor, ¿a ti qué te parece?

Cerré los puños con fuerza. Se estaba burlando de mí. Pero era más fuerte que yo y tenía que ponerlo en su lugar.

—Excepto para rodar la escena del beso, porque eres realmente incompetente —dije.

Me fulminó con la mirada y comprobó que las azafatas no hubieran oído nuestra conversación. Por suerte, ninguna de ellas estaba cerca. Con una mueca, añadió:

—Perdiste. —Al ver mi ceño fruncido, murmuró con orgullo—: Siempre te haré perder el control, es una locura.

Acababa de ganar haciéndome hablar.

Mierda, ¿por qué le había dirigido la palabra? No podía soportar esa arrogancia suya ahora que había logrado su objetivo. Lo oí reírse, lo que solo sirvió para aumentar aún más mi ira.

De repente algo dentro de mí hizo clic. ¿Quería jugar a ver quién impulsaba al otro a perder el control? Me di cuenta de que tenía poca memoria. Iba a tener que refrescársela.

—Así que, por primera vez, estamos empatados —declaré, y al mismo tiempo me crucé de brazos y sonreí con picardía.

Durante un instante dejó de moverse. Se volteó hacia mí con aire inquisitivo.

—¿Crees que ya me hiciste perder el control? ¿Tú? ¿De verdad? —Me miró sin poder creerlo, como si fuera lo más estúpido que hubiera oído nunca. Soltó una falsa carcajada burlona y dijo—: Incluso una rata me afectaría más que tu estúpida cara.

Aunque su frase me había herido, no lo demostré.

—¿Por qué te enojas tanto? No lo entiendo... ¿Dije una verdad que no te atreves a admitir?

Tensó la mandíbula un instante. A continuación se le escapó una sonrisa cínica cuando contestó:

—Ah, ángel mío, yo no pierdo los nervios. Solo intento ayudarte a que no te hagas falsas ilusiones.

Se me cortó la respiración al oír ese apodo, que había salido de su boca por primera vez la noche de la fiesta de las cautivas.

—Tú no me harás perder el control. Nunca.

Sonó como una afirmación, como una verdad que no podría desmentir nunca y como un desafío que pronto iba a asumir.

—No será porque no exista ninguna mujer que te hiciera perder el control —concluí.

Me desafió con la mirada sin perder su malévola sonrisa.

—No juegues con el diablo, ángel mío —me advirtió—. No te metas en nada que luego vayas a lamentar.

Pero ya era demasiado tarde. La malicia se apoderó de mí, acompañada de unas ganas locas de verlo perder el control y de destruir su desmesurado ego. Él, que parecía tan insensible, que no hacía más que jugar conmigo desde el principio, que pensaba que nunca perdería.

Iba a ver que todas las ideas que tenía sobre sí mismo se evaporaban como las mías el día anterior. Y su ego iba a recibir un duro golpe.

Se dice que la venganza es un plato que se sirve frío. Pero, en mi caso, estaba ardiendo.

—¿Por qué vuelves a sonreír como una imbécil? —me preguntó, como si sospechara algo.

Negué con la cabeza, con esa misma sonrisa en los labios. Ante mi silencio, él prosiguió:

—Me tratas todo el tiempo de psicópata, pero eres tú

la que me asusta —confesó observando mi rostro, que todavía reflejaba emoción por lo que se me había ocurrido.

—Ya veremos quién de los dos pierde el control —solté, volteándome hacia la ventanilla y empezando a elaborar un plan.

«Incluso una rata me afectaría más.»

«Tú lo dijiste, Scott.»

26

Juego de control

—Bienvenido a Montecarlo, señor Scott —dijo el chofer de un coche increíblemente lujoso cuando bajamos del avión—. Espero que haya tenido un buen viaje.

—Bastante bueno —respondió él.

Mientras bajábamos sentí como mis músculos se relajaban tras las once horas de vuelo que acababa de tragarme junto al ser más narcisista e infantil que conocía, quien se había pasado la mayor parte del tiempo molestándome. En otras palabras, estaba feliz de que ese vuelo hubiera llegado a su fin, gracias por preguntar.

Estábamos camino de no sé dónde. Mientras el chofer conducía a toda velocidad, yo admiraba las calles, los peatones, los paisajes, los coches. Todo era diferente, todo era más bonito, precioso. Decidí tomar algunas fotos con el celular, a pesar de la risa burlona de mi propietario, que no parecía en absoluto estar tan impresionado por la ciudad como yo.

De todas maneras, nada lo impresionaba.

Pero solo era cuestión de tiempo.

No tardamos en llegar al interior de una propiedad privada en lo alto de una colina. Vi a lo lejos un loft de lo más lujoso. Sus numerosos ventanales me recordaron a la casa del psicópata.

—Ya llegamos —anunció el chofer estacionándose cerca de la puerta.

—Mañana, ocho de la tarde —ordenó mi propietario con un tono neutro—. Tráenos los trajes mañana a primera hora.

El chofer asintió y salió del coche para abrirnos la puerta. El psicópata se le adelantó. Le di las gracias con amabilidad cuando me entregó la maleta; el demonio la agarró sin decir una palabra.

El interior de la casa era sencillo. La madera se mezclaba con tonos azules y blancos que las tenues luces hacían destacar. La luz de la tarde entraba por los grandes ventanales, a través de los cuales se podía ver la bahía.

Conducida por la curiosidad, descubrí un espacio cuyo diseño me dejó sin palabras, un verdadero deleite para la vista.

—¿Ya acabaste de babear sobre el sofá? —preguntó la voz ronca del psicópata.

Puse los ojos en blanco y me volteé hacia él.

—Sígueme —me ordenó, y se dirigió hacia las escaleras que llevaban al piso de arriba.

Obedecí. Mientras caminábamos me di cuenta de que llevaba en las manos nuestras maletas.

Asher, el falso caballero: capítulo tres.

Dejó la mía en la puerta de la habitación en la que iba a dormir. Luego entró en el cuarto de al lado. Durante la noche solo una pared nos separaría. Aunque, total, ese psicópata nunca dormía.

Tras cerrar la puerta, inspeccioné la habitación. A primera vista, era sencilla. Sin embargo, algo me hizo levantar la mirada. Una parte del techo dejaba ver el cielo estrellado sobre nosotros, cosa que me recordó a la casa de Kiara.

Continué la inspección abriendo una discreta puerta que había en una esquina de la habitación.

Un baño. Un baño enorme.

Solo para mí.

Detuve la mirada en una inmensa tina con productos dispuestos en el borde. Necesitaba un buen baño espumoso.

Dejé que se llenara y me sumergí soltando un suspiro. Cerré los ojos y me relajé. Lo necesitaba tras el largo vuelo junto al psicópata. Hundí la cabeza bajo el agua hasta que dejé de oír lo que sucedía a mi alrededor. Solo el silencio amplificado.

Ese relajante sonido me ayudó a evadirme de la realidad por un momento, a ordenar mis ideas y a reencontrarme con una parte de mí misma.

Debo admitir que aún no se me había pasado el efecto. Su rechazo había tirado por tierra la esperanza que tenía de que fuera diferente a los demás. Sentía que él también estaba roto, pero no sabía por qué. Era un misterio que quería resolver, pero al mismo tiempo...

Tenía miedo.

Tenía miedo de sus reacciones imprevisibles y furiosas, las mismas que aumentaban mi interés por él.

¿Qué había ocurrido en su vida?

¿Por qué se comportaba así?

¿Por qué me rechazaba constantemente?

¿Por qué no quería ayuda?

Kiara me había dicho que no siempre había sido de ese modo: tan frío, tan distante, tan cruel. Pero yo sabía algo que Kiara ignoraba y que él se negaba a admitir con palabras. Lo sabía porque sus acciones lo traicionaban.

Mi presencia no le era tan indiferente como intentaba hacernos creer. Se comportaba de manera contradictoria, su razón contra sus deseos. Me besaba para luego alejarme. Me trataba como un objeto y después reclamaba mi atención.

Me daba la sensación de que éramos como imanes: nos atraíamos, pero a la mínima surgía la repulsión.

Sabía que algo había cambiado en mí con respecto a Asher, que cuando se trataba de él era una continua contradicción. No podía describir lo que sentía. Pero todo se había amplificado tras el beso.

Esa noche fue como si lo hubiéramos dejado todo a un lado para concentrarnos en nosotros mismos. Por primera vez no era la única que luchaba contra sus angustias y sus demonios. Por fin sentí que no éramos tan distintos.

Y Asher no me había dejado indiferente.

Me veía reflejada en él como en ninguna otra persona. Tal vez porque parecía estar tan roto como yo. Había encontrado un fino haz de luz en su alma ennegrecida por culpa de sucesos que desconocía.

Gracias a él, no me sentía tan vulnerable. Gracias a ese idiota egocéntrico, me sentía segura.

Casi sin oxígeno, estaba claro que no era una sirena, saqué la cabeza del agua. Al abrir los ojos, por poco no me dio un infarto.

La regadera que tenía delante estaba encendida, y menos mal que la mampara era opaca. El psicópata se estaba bañando a la vez que yo me daba un baño.

¿Cuándo había entrado? ¿Me había visto desnuda? Dios mío.

Sin poder contenerme, exclamé:

—¿No podías esperar a que acabara?

Junté toda la espuma esperando poder cubrirme con ella. Se echó a reír y apagó la llave del agua.

—Solo hay un baño, y no me voy a detener a la hora de usarlo.

—¿Sabes lo que es la intimidad? —le pregunté, todavía sin dar crédito—. ¿No se te pasó por la cabeza que podía estar desnuda?

—Pero no lo estás, da gracias a la espuma.

Extendió el brazo para agarrar una toalla blanca y se la puso alrededor de la cintura. Vi su esbelta figura salir de la regadera antes de dirigirme una sonrisa traviesa.

Su pelo húmedo derramaba gotas de agua sobre su esculpido torso. Se acercó con sus ardientes ojos clavados en mí.

Por acto reflejo y porque su presencia me intimidaba, me deslicé poco a poco bajo el agua. Se arrodilló junto a la tina. Metió delicadamente un dedo en el agua y levantó mi barbilla, que tenía sumergida.

Nuestros rostros estaban muy juntos.

—Y por suerte para ti, porque mañana por la noche vas a necesitar andar —murmuró.

Abrí los ojos como platos y el corazón me dio un vuelco cuando entendí la indirecta. Se rio al ver mi reacción y se dirigió hacia la puerta. Sin darse la vuelta, me soltó con un tono arrogante:

—Además, no puedo perder la vista. Me habrías dejado ciego con tanta fealdad.

Abandonó el baño con ese mismo aire orgulloso. Su ego inflado había vuelto a salir a la luz. Ese ego que yo quería destruir para enseñarle que no era quien fingía ser. Que no era tan intocable y frío. Y que podía hacerle perder el control, lejos de esa imagen impasible que mostraba.

Una imagen que muy pronto quemaría.

Y su cuerpo con ella.

Cuando salí del baño, el estómago me rugía del hambre. Bajé a la cocina.

El refrigerador estaba vacío. Excelente.

Me acerqué al psicópata, que estaba fumando en el balcón de la sala.

—No hay nada en el refrigerador —me quejé.

—¡Menos mal! La última vez que alguien comió aquí fue en 2013.

—Bueno, ya no estamos en 2013 y no hay nada que comer —dije con los brazos cruzados.

Se volteó hacia mí arqueando una ceja.

—¿Te crees que voy a hacer la despensa para dos días? Si quieres comer, solo tienes que salir.

Me paré un segundo a planteármelo seriamente, pero me daba miedo perderme en una ciudad que no conocía.

—Me voy a perder. Imagínate que me secuestran. ¡O que me violan!

Indiferente, se terminó el cigarro y lo apagó en el suelo.

—Vístete, salimos. —Suspiró.

Esbocé una sonrisa triunfal y fui a mi habitación. Decidí ponerme la pequeña falda de piel que Kiara me había obligado a llevar en lugar de unos jeans. Con los botines y la chamarra puestos, bajé a la sala y esperé la llegada del señor.

Empezó a bajar las escaleras, pero aminoró la marcha al verme. Posó los ojos en mis piernas desnudas antes de subir hasta mi cara.

—Vas a tener frío —me dijo mientras abría la puerta—. Vamos caminando.

Me encogí de hombros y lo seguí.

Caminamos en silencio en dirección al centro de la ciudad, que estaba un poco más lejos. Me encogí para intentar entrar en calor. Tenía razón, hacía frío. Cuando se dio cuenta, soltó una risa burlona y un «te lo dije» que me hizo poner los ojos en blanco.

Tan pronto como llegamos al animado centro de Montecarlo, disfruté de las asombrosas vistas de la bahía. Las luces de las tiendas abiertas a esas horas de la noche daban a las calles una vitalidad desconocida para mí. Delante de nosotros había un grupo de chicas un poco más jóvenes que yo. Desde lejos se entretuvieron lanzándole miradas provocadoras a mi propietario. Sin embargo, él parecía estar más interesado en el frío que yo estaba pasando que en sus miradas.

—No creas que te voy a dejar mi chamarra, vale un dineral.

Las chicas alzaron cada vez más la voz a medida que nos acercábamos; querían atraer su atención. Curiosamente, sus molestas voces agudas me recordaban a la de Sabrina.

La más valiente de ellas se paró a nuestra altura y le dijo al psicópata con una mirada inocente:

—Buenas noches, mis amigas y yo nos perdimos y...

—Hay un mapa ahí —respondió él con un tono neutro, siguiendo su camino sin darse la vuelta.

No pude aguantarme la risa ante la expresión indignada de la joven, cuyas esperanzas acababan de ser pisoteadas. Él giró la cabeza hacia mí.

—¿Qué?

—Solo atraes a las menores, ¿no es insultante para tu ego? —le dije con una sonrisa burlona.

Se rio.

—Tú no eres menor, ¿me equivoco? —respondió.

Negué con la cabeza.

—Así que no solo atraigo a menores —dijo con una sonrisa triunfal.

Arqueé una ceja, molesta.

—En tus sueños, Scott.

—En mis pesadillas, Collins.

Nos paramos delante de un restaurante bastante chic que estaba lleno. El psicópata entró y yo lo seguí de cerca. El recepcionista, vestido de manera elegante, abrió los ojos como platos cuando nos vio, más bien cuando vio al psicópata. Le ofreció su mejor sonrisa, ante la cual mi propietario permaneció impasible. No entendía la reacción del recepcionista hasta que soltó con una mezcla de admiración y sorpresa:

—¡Señor Scott! ¡Qué honor recibirlo aquí!

—Buenas noches; ¿mi mesa todavía está disponible?

—¡Por supuesto!

El recepcionista llamó a un joven, que nos llevó a una estancia en el piso de arriba. En el centro de aquella sala, vacía y silenciosa, había una mesa iluminada por una tenue lámpara, así como por las luces que los grandes ventanales dejaban entrar del exterior.

—Permítanme que me lleve sus cosas —dijo el joven, que me quitó delicadamente la chamarra bajo la atenta mirada del psicópata.

Fruncí el ceño mientras hojeaba la carta. No conocía la mayoría de los ingredientes, pero me avergonzaba preguntarle qué era una «trufa» o qué significaba «sin gluten».

Lo oí reírse, su sonrisa burlona expresaba a la perfección lo que estaba pensando.

—Parece que estás leyendo chino.

Sentí que me sonrojaba, avergonzada por mi ignorancia.

—¿Cuál es la diferencia entre la pasta sin gluten y la pasta normal? —pregunté sintiendo mi vergüenza aumentar repentinamente.

Divertido, respondió:

—¿El precio?

Negué con la cabeza ruborizada. Como seguía sin entender la diferencia, decidí pedir la normal.

El joven mesero volvió a la mesa. Puso los ojos sobre

mí con una cálida sonrisa y miró la carta que tenía entre las manos. El psicópata carraspeó para atraer su atención y pidió nuestra cena con un tono frío.

Tras haber apuntado los pedidos, el hombre salió de la habitación sin decir una palabra.

—Le gustaste —me dijo el psicópata mientras sacaba una cajetilla de cigarros del bolsillo.

Levanté las cejas. ¿Hablaba del mesero?

—Te miró las manos —continuó—, seguramente para saber si estabas casada.

Puse los ojos en blanco.

—Qué tontería, solo estaba mirando la carta. Pero, bueno, por lo menos no es menor.

Esbozó una pequeña sonrisa.

—¡Qué inocente eres! —soltó.

—Eres tú el que dice tonterías.

—¿Crees que me lo estoy inventando? ¿Quieres que apostemos?

Con aire desafiante, puso los codos sobre la mesa. Entré en su juego: ¿qué mejor para destruir su ego que empezar por una apuesta que él mismo había iniciado?

El mesero solo había sido amable, cosa que, por lo visto, él únicamente hacía con las chicas que le gustaban.

—Apostemos.

Vi que le brillaban los ojos, señal de que las cosas no me irían bien si perdía esa apuesta. Entonces se quitó uno de los anillos de los dedos. Me lo dio y me pidió que me lo pusiera en el dedo anular izquierdo. Obedecí mientras él seguía mi gesto con la mirada.

Su anillo de plata era un poco grande para mi dedo.

No era ni demasiado grueso ni demasiado fino y tenía grabada una palabra. O, mejor dicho, un nombre: «R. Scott».

—¿Qué apostamos? —le pregunté levantando la mirada.

—A ti —respondió al instante.

Casi se me para el corazón. ¿Cómo que a mí? Mis músculos se tensaron y se me secó la garganta. Una oleada de horribles escenarios invadió mi mente. Conociéndolo, podía ordenarme que saltara por un acantilado o que me quedara quieta en medio de una autopista.

Mi piel se cubrió de sudores fríos.

—¡Me niego! —grité al ver su sonrisita.

—Hubieras preguntado antes, ya es demasiado tarde, ángel mío.

En ese momento llegó el mesero con nuestros platos.

—Para el señor —dijo dejando el plato del psicópata— y para la señori...

—Señora —lo cortó el psicópata.

El joven mesero se puso tenso y lanzó una mirada furtiva en dirección a mi dedo anular. Avergonzado, dejó mi plato en la mesa con una discreta sonrisa y salió de la habitación a toda prisa.

El psicópata soltó una pequeña carcajada negando con la cabeza. Con una mirada orgullosa, dijo:

—Ash uno, Ella cero.

Me crucé de brazos frunciendo el ceño. Cuando iba a quitarme el anillo, me ordenó:

—Déjatelo puesto hasta el final de la cena.

Devoré mi plato, que estaba delicioso. La cena terminó con un silencio que no me incomodó en absoluto. Asher puso la cuenta a nombre de los Scott y salimos del restaurante. No sabía lo que me tenía reservado. Pero sabía una cosa: era el objeto de un nuevo plan maquiavélico.

En un momento de nuestro paseo nocturno advertí que retomábamos el camino por el que habíamos llegado a la ciudad unas horas antes, señal de que volvíamos a casa. Evité mencionar su estúpida apuesta. ¿Tal vez se había olvidado?

Enseguida llegamos al loft. En cuanto el psicópata abrió la puerta, subí los escalones de dos en dos rezando para que no me detuviera. Pero oía su risita detrás de mí.

Tragué saliva y, cuando entré en mi habitación, cerré la puerta con un suspiro de alivio. Oí el ruido de sus pasos en las escaleras. La puerta de su habitación crujió. Lo había dejado pasar, por un pelo.

—¡Bu! —soltó una voz ronca que venía de... ¿LA ESQUINA DE LA HABITACIÓN?

Grité de la sorpresa mientras el psicópata se echaba a reír. Con una mano en el corazón, me acerqué a él. Su cabeza salía de una puerta corrediza secreta camuflada en la pared blanca.

—¡Ay, Dios, qué cara has puesto! —dijo muerto de risa.

Me pasé la mano por el pelo y resoplé para calmar los rápidos latidos de mi corazón. Puso un pie en mi cuarto, luego el otro, avanzando peligrosamente hacia mí.

—¿De verdad creías que te habías librado? —dijo con una sonrisa maquiavélica.

Retrocedí a medida que sus piernas se acercaban a mí.

Con la respiración acelerada, me temí lo peor. Al final, mi espalda chocó contra la puerta del baño. Se paró frente a mí. Unos centímetros nos separaban, de momento.

No pude evitar ponerme tensa cuando me puso la mano en el antebrazo. Sin apartarme la mirada, bajó los dedos lentamente hasta los míos, tomó su anillo y lo sacó poco a poco de mi anular.

—Carajo, cómo me gusta verte vulnerable.

Acercó la cara a la mía y nuestras respiraciones se mezclaron. Recorrió mis facciones con la mirada deteniéndose en mis ojos abiertos por completo.

—Cómo me gusta esto...

Se abrió camino con una mano hasta la parte baja de mi espalda mientras con la otra me sujetaba la cadera y me obligaba a reducir la distancia entre nosotros.

—Cometí un error anteayer —murmuró—, un bonito error.

La mano que tenía en mi espalda subió hasta situarse sobre mi mandíbula. Me acarició delicadamente los labios con el pulgar.

—Un error que quería que tú cometieras antes que yo —continuó mientras seguía inspeccionando mis labios—, un error que quiero que cometas ahora.

El corazón me dio un vuelco. ¿Era esa su manera de decirme que quería que lo besara?

Cuando se pasó la lengua por los labios, sentí que iba a desfallecer.

Pero ahora la situación había cambiado. Por fin tenía la oportunidad de volver a jugar contra él. Tras acercarme, como él deseaba, me alejé cuando intentó besarme.

Se quedó sin aliento en cuanto le puse las manos en la cintura. Su mirada de acero clavada en mis labios subió hasta encontrarse con mis ojos. Sentía su peso sobre mí.

Quería besarme. Lo deseaba, un deseo que su tacto ardiente dejaba al descubierto.

Puse una mano sobre su torso. Sentí su corazón latir a toda velocidad contra mi palma y una sonrisa se dibujó en mis labios. Frunció un poco el ceño.

—¿Tal vez una rata te afectaría más? —le pregunté repitiendo sus crueles palabras.

Solo que no le dejé tiempo para contestar. Separé mi cara de la suya para acercarme a su oreja. Cuando tuve su lóbulo entre los dientes, sentí como empezaba a perder el control. Nos empujó con fuerza contra la puerta. Su mano libre descendió por mi muslo, que acarició con delicadeza.

El calor de su mano pegada a mi piel me hizo sentir vulnerable, pero no debía ceder. Seguí haciéndole cosquillas en la oreja hasta que me agarró del pelo para tirar con cuidado de mi cabeza hacia atrás, recordándome así que no le gustaba que jugaran con él.

Orgullosa, asesté el golpe final en un susurro:

—Me habría gustado cometer este error con el mesero, pero arruinaste todas mis posibilidades.

Luego lo empujé para volver al lado de la cama. Abrí la maleta con una sonrisa triunfal en los labios. Lo vi darse la vuelta y mirar la pared que tenía delante con una sonrisa malvada.

Se dirigió hacia su habitación. Antes de cruzar la puerta corrediza, me dijo:

—Te advertí que no jugaras con el diablo, ángel mío. Vas a perder la cabeza en el infierno.

Acababa de aceptar mi desafío. En ese momento empezó entre nosotros un juego cuyas reglas eran tácitas pero claras: el primero en perder el control sería el más débil de los dos. Y me negaba a perder contra él por la misma razón por la que el día anterior me había propuesto este desafío personal: por una cuestión de ego.

27

Plan oculto

—Las cosas pueden cambiar —me explicó con voz ronca el psicópata mientras se ponía un pupilente de color negro sobre uno de sus ojos grises.

Parpadeó varias veces acostumbrándose a ese objeto extraño que servía para ocultar su identidad. Llevaba el pelo rubio, normalmente despeinado, engominado hacia atrás, dejando tan solo un mechón en su frente. Se había cubierto el tatuaje del cuello con una base de maquillaje que ocultaba de manera impecable la tinta de su piel. Estaba casi irreconocible.

—¿Solo tengo que caminar? —pregunté al mismo tiempo que intentaba comprender el plan.

—La presentación de las joyas se hará con modelos. James estará en primera fila. Así atraerás su atención, tú serás la que lleve la última joya.

Tragué saliva con el vestido en la mano. No me gustaba ser el centro de atención y, para ser sincera, lo que pudiera suceder esa noche me daba miedo. Tenía un mal presentimiento.

Sabía que iba a ser peligrosa, muy peligrosa. Estábamos a punto de matar a alguien. Formaba parte de un plan sangriento que consistía en atraer al futuro cadáver lejos de las miradas curiosas para dejar que el verdugo llamado Asher Scott le arrebatara la vida.

Además, tenía que actuar como modelo en una subasta. Excelente.

Me miró con los ojos oscurecidos y arqueó una ceja.

—¿A qué esperas para ponerte el vestido?

—¿A que salgas del baño? —repliqué levantando los brazos como si fuera obvio.

Para molestarme aún más se puso a abrocharse las mangas tomándose todo el tiempo del mundo.

—La corbata está demasiado apretada...

Suspiré exasperada al ver que se desataba la corbata por cuarta vez y volvía a hacer el nudo. Enojada por su lentitud, me precipité hacia él y lo volteé hacia mí.

Se la había apretado de nuevo demasiado; seguro que lo había hecho a propósito. Aflojé el tejido suavemente bajo su atenta mirada. Le ajusté el cuello de la camisa blanca por última vez y le palmeé el pecho.

—Ya está. Ahora la tienes bien. ¡Ni para atarte la corbata!

Sonrió con picardía.

—Se me dan mejor otras cosas, ya sabes...

Me alejé de él desafiándolo. De brazos cruzados, esperé a que el señor se decidiera a salir para dejar que me vistiera. Sin embargo, en lugar de salir, se acercó a mí peligrosamente. Con una sonrisa, me puso las manos en la cintura.

—Tal vez mis dedos no sean lo bastante hábiles para atar una corbata, pero son muy buenos para hacerte...

—¡Vete! —lo corté empujándolo.

Me ardían las mejillas. Se apartó de mí divertido. Me rozó el hombro con el suyo.

—Rápido. Salimos pronto.

Tras eso, oí que la puerta se cerraba detrás de mí. Pasé la cerradura y me cambié a toda prisa. Me apliqué con cuidado los productos de maquillaje que me había dado Ally para estar más o menos decente. No hace falta que diga que a Ally se le daba mucho mejor que a mí, a pesar de que ella me había enseñado a utilizar ese maquillaje antes de que me fuera.

Treinta minutos después, me sentía bastante orgullosa de mí misma. El resultado era más natural del que solía conseguir. Mi labial era más rosado y mi sombra de ojos era bastante más clara de lo habitual. Con un poco de rosa en las mejillas y gracias a los brillos que Ally llamaba «*highlighter*», mi piel parecía más fresca y luminosa.

El vestido que tenía que ponerme era dorado, tan magnífico como precioso. Decidí recogerme el pelo en un moño bajo dejando algunos mechones en la parte de adelante. Estaba lista. O casi.

No podía cerrarme el vestido, al menos yo sola. El cierre estaba en la espalda, inaccesible. Intenté subirlo de algún modo, pero no lograba cerrarlo del todo.

Resoplé de frustración. Tenía que pedirle ayuda al psicópata. «Vaya cliché.»

Mis pasos me llevaron a la puerta y la abrí con vacilación. No había señales del psicópata en mi habitación. Entonces decidí tocar la puerta corrediza.

—¿Sí? —oí.

Empujé la puerta con suavidad. Estaba ahí, sobre la cama deshecha, con un vaso de whisky en la mano.

Observó mi atuendo deteniéndose en las curvas de mi cintura, que estaba descubierta gracias a los cortes del vestido. Sentí como sus ojos ardientes me recorrían la piel con la intensidad que los caracterizaba mientras él dejaba que se perdieran en mi cuerpo.

Me aclaré la garganta para llamar su atención sobre lo que estaba a punto de decir:

—Necesito que me ayudes a cerrarme el vestido, por favor.

Me miró con una sonrisa de superioridad. A continuación se levantó y se acercó a mí lentamente. Sus pasos eran lo único que se oía a nuestro alrededor.

—Vamos a ver eso... —comentó con picardía.

Rehuyendo su mirada de depredador, me fijé en que su cama estaba delante de la mía. Solo una pared separaba nuestros cabeceros. Y tenía el mismo techo estrellado que yo. No se podía negar que la arquitectura de la casa era muy original.

Sentí como pasaba por detrás de mí. Rozó con el dedo la tela transparente que me cubría los hombros. Siguió la curva, subiendo poco a poco hasta mi cuello.

—Vaya, tu pelo ya no se interpone —musitó, y me acarició la nuca con el pulgar—. Y me pides ayuda...

—El cierre, Scott, ¡vamos a llegar tarde! —exclamé intentando mantener la calma mientras sus caricias me provocaban unos escalofríos incontrolables.

—¿Me das órdenes, cautiva? —murmuró detrás de mí.

—Ella —lo corregí cerrando los ojos en cuanto sus labios me rozaron la nuca.

Estaba jugando. Su boca se tensó contra mi piel cuando mi respiración empezó a acelerarse. Sentí que su dedo índice bajaba por mi espalda. Agarró el cierre con delicadeza mientras me acariciaba despacio la cintura desnuda con la mano libre.

—Odio que me den órdenes... —susurró el psicópata a la vez que me subía el cierre hasta arriba.

Me atrajo hacia él. Su respiración pesada me rozó la oreja.

—Pero tú tienes la audacia de hacerlo. Gritando, además —continuó, y me apretó la cintura—. Es terriblemente excitante.

Iba a ganar. Sentí que perdía el control, cosa que me devolvió a la realidad. Me liberé con brusquedad de su agarre, volteándome hacia él. Esbozó una sonrisita perversa.

—Grítame una vez más y te daré motivos de verdad para hacerlo —me advirtió pasándose la lengua por los labios.

Abrí los ojos como platos; se rio. Salí rápidamente de la habitación bajo su ardiente mirada.

Tras arreglarme el pelo de nuevo, me puse los tacones. Me miré en el espejo y suspiré. Iba a ser una noche larga.

Con un bolso de mano, bajé seguida por el psicópata.

Al salir nos encontramos cara a cara con el chofer, quien nos dedicó una cálida sonrisa.

—Buenas noches, señor Scott. Señora.

Me miró un momento antes de bajar la cabeza.

Mientras me ataba el cinturón, oí que el psicópata le pedía su arma.

—Aquí está —dijo sacando un pequeño estuche de la guantera.

El psicópata abrió la misteriosa caja negra, que contenía, además del arma, dos minúsculos objetos cuya función ignoraba.

—Los auriculares les servirán para coordinarse —informó el chofer—. Podrán comunicarse con el micrófono que llevan integrado; eso minimizará sus posibilidades de cruzarse durante la noche.

El psicópata me tendió uno y se metió el suyo en la oreja. Lo imité.

Empezó a probar el dispositivo. Comprobamos que nos oíamos bien incluso en voz baja. A continuación exploró con la mirada cada centímetro del arma antes de sacarla del estuche. La admiraba como si acabara de descubrirla. Estaba cargada, lista para quitarle la vida a su próximo objetivo.

Se la escondió en la chamarra negra y giró la cabeza hacia la ventana polarizada. Repasé el plan de la noche. Empezaríamos observando a James cada uno por su lado. Por mi parte, mi tarea era sencilla: hacerme notar.

Y para lograrlo iba a ser la modelo que presentaría una joya en la subasta. Cuando me viera, empezaría la segunda parte de mi cometido: aislarlo de la multitud.

Y eso era mucho más difícil. James no caería en mis redes solo con una mirada dulce y una sonrisa seductora. Al menos, yo me sentía incapaz de lograr eso. Además, ¡ni siquiera le interesaba! Pero, por supuesto, debía seguir el plan del psicópata sin pestañear.

De lejos vi el lugar donde se produciría la venta, gracias a la alfombra roja y las luces dispuestas en la entrada. Era un evento privado en el que un grupo de personas arrogantes y altivas con vestidos extravagantes se pavonearían. Las fiestas habituales de la clase alta.

Fruncí el ceño cuando el conductor siguió su camino sin dejarnos ahí.

—Acabamos de pasarnos la entrada —señalé mirando el salón, que se alejaba de nosotros.

—Entramos por detrás —contestó Asher.

La atmósfera que había detrás del salón era totalmente diferente.

Había hombres con trajes colocados ante una puerta de hierro. Podría parecer que solo eran invitados fumando, pero la verdad era muy diferente.

—Los Addams —susurró el psicópata mientras los contemplaba desde mi ventana.

Tragué saliva. El nudo de nervios que tenía en el estómago no dejaba de crecer. Iba a empezar. Estábamos a punto de cometer un asesinato.

«No estoy preparada para tener sangre en las manos.»

El chofer se detuvo y nos bajamos del lujoso sedán. Además de su expresión severa, Asher mostraba su mirada más oscura. Al verlo, los hombres llamaron a sus compañeros, quienes corrieron a recibirnos.

Un tipo con una fedora avanzó hacia nosotros apoyándose en un bastón. Con una expresión en el rostro parecida a la de mi propietario, no se dejó intimidar por la hostilidad que emanaba Asher.

—Llevaba años sin verte, pequeño —dijo parándose frente a nosotros—. Tu padre estaba convencido de que serías mejor que él. Y tenía razón.

¿Su padre? Nunca había oído hablar de su padre.

—¿Estos son tus hombres? —preguntó mi propietario echando un vistazo por encima del hombro de su interlocutor.

—Así es —respondió antes de señalarme a mí con el bastón—. ¿Ella es la que trabajará contigo?

Ash me lanzó una mirada furtiva antes de responder:

—Así es.

—Nos trajiste una criatura muy bonita, Ash.

Su comentario hizo que me estremeciera. El hombre, visiblemente mayor que Rick, me desvistió con la mirada, lo que me revolvió el estómago. Cuando se dio cuenta, Asher se interpuso entre nosotros. Ahora solo la mitad de mi cuerpo era visible. La reacción de mi propietario le arrancó una sonrisa al hombre.

—Siempre fuiste muy posesivo.

—No se puede decir lo mismo de ti —repuso él con frialdad.

¿A qué venía eso? El hombre lo aprobó con un asentimiento.

—¿Cuál es tu plan? —preguntó mi propietario.

—Asegurarme de que el tuyo funcione —se limitó a decir—. Estaremos atentos a Wood durante la velada.

Cuando estés en el escenario, haré salir a los invitados al exterior. Tú te encargas del resto.

—De acuerdo.

El hombre volteó hacia uno de sus monigotes, quien, tras solo una mirada, abrió la puerta que llevaba al salón.

—Te garantizo seguridad, Scott.

—Yo te garantizo su muerte, Addams.

—Una vida por una vida, es lo que dices.

Asher asintió y avanzó hacia la puerta bajo las escrutadoras miradas de los hombres de Addams. Yo lo seguí de cerca, incómoda entre ellos.

Tras las bambalinas del evento se respiraba euforia.

Maquilladores, modelos, vestidos colgados..., era un verdadero desfile. Asher me empujó hacia una mujer que, al reconocerlo, me llevó con ella. Me invitó a sentarme en un sillón y me estudió en el espejo.

—Voy a encargarme de ti —dijo amablemente—. Tú irás al último, lo pidió el señor Scott.

Asentí con la cabeza, perpleja. Lo único que debía hacer en ese momento era seguir instrucciones. Sin embargo, solo me había dado una: quedarme sentada en ese sillón de piel esperando mi turno.

Me sobresalté cuando se encendió el auricular y la voz del psicópata retumbó en mi oído.

—Apostaría a que en este momento me lo estoy pasando mejor que tú.

Por la sonrisa que pude adivinar en su voz, comprendí que estaría bebiendo y espantando a la gente con la mirada.

—Confieso que no es la parte más divertida del plan para mí —admití mientras bajaba la cabeza con miedo a que las modelos que había presentes pensaran que hablaba sola.

—Lo estoy viendo ahora mismo —me avisó en tono serio—. La gente comienza a entrar en el salón de subastas. Prepárate, esto empieza ya.

Asentí como una tonta antes de darme cuenta de que no podía verme.

—De acuerdo —contesté.

Todas las modelos lucían las joyas que iban a llevar. Menos yo.

De repente la dama me trajo una joya protegida por una caja transparente. Comprendí su importancia solo por los esfuerzos que hacían por mantenerla a salvo.

—No te preocupes, será rápido —me tranquilizó—. La subasta ya empezó; me limitaré a ponerte un poco de polvo en ese rostro angelical.

Sus palabras me recordaron al psicópata y el apodo que me había puesto. Me preparó sin decir nada mientras a través del auricular yo podía oír a Ash echando pestes sobre las personas altivas que lo miraban fijamente. Era bastante divertido.

Seguía en la barra espiando a James, que no parecía muy interesado en el evento o en participar en él. El subastador iba subiendo las apuestas para crear competencia entre los invitados.

Llegó el turno de las piedras preciosas. Estaba nerviosa.

La mujer abrió la caja, sacó con delicadeza el collar y

los pendientes, y me ayudó a ponérmelos. Eran increíblemente pesados.

—¡Ahora te toca a ti! —me animó al tiempo que abría un poco la cortina que llevaba al escenario—. ¡Adelante, preciosa! Camina despacio y mantén una expresión neutra. Todo irá bien.

Suspiré con la esperanza de eliminar parte de la presión. Cada minuto que pasaba nos acercaba a la muerte.

A continuación la cortina se abrió poco a poco. Al verme llegar, el subastador presentó la última pieza de la velada.

—Y ¡aquí está la última joya y la más hermosa! Y no hablo de nuestra joven modelo, por supuesto —comentó haciendo reír a los invitados.

—Ella no está en venta —soltó la voz del psicópata en el auricular.

Me paré junto al subastador, quien contó entonces la historia de las joyas que llevaba.

—Esta joya se la regaló el rey Jorge VI a la reina Isabel Bowes-Lyon. Está compuesta por más de mil diamantes...

Continuó divagando mientras yo intentaba mantener la sangre fría al evitar la mirada de James Wood, que seguramente en ese momento ya me habría visto.

Estaba tensa. Odiaba ser el centro de atención, así que mi ansiedad aumentó. Bajé la cabeza para evitar las miradas de los presentes mientras intentaba calmar los latidos de mi corazón.

—Mírame —susurró el psicópata—. Todo irá bien, te lo prometo.

Lo busqué con la mirada y lo encontré apoyado en la barra. Levantó el vaso en mi dirección. Esbocé una leve sonrisa, pero de repente:

—Cuarenta y cinco mil dólares —declaró James Wood.

—Mírame —me ordenó el psicópata en tono neutro.

Obedecí. Como respuesta, James esbozó una sonrisa, la misma que había visto en mi primera misión.

Los compradores se pelearon por la joya durante casi diez minutos hasta que se la quedó el mejor postor por una «modesta» suma de ciento veinte mil dólares.

—Qué locura, cómo pelearon por ella —dijo el psicópata—. Yo prefiero a la que la lleva.

Esbocé una sonrisa discreta y negué con la cabeza oyendo como Asher se reía al verme tan tensa.

Cuando terminó la sesión, la mayoría de la gente se dirigió al buffet. El subastador anunció que la velada continuaría en el exterior, para que todos pudieran disfrutar de los fuegos artificiales, lo que sorprendió a más de uno, entre ellos a James y a mí.

—Qué inteligente, Addams —aprobó el psicópata—. Muy inteligente.

En el enorme salón ya solo quedábamos James y yo. Bajé los escalones y lo vi cruzarse de brazos con una ligera sonrisa.

—Si me hubieran dicho que volveríamos a vernos aquí, no me lo habría creído.

—El azar hizo bien —respondí con una sonrisa.

Cuando me tendió la mano, le di la mía. Se inclinó para besarla, un gesto conocido que me recordó de nuevo aquella maldita velada.

—Mona, no me diga que está aquí por algo de su asociación.

—Tengo más de un as bajo la manga.

Admiró mi vestido. Lo vi humedeciéndose los labios al ver las curvas que revelaba.

—Está resplandeciente, como siempre. Permítame ofrecerle una copa, tenemos mucho de que hablar.

Me rodeó la cintura con el brazo y no pude evitar tensarme durante un instante. Pero entonces recordé que no estaba en peligro. No tenía segundas intenciones, yo no le interesaba.

Pidió una copa en la barra antes de preguntarme:

—Explíqueme entonces, ¿qué está haciendo aquí?

—Subastar joyas... —contesté con aire travieso.

—Es extraño que nos hayamos encontrado en una fiesta tan privada —replicó él con curiosidad—. Me atrevo a imaginar que le llegó la invitación a través de alguien. A decir verdad, yo tampoco vine solo.

Su mirada había cambiado. Se había vuelto más suspicaz. Me tomó por sorpresa, yo no conocía a nadie ahí.

En ese momento el mesero nos sirvió las bebidas. Bebí pensando rápidamente una respuesta.

—Puede ser.

Sí, fue lo único que se me ocurrió.

Giré la cabeza para evitar su mirada inquisitiva mientras la voz de Asher me ordenaba a través del auricular:

—Ángel mío, hazlo subir al escenario. Los invitados saldrán pronto.

Me volví de nuevo hacia James, que seguía teniendo la mirada fija en mí.

—Eres increíblemente guapa, Mona —me elogió mientras me ponía una mano en la mejilla. Ese gesto me desestabilizó. Observó mis labios un breve instante y añadió—: E increíblemente misteriosa.

Tomé otro trago antes de responder.

—Alejémonos de las miradas... y tal vez pueda mostrarme menos misteriosa.

Soltó una risita y aceptó.

—Te sigo.

James volvió a rodearme la cintura con el brazo. Lo alejé de la multitud a través de una puerta discreta. Su proximidad me desconcertó. Aunque conocía su orientación sexual, no pude evitar dudar de sus intenciones.

En el escenario, entramos en una habitación en la que reinaba el silencio. Desde una ventana podíamos ver a los invitados formando una muchedumbre impaciente por presenciar los fuegos artificiales.

—La puerta del fondo —me ordenó Asher—. Entretenlo hasta que llegue yo, no tardaré mucho.

Me volteé hacia James y le mostré una sonrisa que él me devolvió.

—Es raro que conozcas esta parte del escenario; ¿tenemos derecho a estar aquí? —preguntó.

—¡Pues claro que no! —respondí con una risa falsa.

—Nos perderemos los fuegos, preciosa —comentó a la vez que miraba por las ventanas.

Sin contestar nada, lo conduje al interior de la estancia en cuestión. Era una sala espaciosa con un gran sofá y una mesa baja.

—Estamos mejor...

James me tomó por sorpresa estampándome contra la puerta que acababa de cerrar. Me envolvió el cuello con la mano mientras me fulminaba con una mirada hostil que no le conocía. Emanaba ira por cada poro de su piel.

—¡Ahora dime, ¿quién eres?! —me gritó a la cara—. ¿Quién te envía?

Intenté soltarle las manos, me estaba ahogando. Me empujó con fuerza y me golpeé la espalda con la mesa de café. Corrió hacia mí para agarrarme por la cintura y llevarme al sofá. Me resistí, pero era demasiado fuerte.

Intenté pedir ayuda; sin embargo, me puso una mano en la boca y bloqueó mis movimientos sentándose en cunclilla sobre mí. Me resbalaban lágrimas de angustia por las mejillas. Me dolían muchísimo las muñecas por la presión que ejercía sobre ellas.

—¡Llevas calentándome desde el principio! —dijo cortante—. Tú mentiste sobre tu identidad, y yo, sobre mi orientación sexual.

Abrí mucho los ojos. No podía creer lo que estaba oyendo. Unos temblores violentos asaltaron mi cuerpo, ya maltratado por mi atacante.

Pegó su rostro al mío. Me puso los labios en la mejilla y me dijo:

—¿Crees que no te vi venir con tu rostro angelical? Olí a la nueva recluta de inmediato. Y no, no soy gay, querida. Y el que te envía lo sabe porque, de lo contrario, no habría vuelto a intentarlo.

Por supuesto, claro que mi propietario lo sabía, su plan se basaba en ese punto.

—Y todo el mundo sabe que me excita el sufrimiento

de los demás —me susurró al oído—. Voy a cogerte hasta que grites el nombre del que te envió y las razones por las que lo hizo.

Me retorcí y él me abofeteó. Luego me rasgó la parte superior del vestido. En ese instante habría preferido la muerte.

Asher sabía que pasaría eso y no me había advertido. Estaba al corriente de mi pasado y no lo había tenido en consideración. Me iban a violar una vez más.

Y eso formaba parte de su plan.

28

Asuntos familiares

Su mano me cubría por completo los labios y me impedía emitir el menor sonido que pudiera alertar a alguien en el exterior. Me movía sobre el sofá. No quería revivir eso. No quería dejar que abusara de mí. Necesitaba liberarme, pero me había atrapado las muñecas con su enorme mano y su cuerpo estaba a horcajadas sobre el mío.

—Tu jefe te ofrece como regalo, y al parecer sabe lo que me gusta...

¿Ofrecerme como regalo?

Le intenté morder la palma, pero nada. Estaba esperando a que me cansara, como un felino observa con tranquilidad a su presa mientras esta se desangra antes de devorarla. Me admiraba mientras se relamía.

—¡Eres divina! Conozco a una chica que se parece mucho a ti; llevo cinco años queriendo cogérmela —añadió con una sonrisa malvada dibujada en los labios—. De hecho, hoy está aquí conmigo.

No respondí y seguí peleando para deshacerme de él. Rezaba por que el psicópata apareciese y me liberara.

James se inclinó hacia mí y nuestras narices se juntaron. Su boca remplazó a su mano en un beso forzado. Le mordí los labios para protegerme de su ataque mientras él sonreía.

—¿Quieres que nos saltemos los preliminares, querida? —murmuró.

Apreté los muslos cuando me empezó a levantar el vestido. Mis sollozos se duplicaron, temblaba de forma aún más violenta.

Entonces el instinto de supervivencia se apoderó de mi cuerpo y dejé de luchar. Ninguna palabra más salió de mi boca. Como en mis pesadillas. Como en mi pasado.

Me soltó el pelo e hice un gesto de dolor. De repente abrió los ojos como platos.

—¡Ahí está! Así que no eres un regalo...

Retiró el auricular que llevaba oculto e intentó escuchar el más mínimo sonido que pudiera salir de él, en vano. A diferencia de mí, Asher había desactivado el suyo poco antes de que yo entrara en la sala.

En ese momento la puerta se hizo pedazos y el ruido estridente de una bala invadió la habitación.

Era él.

Era mi propietario y estaba fuera de sí.

James no parecía sorprendido. Con llamativa rapidez, sacó su arma y la apuntó hacia mí.

—Un paso más y la mandó al infierno —amenazó pegándome el cañón a la frente.

Asher temblaba de rabia. Tenía las fosas nasales dilatadas y la mandíbula apretada.

No movió ni un pelo, pero continuaba apuntando a

mi agresor con el arma; este tiró de mí con violencia para aprisionarme entre sus brazos. Mientras Asher seguía todos sus movimientos, James apuntó el arma hacia él. Los dos hombres se desafiaron con la mirada. Asher no hablaba, así que mi agresor rompió el silencio.

—Nos interrumpiste —exclamó sarcásticamente mientras me asfixiaba con el brazo.

En lugar de responderle, mi propietario continuó observándolo con el mismo destello de rabia en las pupilas. Aunque no podía ver la cara de mi agresor, sentía su respiración agitada.

Buscaba a Asher con la esperanza de aferrarme a algo para no sucumbir al ataque de pánico que amenazaba con invadirme a cada minuto, pero él evitaba mi mirada.

En la habitación solo se oían mis sollozos. No conseguía controlar mis temblores.

—¿Es tu primera misión, niña?

Ninguna respuesta; tomaba a Asher por un principiante.

—Suelta el arma, ¿quieres?

La expresión en su rostro era diferente: estaba reflexionando. Lo supe por sus rasgos tensos y por sus ojos, que examinaban la cara de James.

De repente el arma de mi agresor ya no lo apuntaba a él, sino a mí. Contra mi sien.

—Suelta... el... arma.

Tres palabras. Una orden. Una amenaza.

Esbozó una sonrisa forzada sin inmutarse y continuó con su actitud rebelde, poniendo en peligro mi vida.

—Es curioso, te pareces a alguien que conozco —le

confesó James a Asher—. Pero no tiene los mismos ojos que tú.

Por primera vez desde que había entrado, Asher habló.

—Y ¿de qué color son sus ojos? —preguntó mostrando un falso interés.

Era una pregunta banal, pero surtió el efecto deseado. Y Asher lo sabía.

La respiración de James se cortó en cuanto escuchó su respuesta. Había reconocido la voz de mi propietario. La voz de Asher.

La atmósfera cambió. Ya no eran dos personas que se desafiaban jugando con la vida del otro. Me agarró del cuello con más fuerza hasta el punto de que se me hizo difícil respirar. Se le pusieron los pelos de punta y sus músculos se tensaron.

Mi propietario esbozó una sonrisa malévola, la misma que me producía escalofríos cuando me la dedicaba. Avanzó lentamente, poco a poco, y yo sentí que retrocedía.

—¡No te acerques! —lo amenazó mi agresor—. O la mato ahora mismo.

El arma temblaba contra mi sien. Aguanté la respiración, nunca había tenido la muerte tan cerca. Me quedé sin aliento en el momento en que el psicópata dijo:

—Puedes matarla, no me sirve para nada.

«No me sirve para nada.»

Estaba dispuesto a verme morir. Como si yo no fuera nada.

Completamente indiferente al chantaje de James,

continuó avanzando muy poco a poco. Mis sollozos se hicieron aún más ruidosos cuando comprendí que no pensaba obedecer las órdenes de aquel tipo que tenía mi vida entre sus manos.

—¿Quieres una prueba? —preguntó mi propietario—. Puedo matarla ahora mismo.

Empecé a ver borroso. No podía ni sostenerme en pie.

—Mátala —dijo mi agresor—, así estaremos cara a cara.

Asher me dirigió una mirada seguida de una sonrisita. Con expresión concentrada, apuntó el arma a mi garganta.

¿Mi garganta?

«Pero... un segundo...»

—James, antes tengo una pregunta para ti —indicó Asher—. ¿Crees en los ángeles?

El tipo continuó en silencio. Intentó mantener la respiración calmada sin éxito. Desde la escandalosa llegada de mi propietario, el corazón le latía a un ritmo desenfrenado.

De repente, detrás de nosotros oímos los famosos fuegos artificiales que iluminaban el cielo de Montecarlo.

—No.

Asher rio.

—Bueno, yo sí.

Apenas terminó su frase, todo sucedió muy rápido.

Disparó apuntando a mi garganta, protegida por el brazo de mi agresor, que gritó de dolor al recibir el balazo.

Me soltó. Durante los cinco primeros segundos, sin aliento, no me moví. Tenía la mano bloqueada sobre mi cuello, que había salido ileso.

Luego, otro ruido estridente retumbó y mi cuerpo se puso en alerta. Intenté alejarme de sus disparos corriendo hacia una esquina de la habitación, pero Asher me jaló violentamente. Nos condujo hacia el exterior mientras esquivaba las balas de mi agresor, que disparaba en todas direcciones.

Una vez fuera del despacho, tras un muro que nos separaba de las balas de James, Asher disparó varias veces al interior y le dio en la mano a James, que, con un grito de dolor, soltó la pistola.

Fue la oportunidad de mi propietario para dispararle en la pierna antes de encajar otras dos balas en su cuerpo sin ningún escrúpulo. Y de manera fulminante.

La mano libre de Asher me protegía y me rodeaba la parte superior del cuerpo. Tenía la cabeza pegada a su torso. Temblaba temiendo que una bala me atravesara la piel en cualquier momento.

Solo se oían la respiración entrecortada de mi propietario y los gemidos de James, que estaba tirado en el suelo.

Asher me soltó para entrar de nuevo en la habitación. Se acercó a James y, con una patada, alejó su arma. Luego lo agarró del pelo para obligarlo a levantar la cabeza.

—Y mi ángel no se toca —dijo enrabietado.

Sin que yo me lo esperara, le dio un puñetazo en la mandíbula. Uno, dos, tres, cuatro... No paraba. No podía parar.

—Detente —le susurré con voz temblorosa—, lo vas a matar.

No me escuchó. Le dio una patada en el costado a James, que se hizo un ovillo.

—¡Para! —exclamé mientras él continuaba descargando toda la ira acumulada.

Hice una mueca cuando vi a James con la nariz y la cara llenas de sangre y los ojos hinchados. Estaba irreconocible.

Me acerqué a Asher y le puse una mano en el hombro con la esperanza de calmarlo. A juzgar por sus respiraciones cortas y rápidas, el corazón iba a explotarle dentro del pecho.

—Mi cara va a ser la última cosa que veas, hijo de puta.

James soltó una risita débil entre gemidos de dolor, no aguantaba más. Sin embargo, le respondió algo que me rompió el alma:

—Estaremos en paz, fui una de las últimas personas que tu padre vio antes de morir.

Me quedé aturdida, con los ojos abiertos como platos. Nunca había oído hablar de su padre antes de esa noche. Y ya entendía por qué.

Estaba muerto.

—Cierra los ojos, Ella.

Tan pronto como obedecí su orden, Asher lo apuntó con el arma y con un gesto rápido, casi sin pensar, movido por su rabia y su odio, puso una bala entre los ojos del asesino de su padre. Luego dos..., tres, cuatro... No podía detenerse.

Un grito de terror escapó de mi boca cuando la sangre salpicó la camisa y la cara de mi propietario. Atravesó con la mirada el cuerpo sin vida de James Wood mientras apretaba la mandíbula y los puños sangrientos.

Me llevé la mano a la boca, no podía despegar los ojos del cadáver que tenía a mis pies. Esa visión me revolvió el estómago y me provocó muchas ganas de vomitar. Mi propietario, que seguía mirando fijamente el cuerpo, me dijo con una voz neutra:

—Te dije que cerraras los ojos.

La puerta se abrió y apareció Addams. Con un movimiento de su bastón, ordenó a sus hombres que sacaran el cadáver de la habitación, pero Asher los detuvo y extrajo una bala del bolsillo de su chamarra.

La contempló un instante con el ceño fruncido y la metió en el bolsillo de James.

—Déjenlo en su casa —ordenó mi propietario.

Miraron a su jefe, que les respondió con dureza:

—Hagan lo que él diga.

Se lo llevaron lejos, dejándonos a nosotros tres atrás. Addams examinó la parte superior de mi vestido; desgarrada, dejaba ver el nacimiento de mi pecho, por suerte cubierto por un brasiere.

Con un gesto rápido, Asher se quitó la chamarra y me la puso sobre los hombros ayudándome a escapar de la mirada voraz de su compañero.

—Estaba aquí —dijo Addams al mismo tiempo que dirigía la atención hacia Asher.

Este último asintió y le respondió con un tono neutro:

—Lo sé. Me crucé con ella, me reconoció.

Levanté la mirada hacia mi propietario, que todavía parecía enojado, intentando comprender de qué estaban hablando. Habían descubierto la identidad de Asher.

—Sin embargo, no la vi llegar. Wood entró solo —declaró Addams con el ceño fruncido.

De repente recordé lo que James me había confesado poco antes de que mi propietario entrara.

—Me dijo que estaba acompañado —los informé.

James había hablado de una mujer, una mujer que, según él, se parecía a mí.

—Jones nunca está lejos, no es una leyenda, esa mujer es un verdadero virus —resopló Addams mirando por la ventana—. Los asuntos familiares de los Scott son siempre tan...

—Nos vamos —lo interrumpió el psicópata sin dirigirme ni una mirada.

Empezó a caminar hacia la salida y yo lo seguí sin decir una palabra. Pero ese nombre se me quedó grabado, Jones. Estaba ahí, cerca de nosotros. Tal vez incluso sabía que habíamos matado a James. Repasando las palabras de este recordé que me había dicho que la conocía desde hacía cinco años. Pero ¿de verdad se conocían?

Nuevas piezas perdidas del rompecabezas.

Sin embargo, en ese momento me daban igual todas las preguntas sin respuesta, estaba enojada con Asher. Me había mandado al infierno sin avisarme. Me había ocultado su plan, había jugado con mi vida.

Lo seguí en silencio hasta la salida del gran salón. Los invitados se habían ido, la fiesta había terminado, igual que nuestra misión. Nuestro chofer estaba en el coche, estacionado en la entrada. Nos subimos sin decir una palabra.

Asher encendió un cigarro y espiró con fuerza, dejando escapar sus sentimientos. Nos mantuvimos en silencio durante todo el trayecto. No tenía fuerzas para hablar. Tampoco sabía cómo me sentía.

Una vez que llegamos a la propiedad privada, Asher abrió la puerta. Yo la cerré tras de mí. Un silencio pesado se cernía sobre nosotros. Con un gruñido, se desabrochó la camisa manchada de rojo y se la quitó rápidamente. Al ver sus nudillos sangrientos, me ordenó que tomara el botiquín del baño y fuera a su habitación, cosa que hice sin rechistar.

Me analizó con la mirada, pero evité hacer contacto visual. Examiné sus heridas con el ceño fruncido. Sacó todo lo que necesitaba mientras yo observaba cada uno de sus movimientos sin que se me fuera su mentira de la cabeza.

—Te desenvolviste bien esta noche —me dijo pasándose un trozo de algodón empapado en alcohol por las heridas.

Apreté la mandíbula. ¡Qué descarado!

—Me mentiste—lo acusé, sintiendo todavía las manos de James sobre mi piel.

Levantó la vista hacia mí y me estudió la cara. Hice lo mismo, y le aguanté la mirada.

—Si hubieras sabido que James no era quien decía ser, te habrías mantenido en guardia y eso habría arruinado la misión. Tenía que ocultártelo.

Me hervía la sangre. James tenía razón, Asher lo sabía.

—¿Me enviaste ahí sabiendo que me iba a violar?

Frunció el ceño enojado y respondió en voz muy alta:

—Sí, pero tenía previsto llegar antes de que te pusiera las manos encima.

Su respuesta me sacó de quicio.

—¡¿Por qué no lo hiciste, entonces?! —grité temblando de rabia—. MIE...

—¡Porque Isobel me retuvo!

Se me cortó la respiración y me detuve en seco.

Me quedé de piedra. Estaba con ella. Mientras me agredían, él estaba abajo, con ella.

Al ver a mi expresión, se ablandó. Se pasó nerviosamente la mano por el pelo, que tenía alborotado.

—No es lo que tú...

—Yo estaba... entre las manos... de un hombre que... iba a violarme por tu culpa —dije aturdida—. Mientras tú..., tú... ¿Tú estabas con Isobel?

Lágrimas de rabia me recorrieron las mejillas. ¿Cómo había podido hacerme eso? Carajo, ¿por qué se había quedado con ella si sabía lo que me iba a pasar?

—Ella, ella no formaba parte del plan —resopló.

Se levantó y se acercó a mí. Retrocedí casi como en un acto reflejo. Él se dio cuenta. Frunció el ceño. Cuando se acercó aún más, negué con la cabeza. No quería que me tocara.

—¿Cómo pudiste...?

—Todo se terminó —murmuró en voz baja—. Llegué antes de que lo hiciera.

—Me mentiste, Asher. Carajo, ¡me lo ocultaste!

—Lo siento.

«Lo siento», una frase que solo había oído salir de su boca una vez. Pedía disculpas. Asher Scott pedía disculpas.

Me preguntaba por qué y cómo lo había retenido, pero al mismo tiempo no lo quería saber. Recordé su violenta reacción la noche que le hablé de ella. Y ¿ahora me decía que se habían «reencontrado»?

¿Y si había algo entre ellos?

—No me la cogí, si es lo que estás pensando —me confesó—. En realidad, no la tocaría ni con un palo.

No respondí, no sabía qué decir. Todo se mezclaba en mi cabeza. Estaba enojada con él por haberme dejado en manos de un violador, pero sabía que decía la verdad. Sabía que la entrada de Isobel casi había arruinado su plan. Me preguntaba qué había sucedido entre ellos y por qué ella estaba ahí.

Se acercó a mí despacio, muy despacio, como si yo fuera un jarrón a punto de romperse.

—Te doy mi palabra de que nadie podrá llegar a ti cuando yo esté cerca —me prometió, poniendo las manos sobre mis brazos.

Cuando sus dedos entraron en contacto con mi piel, me dio un escalofrío. Cerré los ojos para intentar sacarme de la cabeza los recuerdos del otro cerdo.

—No soy James —me tranquilizó con un susurro—. Soy yo. Asher.

Nuestras caras se acercaron. Tragué saliva. En mi mente veía el rostro de James en lugar del de Asher. Retrocedí y aparté la mirada.

—Lo maté, Ella, no dejes que te atormente. Ya no está aquí.

Se me empañaron los ojos. Ya no estaba allí. Sin embargo, me acordaba de su tacto, su violencia, sus ojos excitados por mi angustia.

—Descríbemelo —me pidió Asher para mi sorpresa—. Descríbeme cómo fue. Dime qué te hizo.

No entendía su petición. ¿Adónde quería llegar?

—Hazlo, ángel mío.

Vi que daba un paso atrás para volver a dejar espacio entre nosotros.

—Él... me miraba como... como a una presa —empecé con dificultad—. Le excitaba la idea de... cogerme.

Asintió en silencio. Apretó la mandíbula, pero me pidió que continuara.

—Me saltó encima.

Dio un paso hacia delante y me interrogó con la mirada. Comprendí que me estaba pidiendo permiso.

Se lo di asintiendo con la cabeza. No sabía qué pretendía.

—Continúa.

—Sus movimientos... Él... era violento —describí con gesto de dolor—. Sus manos me recorrían el cuerpo y... sus dedos me apretaban la piel.

De repente su mano se acercó a mí. Con la punta de los dedos, empezó a acariciarme el brazo. Lentamente, sin hacer la menor presión.

Me miró a la cara, pero yo tenía los ojos clavados en su mano.

—No pares.

—Él... me obligó a besarlo —le dije disgustada—. Yo... todavía puedo sentir su boca sobre mis labios.

Muy poco a poco acercó su cara a la mía. Miró mis labios con insistencia mientras yo luchaba contra las escenas de aquella agresión, que se repetían una y otra vez en mi mente.

—¿Lo tocaste? —me preguntó.

Negué con la cabeza. Habría sido incapaz de poner las manos sobre mi agresor.

—Tócame, Ella.

Me tensé.

—No soy James. Mira mis dedos, mírame.

Lo comprendí. Me mostraba que no era como él, que no tenía por qué temerlo. Estaba haciendo todo lo contrario de lo que James me había hecho sufrir.

—Pon una mano sobre mí, ángel mío.

Dudé durante unos segundos. Luego apoyé los dedos sobre su torso. Sentí que su otra mano se abría camino entre su chamarra para colocarse en mi cintura. Me estremecí cuando rozó mi piel desnuda.

—Soy yo. Soy yo, Ella —me tranquilizó de nuevo—. Asher.

Vacilante, recorrí con la mano la superficie de la piel de su torso en silencio para calmarme. Sus dedos me acariciaron la espalda y me acercaron más a él. Me resultaba difícil dejarme llevar, pero me repetía que era Asher.

—No tengas miedo, soy yo.

Entreabrió la boca y sentí que su respiración se volvía más fuerte y ruidosa.

—Maldita sea —murmuró.

Acercó de nuevo su cara a la mía, deshaciendo el poco espacio que quedaba entre nosotros.

—Soy yo —repitió en un suspiro—. Nadie volverá a ponerte las manos encima, te doy mi palabra.

—No quiero que nadie vuelva a tocarme —admití con debilidad, limpiándome las lágrimas—. No puedo más.

—Te prometo que nadie más te tocará —susurró.

Me rozó la frente con los labios y me dio un beso. Al sentir que retrocedía, me deshice de su agarre. Se pasó la mano por el pelo y dejó escapar un fuerte suspiro.

Cuando se estaba yendo, una pregunta cuya respuesta quería saber se escapó de mi boca:

—¿Quién es Isobel, Asher?

Se volteó hacia mí levantando las cejas, visiblemente sorprendido.

—Una zorra que crea problemas a donde sea que vaya. Tenemos un vuelo dentro de cuarenta y cinco minutos, prepara las maletas.

—No cambies de tema —respondí molesta—. Dime la verdad.

Suspiró.

—Mi ex.

29

Amor fraternal

Al día siguiente

Tres y cuarto de la madrugada. Acabábamos de estacionarnos cerca del oscuro edificio del cuartel general. Rick había exigido nuestra presencia en una reunión en cuanto volviéramos de Montecarlo, y, a juzgar por la expresión irritada del psicópata, comprendí que Rick no bromeaba.

Tragué saliva, incómoda. Rick se mostraba siempre muy firme en los asuntos de la red y temía el motivo de la reunión.

Caminamos hasta la puerta que nos separaba de la reunión. Cuando iba a abrirla, el psicópata me lo impidió poniéndome una mano en la muñeca. Sacó su cajetilla y se puso un cigarro entre los labios.

—Ahora puedes abrir.

Puse los ojos en blanco y empujé la puerta de la oficina detrás de la cual estaba todo el grupo reunido.

—¡Eh! —exclamó Kiara, que se levantó de la silla con una amplia sonrisa en los labios. Se lanzó a mis brazos—.

¡Es como si llevara un mes entero sin verte! —añadió pegando la mejilla a la mía.

Le devolví el abrazo con una sonrisa. La había extrañado muchísimo.

Cuando Rick se aclaró la garganta, nos alejamos la una de la otra. Me di cuenta de que no parecía nada contento. Estaba claramente enojado.

El psicópata pasó por nuestro lado con una actitud despreocupada. Ally le hizo una señal, pero la ignoró para desafiar a su tío con la mirada. Ninguno de los presentes osaba decir nada. De repente el ambiente se había vuelto glacial.

Kiara me tomó la mano y me animó a sentarme a su lado. Ben me guiñó el ojo. A cambio, yo esbocé una sonrisita que se borró en cuanto Rick tomó la palabra.

—¡Haces lo que te da la gana! —empezó con un tono de voz cargado de reproches.

—Eso no es ninguna novedad —replicó Asher.

Rick puso los puños sobre la mesa y frunció el ceño.

—¡Habíamos quedado en que debías seguir el plan!

El psicópata permaneció indiferente ante la cólera de su tío. Le respondió con el mismo tono neutral fumándose el cigarro con arrogancia.

—En efecto, pero nadie dijo que no podía elaborar un plan B.

Rick dio un puñetazo sobre la mesa, lo que me sobresaltó, pero no provocó la menor reacción en mi propietario. No se mostró nada intimidado por la furia de su tío.

—¡Metiste a tu cautiva en la boca del lobo! ¡Solo tenía que hacerse notar! Y ¿a ti se te ocurrió dejar que la violaran?

De repente los dedos de Asher partieron el cigarro en dos. No se esperaba ese reproche; se tensó y apretó la mandíbula. No tardó en responder, con la mirada oscura.

—Mi plan era que James no sospechara que planeábamos asesinarlo —dijo mordazmente—. Había que hacerle creer que la cautiva era un soborno; los que quieren crear alianzas con Wood solían enviarle putas de regalo.

Rick miraba a su sobrino con severidad sin decir una palabra. El psicópata se acercó a él.

—Y si hubiera seguido tu plan —añadió en el mismo tono rodeando la mesa—, ahora ya no tendría cautiva. La habría matado.

El corazón me dio un brinco.

Rick se paró ante él. Asher estaba que ardía, pero su tío mantenía la mirada fija en él; no se dejaba intimidar.

—Si siguiera todos tus planes, ya estaría enterrado en Londres con mi padre.

Ben se levantó y tomó la palabra.

—A...

—¡Cállate! —gritó Asher sin voltearse para mirarlo—. ¡No pretendas mandar sobre mí! No olvides que soy yo el que dirige y no al contrario.

Asher se alejó de su tío, que no dijo nada mientras él recuperaba su lugar. El psicópata se puso otro cigarro entre los labios y hojeó rápidamente los documentos que había sobre la mesa.

Nadie osaba hablar en toda la estancia. Todos evitaban sacar cualquier tema. Al final Rick se volvió a sentar con un suspiro. Vi que Ben levantaba la mano como un niño pequeño en clase, lo que nos hizo reír a Ally, a Kiara y a mí.

—Y ¿ahora qué? —preguntó el psicópata irritado.

—Te advierto que yo no tuve nada que ver —comenzó Ben—. No fue idea mía.

Fruncí el ceño confusa. Kiara abrió mucho los ojos y le indicó que se callara.

—¿Qué daiblos pasa? —preguntó Asher mirándolos.

—¡Nada de nada! —exclamaron los dos a la vez.

Asher se pellizcó el puente de la nariz y suspiró. Rick volvió a aclararse la garganta, recuperando su papel de líder de la reunión.

—Ella, ¿qué te dijo James antes de que llegara Ash? —me preguntó en voz baja.

Se me formó un nudo en el estómago. Aquellas escalofriantes imágenes desfilaron ante mí: primero, él encima de mi cuerpo; después, detrás y, finalmente, lejos de mí y de este mundo.

—Me... me dijo que había venido acompañado por...

—Isobel —me interrumpió Asher—. Isobel estaba allí. Además, de no ser por ella, James no habría tenido tiempo de ponerle un dedo encima a mi cautiva.

«Mi cautiva.»

Ben se rio y le guiñó el ojo a Kiara, que negó con la cabeza y le tendió un billete de cien dólares.

—¡Dame ese puto billete! —ordenó el psicópata a su primo.

Este obedeció haciendo una mueca. Asher colocó la

llama de su encendedor debajo del billete y lo dejó arder suavemente entre sus dedos. La escena me dejó muda. ¡Quemaba dinero!

—No eres gracioso —murmuró Ben.

—Al próximo que haga una apuesta sobre mí le pasará lo que le ha pasado a este billete —amenazó, antes de tirar los restos en un rincón de la sala.

Todos se quedaron callados sin saber qué responder a ese demonio, que, sentado en su silla, hojeaba documentos mientras fumaba.

—Isobel no sabía que su compañero iba a morir —continuó Ash—, pero una cosa está clara: ahora ya lo sabe.

—¿Qué hiciste con el cuerpo? —preguntó Ben.

—Lo llevamos a su casa. Incluso dejé una pista para el primero que lo encuentre.

Recordé que había visto al psicópata deslizando una bala en el bolsillo del cadáver. Kiara lo interrogó curiosa:

—¿Qué tipo de prueba?

—De plomo. Grabada.

Rick se pasó una mano por el pelo con nerviosismo. Asher jugueteaba con sus anillos sin decir nada, con la mente en otra parte.

Tal vez seguía en aquella sala con Isobel.

Desde su confesión, mi imagen de ella había cambiado. Recordar su insolencia cuando había querido que le transmitiera un mensaje a Asher hizo que me diera cuenta de lo sádica y perversa que era.

Asher aplastó el cigarro en el cenicero que tenía al lado y expulsó el humo mientras observaba a todos los miembros de su equipo.

—Acabamos de declarar una guerra —anunció en tono serio—. Conozco a William, y empezará atacando sus puntos débiles.

Terminó la frase volteándose hacia Ally; estaba claro que hablaba de su hijo. Ella mostró una expresión de preocupación.

—Deberías dejar el continente. Mañana —declaró mirándola directamente a los ojos—. Te irás con Théo a Escocia.

Ally asintió con manos temblorosas. Debía proteger a su familia del peligro que la rodeaba.

—Kiara —continuó en dirección a su amiga—, tú te llevarás a tu madre a París. Tomará el primer vuelo mañana por la mañana.

Murmuró un «entendido» sin negociar nada. Al fin y al cabo, no tenía elección.

—¿Crees que encontraron el cuerpo? —preguntó Rick.

Asher levantó la cara hacia él.

—Sin duda. Puede que incluso estén de camino para decírselo a William..., si es que no lo hicieron ya.

Aquella situación me tenía con un nudo en el estómago; estaba muerta de miedo. Y, por primera vez desde que los había conocido, todos corríamos serio peligro de muerte.

El psicópata se levantó de la silla para colocarse ante todos nosotros. Su mirada había cambiado. Abrió la boca, pero no dijo nada durante un instante. Apretó la mandíbula y cerró los ojos.

—Mi padre... —empezó antes de volver a abrirlos y de mirar sus anillos—. Mi padre era uno de los mejores dirigentes de esta red. Y mataré a todos los que participaron en mayor o menor medida en su muerte.

Habló con voz firme y decidida, a la altura de sus palabras.

—William y su banda pagarán por todo lo que nos quitaron, les doy mi palabra. La palabra de un Scott.

Ben se levantó, seguido por Rick. Ambos se unieron al líder de su dinastía.

—Sé que sigue con nosotros —murmuró Ben—. Puede que no físicamente, pero está aquí. —Hizo una breve pausa y señaló con el dedo el sofá que tenía delante—. En ese sofá, donde solía sentarse. También está aquí. —Señaló una de las sillas vacías—. Y aquí. —Señaló la ventana—. Esta noche está con nosotros. Siempre lo está.

A Rick se le humedecieron los ojos durante el discurso de su sobrino.

—Mi padre no merecía morir de ese modo. Les tengo reservada una muerte espantosa.

Asher estaba decidido a mantener su promesa: matar a todos los que habían tenido la audacia de cometer el error de acercarse a su familia.

—Véngalo —pidió Ally con la voz quebrada—. Fue un padre, tío y hermano increíble para todos nosotros. No se merecía ese final.

Una lágrima le resbaló por la mejilla. Después otra. Y otra más. Lloraba la muerte de un hombre al que yo no había tenido oportunidad de conocer.

—Aunque al tío Robert no le hubiera gustado que nos vengáramos... —admitió Ben mientras echaba un vistazo a su primo—. Incluso habría detestado esa idea.

Asher le devolvió una mirada cómplice.

—Bueno, eso significa que cometeremos la enésima estupidez y él, desde allí arriba, nos llamará...

—«Idiotas» —interrumpió Ben.

—«¡Muevan el culo, pandilla de idiotas!» —lo imitó Asher, que se miró el anillo.

A Rick se le escapó un sollozo y estrechó a sus sobrinos con los brazos. Ally parecía emocionada; sinceramente, todos lo estábamos. Esa imagen demostraba hasta qué punto la familia era importante para los Scott, hasta qué punto estaban todos unidos.

Sin embargo, también demostraba que el duelo se guardaba para algunos. Pero no para otros.

—Estoy seguro de que está muy orgulloso de ustedes, chicos —afirmó Rick.

Esa escena, preciosa y triste al mismo tiempo, hizo que no pudiera evitar derramar algunas lágrimas.

Era humana.

—Todavía recuerdo cuando nos enviaba a clasificar los archivos como castigo porque nos peleamos jugando al FIFA —dijo Ben.

Kiara soltó una carcajada, secándose las lágrimas que le caían por las mejillas.

—Cuando me enseñó a disparar, no podía fallar el objetivo nunca...

—Porque siempre hay que asumir que tu adversario no fallará —terminó Ash—. Después de eso, nos lanzaba al lago helado.

Kiara volvió a tomar la palabra, carcomida por la tristeza y los recuerdos.

—Me... me animó a hablarle de mi bisexualidad a mi madre y a ustedes...

Con los brazos aún en los hombros de su tío y de su primo, Asher esbozó la misma expresión de alegría mezclada con tristeza. Aun estando ausente, Robert los hacía sonreír.

Rick levantó el rostro hacia el techo y dejó caer lágrimas en memoria de su hermano.

—Espero que te estés haciendo un porro monumental mientras nos ves llorar por ti, cabrón.

Esa frase nos arrancó carcajadas a todos y creó un ambiente menos triste.

—Gracias por todo, papá —murmuró Asher admirando su anillo de sello.

Era el anillo de sello que había pedido que me pusiera en el restaurante de Montecarlo. «R. Scott», Robert Scott.

Aquello puso fin a la reunión.

Ally nos dio un largo abrazo. Iba a extrañarla. Escocia estaba lejos, pero por suerte la tecnología nos permitía mantenernos en contacto con nuestros seres queridos.

La sala se vació. Rick y Ally se fueron del edificio para preparar su partida. Kiara y Ben se unieron a ellos. Nos quedamos solo yo... y Asher.

—Lo siento —musité mientras él se ponía la chamarra de piel.

Me lanzó una mirada de incomprensión.

—Lo de la muerte de tu padre —precisé.

Estiró los labios en una sonrisita, pero no dijo nada. Me di cuenta de que hablar de ese tema lo había cambiado. Parecía más vulnerable. Ya no tenía esa apariencia fría, la hostilidad constante de su mirada había desaparecido.

Era él, era Asher.

—¿Vienes? Me muero por descubrir qué mierda hicieron en mi casa.

Asentí y lo seguí con una sonrisa. Yo también tenía ganas de averiguarlo.

Subimos los escalones de la gigantesca, silenciosa y oscura casa del psicópata. Bueno, eso hasta que se encendieron las luces automáticas de todas las habitaciones y entonces... se oyeron ladridos. Un perro corrió hacia nosotros.

¡Mierda!

Kiara y Ben habían traído un perro.

No pude evitar soltar un grito de alegría al ver esa bola de pelo marrón.

—¡Mierda! —soltó la voz aturdida de Asher detrás de mí.

«Tiene cara de que no está tan contento como yo.»

Me senté en el suelo y me saltó encima. Era un cachorro adorable. El celular del gruñón sonó. En cuanto respondió, gritó haciéndome estremecer:

—¡¿Me trajiste un perro, Kiara? ¿Un puto saco de pulgas en mi casa?! ¡Te voy a matar, Smith! ¡Voy a...!

—¡Calla! Lo estás asustando.

Lo fulminé con la mirada, y el psicópata hizo lo mismo mientras seguía discutiendo por ese cachorro, que, al parecer, era demasiado puro para él.

Después de colgar, suspiró mientras me veía jugar con el animal.

—Ni lo sueñes —me advirtió mientras levantaba la cabeza hacia él, preparada ya para soltar mis argumentos que lo convencerían de que nos lo quedáramos.

—¡Por favor! —supliqué—. ¡No puedes echarlo a la calle!

—¿Quieres que apostemos? —replicó asqueado—. ¡No se quedará aquí ni un segundo de más!

Me puse de pie frente a él para proteger al perrito de ese monstruo que quería deshacerse de él.

—Si lo echas, yo... ¡me iré con él!

Se rio.

—Razón de más para echarlo.

Formé una O ofuscada con los labios. Soltó una carcajada antes de continuar con más seriedad:

—Se va. Si quieres irte con él, es cosa tuya. Pero el perro se va. No me gustan nada los perros.

Me crucé de brazos y negué con la cabeza. No pensaba dejar fuera a ese pobre perrito indefenso.

—Se queda.

—Mi casa, mis reglas.

—¡Yo también vivo aquí! —exclamé irritada.

—Tú también me perteneces —concluyó mirándome a los ojos.

El perro se restregaba contra mis piernas. Cuanto más lo miraba, más quería que se quedara. Era mi palabra contra la de Scott. Se quedaría. Iba a convertirlo en algo personal.

El juego estaba a punto de empezar.

—Conozco esa mirada —me dijo—. No me harás cambiar de parecer.

Cuando me acerqué a él, se cruzó de brazos. Mi mano encontró su camino en el interior de su chamarra y se apoyó en su costado.

—Por favor —susurré.

Acerqué mi cara a la suya. Fijé los ojos en sus labios con esa misma falsa insistencia, lanzando furtivas miradas a su rostro, que permanecía indiferente a mis avances.

Iba a ser más complicado de lo que esperaba. Así que habría que elevar la intensidad.

—Hagamos esto: si... si me besas tú —murmuré rozándole los labios—, nos quedamos el perro.

Resopló y descruzó los brazos antes de colocármelos en la cintura; eso hizo que me estremeciera. Esbozó una sonrisita.

—¿Pones a prueba mi control? Esto no es un juego, es... —Me acercó más a él; una sonrisa triunfal atravesó mis labios—. Si tú me besas a mí —replicó.

Metí las manos por dentro de su suéter. Sentí que se tensaba bajo mis dedos, su respiración se volvió pesada. Sus ojos me quemaban la piel. Entreabrió la boca mientras yo acariciaba su costado delicadamente con las uñas. A continuación retiró mis manos de su suéter.

—Y ¿todo esto porque te dije que no? Ay..., ángel mío. —Asher iba a perder, podía sentirlo y ya estaba deseando ver qué dirección tomaba ese juego—. Debería hacerlo más a menudo.

Me acercó todavía más a él. Coloqué las manos en su

nuca de una forma instintiva. Sus labios rozaron los míos, pero después se alejó. No tenía intención de rendirse tan pronto. Esa tortura tanto física como psicológica me estaba volviendo loca.

—Te prometí que ibas a perder la cabeza en el infierno, pero que sepas que es porque yo ya estoy ahí.

Jadeé sorprendida cuando me agarró con fuerza los muslos y los levantó para pasarlos alrededor de su cintura. Después de eso, empujó mi espalda contra la pared.

Mierda.

No estaba segura de poder resistirme.

Sentía mariposas en el estómago, esa sensación agradable que me recorría el cuerpo cuando se trataba de él. Me sentía dividida entre el miedo a bajar la guardia y las ganas de hacerlo.

Porque era Asher.

Entreabrí la boca cuando la suya entró en contacto con la piel de mi cuello, donde depositó una multitud de insaciables besos. Con los ojos cerrados, disfruté de sus labios ardientes que me provocaban una sensación que nunca había experimentado. Y ¡qué sensación!

—Me vuelves... loco —murmuró él entre dos besos—. Es... una puta... locura.

Con el pulgar me acarició lentamente la parte trasera del muslo. Sentí que subía hasta mis glúteos y los presionaba un poquito. Sus labios seguían torturándome la piel, chupándola, lo que me arrancó un suspiro.

—A... Asher.

Intensificó sus besos sobre mi piel húmeda.

Estaba perdiendo en mi propio juego. Pero ya no podía parar, no quería que él se detuviera. Él estaba expresando todo su deseo a través de sus besos y caricias.

Me miró con las pupilas dilatadas clavadas en mis labios, ansiosos por los suyos. No debía besarlo. Me negaba a ser la primera en besar, aunque me moría de ganas.

Se pasó la lengua por los labios y rozó mi nariz con la suya. Nuestra respiración era pesada. Los fuertes latidos de mi corazón eran lo único que se oía.

Y ya.

—Me niego a dejar que ponga una sola pata en mi habitación —declaró antes de estrellar sus labios contra los míos.

Coloqué una mano en su mandíbula y le devolví su beso apasionado. Carajo.

Sus labios.

Nunca había sentido tanta pasión a través de un simple beso.

Y tenía razón. Iba a perder la cabeza en el infierno.

Y él ya estaba allí.

Sentí que mi espalda se alejaba de la pared. Me mordió el labio inferior pidiendo acceso a mi boca; se lo concedí. Caminaba conmigo entre sus brazos. Su lengua entró en contacto con la mía en un baile hambriento y sensual.

Estábamos redescubriéndonos. Sus labios eran dulces e insaciables. Ávidos de ese frenesí que reclamábamos, ávidos de esos sentimientos que estábamos experimentando y que buscábamos sentir a través del otro. Como un tsunami en el que queríamos sumergirnos.

Se sentó en el sofá con mis piernas todavía a su alrededor. Continuamos perdiendo el control, perdiéndonos el uno en el otro. Atrayéndonos mutuamente. Como amantes.

Su mano se abrió camino por debajo de mi ropa y subió muy poco a poco, pero ese gesto espontáneo, aunque lleno de deseo, hizo que me tensara de forma violenta, tanto que detuve todo movimiento.

Su tacto revivió mis demonios. Intenté reprimir la ansiedad que me devoraba repitiéndome que era Asher, pero no resultaba tan fácil.

—Mierda —murmuró él con un suspiro.

Con la boca aún entreabierta y la respiración pesada, expulsé a los demonios que amenazaban con reaparecer.

«Él no es como ellos.»

«Él no es como ellos.»

«Él no es como ellos.»

—Me vuelves loco, ángel mío.

Tenía las manos en mis caderas, y me miraba fijamente los labios con el mismo anhelo palpable que antes, como si no se hubiera saciado. Como si, por el contrario, su apetito fuera aún mayor.

—Si te quedas tres segundos más sobre mí, te advierto que no podré controlarme.

Asentí antes de apartarme. Me senté en el sofá y miré al perro, que olfateaba algo en el suelo sin hacernos el menor caso.

Si supiera...

—¿Cómo lo llamamos? —pregunté.

—Idiota. O Ben.

Su respuesta me arrancó una sonrisa. ¡Qué malo podía llegar a ser!

—¿Tate? —propuse—. ¿Por qué no Tate?

—Es horrible —masculló el psicópata—. Prefiero Idiota.

—Será Tate.

Once de la mañana. Me levanté de la cama desperezándome. La luz del interior de la habitación me arrancó un gruñido.

Como cada mañana que me despertaba ahí.

La puerta de mi habitación estaba entreabierta. No se oía nada en la casa, excepto los pasos de Tate, que subía los escalones.

—Hola, bonito —murmuré acariciándole la cabeza—. Seguro que el psicópata no te dio de comer. Es lo que hace al principio, pero no te preocupes, solo es un «periodo de aceptación».

Acabé la frase con una sonrisa, acordándome de que Kiara me decía lo mismo para ayudarme a soportarlo en los primeros tiempos.

Bajé mientras leía los mensajes que me habían llegado al celular el día anterior.

De Kiara:

> Hola, hola! Espero que se hayan quedado con el perrito. :) Si es así, en la cocina está su comida y un tazón, ji, ji.

Tras llenarle el tazón de croquetas, abrí la puerta del jardín para que corriera.

Sonreí como una niña al verlo saltar por allí fuera. No sabía cómo lo habrían encontrado. Tendría que preguntárselo a Kiara.

Volví a mi habitación y me di un buen baño, que me ayudó a despejarme. Mientras estaba vistiéndome tranquilamente, oí que Tate ladraba en el pasillo.

Me apresuré a reunirme con él, para ver qué quería. De repente se me paró el corazón. La puerta estaba abierta y había una desconocida en el umbral. Decir que estaba haciendo un escándalo habría sido un eufemismo.

—¡Maldito Ash Scott! ¡Voy a matarte, maldita sea!

Abrí los ojos al ver a esa joven tan enojada con mi propietario.

—¿Dónde está el cabrón de mi hermano? —gritó fulminándome con la mirada.

30

Excautiva

Tras entrar con un gesto de rabia, la joven cerró los ojos un instante. Hizo un intento de calmarse respirando profundamente. Luego levantó la mirada hacia mí.

Era su hermana. Y estaba tan enojada como él.

—Supongo que serás una de sus putas —dedujo mientras me miraba—. ¿Dónde está el chico al que te cogiste anoche?

La observé sin creerlo. La facilidad con la que había llegado a esa conclusión me hizo darme cuenta de que el psicópata no ocultaba sus conquistas.

—¿Se te perdió la lengua en su boca?

Sin duda, era su hermana. Tan cruel como Asher.

—Yo...

—Eso es lo que yo llamo una entrada discreta —dijo una voz ronca detrás de mí—. ¿Qué haces aquí todavía?

Al girame, me sorprendió la figura del psicópata, que descendía del segundo piso. ¿Cuánto tiempo llevaba ahí?

—Si piensas que voy a abandonar el país por tu cara

bonita, estás muy equivocado conmigo, hermanito —soltó ella con un tono mordaz.

Él se rio con insolencia y se rascó la nuca. La joven continuó con el mismo tono:

—¡Vete! ¿No ves que tenemos un problema familiar del que ocuparnos?

Eso me lo dijo a mí.

Cuando llegó a mi altura, Asher me abrazó por la cintura. La fulminó con la mirada al ver que ella alzaba las cejas.

—Ya veo... —resopló—. No voy a irme de Estados Unidos, Ash.

—No recuerdo haberte pedido tu opinión en el mensaje.

Ella se rio con sarcasmo. Entonces comprendí que tenía que irse del país como Ally y Théo y la madre de Kiara.

—No... me voy... a ninguna... parte —articuló—. No puede ser muy difícil de entender para alguien que presume de ser tan inteligente.

—Abby —dijo él desesperado—, de verdad que no tengo tiempo para esto. El avión te espera desde hace dos horas.

—Si papá siguiera vivo, estaría de acuerdo conmigo.

—Sí, sí, perfecto. Si siguiera vivo, no estaríamos así —respondió—. Voy a llamar a Carl.

—¡NO! —gritó ella haciendo que me sobresaltara—. No voy a irme.

Asher se pellizcó el puente de la nariz. La necedad de su hermana estaba acabando con su paciencia.

—Si te quedas aquí, correrás incluso más peligro que nosotros, Abby.

—¿Ves?, ese es tu problema. ¡Solo piensas en ti! —exclamó ella rabiosa—. ¡Tengo una vida aquí, maldita sea! Un novio maravilloso, un departamento maravilloso y un trabajo, ¿adivina cómo? ¡Maravilloso! Y ¡tú, tú quieres arrebatármelo todo porque... porque..., no lo sé, carajo!

La mano de mi propietario se tensó sobre mi cintura. Al verlo apretar la mandíbula, tragué saliva. Empezaba a enojarse, y no me gustaba estar cerca cuando lo hacía.

—Maté a James Wood, Abby —murmuró con frialdad—. Voy a vengar a nuestro padre.

Eso la calmó. Se quedó sin voz durante unos instantes.

Cuando volvió en sí, se cruzó de brazos.

—No me voy a ir, de todas formas —objetó—. Me niego a huir.

—¡Dios mío! —dijo él molesto, levantando la cabeza hacia el techo—. Está bien, ¿quieres elegir? Te doy a elegir.

—Te escucho.

—O mueres, o vives —le contestó—. Si eliges la segunda opción, te vas a Grecia. Si prefieres la primera, entonces, por encima de todo, no te muevas de Estados Unidos y quédate con tu maravilloso novio en tu maravilloso departamento con tu maravilloso trabajo.

Su hermana se rio.

—¿Te digo una cosa? Vete a la mierda. Váyanse todos a la mierda. No me vas a decir lo que tengo que hacer con mi vida. Estoy harta.

Asher agarró su cajetilla y encendió un cigarro.

—No te digo lo que tienes que hacer, Abby. Hago esto para protegerte. No quiero que William te secuestre y te mate para vengar a su mejor amigo.

—William no me da miedo, Asher, ¡puedo defenderme!

Él se masajeó las sienes. La famosa Abby se dio la vuelta levantando los brazos sin saber qué hacer para que su hermano aceptara su petición.

—¿Y si pones vigilancia en mi casa?

—No será suficiente —respondió al instante.

—¿Guardaespaldas?

—Tampoco.

—¿Me mudo aquí?

—¡Ya, basta! —gritó enojado mientras la miraba a los ojos—. No es negociable. Te vas.

Abby me dirigió una mirada de angustia a la que yo, impotente, respondí con una mueca. A decir verdad, estaría firmando mi sentencia de muerte si intentaba ayudarla.

Además, Asher tenía razón: debía abandonar el país por su seguridad.

—¡Ayúdame, en vez de quedarte ahí plantada mirándonos! —gritó para llamar mi atención—. ¡Por algo eres su novia!

Me atraganté con mi propia saliva. Asher me quitó la mano de la cintura de inmediato.

—No es mi novia —dijo—. Mírala, aspiro a algo mejor.

Me analizó de pies a cabeza mientras yo permanecía boquiabierta y profundamente herida por aquellas palabras tan crueles. ¿Todavía seguíamos en esa fase?

—No, no me lo creo, es justo tu tipo. Y, por la expresión de su cara, diría que acabas de romperle el corazoncito.

Se giró hacia mí y frunció el ceño.

—No es mi no...

—No soy nadie —lo interrumpí, y me di la vuelta para irme.

Si me quedaba un minuto más en esa habitación, iba a matarlo. A él y a su ego de mierda.

Carajo. Lo odiaba.

—Finalmente, creo que me voy a quedar aquí —le dijo ella a su hermano, haciendo que se me salieran los ojos de las órbitas,

Quería quedarse ahí, quería vivir ahí.

Oh, no. Dos Scott en la misma casa no, piedad.

Dejé la puerta de mi habitación entreabierta para escuchar la negociación que estaba teniendo lugar en el recibidor. Esperaba de todo corazón que el imbécil ese no aceptara.

—¡De ninguna manera! —la cortó él; suspiré aliviada—. Puedes irte a casa de Rick si quieres, pero aquí no.

—Y ¿por qué no? No corro ningún riesgo en tu casa. Además, podré conocer mejor a tu novi...

—No es mi puta novia —respondió él muy irritado.

—¿Estás seguro? Porque no creo que ella piense lo mismo.

Puse los ojos en blanco. Esa chica era tan insoportable como su hermano.

—¿No prefieres ir con Kiara? —sugirió—. Vive sola y le caes muy bien...

—No quiero molestar a Kiki e imponerle mi presencia.

—Pero ¿a mí sí?

—¡Claro que sí! Eres mi hermano. Excepto si...

Guardó silencio un instante.

—¿Qué? —la interrogó con suspicacia.

—Excepto si admites que de verdad es tu novia —dijo riendo con malicia— y que mi presencia sería una molestia para su vida en pareja.

Escuché que resoplaba de frustración. ¿De verdad pensaba que estábamos juntos?

«Permíteme que me ría.» El señor se merecía algo mejor. Y yo también.

—Es mi novia —admitió, haciendo que me atragantara con mi saliva de nuevo— y nos vas a molestar.

Abby saboreó la victoria. Estaba segura de que tenía la misma mirada triunfal que su hermano, ese mismo aire de superioridad que me ponía de nervios.

—Ya me lo imaginaba —confirmó orgullosa—. ¿Lo sabe? ¿Lo de la víbora?

—Sí —contestó irritado—. Nadie sabe que estamos juntos, así que guárdatelo para ti.

«Normal que nadie lo sepa, tal vez porque NO ESTAMOS JUNTOS...»

—No te preocupes, Romeo. No diré nada, palabra de Scott.

—Ni a Kiara ni a nadie. Ahora elige: ¿Rick o Grecia?

No oí nada más hasta unos minutos después.

—Quiero un *jet* privado —exigió ella— y una mansión en Grecia. No un departamentito, una villa tan grande como esta. Y dinero, porque no pienso trabajar.

—No necesitas una villa grande...

—Soy una Scott, hago lo que quiero, y lo que ahora quiero es una gran villa en Grecia.

La dejó enumerar sus exigencias en silencio.

—Y un coche —continuó—, dos gatos... También tienes que conseguir una playa privada para...

—Está bien, vamos a parar en los gatos, Abby —la interrumpió—. Sal de mi casa y ve a hacer las maletas.

Me alejé del lugar desde donde estaba espiándolos y me tumbé en la cama. La puerta de mi habitación crujió y apareció Tate, que subió a mi lado. Me olisqueó la ropa y me lamió la cara.

Oí la gran puerta de entrada cerrarse, signo de que el tornado Abby Scott acababa de salir de la casa. Luego sonaron pasos en el piso de arriba. Cerré los ojos para intentar calmar mis nervios, que amenazaban con volver a aparecer en el mismo momento que...

—Se fue.

Que lo volviera a ver.

Me quedé callada. No quería hablar con él, a no ser que fuera para insultarlo y decirle de todo porque sus estupideces me estaban volviendo loca.

—¿Estás de mal humor?

Seguí acariciando a Tate sin decir una palabra. No se merecía que le hablara. «Se merece algo mejor, ¿no?»

—¡Ya, está bien! —dijo el psicópata, cansado, mientras se acercaba a mí.

Se sentó en el extremo de la cama, desde donde me miró con una sonrisita. Cuando apoyó la mano en mi muslo, me moví rápidamente.

—No me toques —dije con frialdad.

—Abby va a pasar la noche aquí. Fue a recoger sus cosas y a buscar a su novio. Volará a Grecia por la mañana.

Asentí sin decir palabra, aunque solo podía pensar en el regreso del tornado.

—Y yo... mentí —admitió a la vez que se rascaba la nuca—. Le dije que estábamos juntos. Porque, si no lo hubiera hecho, me habría obligado a alojarla en mi casa durante demasiado tiempo.

Abrí mucho los ojos, fingiendo que no había oído su conversación. Pero eso no era todo en lo que había mentido. «Idiota.»

—Y cuando dije que me merecía algo mejor —continuó con una sonrisa—, ¿puede que también... mintiera un poco en eso?

Me reí y le di la espalda. Se acercó y me recorrió con el dedo la curva de la cintura hasta llegar a la cadera.

—¿Por qué? —le pregunté con sequedad, todavía de espaldas a él.

—¿Para demostrar a mi hermana que se equivocaba?

Subió delicadamente con el dedo hasta mis hombros. Me estremecí.

—Sin embargo, tu segunda mentira le dio la razón —recalqué.

Sentí que se acercaba más a mí, luego percibí su aliento en el cuello.

—Tal vez, pero de verdad no quería que ella viviera aquí. No podría hacer lo que me gusta hacer... cuando nadie mira.

Susurró esa frase con los labios pegados a mi oído. Volví a estremecerme.

—Estoy deseando que hagas de mi novia durante esta noche, ángel mío.

Y se levantó.

—¿Qué? —exclamé esperando haber oído mal.

—Venga, Idiota, ¡vámonos! —le ordenó al perro al mismo tiempo que chasqueaba los dedos y silbaba.

Llevado por la curiosidad, Tate salió de la habitación y corrió hacia quien lo llamaba desde las escaleras.

Estaba viviendo con un hombre-niño. No era posible.

Estaba cambiando canales para llenar el vacío de mi día. Tate dormía en el sofá. El psicópata se había ido de casa un rato después de su hermana. No sabía a qué hora volvería el tornado, que además regresaría con su novio.

Me sobresalté cuando mi celular empezó a sonar y me sacó de mis pensamientos. En la pantalla se leía «Psicópata». Tomé el teléfono y esperé a que hablara.

—Dime —empezó con un tono neutro—, ¿volvió mi hermana?

—No, todavía no —respondí con frialdad.

—Mándame un mensaje cuando vuelva.

Y colgó sin darme tiempo a responder. Solté el celular con un suspiro. Temía el regreso de su hermana. Me intimidaba; además, esa mañana me había hecho sentir muy incómoda.

Apoyé la mano en la cabeza del perro, que dormía

plácidamente a mi lado, ajeno a cualquier preocupación. Estaba encantado con su nueva vida con nosotros.

—Me pregunto cómo acabaste en casa de Kiara —susurré mirándolo—. Tú al menos no tienes un niño con el que lidiar y un papel que representar esta noche.

Ladeó la cabeza y respiró hondo. Con los ojos todavía cerrados, dormía la siesta, imperturbable.

—¿Ves?, ese es el problema con Asher, ¡que no dice nada! Y sus secretitos siempre me acaban atrapando —le confesé.

Y era cierto: lo único que hacía era interpretar papeles y ocultar la realidad, todo para el placer del señor Scott. Para guardar sus secretos y llevar a cabo sus macabros planes.

Me levanté. Quería darme un baño y relajarme. Dejé abierta la llave del agua mientras agarraba mis productos. Al sumergirme en el agua caliente de la tina, que cubría todo mi cuerpo, suspiré aliviada. La puerta estaba cerrada. No confiaba en el psicópata, que, en cuanto cruzara el umbral de la puerta principal, se podría parar allí dentro.

Como en Montecarlo.

Con los ojos cerrados dejé la mente en blanco. Jugar a ser novios, ya lo había hecho con Kyle, el primo del psicópata. Pero ¿con el psicópata? Lo conocía, iba a aprovecharse de la situación. Todavía no sabía cómo, pero lo sabía. Aunque, al fin y al cabo, no podía ser peor que con James.

De repente oí ladrar a Tate. Me enjuagué enseguida y salí de la tina. ¿Tal vez tuviera hambre? ¿O quería salir?

Me envolví el cuerpo con una toalla y, con el pelo aún

mojado, salí del baño para correr hacia el perro, que no paraba de ladrar escaleras abajo.

Pero una voz sonó.

—¿Quieres dejar de ladr...?

Me detuve en seco. Él también.

Sus ojos se posaron en mis piernas y subieron hasta mi pecho. Me desvistió con la mirada sin saltarse un pelo.

—Deberías recibirme así más a menudo —dijo resoplando con una sonrisa satisfecha—. Pero..., si puede ser, sin la toalla.

Tate se acercó a mí sacudiendo la cola. Suspiré exasperada antes de ir a mi habitación a ponerme un conjunto y volver a bajar para encontrarme con ese hombre desesperante que guardaba la despensa.

—Oh, gracias —dije al darme cuenta de que había comprado un champú nuevo sin que yo se lo pidiera—. ¿Dónde va a dormir tu hermana?

—Hay al menos cinco habitaciones en la casa, así que tiene donde elegir.

—¿En serio? —pregunté sorprendida—. Creía que solo había dos.

Se rio. Un instante después sentí que se pegaba a mi espalda mientras guardaba algunos productos en el gabinete que había sobre mi cabeza.

—Puedo hacerte una visita guiada, si quieres —me susurró acercando un poco más su pelvis a mí.

Me moví y calmé la respiración, que empezaba a agitarse debido a nuestra proximidad.

—Muy poco para mí —murmuré dándome la vuelta.

—Lo dices porque nunca lo probaste conmigo.

Oímos como la puerta se abría y Tate volvió a ladrar. El psicópata resopló exasperado.

—Volvió.

—¡Ya estamos aquí! —gritó Abby desde el recibidor.

—¡Qué sorpresa! —musité mientras guardaba la última botella de leche.

Al oír esas palabras, el psicópata soltó una carcajada. Giré la cabeza hacia la entrada de la cocina.

—Ash —comenzó—, ya conoces a Ryan. Querido, esta es...

—Ella —respondimos al unísono el psicópata y yo, lo que hizo sonreír a Abby.

—La novia de mi hermano.

Ryan me sonrió amablemente, y yo le devolví la sonrisa.

—Elige la habitación que quieras —dijo el psicópata—, excepto la mía.

Los dos enamorados asintieron y salieron. Podíamos oírlos cuchichear incluso lejos de nosotros.

—Este plan es horrible —murmuré frunciendo el ceño, molesta.

—¿Cuál? —preguntó él con malicia—. No sé de qué estás hablando.

—Tú y yo —respondí mientras los señalaba—. Tu hermana se va a dar cuenta de que le mentiste.

—¡Eso es lo que tú crees, ángel mío! —dijo rodeándome la cintura con los brazos—. Voy a hacer todo lo posible para que se trague esta mentirita. Será un verdadero placer.

Me obligó a levantar la barbilla para encontrarme con su mirada de acero llena de maldad ante la idea de seguir con ese juego.

—Y tú —continuó con voz cálida—, tú vas a hacer lo mismo. Ya verás, acabarás pidiendo más.

—Yo...

Me interrumpió depositando un beso furtivo en mis labios.

Lo miré mientras se alejaba, escéptica.

—¡No soy un juguete! —exclamé finalmente.

—Si tú lo dices... —soltó.

Me di una palmada en la frente. Iba a ser una noche agitada.

—¿Cómo conociste a mi hermano? —me preguntó cuando dejaba los tenedores sobre la mesa de la cocina.

Casi me atraganto con la saliva. ¡Me estaba tomando desprevenida con esas preguntas para las que no tenía ninguna respuesta preparada!

—A través de..., a través de una amiga —mentí mientras vertía el contenido de las cajas de fideos que acabábamos de pedir en los platos.

Ryan estaba ayudando a su novia sin decir palabra. Y no sabía dónde se había escondido mi propietario..., bueno, mi novio.

—¿Ah, sí? ¿Quién? —preguntó, y al mismo tiempo me miró con ojos curiosos.

—Kiara —le respondí al instante—. Fue Kiara.

Fue la primera persona que me vino a la mente. Además, no tenía más amigas.

—Oh, Kiki —exclamó—. Hace por lo menos tres meses que no la veo.

—¿A quién? —preguntó una voz ronca detrás de mí.

Abrí los ojos como platos cuando me rodeó la cintura con la mano, con una falsa sonrisa tierna, y me dio un beso en la frente.

—A Kiki. Ven a comer, se va a enfriar —le dijo ella.

Nunca antes me había sentado en las sillas de esta mesa. Ni el psicópata ni yo usábamos esa parte de la cocina. Abby y Ryan tomaron asiento frente a nosotros. El ambiente estuvo sorprendentemente silencioso durante unos minutos antes de que ella reanudara su ronda de preguntas.

—Y ¿cuánto tiempo llevan juntos?

—Tres meses —dijo el psicópata con la mayor naturalidad posible.

—¿Todavía no quieres una cautiva? —preguntó mientras se llevaba a la boca una cucharada de fideos.

Una vez más, casi me atraganto con el agua.

—Ella es celosa —respondió mirándome—. Y por ahora no la necesito.

«Mentiroso.»

—No debes quedarte anclado en una mala experiencia, Ash —dijo con un tono muy serio.

Vi que se le tensaba la mandíbula. Puso el tenedor sobre la mesa y se aclaró la garganta.

—Deberías comer, Abby —le aconsejó de manera tajante.

—Hablo en serio, Ash...

—No quiero que termines la frase —la interrumpió fulminándola con la mirada—. Estamos...

—¡Isobel no debe arruinar la idea que tienes de las cautivas, carajo! —exclamó.

Mi corazón se detuvo por un momento. Isobel no solo era su ex, sino también su antigua cautiva.

31

Regreso al pasado

Recogí la mesa en silencio; temía cómo podía continuar la velada.

El psicópata había salido de la cocina furioso. Su hermana se había dado cuenta de que había cometido un gran error y se había refugiado en los brazos de su novio; ahora estaban los dos sentados en la sala.

Isobel.

Siempre era Isobel.

Incluso estando ausente, esa mujer conseguía que el ambiente se volviera frío y hostil con la mera mención de su nombre. Envenenaba los pensamientos de Asher matando poco a poco cualquier chispa de felicidad que pudiera sentir.

Su antiguo propietario, pero también su exnovio.

Ella lo había roto, lo había cambiado y lo había convertido en un ser lamentable.

Con ese torbellino de preguntas, todo empezaba a cobrar sentido. Ya no soportaba a las cautivas por su culpa. Incluso tal vez ella fuera la causa de la muerte de las otras dos cautivas que había tenido antes que yo. Y de todo lo que me había hecho a mí al principio.

¿Qué pudo haber sucedido que fuera tan horrible? ¿Qué habría hecho que fuera tan grave como para traumatizar a Asher Scott y volverlo frío, hostil y cruel con las cautivas? Pero no era solo él, todos habían sido afectados por ese virus, por esa enfermedad sin cura.

Isobel Jones.

Su fantasma seguía rondando por aquí, podía sentirla aun cuando no estaba presente.

—¿Teminaste? —preguntó el psicópata con voz ronca sacándome de mis pensamientos.

Me volteé hacia él y cerré el lavavajillas mientras asentía con la cabeza. Con un cigarro entre los labios, como siempre, me observó sin decir nada. De todos modos, tampoco quería que hablara.

—Abby eligió tu habitación, dormirás en la mía.

No me apetecía mostrar mi descontento, así que asentí, y él dio media vuelta. Parecía inaccesible, y para Asher ese comportamiento significaba «no me hables ni me hagas preguntas o estás muerta».

Abby entró en la cocina con una sonrisa de disculpa en el rostro; se la devolví. Seguramente se sentiría culpable por haber estropeado aún más un ambiente que ya antes estaba tenso.

—Va a venir un amigo de Ryan por nuestro coche —me informó—. No se quedará mucho. —Asentí con la cabeza—. Por favor, me gustaría que se lo dijeras tú a Ash, no quiero hablarle en este momento. Ya sabes que se irrita con facilidad y...

—Lo sé —la interrumpí impidiendo que siguiera justificándose—. No te preocupes, yo me encargo.

Me sonrió de nuevo y me dio un abrazo repentino. Me quedé rígida unos instantes antes de aceptar su muestra de cariño. Me susurró al oído:

—Tiene mucha suerte de haberte conocido. Es mi hermano y, a juzgar por su forma de mirarte, te quiere mucho.

¿Su forma de mirarme? Pobre, todo eso no era más que una farsa. ¡Si ella supiera...!

—Me alegro mucho de que por fin encontrara a alguien después de Isobel, mi hermano se deprim...

—Ya lo sé —la interrumpí de nuevo, aunque no sabía nada—. Pero ahora ella está lejos de él, y así debe seguir siendo.

No quería que su hermana me hablara de su pasado, prefería que lo hiciera él mismo. Sin embargo, respetaba su decisión de guardar silencio. Tenía motivos que yo no podía llegar a comprender. A mí no me habría gustado que alguien hablara de mi pasado cuando yo no estaba preparada para desvelarlo.

Abby me soltó, con una gran sonrisa en el rostro. Le susurré un «vuelvo enseguida» y me encaminé a la habitación del psicópata. Mientras subía las escaleras, se me formó un nudo en el estómago. Me daban miedo sus palabras y sus acciones cuando estaba en ese estado. Pero temía aún más su silencio.

Vacilé ante la puerta que me separaba del demonio. Todavía me sentía incómoda por lo que había sucedido unas horas antes.

Armándome de valor, toqué la puerta con suavidad.

Una vez.

Silencio.

Dos veces.

Nada.

Tres veces.

«¿Se murió?»

—¿Asher? —pregunté pegando la oreja a la madera.

—Pasa.

Suspiré para intentar reprimir la punzada de ansiedad que me revolvió el estómago antes de abrir la puerta lentamente. Estaba tumbado bocarriba con la mirada fija en el techo. Parecía relajado. Demasiado relajado.

Pero lo que vi me heló la sangre. O más bien lo que no vi. No tenía ningún cigarro entre los labios. Ni tampoco entre el índice y el pulgar, como solía. Nada.

Un Asher sin nicotina era aún más peligroso que un Asher con ella.

—¿Qué quieres? —preguntó con frialdad.

—Eh..., pues... —balbuceé.

—¡Habla! —me ordenó irritado.

Justo lo que quería evitar. «Bravo, Ella.»

—Tu hermana...

—No me hables de mi hermana, Ella —dijo con una mueca—. No te atrevas a pronunciar su nombre.

—Uno de sus amigos va a pasar por el coche —indiqué rápidamente.

Volteó la cabeza hacia mí y suspiró antes de levantarse de la cama. Retrocedí hasta volver a cerrar la puerta con cuidado delante de mí.

Sí. Escapaba del terrorífico Asher. Ese apodo también le iba bien.

—Ven —dijo en tono neutro, de un modo que casi hace que me caiga.

Esperaba haberlo soñado, pero no, me había llamado. Me dirigí hacia él con pasos vacilantes y me quedé mirándolo sin decir nada.

Observó mi rostro con el ceño fruncido. Enseguida se dio cuenta de que movía las manos con nerviosismo.

—¿Qué te pasa? —preguntó mientras señalaba mis dedos inquietos con la barbilla.

—Nada, ¿por qué? —contesté fingiendo no haberlo entendido.

—Casi se podría decir que te pongo nerviosa —dedujo con una leve sonrisa.

Ese gesto logró calmar la ansiedad que me había provocado su angustia cada vez que oía el nombre de Isobel. Me atrapó la cintura con la mano y me acercó a su cuerpo. Extrañamente, respiraba de manera calmada. Me acarició el hombro con la otra mano y, de forma casi automática, le rodeé la cintura con los brazos.

La atmósfera era tranquila y relajada. Una atmósfera que no esperaba encontrarme antes de entrar en la habitación.

—¿Mi hermana todavía piensa que estamos juntos? —preguntó con una risita burlona.

Asentí. Esbozó una sonrisa triunfal mientras yo negaba con exasperación.

—Entonces tengo derecho a disfrutar de este papel. Nos tomaremos una pausa de nuestro jueguecito.

No me dio tiempo de decir nada. Posó los labios sobre los míos uniéndolos en un beso dulce y... delicado.

Nunca habíamos compartido ese tipo de beso. Noté una sensación desconocida en el estómago, una sensación que no habría sabido describir, pero que me resultó muy agradable, algo que nunca habría pensado que podría experimentar.

Profundizó en el beso. Su respiración se aceleró y la mía se hizo irregular. Nos perdimos una vez más el uno en el otro, y, maldita sea, ¡cómo adoraba perderme con él!

Me encantaba esa sensación de anclarme en su mente a través de un beso y de dejar que él se anclara en mí. Puse la mano sobre su torso y lo que descubrí me golpeó como una descarga eléctrica.

Su corazón.

El corazón le latía a mil por hora.

Justo como el mío en ese mismo instante.

Los ladridos de Tate y un ruido proveniente de la puerta interrumpieron nuestro beso. Asher suspiró con frustración.

—¡¿Qué?! —gritó, lo que hizo que me sobresaltara.

—¿Quieres saludar a Eric? —contestó su hermana en voz alta.

Sin quererlo, al oír ese nombre el corazón me dio un vuelco. Había conocido a un Eric en el pasado. Un Eric al que prefería olvidar.

Asher puso los ojos en blanco y me confesó con aire hastiado:

—Nunca me cayó bien ese tipo. ¿Vienes?

Asentí y lo seguí. Me tomó de la mano despreocupadamente para bajar las escaleras; eso me divirtió.

—Ashe...

Mi risa se detuvo en cuanto vi la cara del invitado.

Eric.

Me quedé congelada ahí mismo. Unos temblores violentos se apoderaron de repente de todo mi cuerpo. A mis piernas les costaba cada vez más aguantar mi peso, sentía que pesaba una tonelada. Inconscientemente, mi mano aferró con fuerza la del psicópata.

Con demasiada fuerza.

Tenía la mirada fija en aquel tipo. No era posible.

Mi pasado estaba ahí, delante de mí.

Eric era un habitual que acudía a divertirse abusando de mí mientras yo debía mantenerme tranquila y relajada. Abrió los ojos como platos cuando me vio. Me había reconocido.

Asher se volteó hacia mí sobresaltado por lo fuerte que le apretaba la mano. Las preguntas se reflejaban en sus ojos grises. Estaba paralizada, era incapaz de emitir el menor sonido.

Como cuando él me lo prohibía.

Mi mirada llena de terror permaneció fija en él. Volvía a sentir todas sus palabras, sus gestos violentos, sus susurros y sus repugnantes besos sobre mi piel. Una y otra vez.

Y otra.

Se me nubló la vista. Oí que Asher me llamaba desde la distancia. Pero no podía apartar la mirada. Y él tampoco.

—Ella —insistió mi propietario con voz ronca—, ¿estás bien?

—Eric, voy a darte el coche.

Era el novio de Abby. Eric asintió con la cabeza, todavía con la mirada fija en mí, igual de sorprendido de verme ahí. Cuando se me escapó un sollozo, Asher me puso las manos en la cintura.

Error.

Por instinto me alejé empujándolo violentamente. Su roce me envió atrás en el tiempo, había bastado un solo gesto para que mi cuerpo desatara la crisis de ansiedad que amenazaba con aparecer desde que lo había visto.

Mis latidos podían oírse desde la entrada del vestíbulo. Me costaba respirar. No podía aguantar más, estaba mareada. Mi cuerpo cayó a un lado y se me llenaron los ojos de lágrimas. Solo podía verlo a él. Solo veía su rostro, sus manos y su cuerpo bloqueando el mío en la cama de John.

Por suerte, alguien me agarró. No podía hablar, lo único que rompía la barrera de mis labios eran mis gemidos, completamente aterrados.

—Ella —oí—. ¡Mírame, Ella!

Su voz. Tenía que aferrarme a su voz.

Él debía hablarme.

Asher tenía que hablarme.

No debía quedarme bloqueada en mi pasado. Ya no quería dejar que mis demonios tomaran el control de mi cuerpo, todo eso había quedado atrás. Era fuerte. Ya no estaba con John. Ni con Eric.

Era el momento de recuperar el control. Pero la vocecita angustiada de mi cabeza me recordó que uno de ellos estaba bien presente. Me acurruqué intentando luchar de algún modo. Tenía el estómago tan tenso que me dolía, me dolía horriblemente.

—Ella —susurró una voz de mujer—. Escúchame. Vamos a respirar muy poco a poco, ¿de acuerdo? Respira conmigo.

Abby me guio. Seguí sus indicaciones, sincronicé mi respiración con la suya mientras contaba.

Uno... Dos... Tres... Uno... Dos... Tres... Uno... Uno... Tres... Dos...

Me relajé poco a poco, mis temblores fueron disminuyendo. El corazón empezó a latirme a un ritmo menos rápido. Al final la parte trasera de mi cabeza tocó la pared en la que estaba apoyada.

—Está bien, perfecto. —Suspiró aliviada—. Sigue así, no pares.

Se levantó y bajó las escaleras. Cerré los ojos un instante para recuperarme de la crisis mientras el mundo seguía girando a mi alrededor. Sin embargo, mis pensamientos se entremezclaban. Estaba intentando recuperar la razón en medio de ese océano de ansiedad que acababa de arrollarme. Me pasé la mano por el pelo y suspiré una última vez antes de levantarme despacio.

Una mano con un vaso de agua apareció ante mis ojos, una mano que reconocí por los anillos y el tatuaje.

—Bebe —ordenó suavemente.

Mi garganta, seca, también me lo pedía. Me tragué el agua mientras lo miraba. Su penetrante y silenciosa mirada me observó.

Dudó si tocarme, pero yo no quería que dudara. No quería que mi pasado destruyera todo lo que había logrado hasta ese momento; en parte, era gracias a él. No quería volver al punto de partida ni temer a todos los hombres que pudieran ponerme la mano encima.

Lo miré de frente. Entonces, sin pensarlo ni un segundo, me lancé a sus brazos, que se tensaron. Necesitaba tenerlo cerca de mí, sentirme protegida. Y me importaba una mierda lo que él pudiera pensar.

Para mi asombro, sus brazos envolvieron mi febril cuerpo protegiéndome de mis propios demonios. Sin decir una palabra, puso los labios en la parte superior de mi cabeza.

—No me sueltes, por favor —supliqué.

—No iba a hacerlo.

Cuando se me escapó un sollozo me estrechó con más fuerza, susurrándome que todo había pasado. «Ya acabó, Ella. Ya no estás allí. Se acabó, Ella.»

—Ya se acabó todo, ángel mío —murmuró.

Consiguió calmarme repitiéndome esa frase. Resultaba casi aterrador saber que tenía ese poder sobre mí, un poder más fuerte de lo que imaginaba.

—Eric se fue —anunció Abby en voz baja—. ¿Cómo estás, Ella?

—Déjala en paz —le dijo secamente Asher a su hermana.

La oí murmurar frases apenas audibles y salir del vestíbulo sin repetir la pregunta. De todos modos, habría sido incapaz de contestarle.

—¿Quieres acostarte? —preguntó Asher.

Sin pensarlo, asentí y me aparté de él, a pesar de que mi cuerpo pedía a gritos volver a su torso. Me tomó la mano para guiarme al interior de su habitación. Se sentó en la cama y me invitó a unirme a él.

Se recostó contra la cabecera mientras yo me refugiaba en su pecho una vez más. Con el cuerpo medio tendido en el colchón, sentí sus dedos en la espalda. Y me llegó un recuerdo. Ya habíamos vivido ese instante. Cómo sus dedos me acariciaban la espalda... Todo eso me recordó a Londres. A la noche en la que me había protegido de mis demonios, justo como acababa de hacer.

Aproveché ese momento de paz. Mi respiración se calmó y los párpados empezaron a pesarme.

—Ay, no —murmuró al oír a Tate llorando al otro lado de la puerta.

Su reacción me arrancó una sonrisa. Me alejé de él a regañadientes para abrir la puerta. El perro se abalanzó sobre mí y después sobre Asher.

—¡Quítate, maldito saco de pulgas! —Lo ahuyentó—. Dijimos que no entraría en mi habitación.

Volví a mi lugar y acaricié al perro, que encontró un espacio minúsculo entre mi cuerpo y el del psicópata para acomodarse.

—¿Es una broma? —exclamó Asher, estupefacto al ver al perro metiendo la cabeza entre su brazo y mi pecho.

Reí suavemente ante la falsa ira del psicópata, antes de poner la mano sobre el perro. Cerré los ojos unos minutos para apreciar el suave sonido del silencio y de nuestras respiraciones tranquilas y relajadas.

—¿Me puedes explicar qué pasó? —susurró con voz ronca.

Sabía que iba a hacerme esa pregunta, era inevitable.

—Lo haré si tú me explicas qué pasó con Isobel.

Se tensó durante algunos segundos antes de reír con nerviosismo, sorprendido por la propuesta. Estrechó su abrazo.

—Está bien. —Suspiró.

Fruncí el ceño. ¿Ya estaba? ¿Había aceptado el trato? Vi que se esforzaba por no parecer tan enojado y sádico como antes.

—¿Lo prometes? —insistí suspicaz.

Él resopló.

—Ya no somos niños...

—¿Lo prometes? —repetí.

—Lo prometo. —Volvió a suspirar exasperado.

Yo también suspiré. No tenía ni idea de si iba a mantener la promesa. Tal vez fuera demasiado bonito para ser verdad viniendo de un hombre tan reservado, pero sentí que había cambiado algo. Tal vez fuera a contarme algunos fragmentos de su pasado.

«Daría cualquier cosa por meterme en su cabeza. Cualquier cosa.»

—Eric... —empecé, y tragué saliva—. Eric era uno de los... clientes de mi antiguo propietario.

—¿John?

—Sí. ¿Trabajaba para la red, verdad?

Él cerró los ojos e inspiró profundamente.

—En efecto —confirmó—. Pero no sabía que fueras su cautiva.

—Él decía que lo era. Pero con él no hacía lo que hago contigo. Me utilizaba para ganar dinero.

Al oír esa frase, se tensó y sujetó con más fuerza mi cuerpo, agitado por los espasmos.

—Eric venía varias veces al mes. Era... violento..., como los demás.

Se le cortó la respiración durante un instante. Posé la mano en su brazo, que seguía tenso.

—No pensaba que volvería a verlo y hoy tuve la impresión de revivir esa pesadilla.

Él permaneció en silencio mientras yo seguía mostrándole la cara oculta de Eric y de varios hombres de este mundo. Antes de Asher y de Ben, creía que todos los hombres eran iguales, unos cerdos viciosos y violentos. Pero estaba equivocada. Todavía tenía mucho que aprender en esta vida.

Cuando terminé mi monólogo, me quedé ahí esperando cualquier comentario suyo. O cualquier cosa que pudiera hacer que me avergonzara menos de esa parte de mi vida.

De esa parte que me había vaciado y ensuciado, que me había vuelto emocionalmente inestable.

—Lo siento —murmuró de un modo casi inaudible.

Abrí mucho los ojos. ¿Qué era lo que sentía?

—Siento que te hiciera creer que eras una cautiva cuando no eras más que la víctima de su proxenetismo.

Tragué saliva. Acababa de darle un sentido nuevo a mi experiencia con John. Ahora veía claro que nunca había sido una cautiva. John nos había manipulado a mi tía y a mí.

No me había dado cuenta del impacto que eso había tenido en mí y en mi futuro. No me había dado cuenta de que eso no era normal, de que el «trabajo» no era ese.

Comprenderlo hizo que se me revolviera el estómago y que me temblara el labio inferior. Sentí lástima por mí misma y por todo lo que había vivido. Pero seguía viva. Herida..., pero viva.

Estaba muy orgullosa de mí.

—Será un placer acabar con él personalmente —declaró con seriedad. Levanté la cara para mirarlo—. Habrá encontrado a alguien con quien remplazarte, es peligroso. Y detesto saber que ese tipo trabaja para mí. —Me miró durante un instante—. Pero, sobre todo, no puedo tolerar que siga vivo sabiendo lo que te hizo sufrir —concluyó mirándome a los ojos.

Apenas podía contener las lágrimas, sus palabras me habían conmovido. Me sentía a salvo con él. Por primera vez un hombre me hacía sentir segura.

Y ese hombre era él. Asher Scott.

—Asher..., me...

Quería protegerme. A mí. A Ella Collins.

—¿Te...? —preguntó frunciendo el ceño.

Me acurruqué junto a su cuello. El contacto lo sorprendió, pero no me apartó. De hecho, llevaba tiempo sin apartarme. En el fondo, le estaba muy agradecida por cómo me hacía sentir.

«Maldita sea, Asher.»

—Me siento muy segura contigo —musité mientras le rodeaba el cuello con el brazo y le humedecía la piel con mis lágrimas de alivio.

Y de felicidad.

Tardó unos segundos en reaccionar. A continuación se aferró a mi cintura y susurró en voz muy baja:

—Yo también.

Es lo que me pareció que había dicho, pero no llegué a comprenderlo del todo. ¿Cómo podía sentirse seguro conmigo?

De repente sentí que algo se abría paso entre mi barriga y la del psicópata.

—¡Mierda, no puede ser verdad! Quítate —le ordenó al perro, que acababa de acurrucarse entre nosotros.

Me reí entre dientes mientras el psicópata seguía maldiciendo al animal, que no quería más que... ¿estar con nosotros? Coloqué la cara delante de la suya con aire travieso.

—La última mujer que me miró así en esta cama estaba... desnuda —dijo.

Abrí los ojos como platos; él se rio.

—Nunca me cansaré de ver cómo reaccionas cuando te digo cosas obscenas.

Puse los ojos en blanco, exasperada.

—Tu inocencia me hace gracia —me susurró al oído—. Y, Dios, me la pone muy tiesa.

Jadeé de sorpresa al sentir como sus dedos presionaban mis caderas. Me aparté de él enseguida. Él se echó a reír mientras se aferraba a mí, evitando que me separara.

Se recuperó de su broma sin gracia y se aclaró la garganta.

—Me lo prometiste —le recordé intentando cambiar de tema.

Suspiró y cerró los ojos.

—Tienes un don para estropear los momentos, ángel mío.

Esperé la continuación de brazos cruzados. Me miró y me pidió que me acostara bocarriba. Lo obedecí y sentí que él hacía lo mismo. Después de un momento de silencio, se decidió a hablar:

—Voy a contarte lo que pasó con Isobel. Pero no me hagas preguntas ni me interrumpas hasta que termine. Y, sobre todo, no me mires.

32

Amor letal

—Isobel... —Suspiró—. Al principio, tener una cautiva fue idea de mi padre. Quería que aprendiera a trabajar en pareja, y qué mejor para empezar que una cautiva.

Se quedó en silencio un instante, luego continuó.

—Era mi primera cautiva. Sin embargo..., yo no era su primer propietario.

Se rio, aunque yo no le veía la gracia a la situación.

—Era una buena carta. Gracias a ella teníamos acceso a numerosas bases. Además, ganábamos muchas negociaciones; era lista, muy lista. Y muy terca. Eso hacía de ella un importante as bajo la manga.

Eso ya lo sabía.

—Ni una pizca de inocencia corría por sus venas, aunque nos hacía creer lo contrario —me confesó con un tono amargo—. Manteníamos la típica relación de un empleado con su superior. Pero de repente se volvió... más amistosa.

¡Por supuesto! Dos psicópatas que se encuentran están destinados a entenderse.

—Ella me gustaba —reconoció—. Curiosamente, su físico era el de mi ideal de mujer. En cuanto a su personalidad, no era lo que más me gustaba de ella, pero sí tenía un lado rebelde y descarado que me excitaba.

Me volteé hacia él, y me obligó con la mano a girar otra vez la cabeza hacia el techo. Suspiré.

—Isobel precipitó las cosas al confesarme que se sentía atraída por mí y, como te dije, ella me gustaba. Pero solo físicamente. Sin embargo, ella quería una verdadera relación, una relación seria y sincera conmigo.

«¿Ella pidiendo algo serio y sincero? Permíteme que me ría.»

—Yo no era de los que tenían cosas con chicas, menos aún serias. Así que la rechacé. Entonces empezó a hablar de lo que sentía por mí con los miembros del grupo, entre otros con mi padre. A partir de ahí, comenzó la presión.

Hizo una breve pausa durante la que no me atreví a mirarlo. Como si al hacerlo pudiera cortar la fina línea que me conectaba con su pasado.

—Ella tenía tantas ganas de que estuviéramos juntos que hizo creer a todo el mundo que sufría depresión por mi culpa y que ya no podía trabajar conmigo «sin pensar en que la había rechazado».

Soltó una risita. ¿Se burlaba de ella... o de sí mismo?

—Pero había aportado tanto a la red que Robert Scott no concebía dejar que se fuera, así que me obligó a aceptar su petición, seguramente pensando que cambiaría de opinión.

Abrí los ojos como platos, estaba atónita. ¡Había forzado su relación! Dios, esa mujer era lo peor.

—Hizo de todo para que me enamorara de ella, desde los perfumes que usaba hasta el porte que adoptaba. Se esforzó mucho para gustarme. Y lo consiguió.

Respiró hondo.

—Estaba..., bueno, pensaba —se corrigió enseguida— que estaba perdidamente enamorado de esa chica. Recuerdo que Kiara me decía que tuviera cuidado, que estábamos yendo demasiado rápido. Pero Isobel me decía que estaba celosa de nuestra relación, así que me alejé de Kiara, luego de Ben e incluso de mi padre, que empezaba a sospechar.

Se quedó en silencio un instante.

—Pero yo no veía nada. Salvo a ella. Justo como ella quería.

Lo había alejado de su entorno. Era tóxica. No pensaba que Asher pudiera ser manipulado, pero ella lo había conseguido. Esa mujer había manipulado al manipulador.

Entendí por qué se reía, por qué se burlaba. Se burlaba de sí mismo.

—Entonces estalló una crisis en nuestra organización. Descubrimos que un topo enviaba documentos confidenciales a una red que nos robaba los proveedores y atacaba nuestras bases secundarias. Isobel y Ally, así como Sabrina, hicieron todo lo que pudieron para encontrar al intruso. No lograron nada.

Encendió un cigarro y le dio una calada.

—¿Me sigues?

—Sí —respondí, impaciente por conocer el final de la historia.

Expulsó el humo y dejó escapar una risita.

—Esa red era propiedad de un hombre que decía ser mi medio hermano y que, valiéndose de documentos muy importantes, chantajeaba a mi padre para que cambiara el nombre de su sucesor, es decir, yo.

Mierda. ¿Asher tenía un medio hermano?

—Isobel, por su parte, me decía que renunciara al puesto. Utilizaba como pretexto que temía por mí, pero su insistencia me hizo reflexionar y empecé a sospechar.

Fruncí el ceño sin entender.

—Estaba empeñada en que cediera mi lugar, así que le hice creer que mi padre había cambiado los papeles y los había puesto a nombre de mi medio hermano —me explicó—. Yo redacté esos papeles, solo faltaba su firma y el sello familiar. Pero, al hacerlo, no me di cuenta del peligro al que exponía a mi padre.

Dio otra calada.

—Esperaba estar equivocado, quería estarlo. Pero no, había descubierto que el topo no era otra persona que la zorra de mi novia. Era la única que conocía dónde había escondido esos falsos papeles.

Me quedé boquiabierta. Ella era el topo. Asher le había tendido una trampa.

—Desde el principio era ella la que había estado enviando los documentos a mi «medio hermano». Y ahora había desaparecido. Con los papeles falsos y con mi padre.

Soltó el humo con un largo suspiro mientras yo tragaba saliva con dificultad.

—Pero no quería creérmelo. Era tan estúpido que me

decía que había hecho eso para protegerme y que la habían secuestrado junto con mi padre.

Se sentó. Con una mirada furtiva vi que tenía la mandíbula apretada. Estaba enojado.

—Empezamos a buscarlos, a los dos, durante casi cinco días —continuó, con los ojos fijos en un punto imaginario—. Mi novia y mi padre estaban en manos de mi falso medio hermano, y todas las noches, exactamente a las 3.48 de la madrugada, me llegaban fotos de ella y de mi padre. Encerrados y maltratados por un puto asunto familiar.

Terminó la frase apretando los dientes.

—Si quería volver a verlos con vida, tenía que seguir ciertas órdenes. Mi padre y mi novia, o el sello oficial de la familia Scott y de su red. Sin el sello, la firma de mi padre no servía para nada.

A su padre lo había secuestrado un hombre que decía ser su hijo.

—Así que fui solo —prosiguió—, como él quería. Mi padre estaba ahí, en muy malas condiciones. Todavía tengo su imagen en la cabeza. Apenas podía mantenerse en pie. Estaba herido y temblaba de frío. Pero ella no se encontraba a su lado. Isobel no estaba con él.

Fruncí el ceño. ¿Dónde estaba?

—Entonces la vi... saliendo de ese puto cuatro por cuatro negro... Maquillada, sin un solo rasguño. —Me describió lentamente la escena—. Se acercó a ese hijo de puta mientras yo le gritaba que se alejara de él... y se besaron delante de mí.

Dios mío...

—Era su novio —aclaró con un tono burlón—, pero, aún mejor: era su propietario.

Me llevé la mano a la boca. Estaba horrorizada. ¿Cómo podía alguien jugar con los sentimientos de una persona de esa forma? ¿Y ser tan mala?

Lo había estado engañando desde el principio. Y no lo había sospechado ni un segundo.

—Me lo restregó con orgullo, jactándose del éxito de su plan. Luego... apuntó... con la pistola a mi padre y me pidió el sello familiar.

Me senté. Asher jugaba con sus anillos mientras me contaba por qué su vida estaba tan rota. Tan rota como la mía.

—Había creado un sello falso con Ben; solo un verdadero Scott podría darse cuenta de ello. Se lo di a cambio de la vida de mi padre. Sin embargo, cuando iba a disparar al único hombre que quería ver muerto, mi padre me lo impidió —me confesó con una expresión de dolor.

Se dirigió hacia la mesita para tomar un vaso y llenarlo de whisky. Luego se volteó hacia mí con la mirada vacía.

—Él lo soltó. Y mientras mi padre se acercaba hacia mí... Aún recuerdo el ruido y su cuerpo desplomándose en mis brazos. Su sangre en mi camisa, en mis manos. Disparó cobardemente a mi padre incluso después de obtener lo que quería de él.

Jadeé sorprendida. Apuró el vaso con una mueca.

—Isobel hizo cosas que nunca podremos olvidar: el asesinato del jefe de la red, Robert Scott. Mi padre.

Estaba en shock. Sabía que era mala, no dudaba de

que había hecho cosas horribles, pero no me esperaba eso.

Había matado al padre de Asher.

—Ya conoces la historia. Puedes hacer preguntas.

—Y ¿tu madre?

Sin responder, se acercó al ventanal.

—Te hice una pregunta —señalé.

—Te dije que podías hacer preguntas, no que fuera a contestar.

Suspiré exasperada. Esbozó una sonrisa triunfal antes de salir de la habitación sin añadir nada más.

Sola en su habitación, repasé toda la historia. Su historia.

Y por fin comprendí por qué se había creado ese caparazón. Era su manera de mantenerse alejado de todo lo que pudiera atraerlo. De tener una barrera. Su reticencia hacia las cautivas, hacia mí, ahora todo tenía más sentido.

Tras unos meses juntos, por fin se había abierto conmigo. Y me había ayudado a poner ese rompecabezas de piezas perdidas que era él mismo. Asher Scott no era malo, Kiara decía la verdad, no siempre había sido así.

Sin embargo, se había dejado consumir por los acontecimientos que lo habían marcado y lo habían empujado a convertirse en ese ser cruel e insensible que solo confiaba en los miembros de su grupo. O eso creía...

Había acabado siendo una persona fría, malvada y, sobre todo, indiferente. Me habría gustado conocer al Asher Scott de antes. Ese que tenía a su padre a su lado y cuyos éxitos en la red eran conocidos en todo el país. ¿Habría congeniado con él igual que con el Asher actual? No lo sabía.

Aun así, estaba contenta de haber descubierto por fin al verdadero Asher. Bajo esa máscara glacial e invulnerable, se escondía un hombre roto. Su alma y la mía eran similares, nuestros fragmentos de humanidad se completaban, me daba la sensación de que nos entendíamos perfectamente.

Y a veces tenía la impresión de que él se sentía igual respecto a mí.

Me había equivocado con él: Asher Scott no era malo, solo estaba hecho pedazos.

—Resulta que no vivimos con un verdadero psicópata —le dije al cachorro, que dormía plácidamente a mi lado, con la cabeza apoyada en mis muslos—. Aunque ese apodo le va como anillo al dedo.

La puerta volvió a abrirse y allí estaba Asher, cepillándose los dientes. Se acercó a la mesita de noche, donde estaba su celular, tecleó algo, lo apagó y lo lanzó a la cama antes de volver a salir sin decir una palabra.

Oí risas al otro lado de la pared. Durante dos segundos creí que eran fantasmas. Pero no eran más que Abby y Ryan riéndose en mi habitación.

—¿Agarraste el celular? —me preguntó mi propietario mientras entraba de nuevo en el dormitorio.

Asentí y me levanté para cepillarme los dientes. La puerta de mi habitación estaba abierta de par en par. Vi a través del espejo a la pareja besándose. Se los veía muy enamorados, muy felices. Un sentimiento que yo nunca había conocido y que parecía hermoso.

Pero había comprendido, gracias a los Scott, que el amor podía ser tan hermoso como destructivo. Eso no lo mostraban en las películas, donde todo tenía un final feliz. Para algunos el amor es como un arma cargada que entregamos a la persona que amamos con la esperanza de que no nos dispare; la confianza que depositamos en ella es lo único que nos tranquiliza. Para otros es su posesión más preciada, lo que los hace estar más vivos y ser más humanos que nunca.

A Asher le habían disparado, mientras que Abby disfrutaba del amor en su máxima expresión.

Al entrar en la habitación del psicópata lo vi en la cama tecleando algo en el celular, como siempre. Rodeé el colchón para tumbarme en mi lado. La cama era inmensa, podrían dormir cuatro personas en ella sin ningún problema.

—¿Por qué estás siempre con el celular? —pregunté.

—Asigno tareas, creo horarios, respondo a los mensajes aburridos de Ben.

Sonreí. Tenía curiosidad por saber qué le enviaría Ben.

—¿Ves?, esto es un mensaje aburrido de Ben —me dijo como si hubiera oído mis pensamientos.

Me mostró la pantalla de su celular. Me reí mucho cuando leí «¡Toc, toc!» y la respuesta de Asher: «No».

Señaló el mensaje de Ben, que decía:

¡TOC, TOC! Vamos, porfa. Me aburro.

Me reí otra vez. Ben era, sin duda, uno de los más graciosos del grupo. El psicópata volvió a levantarse de la cama y, con un rápido movimiento, se quitó la camiseta, que lanzó al otro lado de la habitación.

Cuando estaba a punto de quitarse el pantalón deportivo, grité:

—¡NO!

—¿Qué? —me preguntó lanzándome una mirada de incomprensión.

—No... no puedes dormir así.

—Si no estás contenta, ya conoces la salida —dijo cansado mientras se bajaba el pantalón del chándal.

Solo llevaba un bóxer negro. Le di la espalda para ver otra cosa que no fuera ese cuerpo con tan poca ropa pero con tantos músculos.

—¿Cómo te atreves a apartar la mirada de este cuerpo de ensueño? —exclamó falsamente indignado antes de tumbarse en la cama.

—¡Eres demasiado pretencioso!

—¡Estoy en mi derecho! Mírame, maldita sea, tengo razones para serlo —dijo señalándose la cara y su escultural torso.

Puse los ojos en blanco ante el ser más vanidoso del mundo; se rio.

—No seas celosa. En una pareja, aunque sea falsa, es imprescindible mantener cierto equilibrio...

Abrí los ojos como platos. ¿De verdad estaba sugiriendo que...?

—Y contigo tengo ese equilibrio, dado que... no eres tan guapa como yo —concluyó con un tono teatral.

Le di una palmada en el brazo y fruncí el ceño, pero su sonrisa traviesa y el brillo de sus ojos me hicieron comprender algo: no iba a detenerse ahí.

Así que le seguí el juego.

—¡Al menos mi apodo no es Asquer!

—Solo Kiara me llama así —respondió—. Pero bien jugado, inténtalo de nuevo. Te queda mucho camino por recorrer, ángel mío.

Fingí un gesto de desesperación.

—E-l-l-a —deletreó—. Son las letras que quedan al final de una partida de Scrabble.

Abrí exageradamente la boca, y él la observó mientras se relamía los labios, cosa que me hizo volver a cerrarla de forma automática.

—¿Sabes? —comenzó cruzando los brazos detrás de la cabeza—, eres la primera mujer que me llevo a la cama sin cogérmela.

—Me alegro de no ser de tu gusto —contesté orgullosa.

—Nunca dije que no me muera de ganas —replicó el psicópata dedicándome una sonrisa traviesa.

Casi me ahogo con la saliva mientras él se moría de la risa.

Para evitar su mirada, empecé a examinar los tatuajes de su brazo, a los que nunca había prestado demasiada atención, aunque había memorizado unos cuantos, entre ellos el de la serpiente con la cola afilada como una daga. Nacía en lo alto de su hombro y descendía hasta el brazo.

La rosa atravesada por un cuchillo se extendía por su cuello, justo debajo de la oreja, y en ese momento podía distinguir otros dibujos, como el de un reloj sin manecillas, o frases en un idioma que desconocía.

El resultado era impresionante, como si todos esos tatuajes estuvieran conectados entre ellos y contaran la misma historia: la suya.

—¿Te perdiste en las rosas? —me preguntó al ver que estudiaba las flores de su antebrazo.

—La calavera —respondí mientras examinaba el siguiente diseño.

—Duérmete.

Con un suspiro, le di la espalda. Mientras mis ojos disfrutaban de las vistas que ofrecía el ventanal, mis pensamientos tóxicos y mi ansiedad se evaporaron.

Me desperté cuando Asher se sobresaltó y se quedó sentado en la cama con una respiración ruidosa y entrecortada. Sus ojos, abiertos por completo, estaban clavados en la pared frente a la cama.

Apoyé los codos en el colchón para incorporarme. Pude ver como recuperaba poco a poco el sentido. Se pasó las manos por el pelo alborotado, varios mechones le caían con descuido sobre la cara, bañada en sudor. Su torso se movía con rapidez, todavía dominado por la adrenalina y el miedo.

—¿Estás bien? —le pregunté con delicadeza; él seguía perdido.

Cuando se posaron en mí, sus grandes ojos abiertos volvieron a la normalidad. Relajó suavemente la mandíbula. Luego inspiró hondo antes de exhalar con la misma lentitud.

—¿Tuviste una pesadilla?

—No es nada —respondió sentándose en una esquina de la cama—. Vuélvete a dormir.

Me levanté del colchón sin hacerle caso. Siempre me entraba mucha sed después de una pesadilla. Pero él parecía estar demasiado desorientado como para pensar en hidratarse.

Bajé las escaleras para llevarle un vaso de agua, pero algo sonó en la cocina. Gruñidos, gruñidos de Tate.

Lo desconocía, pero... lo que oí justo antes de entrar me heló la sangre e hizo que me parara en seco.

—Cállate, perro asqueroso.

Aquella voz no pertenecía a nadie que viviera en casa del psicópata, era la voz de un desconocido. Había un intruso.

33
Ruido

Me quedé paralizada, incapaz de moverme. Temía ese momento desde que había llegado. Había alguien en casa del psicópata. No había duda.

—¿Ella? —me llamó mi propietario con voz ronca desde el primer piso.

Con el mayor sigilo, entré en la cocina. Tate corrió hacia mí en cuanto percibió mi presencia, pero, cuando encendí la luz conteniendo la respiración, me inquietó lo que vi... o, más bien, lo que no vi.

No había nadie.

Un escalofrío me recorrió la espalda. Estaba segura de haber oído una voz desconocida. Me pareció una locura, era como si lo hubiera soñado. Esperaba que hubiera sido eso, un sueño.

Solté un grito de sorpresa cuando sentí una mano en el hombro. Miré de reojo esos dedos, que reconocí de inmediato. Nunca me había alegrado tanto de ver al psicópata. Bueno, sí, pero pocas veces.

—¿Qué te pasa? —me preguntó con el ceño fruncido.

—Pues..., eh... —balbuceé aún confundida—. Nada.

Me miró fijamente durante un segundo y luego pasó de largo.

Abrió el gabinete para sacar un vaso. Yo había bajado para llevarle ese vaso.

Asher se apoyó en la isla y me miró sin decir nada mientras yo intentaba comprender qué acababa de suceder.

—Estás rara —comentó enderezándose—. Estás tan pálida que cualquiera diría que acabas de cruzarte con un fantasma.

Levanté la cara hacia él con un suspiro. Tal vez hubiera sido fruto de mi imaginación. Al fin y al cabo, acababa de despertarme. Era posible que hubiera sido una alucinación..., pero ¿cómo podía alucinar tanto?

—Sube a acostarte —me aconsejó antes de salir de la cocina.

Por su parte, él se fue a la sala. Se me volvió a escapar otro suspiro. Mientras subía los escalones eché una mirada furtiva a la cocina, solo por si acaso, pero, tal y como esperaba, no había nada. De todos modos, si de verdad hubiera alguien, el psicópata lo oiría.

Las seis de la mañana.

Había dormido fatal. Todavía me preocupaba esa voz. Y que el psicópata no estuviera en la cama no ayudaba. Oí ruidos provenientes del pasillo. Abby y Ryan tenían que irse bien pronto por la mañana para tomar el vuelo.

Al salir de la habitación me topé con Abby, que estaba bajando.

—Perdón por el ruido —se disculpó con una sonrisita en los labios.

—No te preocupes, no estaba durmiendo —la tranquilicé, y le devolví la sonrisa.

El psicópata, apoyado con las maletas a sus pies contra la pared que había cerca de la puerta principal, nos miró.

—Carl está aquí —informó a su hermana.

Cuando se detuvo frente a él arqueó una ceja, lo que me arrancó una sonrisa. Sabía muy bien lo que planeaba hacer su hermana.

Tal y como pensaba, ella le rodeó el cuerpo con los brazos y lo estrechó con fuerza. Inmediatamente él se apartó con una mueca de disgusto.

—¡Quítate, que no quiero contagiarme de rabia! —le soltó mientras la empujaba.

Riendo, Abby se pegó más a él antes de voltearse hacia mí. Subió por las escaleras para estrechar mi cuerpo entre sus brazos.

—Espero que volvamos a vernos pronto —me susurró al oído—. Prométeme que cuidarás de mi hermano.

Abrí los ojos como platos e intercambié una mirada con el psicópata.

—Prometido —contesté sin demasiada convicción. ¿Iba a mantener mi promesa?

—Y no dudes del poder que ejerces sobre él, ya lo tienes a tus pies —añadió guiñándome el ojo.

Era más amable que su hermano, pero, si hubiera sabido que estábamos fingiendo, no habría tenido la misma actitud conmigo.

—Carl está aquí —repitió el psicópata.

Se rio por cómo su hermano la estaba echando de su casa. Su novio la esperaba fuera.

Asher la detuvo para pasarle un brazo por los hombros y acercarla a él. Le dio un beso en la frente y la soltó enseguida.

—Ten cuidado. —Ella suspiró—. Solo me quedas tú y no quiero que él te aleje de mí.

La observó sin decir nada, posiblemente buscando una respuesta, pero guardó silencio, tal y como me temía.

Se despidió de mí con la mano por última vez antes de abrir la puerta y salir de la casa. Su hermano la siguió y cerró la puerta tras él.

Me acerqué al ventanal para inspeccionar el exterior. A decir verdad, no había podido sacarme esa voz de la cabeza. Estaba convencida de que no me lo había inventado. Una no se puede inventar una voz que no conoce.

Pero si el psicópata no había visto nada ni había oído nada que lo hiciera sospechar, podía estar tranquila. Se le daba mejor que a mí prestar atención a su entorno. Por eso su casa estaba tan protegida y no podía entrar nadie sin que él lo supiera.

«Al menos, eso creo.»

Su regreso me sacó de mis pensamientos.

—Se fue. —Suspiró aliviado.

Asentí sin decir nada. Tate se unió a nosotros y me agaché para acariciarlo. Estaba segura de que a él también lo había oído gruñir.

—Ahora que se fueron, puedes regresar a tu habitación —soltó con frialdad antes de volver a subir sin dejarme tiempo para contestarle.

Fruncí el ceño, contrariada por lo que me había dicho. Pero ¿por qué me sentía así? No era la primera vez que jugaba a hacerse el lunático conmigo. Era de esperar, se trataba de Asher.

Suspiré exasperada. Mis pasos me guiaron hasta mi habitación, ya vacía por la ausencia de la pareja.

Empezaba a hacerse de día. Eran las siete menos cuarto y el sol me impediría continuar durmiendo. Me acerqué al ventanal de mi habitación y, para sorpresa de nadie, me encontré con la mirada del psicópata, apoyado en la barandilla de su balcón. Con un cigarro entre los dedos, volteó el rostro hacia mí.

Esa imagen me recordó a la promesa que me había hecho las primeras noches que había pasado ahí: «Lo descubriré, psicópata».

Antes me sentía molesta con él por hacerme vivir un infierno sin razón aparente. Ahora, cuando no me prestaba la atención que esperaba.

Habían cambiado muchas cosas en los últimos cuatro meses. La imagen que tenía de él era totalmente diferente. Y por un buen motivo: ahora sabía lo que había sucedido en su vida. Ahora conocía al Asher Scott del que me hablaba todo el mundo.

La imagen que tenía de mí misma también había cambiado mucho, estaba orgullosa de mí. En cierto sentido. En otro tiempo me odiaba, aborrecía mi cuerpo por lo que me habían obligado a hacer con él, pero ahora me sentía orgullosa por saber que poco a poco estaba curándome de esa parte de mi vida, que no había dejado que me consumiera ni que envenenara tanto mi presente como mi futuro.

Se lo debía todo al grupo. Sin Rick y sin las chicas no habría podido integrarme tan rápido. Sin ellos nunca habría podido superar la etapa de «cautiva» o, al menos, la etapa de «víctima de un proxeneta». Sin Ben jamás habría podido reír con un hombre ni llevarme bien con él sin miedo a que me violase. Y, finalmente, sin Asher nunca habría podido hacerme una imagen diferente de los propietarios... y de los hombres en general. Jamás me habría permitido establecer lazos, por ese temor a volver a caer en un abismo que llevaba tanto tiempo atormentándome en sueños.

Sin Asher no habría podido reunir tanto coraje. Nunca pensé que algún día podría sentirme atraída por un hombre que además fuera mi propietario. Le estaría eternamente agradecida por su ayuda.

Me había cambiado. Me estaba curando. Poco a poco, pero lo hacía. Y yo lo había elegido para ello.

—¿Por qué no duermes? —preguntó una voz ronca detrás de mí.

Apoyado contra el marco de la puerta, con los brazos cruzados y el ceño fruncido, me observaba esperando mi respuesta. No lo había visto abandonar el balcón.

—No tengo sueño —contesté al mismo tiempo que me pasaba una mano por los mechones de pelo que me caían en la cara.

—Yo tampoco —confesó.

Lo observé sin decir nada mientras los labios me ardían de ganas de pedirle que me contara su pesadilla. No me había atrevido porque él no me había preguntado sobre la que había tenido yo cuando estábamos en Inglaterra. Y comprendía por qué se había quedado callado aquella noche: no quería hacer lo que no le gustaría que le hicieran a él.

—Deberías dormir un poco —me aconsejó.

—Tú también —respondí—. Desde que te conozco no has dormido mucho.

Soltó una risa ligera y se acercó a mí. Me rodeó la cintura con los brazos mientras yo levantaba la cabeza hacia él. Una sonrisita movió sus labios.

—Te vi espiarme antes —comentó en tono travieso.

—Tú estabas mirando en esta dirección antes de que yo saliera —repliqué exasperada.

—Tal vez —admitió, y acercó mi cuerpo al suyo—. En cualquier caso, ahora que mi hermana se fue, el juego puede continuar.

—Vas a perder de todos modos, y lo sabes —señalé.

Resopló.

—Sabes que puedo ganar, pero a veces prefiero ceder a mis impulsos antes que fortalecer mi ego.

Le pasé los brazos por la nuca, cosa que le arrancó una enésima sonrisa de superioridad.

—Fui un estúpido al pensar que te parecías a ella. —Suspiró, apoyando la barbilla encima de mi cabeza.

Ahora que hablaba de Isobel, recordé una pregunta que se me había pasado por la cabeza.

—¿De verdad la viste en Montecarlo?

Oí un «ajá» de confirmación.

—«Buscas una parte de mí en cada mujer» —murmuró.

Fruncí el ceño confundida. ¿De qué hablaba?

—Es lo que me dijo cuando nos encontramos: «Buscas una parte de mí en cada mujer, y lo sabes».

Seguía atormentándolo incluso después de todo lo que había hecho. Le envenenaba la vida. Al menos, su enfermizo juego para manipularlo ya no funcionaba. O eso esperaba.

—No es cierto —afirmé mientras lo miraba directamente a los ojos—. A menos que seas masoquista, por supuesto.

Lo oí reír, una risa auténtica que nunca podría olvidar.

—Lo sé, ángel mío. Si no...

Iba a decir algo, pero se calló, estrechando un poco más su abrazo.

—Durante la fiesta de las cautivas Isobel me preguntó qué hacía yo en la red —empecé haciendo una mueca.

—Y ¿qué le respondiste?

—Que trabajaba como asalariada, pero me preguntó si conocía a un tal Liam...

Contrajo la mandíbula y cerró los ojos al mismo tiempo. Tragué saliva antes de seguir balbuceando:

—No sabía si era... una trampa y no quería que descubriera mi tapadera, así que le dije... que no lo conocía. Y es verdad...

—¡A la mierda! —maldijo con los dientes apretados—. Liam es quien se encarga de las nuevas, sería imposible que una asalariada no lo conociera. —Me empujó con el rostro deformado por la ira—. ¡Mierda! ¿No podías limitarte a evitarla? —inquirió alzando la voz—. Lo único que tenías que hacer era quedarte con las otras, ¡por Dios!

—Pero ¡no estaba al corriente! —repliqué mientras él se pellizcaba el puente de la nariz.

—¡Carajo, yo lo sabía! —exclamó, y miró al techo—. No tendrías que haber ido... ¡Mierda, lo sabía!

Me sobresalté cuando me fulminó con la mirada.

—Y ¿cuándo pensabas decírmelo? —gruñó.

—Iba... iba a hacerlo, pero...

—Pero ¿qué? ¡Mierda! ¿No te pareció importante?

—¡Sí! —me defendí—. Pero, en el momento en que te hablé de ella, ¡te volviste completamente loco de rabia, y luego me dio miedo volver a sacar el tema!

Se pasó la mano por el pelo con nerviosismo y jugueteó de forma enérgica con los bolsillos de su pantalón deportivo. Salió de la habitación hecho una furia, sin olvidarse de ir soltando insultos. Su reacción me irritó. Maldita sea, ¡yo no estaba al corriente de la existencia de ese tal Liam!

Volvió con un cigarro medio consumido entre los dedos. Me miró, serio, mientras yo fruncía el ceño.

—¿Qué más da que no me creyera? —pregunté.

—Ni lo menciones —amenazó—. Solo tenías que hacer una cosa: no decir nada sobre la red.

Lo miré fijamente, escéptica. ¿De verdad tenía cerebro?

—¡La pregunta que me formuló no era sobre la red, Asher!

Se sentó al borde de mi cama. No dejaba de tamborilear con el pie, lo que delataba su nerviosismo.

—¿Quién es Liam? ¿El de la tienda de la esquina? —preguntó él con ironía—. ¡Incluso los detalles más insignificantes son importantes cuando se trata de la red, Ella!

—Está bien. Y ahora ¿qué importa que ella sepa que no conozco a Liam? —pregunté poniéndome las manos en las caderas.

Me lanzó una mirada oscura.

—Ahora puede que tú también estés en peligro, Ella.

Sus palabras me exasperaron. Estaba paranoico. A Isobel no le interesaban los detalles de la red Scott; de lo contrario me habría hecho muchas más preguntas. Tate se acercó y se subió a las rodillas de Asher, quien estuvo a punto de tirarlo por la ventana. Hizo una mueca de disgusto y lo empujó.

—No hay de qué tener miedo —lo tranquilicé levantando los brazos—. Sigo aquí, y las pocas veces que salgo lo hago con alguno de ustedes. No me pasará nada, ¿sabes por qué?

—Sorpréndeme.

—Porque Isobel no se preocupará por una chica que conoció en una fiesta hace al menos un mes y que no tiene ningún interés.

Se rio abiertamente de mí.

—Tu ingenuidad nunca dejará de sorprenderme. ¿Algo más que deba saber?

Negué con la cabeza mientras él mantenía la mirada fija en mí.

—Pero... me conmueve saber que el psicópata Asher Scott se preocupa por mi seguridad —añadí mientras intentaba destensar el ambiente.

Él siguió mirándome y dejó escapar un suspiro.

—Ya había olvidado que me llamabas «el psicópata» —comentó—. No es un apodo muy rebuscado, ángel mío.

—Te va como anillo al dedo, y tengo muchos más —repliqué pensando en los diversos sobrenombres que le había atribuido desde nuestro primer encuentro.

Un brillo curioso atravesó su mirada y estiró los labios.

—¿Sabes cuál te queda perfecto a ti? —preguntó con malicia.

Me encogí de hombros.

—Cautiva.

Lo fulminé con la mirada mientras él sonreía ampliamente. Sabía que odiaba ese apodo.

Lo vi girar la cabeza hacia el ventanal en silencio, más calmado que antes. Yo me quedé de pie con los brazos cruzados esperando a que hablara o saliera de la habitación.

—Puede que esté ausente durante un par de días —me informó. Arqueé una ceja—. Puedes estar contenta, solo tendrás que preparar comida para uno.

—Espero enfermarme tanto algún día que te veas obligado a hacer la cena y las tareas del hogar sin mi ayuda.

—Tú nunca haces las tareas del hogar —protestó—. Mi casa siempre está limpia. Y tampoco es que no cocine jamás.

Arqueé las cejas. ¿Cómo se atrevía?

—Siempre está limpio, cuando me enojo limpio todo —le solté—. Tú no notas la diferencia porque, para ti, tu casa solo es un lugar en el que dormir antes de volver a salir. Y todas las veces que cocinaste, lo hiciste fatal.

—Al menos no tengo que contratar a una criada —replicó guiñándome el ojo—. Y solo se me quema la pasta.

—Pues, en realidad, una criada me ayudaría mucho —comenté.

Resopló.

—No, no voy a pagar a alguien para que se encargue de algo que puedo hacer yo. O que puedes hacer tú.

—Imagina que algún día estoy enferma y tú no estás aquí; ¿cómo me las arreglo para comer, campeón?

—¿Llamando a Kiara y diciéndole que venga?

Negué con la cabeza y eché un vistazo al perro, contrariada por el rechazo del señorito no-me-importas-una-mierda.

—Tendrás una criada solo, y digo solo, si yo no estoy aquí y tú no eres apta físicamente para hacer su trabajo.

Puse los ojos en blanco. Él siguió observándome con una sonrisa de suficiencia.

Al cabo de unos segundos se levantó para dirigirse a la puerta.

—Al final me voy hoy —decidió el psicópata—. Volveré pasado mañana.

Asentí y salió de la habitación.

Eran las siete y media y ya no tenía sueño. Decidí bajar para prepararme el desayuno al lado del psicópata, que se estaba haciendo un café. Dejé en la sala mi charola con jugo de frutas, un tazón de cereal y dos panes tostados para mí y para él.

En silencio, tomó el control y puso un canal para niños que yo solía ver. Sorprendida, lo miré y lo vi morderse ligeramente las mejillas para evitar la sonrisa que amenazaba con tirar de sus labios.

La puerta principal se abrió y entró Kiara.

—¡Peque! —exclamó al ver a Tate recibiéndola—. ¿Dónde están tus amos?

En cuanto nos vio se unió a nosotros con una gran sonrisa en los labios.

—Buenos días, señor Scott. ¿Ya decidió qué día va a ausentarse? —preguntó con un tono falsamente profesional.

Él esbozó una sonrisa y le respondió sin apartar la mirada de la tele:

—Hoy, secretaria.

El perro volvió con nosotros y se sentó sobre mis rodillas. Mientras le acariciaba la cabeza, se me vino una pregunta a la mente:

—¿De dónde sacaste a Tate?

—¿Lo llamaron Tate? ¡Está bien! —respondió sonriente—. Alguien se lo regaló a uno de los miembros de la asociación, pero no podía quedárselo.

—¿Quién fue? —preguntó Asher, de repente interesado.

—Liam.

34

Investigadores

Su respuesta provocó en mi propietario una reacción que no me esperaba. Una reacción que fue de todo menos tranquila.

—¡¿Qué?! —gritó volteándose hacia Kiara, que se sobresaltó tanto como yo.

Se levantó de un salto y atrapó a Tate, que se disponía a huir asustado por los gritos. Registró el pelo rizado del cachorro. Examinó cada parte de su cuerpo. Sin embargo, no hicieron falta más de cinco minutos para que encontrara un diminuto artilugio enganchado en su collar.

—Dios mío... —murmuró Kiara con los ojos abiertos como platos.

Siguió registrándolo mientras Tate intentaba escapar de sus brazos. El animal estaba asustado y emitía pequeños sollozos.

—Asher...

—No —dijo mientras me fulminaba con la mirada—. Llama a Cole.

Kiara se apresuró a agarrar su celular para buscar el

número de teléfono del médico. Asher se levantó con el perro en brazos para llevarlo al exterior. Cuando volvió, estudió el artilugio. Abrió mucho los ojos y se volteó hacia nosotras indicándonos con un gesto que nos calláramos.

Un micrófono. Había un micrófono pegado al collar de Tate, camuflado entre sus rizos. Alguien nos estaba espiando.

El psicópata sumergió el artilugio en un vaso de alcohol, ahogando así las posibilidades del espía de escuchar nuestras conversaciones.

—Pásamelo —ordenó antes de quitarle el teléfono de las manos—. Ven a mi casa con instrumental. Vas a operar a un perro.

Y colgó sin dejar que el médico respondiera.

Su oscura mirada se posó sobre Kiara, que de repente se puso nerviosa.

—¿No lo habías pensado? —preguntó él con un tono frío—. ¿No era tan obvio para ti?

Ella balbuceó unas palabras ininteligibles.

—Él no tiene nada que ver, estoy segura...

—Estabas segura de que el perro no tenía nada —gruñó—. Y sin embargo...

Evité meterme en su conversación, aunque me moría por defenderla. Regañarla no era justo, ella no sabía nada. No obstante, si decía algo, podía ahogarnos en la alberca como había ahogado el artilugio.

—Ya no se hablan —dijo ella con delicadeza.

—¿Quién te lo dijo? ¿Él? ¡Esa zorra le preguntó a Ella si conocía a Liam!

«Ella.» Nunca me había llamado por mi nombre delante de Kiara, ni de nadie del grupo. Por eso ella abrió los ojos como platos y me lanzó una mirada furtiva.

Pondría la mano en el fuego por que su reacción respondió a que había dicho mi nombre y no a la información que acababa de darle: Isobel era la amiga de Liam.

—Lo siento, no lo sabía —se disculpó mientras se tocaba el pelo—. Pensaba que ya no se hablaban... desde...

Él se pellizcó el puente de la nariz, luego se dejó caer sobre el sofá. Con la cabeza entre las manos murmuró:

—Piensa, piensa, piensa...

Estaba sobrepasado. Descubrí una nueva faceta de su personalidad: un Asher alerta y, sobre todo, un Asher tomado por sorpresa. Él, que todo lo planeaba, todo lo vigilaba, todo lo controlaba, acababa de caer en una trampa para la que no estaba preparado.

Sonó el timbre. Fui a abrir al médico.

—¿Ya está aquí? —preguntó Asher volteándose hacia mí.

Asentí en silencio. Se dirigió hacia el recibidor, pero se volteó para tomar una copa, que se bebió de un trago.

—Eso fue para no matar al perro —dijo señalando el vaso vacío—. Y esto... —añadió mientras se ponía un cigarro entre los labios—. Esto es para no matarlas a las dos y enviar sus cuerpos a Siberia. Por separado.

En una situación normal habría disfrutado respondiéndole con sarcasmo, pero sabía que sus amenazas no eran una broma.

Cole entró. Su cara, aún medio dormida, mostraba que la llamada urgente del psicópata lo había sacado de un sueño profundo.

—¿Es al perro de ahí fuera al que tengo que operar? —preguntó sin aliento.

Asher asintió.

—Pero... parece sano, Scott —soltó aturdido.

—Tienes que extraerle un chip, seguro que tiene uno bajo la piel.

El médico reflexionó unos segundos.

—Debo llevármelo. No dispongo del equipo necesario para operar a un animal, por no hablar de que tengo que encontrar el lugar donde está insertado el chip. Si es que está.

Asher asintió sin añadir nada y acompañó a Cole al exterior. Me volteé hacia Kiara mientras ella se desplomaba en el sofá. Un suspiro se escapó de sus labios rojos.

—Ya no puede confiar en nadie —susurró—, y a veces tiene tanta razón...

Le di un abrazo para reconfortarla. Ella no había hecho nada malo.

—No lo sabías —la tranquilicé—. No podías saber que William nos declararía la guerra incluso antes de que James muriera.

—Ash tampoco, pero él se dio cuenta en el momento oportuno. Yo no.

Tenía razón. Sin embargo, Asher también era muy desconfiado, a veces sin motivo. Aunque la mayor parte del tiempo su paranoia no estaba injustificada.

Volvió a la sala; su oscura mirada seguía clavada en Kiara.

—Volveré pasado mañana, o un poco antes, dado lo que hiciste. Mientras tanto, te quedarás con ella.

Me señaló con el dedo. Kiara asintió sin hacer preguntas. Sabía que estaba tan enojado que, si rechistaba, disfrutaría destripándola en el acto.

—Llama a Carl y dile que quiero verlo aquí dentro de treinta minutos —ordenó mientras subía las escaleras que llevaban al primer piso.

Kiara suspiró y me dirigió una mirada de disculpa. Se deshizo rápidamente de mi abrazo. Tenía que ir a recoger sus cosas, pues iba a quedarse para «vigilar» la casa.

Ya sola, me reuní con el psicópata, que llevaba puesta su chamarra de piel. Cuando se volteó hacia mí, me crucé de brazos.

—Ella no sabía...

—Ni se te ocurra defenderla —me advirtió con frialdad.

Resoplé exasperada ante ese cabezota que no quería ni oír hablar del tema.

—¿Adónde vas? —pregunté con curiosidad.

—A Nevada —se limitó a responder—. Tengo que arreglar unas cosas y vuelvo.

Agarró la mochila.

—Me voy a encargar de que estés a salvo, no quiero que salgas de aquí.

Asentí. No tenía nada que temer, pero su expresión demasiado seria empezaba a hacer que sintiera miedo. Pero ¿de qué debía tener miedo?

—Cole volverá más tarde con el Idiota...

—Tate —lo volví a corregir.

—El perro —continuó indiferente—. Si pasa algo, llama a Ben o a Rick.

—Tus cámaras no te sirven de mucho que digamos —le dije.

Hacía tiempo, cuando me había prohibido visitar otras habitaciones que no fueran la sala y mi cuarto, había mencionado que tenía cámaras ocultas en su casa.

Se echó a reír y yo arqueé una ceja. ¿De qué se reía?

—¿De verdad creíste que tenía cámaras en casa? —se burló—. Ángel mío, es la forma más fácil de rastrear mis propiedades.

Abrí un poco la boca.

—Solo te lo dije para que no metieras tus narices en mis asuntos. Mierda, ¿cómo puedes ser tan inocente? —me preguntó entre risas.

Frente a mi cara de enojo, inclinó la cabeza con una pequeña sonrisa.

—Qué linda eres —declaró, haciendo que abriera mucho los ojos—. Eso es lo que habría dicho si fuera ciego, claro.

Soltó una carcajada mientras cruzaba la puerta de su habitación.

—Eres un niño, hasta un niño de tres años podría confirmarlo —señalé para provocarlo, molesta, mientras bajaba las escaleras dando tumbos.

Se rio.

—Vas mejorando, ángel mío —dijo una vez que llegó al primer piso.

Acabé de bajar las escaleras mientras negaba con la cabeza, exasperada. Nos volvimos a encontrar en la sala. Miró por el ventanal antes de dirigir la vista hacia mí.

De repente levantó el celular en mi dirección. El flash se encendió. Me protegí de la luz cegadora mientras él tomaba fotos terribles de mi cara, demacrada por la falta de sueño y por lo preocupada que estaba por Tate.

—Gané —susurró mientras me mostraba la foto que había conseguido tomar unos segundos antes de que escondiera la cara—. Esta foto es horrible. La guardo por si algún día te ves guapa. Te la enviaré.

Lo miré con desdén. ¡Qué pesado!

—Mejor admite que no puedes estar dos días sin verme, de ahí la foto.

Se rio de nuevo. Hice como si no hubiera oído nada antes de volver a subir para ponerme algo que no fuera la pijama. Mientras rebuscaba entre la ropa, oí como la puerta principal se cerraba y la voz de Kiara resonaba por el pasillo. Había sido rápida.

—Tranquilo, ya estoy aquí —le dijo al psicópata—. Carl llegará dentro de unos minutos. No le pasará nada.

Decidí acercarme para escuchar discretamente. Las paredes tenían oídos, como yo. Sobre todo porque sentía curiosidad por saber qué se decían.

—Más te vale —gruñó mi propietario—, no debe salir sin ti.

—Oído cocina.

Subí a toda velocidad las escaleras cuando oí que el psicópata decía: «Ahora vuelvo». Regresé a mi habitación aparentando la mayor naturalidad posible. Pero por dentro estaba feliz. Feliz de saber que me protegía, incluso cuando estaba lejos de mí. Asher me daba una sensación de seguridad irrefutable.

—Querías una criada —dijo la voz del hombre que ocupaba mis pensamientos—; ya tienes a Kiara.

Se acercó a mí y puse los ojos en blanco.

—Kiara no da el perfil de criada.

Me rodeó la cintura con los brazos, pero lo aparté, temerosa de que Kiara nos descubriera. No tenía demasiadas ganas de explicarle cómo habíamos pasado de odiarnos a estar tan... unidos. Un cambio que ni yo misma me explicaba.

Lo entendió y me dedicó una pequeña y traviesa sonrisa antes de agarrarme la cara y apretarme suavemente las mejillas.

—Ya te lo dije, solo tendrás criada si, y solo si, no estás en condiciones físicas de hacer su trabajo —resopló moviéndome la cabeza con las manos.

—Con un poco de suerte, me caeré desde el segundo piso y me romperé las piernas. Así ya no tendré que ocuparme de limpiar, hacer la comida y todo lo que eso conlleva.

Me sonrió antes de clavar sus ojos en los míos.

—Hasta pronto, ángel mío.

Me sorprendió posando los labios sobre mi frente en un ligero beso. Luego se dio la vuelta. Lo oí bajar las escaleras y despedirse una última vez de su amiga antes de cerrar la puerta principal tras él dejándome a solas con Kiara, que no tardó en encontrarme.

Decidí darme un baño. Ahora que el psicópata se había ido, ya no me daba miedo que el episodio de Montecarlo se repitiera.

—¿Te dijo adiós? —me preguntó mi amiga con una sonrisita en los labios.

Asentí con la mayor naturalidad posible, es decir, procurando mantener una expresión indiferente. Ella se rio.

—Estos engaños no funcionan conmigo, querida —me dijo—. Estoy segura de que no se odian tanto como fingen...

No le hice caso. No habían pasado ni tres minutos desde que el psicópata se había ido y Kiara ya había empezado su interrogatorio. No esperaba menos de nuestra querida amiga y su infinita curiosidad.

Me apoyé en el borde de la tina y toqué con la punta de los dedos el agua, que ya estaba caliente.

—Bueno...

—Cierra los ojos.

—¡Ándale ya! —gruñó tapándoselos para que pudiera desvestirme.

—Ya está —dije una vez en el interior de la tina.

Posó sus traviesos ojos azules sobre mí. Aparté la mirada para intentar quitarle de la cabeza las ideas que se había formado, pero no lo conseguí.

—¿De verdad intentas hacerme creer que no hay nada entre ustedes? Después de más de tres meses, ¿no pasó nada? —me preguntó arqueando una ceja.

Asentí con la cabeza. Era mentira, evidentemente.

—Entonces explícame por qué cambió su manera de comportarse contigo.

—Nada cambió, Kiara. —Suspiré—. Sigue igual de aburrido, malvado, narcisista, gruñón, exasperante, pesado, cansino...

—Tal vez. Pero... —respondió levantando el dedo—

te llamó por tu nombre, exige que estés protegida todo el tiempo y, además, ¡le dijo a Abby que eres su novia!

Me atraganté con mi propia saliva en cuanto mencionó a Abby. Por Dios, ¿no podía seguir las órdenes de su hermano y callarse?

Me aclaré la garganta antes de explicarle rápidamente:

—No quería decirle que soy su cautiva, ¡eso es todo!

Entornó los ojos.

—¡Estoy segura de que se pusieron de acuerdo! Encontraré una manera de hacerte hablar, Ella Collins.

Negué con la cabeza entre risas.

—No tengo nada que esconder, Kiara. De verdad que no hay nada entre nosotros, y menos mal.

Terminé la frase con una expresión de asco.

Era falsa.

Agarró el celular y marcó un número. El tono sonó en el altavoz durante unos segundos, antes de que la voz del psicópata contestara.

—Acabo de salir de la villa, Kiara, ¿no podías esperar un poco antes de cagarla...?

—Sé que hay algo entre Ella y tú, ¡se ve a kilómetros!

Lo oí reírse. Se reía tanto que incluso yo pensé que acababa de hacer la broma del año.

—¡Deja de reírte! —gritó enojada—. Sé que tú también lo estás ocultando. Maldita sea, ya verás.

—Está bien, Scooby-Doo, buena suerte encontrando cosas que no existen —soltó mientras su voz sonaba cada vez más lejos—. Mierda, la cautiva y yo... Vaya chiste!

Colgó sin dejarle tiempo para contestar. Me fulminó

con la mirada mientras yo contenía una carcajada ante su expresión de contrariedad.

El celular volvió a sonar. Contestó exasperada.

—¿Qué?

—¡Maldita sea, lo sabía! La historia del perro de mierda era sospechosa —exclamó la voz de Ben, que reconocí de inmediato—. Cole encontró un chip GPS. Kiara, ¡te lo advertí!

—Está bien, tenías razón, debería haberte escuchado. ¿Contento? —gruñó irritada.

—¿Dónde estás ahora? —preguntó él—. Me prometiste que me ayudarías con los archivos.

Se dio un golpe en la frente.

—Estoy en casa de Ash. Al final se fue hoy mismo. En vista de lo que hice, tengo que quedarme con Ella, por si las cosas empeoran.

—¿Desde cuándo? Carajo, ¿se convirtió en su pequeña protegida?

Puse los ojos en blanco. Definitivamente, no sabía cuál de los dos era peor.

—Agente Smith, es imprescindible que averigüe todo lo que está ocurriendo en esa casa —ordenó Ben con voz más grave.

—Necesitaré sus dotes profesionales para hacer hablar al señor Scott, agente Jenkins —respondió ella en el mismo tono—. Puede que el sujeto Ella Collins sea tenaz, pero no tanto como su propietario...

Sonreí ante los dos «investigadores», aunque en el interior esperaba poder resistirme a su juego.

—Hagamos de esto un asunto familiar, agente Smith

—dijo—. Iré a visitarla por la noche. Hágalo lo mejor que pueda. Cambio y fuera.

Y colgó.

Cuando Kiara volvió a centrar la atención en mí, me deslicé bajo el agua para evitar su inquisitiva mirada.

Sentada en una de las sillas altas de la cocina, con la cabeza apoyada en la palma de la mano, escuchaba como Kiara me enseñaba a distinguir un bolso de lujo auténtico de uno falso.

La puerta principal se abrió y oí gritar a Ben:

—¡Hola, chicas!

—¡Cocina! —le indicó Kiara enseguida.

Entró con una enorme sonrisa dibujada en la cara.

—Querida, extraño tu rostro cada día —dijo alborotándome el pelo.

Me levanté de un salto cuando oí unos ladridos. Tate estaba ahí. Corrí hacia el perro, que saltó sobre mí para lamerme la mejilla mientras movía la cola en todas direcciones. Aunque solo había pasado un día, había extrañado muchísimo su presencia.

—Ash te va a ofrecer el mismo reencuentro, querida —dijo Ben detrás de mí haciéndome reír.

—No hay nada, están haciendo una película de esto —repliqué mientras rezaba en mi interior para que no sacaran el tema los dos juntos.

Volví a mi asiento y Ben nos habló de su día, salpicado de anécdotas divertidas.

—Oye, ¿sabes qué? —continuó—. Había una anciana perdida a unos metros de aquí.

—¿Ah, sí? —preguntó Kiara, y frunció el ceño—. ¿Qué edad tenía?

—Ni idea. Estaba hablando por teléfono y me detuve a charlar con ella. Me dijo que había venido a ver a su nieto, que vivía en los alrededores.

—Es raro, Ash no tiene vecinos —comentó Kiara—. Quiero decir que todo lo que hay alrededor le pertenece. Nadie tiene derecho a construir aquí.

—Es inútil darle demasiadas vueltas. Te lo juro, era muy rara. Espero que encontrara a alguien que haya tenido las pelotas de llevarla a casa.

—¿Te dio miedo? —se burló Kiara—. ¿Una anciana?

—¡Sí, desde luego! —admitió—. Tenía una cara horripilante y una sonrisa forzada. Me asusté. Me dije: «Imagínate que es una asesina que pide aventones para encontrar a sus víctimas».

—Es vieja, Ben —le recordó Kiara exasperada—. Es imposible.

—¿Acaso crees que los asesinos se jubilan?

Su frase me hizo reír, pero al mismo tiempo me pregunté cómo aquella mujer se las había arreglado para perderse a, por lo menos, cuarenta kilómetros de la ciudad.

35

Sorpresa

—Es hora de que les cuente algo —empezó Ben bajando el volumen de la tele—. Necesito su consejo, chicas.

Estábamos en la sala. Ben se había sentado en el suelo con las piernas cruzadas; Kiara, que estaba al revés en el sofá con la cabeza hacia abajo, se enderezó al oírlo.

—Está bien, suéltalo todo, pequeño.

Ben consultó la pantalla del celular durante un instante antes de dejarlo sobre la mesa y aclararse la garganta.

—¿Te acuerdas de Bella? —le preguntó a Kiara.

—¿Isabella? —preguntó ella abriendo los ojos como platos.

Ben asintió.

Yo no comprendía nada, algo que él advirtió enseguida.

—Voy a hacerte un resumen: Bella es una chica a la que conocí en la escuela, es de esas chicas demasiado buenas. Muy diferente de las otras a las que frecuentaba.

Kiara fingió toser para atraer su atención. Él se rio y se disculpó.

—A menudo me trataban como Ben, el primo del heredero de la empresa; o Ben, el primo del tío bueno de la escuela —me explicó—. Además, en aquella época estaban todas enganchadas con los chicos malos por culpa de esa aplicación rara que usaban para leer historias...

—¡Wattpad! —exclamó Kiara—. Yo leía muchas historias cuando tenía algún descanso. Había una cuenta que se llamaba «theblurredgirl»...

—Bueno —continuó Ben, cortándola—, ante sus ojos yo era solo Ben. Solo yo. Ben Jenkins.

Por cómo contaba la historia y por la culpa que percibí en su voz, me di cuenta de dos cosas: una, que esa chica lo había marcado profundamente; dos, que Ben siempre había estado a la sombra del psicópata. Se le consideraba solo «el primo» de alguien más importante.

—Pero al principio no era consciente de que alguien podría interesarse por mí..., me decía que me estaba manipulando para salir con Ash.

Fruncí el ceño. No sabía si era un paranoico o si le habría sucedido antes.

—En cualquier caso, resultó que su padre odiaba a nuestra familia, así que las cosas empezaron a complicarse. Por no mencionar lo celoso que me ponía cada vez que hablaba con otros chicos.

—Ah, hombres... —Kiara suspiró poniendo los ojos en blanco.

—En fin, que tenía miedo y me comporté como un estúpido antes de darme cuenta de que era sincera. De que me quería. A mí —confesó mientras miraba el celular—. Cuando nos graduamos, tuve que tomar una decisión: la red o un trabajo «legal» en otra empresa de la familia.

—¿No sabes qué fue de ella? —preguntó Kiara con curiosidad.

—¡A eso voy! —refunfuñó Ben—. Al elegir integrarme por completo en la red, tuve que renunciar a un futuro con ella. Ese fue el lado más amargo de mi decisión.

¿Le había dado un ultimátum?

—¿Te obli...?

—No, ella no —me interrumpió Ben—. Nunca le hablé de esta parte de mi vida. Ella no sabe que mi familia tiene un apellido conocido... en el otro lado del mundo.

Su sarcasmo me arrancó una sonrisa. Kiara suspiró con suavidad y añadió:

—Eran muy diferentes. Llevaban vidas opuestas. No se hacían bien el uno al otro. O, al menos, tú eras justo lo que ella no necesitaba.

—Exacto —confirmó Ben—. Me decía a mí mismo que no la merecía, que podría tener una vida mejor con alguien que le aportara algo más.

Sentía curiosidad por saber cómo habían acabado las cosas entre ellos, por saber cómo había podido convencerla de que no estaban hechos el uno para el otro sin mencionar el tema de la red.

—Así que la dejé ir —concluyó Ben en respuesta a mi silenciosa pregunta—. Al día siguiente bloqueé su número, esperando que me olvidara. Más tarde me enteré de que poco después se había ido a vivir muy lejos para continuar sus estudios.

Asentí con la cabeza mientras le escupía todo tipo de

insultos sin abrir la boca. En mi opinión, el abandono era el peor tormento que se podía infligir a alguien. Que alguien con quien compartes una relación importante decida de un día para otro ponerle fin sin motivo aparente es una decisión egoísta. Yo, que tenía tanto miedo al abandono porque lo había sufrido, comprendía la sensación de vacío que debió de sentir aquella muchacha.

Como si no valiera la pena.

—Y, hace poco, me dijeron que había vuelto —anunció agarrando el celular. Tecleó algo antes de levantar la cara hacia nosotras—. Parece ser que va a pasar unos días en la ciudad. Así que me gustaría saber si sería buena...

—No —interrumpió Kiara con semblante serio—. No la pongas en peligro y, sobre todo, mantente alejado de ella.

Ben la observó durante un instante y pareció reflexionar sobre lo que acababa de decir su amiga. Por una parte, Kiara tenía razón. En ese momento había mucha tensión entre las bandas. Pero yo no podía dejar de imaginarme el insoportable vacío que debió de sentir Isabella al ver que Ben dejaba de dar señales de vida de un día para otro.

—Y yo que pensaba que tendrías una opinión diferente a la de Ash... —Ben suspiró—. Pero quiero hacerlo, quiero disculparme. Seguramente sufrió, como yo.

Me entristecía. Ben quería estar con ella al mismo tiempo que protegerla del peligro que suponía tenerlo cerca. Era un gesto bonito.

—¿Tú qué opinas, Ella? —me preguntó.

—Kiara tiene razón. No puedes arriesgarte a ponerla

en peligro —confirmé—. No te preocupes, estoy segura de que no te olvidó. Si están destinados a reencontrarse, lo harán.

Le dediqué una sonrisita mientras él me observaba sin decir nada. Durante un instante pareció sorprendido, pero enseguida ocultó esa expresión con una falsa mueca de disgusto.

—Eso espero —refunfuñó.

—¡Abrazo mágico! —exclamó Kiara arrojándose a sus brazos—. Alivia las penas del corazón.

Él la apartó con una expresión de asco parecida a la del psicópata cuando su hermana había tenido un arrebato de amor fraternal. Su reacción me hizo reír.

—¿Puedo hacerte una pregunta? —pregunté con timidez.

Asintió.

—¿Todos eligieron trabajar para la red?

—Sí, todos —respondió Ben—. Excepto Ash.

Fruncí el ceño.

—Era o Rick o Ash. Pero Rick estaba tan devastado por la pérdida de su hermano que le tocó a Ash ahogar su dolor para hacerse cargo de la red.

Entreabrí la boca. Era horrible. Lo habían obligado a lidiar con los problemas de la red a pesar de su duelo.

—Rick estaba muy afectado, casi se volvió loco. Odiaba al mundo entero y estaba dispuesto a dispararle a todo lo que se moviera —continuó Kiara—. Era imposible cargarlo con tal responsabilidad. Así que obligaron a Ash a aplazar el duelo mientras buscaba soluciones para sacar a la familia de la crisis.

—En realidad... los acontecimientos simplemente se precipitaron —prosiguió Ben—. Sabíamos que, tarde o temprano, acabaría al mando. Pero no pensábamos que ese día fuera a llegar justo después de la muerte del tío Rob.

—Ash sufrió mucho por la presión, pero tenía que predicar con el ejemplo: nada podía afectar a la red.

—¿Quién tomó la decisión? —pregunté.

—Votó toda la familia Scott —informó Ben—. No le dejaron elección. Y todo eso es lo que lo volvió así..., como... si estuviera hecho de hielo.

Entendí todavía más por qué era tan frío e insensible. No había sido solo por Isobel. ¿Era ese el motivo por el que odiaba a tantos miembros de su familia, incluida su madre? No sabía nada, pero el tiempo me daría las respuestas, como de costumbre.

—¿Te imaginas que se hubiera hecho cargo Rick? —bromeó Kiara.

—Ya estaríamos todos muertos. —Ben rio—. Y Ash no habría conocido a Ellaaaa.

Ambos me dedicaron una mirada maliciosa y yo puse los ojos en blanco. Estallaron en carcajadas.

—No tiene nada de gracioso —gruñí mientras se burlaban cruelmente de nosotros.

Pero, cuando iban a continuar con su jueguecito, los ladridos de Tate los interrumpieron. Ben suspiró molesto.

—Quiere salir.

—También lo hizo antes de que llegaras —repuso Kiara—. No te preocupes, no tarda en callarse.

Los miré sin decir nada. Estaba pensando en la voz que había oído la noche anterior. Ahora, cada ladrido de Tate me hacía temer la presencia de un intruso. Aunque al final Asher no había visto nada, así que supuse que no tenía de qué preocuparme.

El perro volvió unos segundos después y subió al piso de arriba. Ben tomó una porción de pizza, sonriente.

—¿Lo ves? —dijo Kiara.

Oí que mi celular estaba sonando en mi habitación. Me levanté del sofá y subí las escaleras para ir por él. En la pantalla ponía: «El psicópata».

Inconscientemente, se me dibujó una sonrisa en los labios y contesté.

—Estás en casa, ¿verdad? —preguntó.

—Eh, sí, sí —balbuceé frunciendo el ceño—. ¿Por qué?

—Ve a mi habitación y dime si hay un reloj en el buró.

Entré en la habitación del psicópata. El reloj en cuestión estaba ahí. Era el que solía ponerse.

—Está aquí.

Lo oí suspirar.

—Bien, pensaba que lo había perdido. Buenas noches.

Colgó sin dejarme tiempo a responder. Solté un suspiro.

—Buenas noches...

Volví a mi habitación para dejar el celular. Kiara y Ben me llamaban para que bajara rápido a ver una foto comprometedora de Asher.

Al bajar las escaleras, tropecé con Tate, que estaba en uno de los escalones. Volé. Gracias a mis reflejos, amortigüé la caída con la mano y se me escapó un grito de dolor. Kiara y Ben se levantaron al oírlo.

—¡Mierda! —maldije por el dolor, que me hacía rechinar los dientes.

No podía mover la mano, me dolía horrores. Kiara le pidió a Ben que llamara a Cole.

—Creo que te rompiste la muñeca, Collins —dijo Kiara mientras se me comenzaba a hinchar—. Díselo a Cole.

Ben explicó la situación mientras yo no podía dejar de gemir. Kiara le lanzó a Tate una mirada acusadora y el perrito me rodeó.

—Estoy segura de que fuiste tú, aunque ahora te hagas el inocente —acusó.

Me reí entre dientes antes de volver a acordarme del dolor.

—Cole está viniendo. Se ve enojado, le dije que fue el perro y me contestó que él no es veterinario. Yo que tú me lo tomaría mal, cariño.

Al día siguiente Kiara me despertó. Había dormido mal por culpa de el yeso que me había puesto Cole para inmovilizarme la muñeca. Debía llevarla durante dos semanas y después ponerme una férula.

—Voy a salir, tengo trabajo —me susurró—. Dejé la

comida preparada, solo hay que calentarla. Le avisé a Ash esta mañana de que estás incapacitada.

Me dio un beso en la frente mientras yo asentía con los ojos todavía cerrados.

Bajó las escaleras y oí la puerta de entrada. Ahora estaba sola, algo que no me disgustaba. A veces lo necesitaba. No sabía si me gustaba la soledad, pero era una sensación a la que estaba acostumbrada.

Parpadeé. A continuación me levanté de la cama casi gruñendo. Suspiré cuando oí un ruido abajo. Tate otra vez.

Sonó el celular y la pantalla volvió a mostrar: «El psicópata».

—¿Qué? —pregunté medio dormida.

Se rio. Esa risita me avisaba de que iba a divertirse conmigo.

—Caerte por las escaleras es lo más estúpido que podías hacer —se burló—. Y ¡me perdí la caída, carajo!

—No tiene nada de gracioso. Me rompí la muñeca, ten algo de compasión —repliqué exasperada.

—Viviste cosas peores. Y ahora que una ridícula caída te impide usar el brazo, ¿cómo vas a bañarte? Ah, sí..., ¡imposible!

—Te odio a muerte, Scott.

—Eso no es nuevo —me dijo él—. Tengo ganas de volver para escribir insultos en tu miserable yeso.

—Dios, ¿cuántos años tienes?

—Casi veinticinco, y sigo igual de gracioso y uso los dos brazos —respondió antes de colgarme.

Suspiré, molesta por aquel comportamiento tan infantil, a pesar de tener casi veinticinco años. ¿Casi? Eso significaba que su cumpleaños sería pronto, al igual que el mío.

Comprobé la fecha. Estábamos a mediados de marzo. Faltaba poco más de un mes para que cumpliera veintitrés años. Veintitrés y ni títulos ni familia verdadera.

Salí de la habitación al oír otro ruido en el primer piso. Me tranquilicé diciéndome que solo podía ser Ben, que finalmente no se había ido la noche anterior, o tal vez fuera el perro.

Bajé con cautela las escaleras, atenta al ruido de agua que llegaba desde la cocina. Me sobresalté al ver a una desconocida. Una mujer estaba lavando los platos de la noche anterior... ¿Qué mierdas era eso? ¿Quién era, carajo?

—¿Quién es usted? —pregunté mientras empezaba a temblar.

Ella también se sobresaltó y se dio la vuelta. Una sonrisa dulce se dibujó en su arrugado rostro.

—Perdone, señorita, me asustó. —Se rio nerviosa, llevándose las manos al pecho—. No quería molestarla, llegué hace unos minutos.

Llevaba un vestido recatado escondido tras un delantal sin arrugas y el cabello recogido en un moño impecable. Su rígida postura delataba lo perfeccionista y limpia que era.

—Mi nombre es Linda, soy la nueva criada que contrató el señor Scott. Me llamó anoche para decirme que usted había sufrido una caída bastante grave y que no podía hacerse cargo de las tareas del hogar —me explicó con dulzura mientras observaba mi yeso—. Por eso vine esta mañana.

La miré con el ceño fruncido, sin comprender. ¿Desde cuándo estaba allí? Asher no me había dicho nada..., y ¡Kiara tampoco!

Sin embargo, Asher también me había dicho que buscaría a una criada solo si yo no era capaz de hacer las tareas del hogar; esa mujer no podía estar inventándose todo eso.

—¿Cuánto tiempo lleva aquí? —pregunté, todavía con los ojos abiertos como platos—. Y ¿cómo entró?

—Me abrió su amiga cuando salió de la casa; ella ya estaba avisada. ¡Le preparé el desayuno!

Señaló un plato de cereal y un plato con huevos y tocino, pero lo rechacé con amabilidad. El susto me había quitado el apetito.

—Pero debe comer, señorita...

—Ella —completé—. Gracias, pero de momento no tengo hambre.

—Ella. ¡Un nombre precioso para una mujercita preciosa!

Con una sonrisa tímida, le dije:

—Haga como si estuviera en su casa, vuelvo enseguida.

Estaba sorprendida. Normalmente el psicópata solía resistirse un poco más a mis caprichos.

Por otra parte, en su llamada no había mencionado nada de una criada. ¿Tal vez querría sorprenderme? Me dije con satisfacción que había vuelto a ganar: él había cedido una vez más.

Con una sonrisa triunfal en los labios, agarré el celular y lo llamé para burlarme de él. Por desgracia, no contestó, pero tenía todo el día por delante.

Desde la barandilla la vi hacer las tareas y limpiar la casa, que ya estaba limpia, sonriéndome cada vez que nuestras miradas se encontraban. No me atrevía a bajar y había cerrado con llave la habitación del psicópata, pues contenía demasiada información secreta como para estar abierta con una desconocida en la casa. De todos modos, solo subió una vez al segundo piso.

Pasé el resto del día en la habitación, durmiendo la siesta con la llave puesta por falta de confianza. Aunque parecía dulce y amable, y tenía un comportamiento ejemplar y trabajaba duro, algo me daba mala espina. Pero, bueno, al fin y al cabo, era solo una anciana, ¿no?

Intenté llamar a Asher durante el día, pero no me contestó. Ni siquiera daba señal, lo que me llevó a imaginar escenarios cada vez más catastróficos. Por ejemplo, que el psicópata había sido secuestrado. Su silencio no significaba nada bueno, pero tuve que esperar para saber el motivo.

A las ocho de la tarde recibí un mensaje.

De Kiara Smith:

Esta noche no iré. :(Al final Ash
vuelve hoy. ;) Aterrizará pronto.
Besos. Te quiero.

He ahí la explicación de por qué no respondía a mis llamadas. Mientras contestaba al mensaje de Kiara, me interrumpió un ruido en el primer piso.

Salí de la habitación y pregunté desde la barandilla:

—¿Va todo bien, señora?

—¡Sí, sí! —exclamó ella desde la sala—. Solo se me cayó una cosa, perdóneme, soy tan torpe...

—No pasa nada —respondí con una sonrisita—. Mientras usted no se haya hecho nada...

Volví a mi habitación acompañada por Tate. Cerré la puerta con llave para cambiarme, una tarea difícil con el yeso.

De repente oí el tono de llamada de mi celular. «El psicópata.» Respondí con una sonrisa triunfal en los labios.

—Nunca había recibido tantas llamadas tuyas, ángel mío, pero si me extrañas tanto, te anuncio que llegaré dentro de unos minutos —declaró con entusiasmo.

Resoplé.

—Ah, no. Solo quería restregarte mi victoria —empecé con orgullo—. Por la criada, por supuesto.

—¿De qué hablas? —preguntó.

—¡A mí me sienta bien, eh! Lo de no lavar los platos y que...

—Ella, espera un momento... ¿Hay una criada en casa? —me preguntó con un tono demasiado calmado.

—Sí, tienes buen oído, campeón —repliqué con sarcasmo.

Esta vez guardó silencio durante unos segundos antes de decir seriamente:

—Ella..., yo no contraté a nadie.

36

Sucesión... de fracasos

Se me tensaron las extremidades y sentí que se me paraba el corazón. Las posibilidades de que esa mujer fuera una criada disminuían por segundos y el pánico me empezaba a invadir.

—Tienes que estar bromeando —le dije frunciendo el ceño—. Dime que estás bromeando.

Por una vez, esperaba que me tomara el pelo. Era una pesadilla. Una verdadera pesadilla.

—Ella —dijo con calma—, ¿dónde estás?

—En... mi... mi habitación —tartamudeé—. Tal vez Kiara... la... la llamó.

—¿Te dije quién la contrató? —me interrogó.

—Me dijo que fuiste tú..., anoche.

Estalló.

—¡Maldita sea! —gritó golpeando algo.

Se me nubló la vista, tenía miedo. Había una persona abajo, una persona que fingía ser una criada contratada por mi propietario.

«Le avisé a Ash esta mañana de que estás incapacitada.»

«Me llamó anoche para decirme que usted había sufrido una caída bastante grave.»

Automáticamente me llevé la mano a la boca. Acababa de descubrir el error. Kiara había avisado a Asher esa mañana, no la noche anterior. Esa mujer me había mentido.

Me temblaban las piernas, no podía mantenerme en pie. Un terror incontrolable invadió mi cuerpo. Minutos interminables.

Estaba paralizada y, sobre todo, estaba sola.

—Ángel mío, no tengas miedo, ¿está bien? —dijo para tranquilizarme con una calma que me pareció excesiva—. Abre la puerta de la habitación y sal de la casa. Sobre todo, no me cuelgues.

Asentí con la cabeza articulando un débil «está bien». La idea de salir de la habitación me provocaba escalofríos.

—Si te la cruzas, actúa con la mayor naturalidad posible. Haz como si no sospecharas nada.

Tragué saliva y me pasé una sudorosa mano por el pelo. El sentimiento de terror no hacía más que crecer, el nudo que tenía en el estómago me contraía el cuerpo.

Respiré hondo y cerré los ojos unos segundos. Asher seguía al teléfono. Parecía tan angustiado como yo, tenía la respiración agitada y maldecía a todos los coches, que le parecía que circulaban demasiado lento.

Por supuesto, la idea de que un intruso se hubiera colado en su casa y pudiera robar información sobre su red lo enfurecía.

—¿Saliste? —me preguntó con una voz un poco lejana; debía de tener puesto el altavoz.

Mi ansiedad crecía conforme mis piernas avanzaban vacilantes hacia la puerta de mi habitación, que, de momento, me protegía de esa desconocida. ¿Y si quería matarme? ¿Torturarme? ¿Violarme?

Esas ideas me revolvían el estómago. Con la mano temblorosa, abrí con delicadeza la puerta de mi habitación. Cuando crujió, me estremecí.

Silencio, ninguna señal de...

—¡Por fin se levantó! —exclamó la voz de mujer que tanto temía.

El corazón me dejó de latir en ese preciso instante. Estuve a punto de desmayarme ahí mismo. En ese momento la vi de otra forma: su mirada estaba vacía, tenía una sonrisa demasiado forzada y sus guantes, que no se había quitado en ningún momento, estaban... limpios. Demasiado limpios para una persona que aseguraba haberse pasado casi todo el día limpiando.

Además, ¿limpiando qué? La casa estaba en perfecto orden.

—Venga a comer —me invitó mientras me agarraba del antebrazo enyesado.

La mano que sujetaba mi celular todavía estaba libre. Asher podía escuchar la conversación, aunque yo no podía oírlo a él. No poder sentir su presencia no hacía más que empeorar mi ansiedad.

Sin tener tiempo para decir que no, me encontré en la cocina, donde había una sopa de un color particular y otros pequeños platos sobre la mesa.

—No tengo mucha hambre —le confesé a la desconocida a modo de disculpa.

Ella me miró seria.

—¿Cómo? No comió nada desde esta mañana. Necesita tomar fuerzas —insistió.

La observé, luego dirigí la mirada hacia los platos en cuestión. Varias ideas se me pasaron por la cabeza. ¿Y si les había puesto veneno? ¿O drogas? No podía descartar tales hipótesis.

—Espéreme, voy a hacer un par de llamadas y vengo a comer —dije con una sonrisa falsa.

—¿Va a llamar al señor Scott? —me preguntó indiscretamente.

Negué con la cabeza. De lo contrario, podría haberse puesto agresiva. Sus ojos vacíos y su forzada sonrisa me daban tanto miedo como los viejos psicópatas de las películas de terror. Era inquietante. Muy inquietante.

—¡Está bien! —respondió con un tono repentinamente alegre—. No tarde, la espero.

Cuanto más me alejaba, más podía sentirla detrás de mí.

Antes de salir de la casa, por instinto, me giré y vi que me observaba desde la cocina, todavía con esa desconcertante sonrisa. Dios mío, ¡era una verdadera psicópata!

Me llevé el celular a la oreja.

—Ho... ¿Hola? —dije con dificultad.

—Estoy aquí, ángel mío —me tranquilizó la voz ronca del psicópata—. Llego enseguida, ¿está bien? Intenta quedarte fuera el máximo tiempo posible, no estoy lejos.

—A... Asher, me está mirando desde el ventanal de la sala —señalé mientras me volvía hacia la casa.

Lo que vi hizo que el corazón me diera un vuelco. Abrí los ojos como platos y empecé a temblar violentamente cuando vi lo que sostenía en la mano izquierda.

El cuchillo más grande y largo de la cocina.

Se me puso la piel de gallina y se me cortó la respiración. Quería matarme. Era más peligrosa de lo que había imaginado.

Con un gesto de la mano, me pidió que volviera a entrar en casa, pero le señalé mi celular para justificar mi negativa temporal.

—Ríete —me ordenó él—. Ángel mío, con naturalidad, puedo sentir tu angustia desde aquí.

—Eso quiere decir que estás lejos —deduje, y sentí que de repente pesaba una tonelada.

Estaba a punto de desmayarme. Sin embargo, mi cuerpo permanecía en alerta, atento a cualquier movimiento o gesto de esa asesina loca.

—No, estoy justo a tres minutos de casa —me informó—. A ti, que odias la velocidad, ¿te gustaría que acelerara?

Intentaba distraerme con su sarcasmo. Pero la voz detrás de mí volvió a disparar mi ansiedad.

—¡Los platos se van a enfriar, preciosa! —gritó la anciana desde la entrada de la casa—. ¿Viene? Voy a cortar el pollo.

Agitó el enorme cuchillo que tenía en la mano, yo asentí y le pedí que esperara unos minutos más.

Mis pasos se alejaron poco a poco de la entrada. No podía quedarme tan cerca de ella. Era demasiado peligrosa y no tenía nada para defenderme.

Tate pasó por su lado gruñendo. Luego empezó a ladrar con fuerza, como hacía siempre que se la cruzaba. La vieja pareció especialmente irritada.

De repente, soltó una frase..., una sola frase que me hizo ahogar un grito del susto.

—Cállate, perro asqueroso.

Era ella.

Era ella, la voz desconocida de la cocina.

Había estado en casa del psicópata todo ese tiempo, por eso supo que me había caído la noche anterior. Estaba allí, en su casa. En nuestra casa.

De repente la gran valla se abrió y sentí que renacía. Esperaba que fuera Kiara o Ben, o mejor aún, Asher. La desconocida me lanzó una mirada llena de incomprensión y agarró con más fuerza el cuchillo.

—Seguramente sea su amiga. Entre a comer, ahora —me pidió enojada—. ¡Vino a comer con usted!

Esa frase fue un poco más alegre. Mierda, no hacía falta un diagnóstico para adivinar que estaba completamente chiflada.

El motor de un coche rugió. Dios, ¡por fin alguien! Puso cara de asombro y su sonrisa forzada desapareció de inmediato. Los vidrios tintados del sedán no dejaban ver quién conducía.

Se estacionó frente a la entrada del garage, a unos metros de nosotras. Pero nadie bajó del coche. ¿Era uno de mis salvadores?

Mis miedos volvieron con más fuerza que nunca. ¿Y si ese coche solo era donde me llevarían secuestrada? ¿Y si Asher llegaba demasiado tarde? ¿Y si nunca acudía a buscarme?

La anciana perdió la paciencia y se abalanzó sobre mí. Me agarró del brazo con una fuerza sorprendente para su edad. Aunque yo era mucho más joven que ella, hubiera sido incapaz de hacer algo así. Sin pensarlo, mi pierna golpeó la suya. Traté de resistirme, pero dejé de moverme cuando vi el cuchillo justo entre mis ojos. Podía quitarme la vida en un santiamén.

—¿No estás harta de ir tras ella? —dijo una voz ronca.

La única voz ronca que esperaba. Dios, por fin. Estaba ahí. Asher.

—¿Qué..., qué haces..., qué haces aquí? —exclamó la mujer, con los ojos muy abiertos.

Como si no estuviera preparada para cruzárselo en su propiedad. Como si... no estuviera en sus planes enfrentarse a él.

—Puedo hacerte la misma pregunta —respondió él antes de agarrar su pistola con una velocidad increíble y dispararle.

Aproveché para alejarme del cuchillo. La desconocida no cayó, a pesar de que le acababan de pegar un tiro en el estómago.

—¿Quién te envió? —preguntó el psicópata, de nuevo apuntándola con el arma.

Su respiración estaba calmada, muy calmada. A continuación todo sucedió muy deprisa. Ella sacó una pistola de la chamarra y disparó al psicópata sin molestarse en apuntar a ninguna zona en concreto. Grité cuando la bala se hundió en su abdomen. Él gruñó con fuerza y se puso una mano sobre la herida. No obstante, mientras ella se volteaba hacia mí, sonaron dos disparos y cayó al suelo gimiendo de dolor. Me estremecí al ver que Asher le había apuntado a las piernas.

Se acercó a la anciana para desarmarla. La camiseta blanca de Asher estaba manchada de sangre. Jadeando, dejó caer el arma y agarró el celular. Su cara era la imagen del dolor.

—Tío, rápido, llama a Cole y dile que venga a mi casa. Estoy herido.

De repente la anciana intentó levantarse. Muy mala idea. Asher agarró su pistola y le dio un golpe en el cráneo, que le hizo perder el conocimiento.

Abrí los ojos como platos ante la violencia de aquel gesto y levanté la mirada hacia él. Frente a mi actitud de desaprobación, me dijo con un tono borde:

—No es el momento de que me sueltes un discursito.

—Pero... es una anciana.

—Sí, bueno, la abuela me disparó. E iba a matarte a ti también.

Mientras seguía maldiciendo, se quitó con un movimiento rápido la chamarra de piel y tiró su camiseta al suelo, dejando al descubierto la herida sangrienta que la anciana le había infligido. Cuando ejerció presión sobre ella, levantó la cabeza hacia el cielo. Intentó aguantar el dolor apretando la mandíbula.

—Está bien, ahora hay que atarla —dijo muy serio.

Estaba en el segundo piso junto al cuerpo inconsciente de la anciana; la habíamos atado a una silla. A lo lejos, oía como Asher gemía de dolor mientras Cole lo curaba. Me estremecí. Él estaba sufriendo y a mí me recorrían unos escalofríos. Se encontraban en la habitación de al lado, pero las paredes de esa casa parecían estar hechas de cartón y podía oírlos perfectamente.

—¡¿Ash? ¿Ella?! —gritó la voz de Ben desde el recibidor.

Salí a toda velocidad de la habitación. Por fin había llegado.

—¡Segundo piso! —le indiqué.

Subió los escalones de tres en tres.

—¿Dónde está? —preguntó sin aliento.

Le señalé la habitación y corrió hacia Asher. Cuando abrió, pude ver al psicópata sentado en una silla, con la cabeza hacia atrás y sudando.

Cole le estaba aplicando un aparatoso vendaje en el abdomen. Sobre una pequeña mesa se extendía todo el instrumental médico manchado de sangre.

Ben suspiró aliviado, pero sus manos seguían temblando. Por su rostro quedaba claro lo preocupado que estaba, aunque lo intentaba disimular con humor.

—¿Sigues vivo? —soltó mientras se acercaba a su primo.

—Por desgracia —dijo él con ironía.

Se rio un momento, cosa que lo hizo gemir de dolor.

—Júramelo, ¿no puede reírse? —le preguntó Ben a Cole con los ojos brillantes.

Este negó con la cabeza.

—Le dolerá, la herida aún es reciente —le explicó el médico mientras se retiraba los guantes, llenos de sangre.

Ben intentó sacarle aunque fuera una risita haciendo bromas, pero Asher se mantenía imperturbable. Me observó sin decir una palabra.

—Eres un aburrido —dijo Ben con expresión enfurruñada—. Explícame... ¿cómo es que te disparó?

—Mi criada quería un aumento —respondió con sarcasmo.

Dejé escapar una risita.

Él me imitó, no sin volver a gemir de dolor.

—¡Ah, bueno, está bien! Cuando yo hago mis mejores bromas, miras para otro lado. Pero cuando Ella se ríe es su mejor chiste, ¿no? —se quejó Ben ofendido—. Espera..., has dicho «tu criada»; ¿hablas de Ella?

—Es broma, ¿no? No tiene ni idea de sujetar un arma. —Asher suspiró levantándose de la silla—. No, te hablo de una criada que, al parecer, contraté anoche.

Ben se puso serio, a pesar de la ironía en el tono de Asher, que lo irritaba. De repente oímos el ruido de una silla en la habitación donde se encontraba la anciana.

—La siesta se terminó para la abuelita —dijo Asher al mismo tiempo que echaba un ojo a su vendaje—. ¿Vienes, Ben? ¿Vamos a ver a mi criada?

Este parecía escéptico, hasta que la vio. Entonces se quedó de piedra.

—¡Es la anciana rara con la que me crucé! —exclamó volteándose rápidamente hacia mí.

Asher frunció el ceño sin entender nada.

—Ayer esta loca estaba merodeando por los alrededores.

Asombrado, el psicópata levantó los brazos hacia el cielo.

—Y ¿no tuviste la idea brillante de preguntarte quién era? ¿Era mucho pedir?

La anciana se rio con cinismo, una risa que me dejó helada.

—No me puedo creer que él... haga lo imposible... para estar... con dos imbéciles como estos —gruñó entre toses.

Sus ojos mostraban el odio y el asco que sentía por esos dos hombres.

—Te pareces a tu padre, joven Scott —remarcó.

Asher se tensó y gruñó amenazante, estaba dispuesto a rematarla.

—¡Cállate, escoria! —exclamó Ben impidiendo a su primo que la matara en el acto—. ¿Podrías empezar por decirnos qué hiciste para llegar hasta aquí?

La anciana esbozó una sonrisa malvada.

—Pronto volverá y se llevará lo que le pertenece por derecho, y lo saben.

—¿Por qué atacarla a ella? —preguntó el psicópata hecho una furia mientras me señalaba.

Tras mirarme de arriba abajo, se rio, como si la pregunta fuera estúpida, y la respuesta, evidente.

—Porque la quiere tanto como al imperio que le arrebataste —se limitó a responder.

La respiración entrecortada del psicópata llenaba la habitación. Tenía los puños tan apretados que los nudillos se le pusieron blancos. De repente liberó el brazo del agarre de su primo para atrapar con fuerza la mandíbula de la anciana.

—Ella es mía, solo mía. Exactamente igual que la red —dijo entre dientes—. Estoy seguro de que nos está escuchando, así que hazle llegar este mensaje: no la tendrá nunca. ¡Jamás!

Me sobresalté al escuchar esa última palabra. Luego, tiró de la cabeza de la vieja hacia atrás y volteó hacia mí; había algo oscuro en su mirada.

—Si me retienen aquí porque piensan que voy a deciros algo —gruñó—, mejor mátenme, porque no van a conseguir nada, bola de incompetentes.

Asher cerró los ojos un momento e intentó ignorar los insultos de la anciana. Tenía el arma entre los dedos y se estaba conteniendo las ganas de quitarle la vida.

—La va a conseguir —anunció ella mirándome.

Mi propietario se puso furioso.

—Siempre consigue todo lo que quiere —añadió la anciana.

Él guardó silencio un instante y después preguntó:

—¿Por qué ahora?

Fruncí el ceño. No había entendido la pregunta de Asher, pero era evidente que la anciana sí. Esbozó una discreta sonrisa.

—Antes decía que eras peligroso porque no tenías nada que perder. Ya no.

Guardó silencio y su mandíbula se tensó. Me lanzó una mirada furtiva.

—La muerte de tu padre fue exquisi...

Un repentino disparo. Un ruido inconfundible que me arrancó un grito de terror. Asher acababa de dispararle una bala entre los ojos.

Rápido. Seco. Sin ningún remordimiento.

—Hablaba demasiado —declaró en un tono glacial.

Ben se pasó una mano por el pelo y dio gracias al cielo antes de admitir:

—No tenía muchas ganas de torturarla, así que mejor. ¿Cómo quieres que la enviemos?

El psicópata contempló el cuerpo sin vida desplomado en la silla, a la que todavía estaba atado.

De repente Cole nos llamó mientras subía las escaleras a toda prisa. Se había quedado abajo durante el interrogatorio. Cuando llegó al primer piso, se acercó a nosotros y tomó la palabra alarmado.

—La «criada» está saliendo en la tele —nos informó aún sin aliento por haber subido tan deprisa—. Hay una orden de búsqueda. Se llama Mary y se escapó de un hospital psiquiátrico que está bajo estricta vigilancia...

Se calló al ver el cuerpo inerte de la fugitiva.

—No dije nada. ¿Fuiste tú, Scott, quien disparó? —preguntó el médico mientras se acercaba al cadáver.

—¿Quién quieres que haya sido? —se exasperó el psicópata.

—Tu puntería no deja de impresionarme —lo elogió el médico, observando la bala alojada justo entre las cejas de la anciana.

Asher sacó un cigarro de su cajetilla y lo encendió enseguida.

Sus ojos se posaron en mí y me miró fijamente sin decir una palabra. Sus pensamientos se perdían en mi rostro, aún traumatizado por la escena que acababa de presenciar. Aquella imagen me revolvía el estómago.

Pero había dos frases que volvían a mi cabeza como un disco rayado.

«Porque la quiere tanto como a todo este imperio.»

«Ella es mía, solo mía.»

¿Quién era ese famoso «él»? Yo no pertenecía a nadie más que a Asher, o al menos eso estipulaban los papeles que había firmado para el trabajo de cautiva.

Sin embargo, en su voz, Asher hablaba de otro tipo de pertenencia, casi de una posesión. La rabia en sus ojos era palpable, pero no entendía por qué quería atacarme.

—Cree que encontró tu punto débil —dijo Ben cuando su primo salía de la habitación.

Se detuvo un instante, sin voltearse, antes de irse sin decir palabra.

Ben me miró frunciendo el ceño.

—Al principio era solo una tontería. Pero si quieren hacerte daño es por alguna razón, querida.

¿Insinuaba Ben que yo era el punto débil de Asher? El psicópata regresó con un vaso en la mano y contradijo a su primo con frialdad:

—No, Ben, él cree que es mi novia secreta o alguna mierda por el estilo. Cosa que es mentira. Simplemente quiere tener lo que yo tengo.

Ben reflexionó un segundo, luego insistió:

—Intentó matarte con los mercenarios...

—Pero, como fracasó, su otro plan era infiltrarse en

mi casa —le explicó Asher—. Como Ella le ocultó su identidad a Isobel, dedujo que era mi novia. Y cree que acudiré a él si la secuestra.

—Igual que hizo con el tío Rob. El hermano mayor no es muy brillante. Hay que decirle que no sirve de nada empeñarse tanto en adueñarse de la sucesión.

Hablaban de su medio hermano, que había vuelto para terminar lo que había empezado.

Asher lo fulminó con la mirada mientras se encendía un segundo cigarro. Ben suspiró cuando el psicópata declaró con frialdad:

—La única sucesión que conoce y va a conocer en su vida... es la de sus propios fracasos.

37

Cine

—¿Sabes cuál es la diferencia entre un genio incomprendido y tú?

—Me muero por saberlo —respondió Asher hastiado.

—El genio es demasiado inteligente para los demás... Y tú simplemente eres tonto.

Estábamos tumbados en el sofá, solo se tocaban nuestras cabezas. Él fumaba mirando el techo mientras yo le lanzaba burlas para no aburrirme. Ya habían pasado cuatro días desde la muerte de la anciana, y todo parecía más o menos «tranquilo». Yo no podía dejar de pensar en toda esa historia, en Ben hablando del fracaso del «hermano mayor» que me quería a mí y a la red.

Por si fuera poco, había otra vida más en peligro aparte de la mía; de hecho, Ben, desobedeciendo las órdenes de Asher, se había puesto en contacto con su ex. Y el responsable de la amenaza no era otro que el medio hermano de Asher, quien había vuelto a aparecer; aunque, en el fondo, estaba claro que nunca se había ido.

Al fin y al cabo, no hacía falta morir para atormentar las mentes de los que nos rodean.

—¿Tienes noticias de Ally? —pregunté mientras me colocaba bocabajo para verlo teclear en el celular.

Me ignoró.

—Está bien —me contestó al cabo de un rato.

No había sabido nada de ella desde que se había ido con su hijo. Vaya una amiga que soy. Esperaba que no estuviera enojada conmigo. No estaba acostumbrada a preocuparme por mis amigas, porque, en realidad, nunca había tenido ninguna.

Kiara y Ally eran las primeras.

—¿Crees que deberíamos mudarnos?

Siguió fumando mientras mandaba algún mensaje.

—Yo no pienso mudarme.

Asentí con la cabeza y eché un vistazo a la tele. Quería salir y hacer cosas interesantes, en lugar de quedarme encerrada en casa aburriéndome delante de la tele o contemplando el exterior a través de la ventana.

—¿Has ido alguna vez al cine? —pregunté.

Él suspiró, molesto por mi voz y mis preguntas.

—Claro que sí.

—Yo no —indiqué.

Un plan empezó a tomar forma en mi mente.

—No te lo pregunté.

Sus ojos grises se encontraron con los míos.

—Quiero ir al cine —declaré—. Como hace la gente de mi edad.

—Podrías haber empezado por ahí, en lugar de preguntarme si yo había ido —resopló exasperado.

Abrí los ojos como platos. ¿Había aceptado llevarme?

—¿Por... por qué?

—Me habría negado antes —concluyó levantándose, y se sentó en el sofá—. Si quieres ir al cine, ve con Kiara. Pero no conmigo. Odio estar rodeado de mocosos.

Tenía ganas de decirle que no podía odiar a sus semejantes, pero... no se había negado a que yo saliera. Una amplia sonrisa se dibujó en mis labios. Ni se me había ocurrido que me dejara salir sin él.

Me invadió una oleada de emoción. Agarré el celular que tenía sobre la mesa inmediatamente y llamé a Kiara, que contestó tras el segundo tono.

—¡Hola! —saludó con alegría—. ¡Vete a la mierda, Ben!

Oí el claxon de su coche.

—¡Hola! ¿Te molesto? —pregunté con una mueca.

—No, para nada. Ben y yo vamos a casa de Ash, pero el muy idiota me está bloqueando el paso con su coche de mierda. ¡Está bien, maldita sea! —gritó—. Se cree que está en Cannes disfrutando de las vistas.

Ash recibió una llamada en ese mismo momento.

—Sí, Jenkins.

—¿Hay algún problema? —me preguntó Kiara.

—No, nada, solo... me preguntaba si te gustaría ir... al cine conmigo porque...

—¡Sí! —exclamó ella cuando yo iba a justificar mi propuesta—. ¡Será un placer! Además, hace un montón que no voy.

Me mordí el labio para no gritar de alegría y esbocé una gran sonrisa. ¡Por fin iba a ir al cine! Descubriría cómo era eso de ver una película con desconocidos. Iba a salir para algo que no era hacer la despensa o trabajar.

—Bien, pues nos vemos en casa de Ash. Voy a destrozarle el coche a este hijo de perra —dijo antes de despedirse y colgar.

Salté en el sofá. Estaba emocionada. Al notar mi entusiasmo, el psicópata puso los ojos en blanco mientras hablaba de negocios con Ben, que seguramente seguiría poniendo de los nervios a Kiara.

De repente lo vi esbozar una sonrisita. Rio entre dientes antes de colgar. A continuación me miró. O, más bien, miró mi yeso. El brillo malévolo de sus ojos me hizo tragar saliva.

Salió de la sala a paso ligero y subió los escalones. Conocía esa mirada y sabía que acababa de tener una idea que no me iba a gustar nada.

Volvió unos minutos más tarde con un marcador en la mano.

—Oh, no... —murmuré al comprender perfectamente sus intenciones.

—Oh, sí —replicó él observando el yeso.

Me levanté del sofá para intentar escapar. Intenté rodear el mueble, pero se quedó delante de mí vigilando mis movimientos e impidiéndome el paso.

—Solo uno... o veinte —añadió, y le quitó la tapa al marcador.

—¿Veinte? Seguro que tienes cosas más importantes de las que ocuparte. —Entré en pánico al ver que se acercaba—. Como tus negocios. ¿No tienes que responder a algún mensaje?

Di un paso atrás manteniéndome cerca del sofá, que actuaba como barrera entre nosotros.

Su celular sonó: salvada por la campana. Bajó la cabeza y descolgó, dejándome así una oportunidad de escapar de su plan infantil. Subí las escaleras a toda velocidad y cerré la puerta de mi habitación con llave.

Habían pasado casi cinco minutos. Oí la puerta principal y unas voces conocidas: Kiara y Ben.

Bajé a refugiarme en los brazos de Kiara, que me ofreció una gran sonrisa al verme.

—¡Aquí estás! —exclamó mientras me rodeaba con los brazos—. ¿Nos vamos ya?

—¿Adónde van? —preguntó Ben cargando una caja—. ¿Puedo ir?

—No —contestó Kiara secamente—. Tú te quedas aquí con Ash.

Ben la miró ofendido y volteó hacia su primo, que no parecía darle importancia alguna a la discusión. Estaba más concentrado en mí y en mi yeso. Lucía una sonrisa en los labios y un brillo malicioso en su mirada tenebrosa.

—Vamos al cine —informé.

—Ándale, Kiara, ¡déjame ir! —suplicó Ben con un tono casi infantil—. ¡Hace años que no voy!

Me reí de la mueca de Ben, pero Kiara se mantuvo firme para castigarlo por haberla molestado antes.

—Te necesito —le susurré a Kiara.

Llevaba días queriendo bañarme, pero no podía hacerlo sola por culpa del maldito yeso.

—¿Puedes ayudarme a darme un baño? —pregunté avergonzada.

—¡Por supuesto!

Mientras Asher le pedía a Ben que subiera a su despacho la caja que había traído, Kiara y yo entramos en el baño. Cerró la puerta con llave y me ayudó a desnudarme prestando especial atención a mi muñeca.

—Creo que Ash va a aumentar la seguridad. No me imagino lo que esa mujer podría haberte hecho si él no hubiera llegado a tiempo.

—¿Matarme? —señalé como si fuera evidente.

Kiara negó con la cabeza.

—Eras demasiado valiosa para ella —afirmó.

Tragué saliva.

Las intenciones de la anciana eran más retorcidas de lo que había creído, lo que me heló la sangre.

—¡Vamos! Empecemos por lavar ese pelo —dijo mientras se arremangaba.

Las ocho de la tarde.

—¿Estás preparada? —preguntó Kiara arreglándose la falda.

Me alisé unos mechones rebeldes con la palma de la mano. Por fin estaba lista para ir al cine. Hubo un momento en el que lo habría creído imposible. Me di cuenta de que mi vida ya no estaba en pausa desde que vivía en casa de Asher. Había sido un soplo de aire fresco, una burbuja de felicidad que necesitaba de verdad. En ese momento era muy feliz.

Había gente que quería ser feliz siempre, y eso no es posible. Pero los pequeños momentos de felicidad que experimentas pueden durar toda la vida a través de los recuerdos.

Y yo los estaba buscando. Por fin iba a vivir y a crear recuerdos que me harían sonreír cada vez que pensara en ellos. Vivir como la gente de mi edad. Los que terminan sus estudios, los que empiezan a trabajar, los que son padres y los que exprimen la vida al máximo mientras todavía pueden hacerlo.

Era una estupidez pensar así solo por salir al cine, pero era una de las experiencias que quería vivir antes de morir. Estaba muy contenta por tachar una de las actividades de la lista.

—¿Ella?

Kiara movió la mano delante de mi rostro pensativo.

—Sí —contesté regresando a la realidad—. Estoy lista.

Me sonrió de oreja a oreja y me tomó de la mano para guiarme hacia la sala. Ash estaba bebiendo mientras hojeaba unos documentos. Ben señalaba ciertos pasajes con el dedo y le explicaba cosas sobre «cuentas primarias y secundarias», cosas que se me escapaban por completo.

Levantaron la cabeza hacia nosotras. De inmediato Ash frunció el ceño. Ben nos miró y reanudó sus explicaciones, pero enseguida se dio cuenta de que su primo se había distraído por nuestra presencia.

—¡Hey! —exclamó para atraer su atención—. Ustedes dos, váyanse de aquí. Carajo, llevo quince minutos intentando mantenerlo concentrado.

Asher lo fulminó con la mirada y sonrió levemente.

—Ben..., ¿cuánto tiempo hace que no vas al cine?

Este lo miró un momento sin comprender. Al instante adoptó una expresión hastiada.

—Guarda esto, ya lo hablaremos más tarde —soltó el psicópata mientras se levantaba.

—¡Vamos, eso no está bien! Me pasé tres horas escribiendo estos informes, Asher —protestó Ben mientras miraba a su primo. Luego nos lanzó una mirada asesina—. Es por culpa tuya, querida, por esa puta falda —me recriminó negando con la cabeza.

Kiara resopló.

—Por ti mejor, es lo que querías, ¿no? Además, hace mucho tiempo que no salimos los tres.

—Y ¿el informe?

—Es tan aburrido que Ash aceptó salir a divertirse —se burló Kiara—. Y eso no había pasado desde hace... ¿tres años?

Ben cerró los puños y contrajo la mandíbula, una reacción similar a la del psicópata cuando se enojaba.

—Si hubiera una recompensa por tu cabeza, yo sería tu ase...

—¿Ya terminaste con las amenazas, Hitman? ¿Podemos irnos? —preguntó Asher poniéndose la chamarra mientras bajaba por las escaleras.

Kiara rio por la referencia del psicópata.

—No tiene gracia —se quejó Ben antes de abrir la puerta—. ¡Me niego a que ponga un pie en mi coche!

—No te preocupes, no quiero que me lo amputen —replicó Kiara en el mismo tono—. Yo llevaré a Ella, tú ve con Ash. Si quieres morir, recítale el informe, así se dormirá al volante.

Ben gruñó y se acercó a Kiara con paso rápido, pero esta se zafó riendo a carcajadas. Para escapar de una muerte segura, se metió en el coche y se apresuró a cerrar las puertas.

Asher se rascó la nuca con una expresión fatigada en el rostro mientras yo disfrutaba de la escena. Ben tocó la ventanilla y Kiara se burló de él sacándole el dedo.

—Dios, ¿por qué dejé las drogas? —resopló Ash a la vez que avanzaba hacia ellos.

Lo vi agarrar a Ben por el cuello y tirar de él hacia su coche. Su primo intentó resistirse mientras Kiara se reía de la situación. Un instante más tarde, me dejó entrar y siguió riendo mientras encendía el motor.

—¡Hiciste salir a Asher Scott de su casa!

Obviamente, la cuidad estaba más animada por la noche que por la mañana temprano. Ignoraba si era el cambio de tiempo o si era solo el ambiente nocturno que animaba las calles, pero todavía tenía mucho que aprender de esta nueva vida que me habían ofrecido, de esa vida «normal» que antes me había parecido algo inaccesible.

—¿Quieres ver alguna película en concreto? —preguntó Kiara mirando la carretera.

¿Tenía alguna película en la mente? No. Y eso era una estupidez.

—Solo quería saber cómo es... un cine.

Ella jadeó sorprendida.

—¿No has estado nunca en un cine?

Negué con la cabeza mientras se me sonrojaban las mejillas. Vergüenza era mi segundo nombre.

—¿Has ido a algún concierto? ¿A un teatro? ¿Al museo? ¿A un musical? ¿A una exposición?

—No, no, no, no y no —respondí con una sonrisita—. Cuando tenía edad de hacer todo eso, mi vida estaba en pausa.

—¡Está bien, Collins! Tenemos muchas salidas que planear, empezando por el concierto de Harry Styles dentro de dos meses.

Me reí. A Kiara le gustaba especialmente ese cantante. También le gustaba una banda de rock que se llamaba..., no me acuerdo. Pero empezaba con 5.

Sonó su celular. En la pantalla apareció «Asquer Scotch», lo que me arrancó una risita.

—¿Sí? —empezó Kiara mientras activaba el altavoz.

—¿Recuerdas la ruta que seguimos la última vez para rodear la ciudad? —preguntó el psicópata con su voz ronca.

—Eh..., sí, eso creo.

—Ahora también la vamos a tomar.

Colgó.

Kiara dio un volantazo que me arrojó contra la puerta.

—Esto no formaba parte del plan —murmuró, y frunció el ceño—. Asher está conduciendo. Ella, anda, llama a Ben desde mi celular.

Hice lo que me había dicho. Al buscar a Ben, descubrí

que le había puesto un apodo que yo no conocía, pues no lo encontré en sus contactos.

—Está guardado como «Becario».

Solté una risita. Ben respondió enseguida. Con el altavoz activado, Kiara le preguntó:

—¿Qué pasa?

—Ash cree que hay un coche que nos sigue —respondió con voz cansada—. Adelántense y comprobaremos si acelera.

Kiara negó con la cabeza, exasperada, e inspiró hondo.

—Entendido —contestó pisando el acelerador.

Adelantó el coche del psicópata y echó un vistazo por el retrovisor. El automóvil que teníamos detrás adelantó a toda velocidad al de Asher. Se me formó un nudo en el estómago. Ya empezábamos otra vez.

Volvió a sonarle el celular.

—¿Qué hacemos? —preguntó Kiara, más seria.

—Nada —indicó Asher—. No hagan nada y continúen hasta el cine. Con un poco de suerte, solo estarán vigilando.

—Espera, ¿quieres decir que no llevas el arma? —exclamó la voz lejana de Ben.

—Cállate. Nos vemos en el cine.

Kiara empezó a maldecir. Sin embargo, se concentró en la carretera que nos conducía a un lugar con el que llevaba años soñando, pero al que, ahora, temía llegar.

—Espero que no nos ataquen —susurró—. Matarían a inocentes.

Volví a tragar saliva. El cine no era el lugar más apropiado para una pelea de bandas. Había vidas en juego, personas que no tenían nada que ver con las historias sangrientas de aquella sociedad paralela.

Tras unos kilómetros más, llegamos por fin a la ciudad o, más concretamente, al cine. Kiara se estacionó cerca de la sala. El coche sospechoso se detuvo, pero nadie salió del sedán.

Me estremecí de angustia. Ahora ya estaba segura, nos estaban espiando.

Kiara cerró la puerta del coche mientras miraba de reojo al que nos había seguido. Con expresión imperturbable, me tomó de la mano y me llevó con ella a la taquilla.

—No les quites el ojo de encima mientras compro las entradas.

Asentí. Se había formado una pequeña cola. La espera me resultó más angustiosa que aburrida. Aún no se habían movido cuando Asher se estacionó cerca de nosotras, delante del coche de los desconocidos.

Tan pronto como Ben bajó del asiento del conductor, fruncí el ceño. Recordaba que era Asher el que conducía. A no ser que se hubieran intercambiado el lugar antes de llegar.

De repente comprendí el plan de los chicos. Era la única opción. Asher iba a quedarse en el coche para vigilarlos. Tenían razón, era demasiado arriesgado jugar a «no nos importa» como si aquella gente fueran simples paparazis. No querían fotos, sino nuestras vidas.

Ben se unió a nosotras con una gran sonrisa.

—Ash se quedó adentro para vigilarlos mientras yo las vigilo a ustedes, queridas —explicó con demasiado entusiasmo y pasándonos los brazos por los hombros.

—Ya es bastante difícil tenerte detrás, no lo compliques más y cállate —soltó Kiara, y se alejó.

Llegó nuestro turno. Yo observaba el coche mientras Kiara y Ben compraban las entradas. Sabía que Asher también estaba vigilando.

De repente se bajó la ventanilla; el pánico me atravesó. Sentí que el estómago se me revolvía salvajemente cuando vi quién estaba al volante.

Ese rostro me resultaba familiar. No... lo sabía..., lo recordaba... Era él, lo reconocí. Esos ojos azules. Me sonrió. Ya había visto esa sonrisa.

—Vam...

Ben dejó de hablar y me agarró del brazo con fuerza. El sedán sospechoso salió rápidamente del estacionamiento. Asher lo siguió. Se lanzó tras él a una velocidad descontrolada; el rugido de motor fue escalofriante.

—¿Adónde va? —exclamó Kiara, quien se había perdido toda la escena.

—Es..., era... —articuló Ben aturdido.

—William —completé, pues recordaba a la perfección el nombre del tipo que me había dado su tarjeta meses atrás.

38

Ilocalizable

La ansiedad se apoderó de mi cuerpo en forma de temblores que no podía controlar. Un miedo paralizante corría por mis venas. Seguía teniendo esa cara grabada en la mente. William. El hombre al que había conocido durante mi primera misión con Sabrina en la velada de James Wood.

«Es cierto que un rostro tan bonito es casi inolvidable, disculpe mi falta de educación. Me llamo William...»

Ese hombre que me había dado su tarjeta por no sabía qué razón. El simple hecho de pensar que había sido para ofrecerme un puesto de cautiva, según la idea que tenía John del mismo, me daba ganas de vomitar.

«Espero que volvamos a vernos pronto...»

Solo por eso me aterrorizaba.

No era tonto. Suponía que me había descubierto ese mismo día en el instante en que me presenté como Mona Davis.

—Tenemos... Tenemos que encontrarlo —balbuceó Ben—. Tenemos que encontrar a... Ash. Ahora. Tenemos... Kiara.

Se volteó hacia su amiga, que parecía aún más perdida que nosotros. Ambos pusieron la misma cara. Todos lo conocían como «hijo de puta», entre otros apelativos. ¿También había participado en el asesinato del padre de Asher?

—Está bien..., vamos..., vamos... Dios mío —tartamudeó abriendo los ojos como platos—. Vamos a casa de Rick... ¡Inmediatamente!

Cuando corrió hacia el coche, la seguimos con el mismo miedo en el cuerpo. Ben se puso al volante. Apretó el acelerador e hizo rugir el motor.

El tráfico era bastante denso. Apartaba a base de pitidos o luces largas a todo el que se interponía en su camino. Kiara, en estado de pánico, le explicaba la situación a Rick por teléfono. Le pidió a Ben que nos llevara hasta él, pero este se negó: prefería ir en busca de su primo. Sin embargo, no tuvo elección: Rick le ordenó de forma terminante que nos reuniéramos con él en su casa.

Llegamos a casa del tío Scott al cabo de diez minutos, tras haber rozado la muerte una treintena de veces. Sí. Nada más y nada menos.

—Entren —dijo Rick desde la puerta de su casa.

Parecía tranquilo, pero le temblaban las manos. Había percibido la preocupación en la voz de Kiara, como yo.

—¿Alguien intentó llamar a Ash? —preguntó mientras nos dirigíamos a su despacho.

Rodeó el escritorio y apoyó las manos en él con los brazos extendidos.

—Yo —lo informó Ben—, pero no responde a ninguna de mis llamadas. Va a seguirlo, está claro. Es una maldita trampa...

—Yo pienso lo mismo —murmuró Kiara.

Fruncí el ceño. No estaba de acuerdo. William no podía saber que Asher estaba en el coche. Todos los cristales estaban tintados; era imposible ver algo desde el exterior, y solo las personas que habíamos estado en la casa sabíamos que iba a salir. Y ni siquiera nosotros podíamos creernos del todo que lo hubiera hecho.

A juzgar por la expresión en el rostro de William y la velocidad con la que había arrancado, parecía que el movimiento del psicópata lo había tomado desprevenido.

—Yo no estoy tan segura —me opuse en voz baja, con timidez—. Se suponía que Asher no iba a salir de su casa. Además, la expresión de William cambió cuando se dio cuenta de que el coche arrancaba.

—¿Viste a William? —me dijo Rick levantando las cejas.

—Todos lo vimos... Bueno, nosotros dos —se me adelantó Ben.

Rick me observó sin decir palabra. Durante casi cinco minutos sentí su mirada sobre mí como un peso. Me mantuve en silencio, en vez de preguntarle por qué tenía los ojos clavados en mi cara.

Kiara intentó llamar a Asher, pero no contestó. Claro, había que esperar.

—¿Tomó el reloj? —preguntó Rick desviando la atención hacia Ben.

—No —respondió este—, no lo llevaba antes de salir.

Rick maldijo y se masajeó las sienes para pensar.

—Lo único que podemos hacer es esperar a que vuelva —señaló Kiara con un suspiro, y se dejó caer en el sofá del despacho.

Los dos hombres la fulminaron con la mirada, pero tenía razón.

—¡No podemos quedarnos de brazos cruzados! Carajo, Kiara, imagina que...

—Tiene razón —lo interrumpió Rick—. Aunque queramos hacer algo, no va a servir para nada, Ben. Si mañana seguimos sin tener noticias, empezaremos a investigar.

Aunque no estaba de acuerdo, no pudo negarse. Con Asher ausente, era Rick quien decidía. Él también se dejó caer en el sofá resoplando de frustración.

—Volverá —murmuró Kiara poniendo la mano sobre el hombro de su amigo—. Siempre vuelve.

Mi mirada se perdió en la pared que tenía delante. La ausencia del psicópata me invadía la mente. No entendía qué se le había pasado por la cabeza para ir tras William de esa forma, pero era tan imprevisible como impaciente. Asher era como un tanque de gasolina que una simple chispa podía incendiar en un segundo, y William era esa chispa. Al verlo, había prendido fuego en el interior de ese coche, que ahora había desaparecido. Igual que él.

—Kiara, tienes trabajo para esta noche —dijo Rick tras un largo silencio.

Esta puso los ojos en blanco, luego asintió. Ben anunció que iba a llevarme a casa de Asher; tenía la esperanza de encontrarlo allí.

—Si tienen noticias, nos llaman.

Nos mantuvimos en silencio durante el trayecto por una razón: estábamos más que preocupados. En lo más profundo de mi corazón confiaba en que Asher estuviera en casa fumándose un cigarro y bebiendo whisky con la mirada perdida en el ventanal de la sala.

Intenté llamarlo, en vano.

—Nada. —Suspiré al final—. ¿Crees que le pasó algo?

Negó con la cabeza.

—Solo me preocupo cuando tiene el celular apagado o nos cuelga. Ash nunca apaga voluntariamente el celular.

Era... tranquilizador. Nunca había rechazado mis llamadas y esperaba que nunca lo hiciera. Estaba empezando a sentir esa angustia en el estómago, y no hacía más que aumentar a medida que los minutos pasaban y no había el menor rastro de Asher Scott.

William. ¿Por qué nos seguía a Kiara y a mí? ¿Para volver a verme? No entendía qué quería de mí y no me había arriesgado a averiguarlo cuando había tenido la oportunidad. «Gracias por quemar la tarjeta, Asher.»

—Voy a dormir contigo esta noche. Puede que William esté actuando como distracción para que otra persona se infiltre en casa de Ash —decidió Ben—. Es peligroso que te quedes sola.

Asentí en silencio. Ben era tan protector como su primo, y me alegraba saber que pensaba en mi seguridad, aunque nunca habría imaginado que fuera tan importante para él. Con ellos me sentía segura. Kiara, Ben, Ally y Asher. Con cada desafío me demostraban que no era una simple cautiva, sino un miembro más de su grupo. Un miembro de su familia.

—Gracias —dije con un nudo en la garganta.

Se volteó hacia mí un instante con el ceño fruncido.

—¿Por...? —me preguntó, antes de volver a concentrarse en la carretera.

—Por... pensar en mi seguridad con todo lo que está pasando...

Me parecía admirable que pensaran en los demás cuando los que más peligro corrían eran precisamente ellos.

—Un Scott no abandona nunca a su familia, y ahora tú eres parte de la nuestra.

Terminó la frase con una pequeña sonrisa. Una sonrisa que le devolví. Nunca me había sentido tan querida como en ese momento.

Por fin vimos la casa del psicópata. Ojalá estuviera merodeando por los pasillos de aquella enorme mansión de hielo. Al ver las luces apagadas, nuestras esperanzas se desvanecieron. Ni rastro de Asher.

Cuando abrí la puerta principal Tate corrió hacia nosotros. Aparte de sus ladridos, todo era silencio.

—Voy a dormir en la habitación de Ash. Estás a salvo, yo vigilo —me tranquilizó.

Le sonreí.

—No tengo pensado dormir —admití en voz baja.

No hacía mucho había aprendido que cuando estaba estresada o angustiada, mis pesadillas tomaban el control. Hacía bastante tiempo que no tenía una, la última había sido en Londres.

Con el zorro.

Por aquel entonces me daba pánico compartir la cama con un hombre. Con Asher. El zorro había vuelto para atormentarme con cada nuevo sufrimiento que me infligían esos hombres, tipos que luego se convertían en nuevas pesadillas. Él fue el primero que me marcó, la razón por la que los hombres me daban miedo. Sin embargo, Asher actuaba en mí como un medicamento. Un medicamento al que me preocupaba volverme adicta con el paso del tiempo.

Toda medicina puede tener efectos secundarios, y yo temía los suyos.

—Espero que vuelva en una pieza, porque Cole no va a tardar en odiarnos. —Se rio echando un vistazo a mi yeso—. Además, creo que pronto te cambiará eso.

Tenía razón. En una semana me iba a cambiar el yeso por una férula. Me moría de ganas de quitármelo.

Subí a mi habitación y me cambié con gran dificultad, como llevaba haciendo desde hacía unos días.

—Vamos, Tate, vamos a esperar a tu mejor amigo —le dije sarcásticamente al perro.

Me senté en la cama con las piernas cruzadas. Tate se unió a mí y lo acaricié en silencio.

Cuando Ben tocó la puerta, lo invité a pasar. La abrió, con un cigarro entre los labios, y se paró frente a mí con una sonrisa.

—¿Alguna novedad? —preguntó mientras se sentaba en el suelo.

El perro abandonó la cama para ponerse a su lado.

—Nada de nada. ¿Tú? —quise saber.

Asintió mientras Tate apoyaba la cabeza en su pierna. Con el ceño fruncido, esperé a que continuara. ¿De verdad tenía noticias?

—Creo que estuvo aquí —dijo—. Agarró sus diarios.

—¿Sus qué? —pregunté confundida—. ¿Qué diarios?

—A Ash no le gusta abrirse a los humanos, prefiere los árboles. Bueno, el papel.

Nunca lo había visto con ninguno de sus diarios. A decir verdad, jamás habría creído que Asher Scott pudiera tener un diario secreto. Era tan cliché...

—Pero dejó el reloj aquí. Así que no quiere que lo encontremos.

—¿Qué tiene de particular ese reloj?

—Es el reloj del tío Rob. Rick le puso un localizador GPS, por si acaso. Hace un tiempo Ash tenía la costumbre de irse sin decir nada y volver dos semanas después.

Debía de referirse al periodo que siguió a la muerte de su padre, después de que Isobel le tendiera una trampa.

—Yo siempre lo vi más muerto que el tío Rob —me dijo con una pequeña sonrisa—. Desaparecía cada vez que la situación lo superaba.

—Pero ya nada lo supera —susurré frunciendo el ceño.

—Eso pensaba yo también, pero a veces... sospecha cosas y no dice nada. Me está empezando a cagar que se cierre y busque soluciones él solo.

Su tono había cambiado. Era como si estuviera enojado con él por haberse ido.

—Quiere protegerte sin preocuparte —lo defendí con voz suave.

—Nosotros también queremos protegerlo, ¿entiendes? Somos un grupo, y su vida es la más valiosa.

—Pero, para él, ustedes son más valiosos —añadí.

Sus ojos negros me miraron sin decir una palabra, luego una pequeña sonrisa se le dibujó en los labios. Tenía casi la misma sonrisa que su primo.

—Entiendo por qué ya no se muestra tan indiferente —murmuró—. Tú también, ¿no?

A decir verdad, no sabía si realmente lo comprendía. Ni siquiera sabía si él mismo lo comprendía.

En el fondo éramos dos almas mutiladas y desgarradas, dos almas que no pedían más que una vida normal con los problemas propios de la gente de nuestra edad.

—Lo intento —respondí—, aunque es... muy complicado.

—Él dice lo mismo de ti —dijo entre risas.

¿Le había hablado de mí a su primo? ¿De verdad?

—Vamos, confiésate con el doctor Jenkins.

Me reí. No iba a decirle nada, no antes de que su primo lo hiciera. Conocía a Asher y sabía que, si hablaba de más, era capaz de matarme.

Suspiró cuando levanté los brazos con aire inocente.

—Sé que hay algo... Mierda, ¡hiciste que saliera por una falda! —increpó—. Además, vi cómo te miraba. Nunca lo había visto mirar a alguien de ese modo. Ni siquiera a...

Se calló, pero sabía que hablaba de Isobel.

—¿Isobel? —dije.

Se quedó con la boca abierta.

—¿Te... te habló de ella? —tartamudeó—. Quiero decir... ¿Te lo contó todo?

Recalcó el «todo», y yo negué con la cabeza. Sabía que me había ocultado cosas. Sin embargo, respetaba su decisión, seguramente tenía sus razones. No quería chismear sobre su oscuro pasado. Tal vez porque, en su lugar, no me habría gustado que alguien hablara por mí.

—No todo, pero sí lo que debía saber sobre ella.

Asintió despacio mirándome como si fuera un fantasma. Parecía desconcertado por la información que acababa de darle. ¿Tan reservado era Asher?

—Jamás pensé que te lo fuera a contar —me confió con una risa nerviosa—. El pequeño Asher está más enganchado de lo que creía...

Puse los ojos en blanco. Cuando se lo proponía, Ben era tan pesado como Kiara.

—Te ve como yo veía a Bella —continuó despacio—. Sé que lo cambiaste. No es el mismo que hace unos meses... Sí..., antes odiaba a las cautivas..., pero ya no.

Me guiñó el ojo y me arrancó una sonrisa. Yo también había experimentado ese lado... violento.

—Bueno, eso ya lo sabías —añadió mirándome la palma de la mano, donde ya casi no quedaban restos de aquella quemadura—. Se culpa por eso.

Fruncí el ceño.

—Ahora ya está en el pasado —dije como si no tuviera importancia.

—Tal vez para ti, pero para él... Él no es malo, ya lo sabes... Un poco sádico... y egocéntrico..., pero malo no.

—¿Suele abrirse contigo? —le pregunté.

Se encogió de hombros.

—Depende. Cuando habla, sobre todo lo hace para ordenar sus pensamientos. Nunca busca en los demás la solución a sus problemas. Las pocas veces que me habló de ti fue solo para intentar comprenderte. Al parecer, eres una chica muy complicada.

—Eso quiere decir que tú solo lo escuchas —agregué.

—Porque piensa en voz alta, o sea, que yo... solo soy el espejo entre él... y él.

Sonreí.

—Se interesa mucho por ti —insistió—. Nunca trajo a ninguna chica. Con la otra zorra fue forzado..., pero contigo no.

Percibía fragmentos de frases del psicópata en las de Ben. Comprendí que le había hablado de mí más de una vez, que le había confiado las respuestas a las preguntas que yo me hacía.

—Te quiere mucho, creo. Te quiere mucho... para ser una chica a la que conoció hace cuatro meses y que al principio detestaba tanto que deseaba verla muerta.

—Yo tampoco había imaginado que superaría el «odio» en el que estaba atrapada al principio —admití con una pequeña sonrisa.

—Del amor al odio solo hay un paso —dijo con un poco de maldad—. Antes quería verte muerta, ahora moriría por ti.

Puse los ojos en blanco. No iba a llegar tan lejos. Si durante mis primeras noches en la casa me hubieran dicho que, con el tiempo, apreciaría al psicópata y su compañía, seguramente me habría entrado la risa.

—Solo espero que no entre en el juego de William. Desatamos la guerra matando a James, es lo que Ash quería. Pero no era así como debían encontrarse.

Me acordé de cuando Ash nos reunió para anunciarnos que iba a matar a James Wood, con el objetivo final de declararle la guerra a William. Entonces comprendí que él también había estado involucrado en el asesinato de su padre.

—No parecía estar ahí para acabar con él —apuntó Ben—. Si ese hubiera sido el caso, no habría reaccionado así ni... ¿huido?

Tenía razón. Que William hubiera huido no tenía sentido... A no ser que...

—¿A no ser que quisiera alejarlo?

Ben negó con la cabeza.

—No, puede que William sea listo, pero no estaba al corriente de que Ash iba en el coche. Yo también vi su reacción.

Guardó silencio. Un instante después abrió mucho los ojos, como si hubiera tenido una iluminación. Levantó la mirada hacia mí.

—¿Y si... si había venido por ti?

Aquello cayó sobre mí como una descarga eléctrica; un escalofrío me recorrió la espalda.

—No lo sé...

Si me estaba buscando, significaba que iba detrás de Mona Davis. Pero ¿por qué?

—Espero que esté bien —murmuré pensando en Asher, que seguía desaparecido.

La mirada de Ben se suavizó. No dudó en tranquilizarme.

—Mañana iremos en su busca... Conozco algunos lugares a los que suele ir cuando está en una fase «no-me-busques-soy-un-chico-misterioso».

Me reí.

—Si estuviéramos en una película romántica, te habría llevado con él y te habría dicho: «Es un lugar secreto que nadie conoce bla-bla-bla». Y tú habrías respondido: «Bésame y cógeme en el jardín, amor».

Se me encendieron las mejillas mientras él se divertía imitándonos a Asher y a mí en escenas cliché de películas de amor.

Volvimos a reírnos de sus locuras. Sin embargo, poco a poco iba sintiendo que el cansancio se apoderaba de mi cuerpo. Anuncié que me iba a dormir. Mientras salía de mi habitación, me dio las buenas noches y se disculpó de antemano; iba a hacer una llamada y no me iba a quedar otra que oír su voz.

Antes de acostarme intenté contactar una vez más con Asher, sin obtener respuesta alguna. Igual que durante las anteriores seis horas. Lo único que me mantenía con calma era que tal vez hubiera pasado a casa para recoger sus diarios, como había apuntado Ben. Esperaba que no le hubiera sucedido nada, que William no le hubiera hecho nada. La casa era demasiado silenciosa sin él.

No obstante, estaba presente en nuestros pensamientos, donde involuntariamente hacía bailar nuestras emociones como cigarros entre sus dedos. Nos sentíamos angustiados e inquietos, esperábamos impacientes la llegada del día siguiente para poder empezar a buscarlo. Pero, en realidad, lo único que deseábamos era oír el rugido del motor de su coche y un ruidoso portazo en la puerta principal.

¡Lo que daría por oírlo llamarme «cautiva» de nuevo, por mucho que detestara ese apodo!

«¿Dónde estás, Asher?»

39

Discusión mortal

Siete y media de la mañana. Acabábamos de arrancar. Ambos andábamos faltos de sueño, pero las ganas de encontrar a Asher nos mantenían despiertos y aguzaban nuestros sentidos. Yo hacía de copiloto para Ben dictándole el camino que debía seguir. Gracias a la tecnología.

Primer destino: Wild River.

—Cuando éramos pequeños, solíamos ir allí con el tío Rob —me contó Ben con aire nostálgico—. Era un lugar muy tranquilo.

Crucé los dedos esperando de todo corazón que lo encontráramos allí.

—A la izquierda —indiqué.

—Hacía años que no venía —comentó mientras admiraba el paisaje.

Era precioso, pero yo no estaba de humor para admirar su belleza; solo podía pensar en Asher.

El celular de Ben empezó a vibrar y en la pantalla apareció «La Bruja». Contestó y la voz de Kiara invadió el vehículo:

—Jenkins, voy a buscar por el otro lado de la ciudad con Rick. Avísanos si tienes noticias.

—¿Ah, sí? ¿En serio? Si no me lo llegas a decir, no se me habría ocurrido —señaló con sarcasmo.

Ella colgó sin responder.

Ben negó con la cabeza, exasperado. A continuación se me ocurrió una pregunta.

—¿Sabrina está bien? —pregunté a su propietario. Hacía unas semanas que no sabía nada de ella. Al menos, yo no la había visto desde que había vuelto de Montecarlo.

—¿No te enteraste? —preguntó sorprendido.

Fruncí el ceño. ¿De qué tendría que haberme enterado?

—Ash la despidió —informó—. Descubrió que había estado pegada a Isoportable toda la velada.

Se me escapó una carcajada al oír el apodo de Isobel.

—Y ¿eso cambia algo para ti? —quise saber—. Ahora ya no tienes cautiva.

—No, tampoco mucho. Además, no servía para nada. Ni siquiera era un buen partido para coger —comentó con una mueca—. Gritaba demasiado.

Me ruboricé. Me llevé la mano a la boca cuando se me vino a la mente un recuerdo. Mi primera noche en casa del psicópata, en un arranque de ira, se había acostado con una chica que gritaba de placer como si estuviera loca. ¿Había sido ella?

Deseché esa idea en cuanto me sentí casi... ¿molesta? No, no..., no. No estaba molesta. Además, tampoco tenía ningún motivo para estarlo. La relación que hubiera entre ellos no era asunto mío.

—¡Llegamos! —anunció girando a la izquierda.

Salió de la carretera principal por un camino de tierra lleno de baches que llevaba al corazón de una especie de bosque. Se detuvo en la entrada de un sendero. Se oía el río, pájaros e incluso algunos animales salvajes que vivían sus vidas pacíficamente. No tenían a un Asher con el que lidiar.

—¿Vienes? —me preguntó Ben siguiendo el suave murmullo del agua, mientras yo examinaba los árboles que nos rodeaban.

Por suerte, había llevado tenis.

—No llegaremos hasta el río —explicó—. Si no vemos su coche por aquí, significa que o no vino o ya se fue.

Como una detective, inspeccioné el suelo en busca de huellas.

Entonces, de repente...

—Y... pasó por aquí —dijo Ben al ver huellas de neumáticos.

—Podría haberlas dejado otro vehículo...

Llenarme de falsas esperanzas era demasiado doloroso, prefería ser realista. Las posibilidades de encontrarlo solo gracias a esas huellas eran tan pocas como la cobertura que había en ese lugar.

—Puede ser. Voy a bajar un poco más para ver si descubro algo más. Tú quédate aquí e intenta encontrar cobertura por si llama Kiara.

Lo vi irse hacia el río a toda prisa.

Durante ese tiempo, la detective Collins buscó una prueba que demostrara que Asher Scott estaba bien y que había pasado por ahí. Era como tratar de encontrar una aguja en un pajar.

Los ojos grises de mi propietario ocupaban mis pensamientos. ¿Estaría bien? ¿Por qué se había aislado? Ben había dicho que lo hacía cuando la situación lo sobrepasaba, pero ¿qué lo habría sobrepasado? ¿Por qué no lo había hablado con su primo? ¿O con Kiara? Era muy reservado.

Tan reservado que se abría a hojas de papel y exteriorizaba sus pensamientos a través de la escritura. Me moría de ganas de leer sus diarios. Tenía mucha curiosidad por saber en qué pensaba y en quién, y qué tenía que decir al respecto.

—¿ELLAAAA? —llamó la voz lejana de Ben.

—¡Sí! —grité buscándolo con la mirada.

A continuación estuve varios minutos sin oír nada. Se me aceleró el corazón, su silencio me dejó tan perpleja como estresada. ¿Le había pasado algo?

—Mierda, pensaba que iba a morir —soltó Ben aliviado llegando desde un sendero que había a mi derecha—. No encontré nada ahí abajo.

Tenía la respiración agitada.

—Sube, nos vamos —me dijo abriendo la puerta del coche.

De camino agarré la lista que habíamos elaborado por la mañana mientras desayunábamos y taché Wild River. Había más de trece lugares. Esperaba encontrarlo antes de llegar al final.

Once y media de la noche y seguíamos sin tener rastro del psicópata.

«Lo siento, Asher, empiezo a preocuparme seriamente.»

—Me muero de hambre, vamos a parar aquí a tomar algo.

Ben se estacionó delante de un restaurante a las afueras de la ciudad. La luz se filtraba por las persianas venecianas del restaurante de comida rápida y un letrero de neón rojo encima de la puerta anunciaba: LOS NOVENTA.

Al entrar, sonó el timbre, lo que atrajo la curiosidad de algunos clientes. Ben se sentó frente a mí y una mujer bastante gruñona vino a tomar nota de nuestros pedidos.

—Y ¡muchas papas fritas! —pidió al verla irse con la libreta.

Le lancé una sonrisa burlona y él negó con la cabeza.

—Me encantan las papas fritas —admitió dejando el celular sobre la mesa.

Estábamos agotados. La búsqueda no había tenido éxito y empezábamos a preocuparnos de verdad. Asher no respondía a nuestras llamadas y llevaba ya veinticuatro horas sin dar señales de vida.

—¿Y si le pasó algo? —pregunté.

—Por enésima vez, no lo creo —me tranquilizó con una sonrisa. Yo resoplé—. ¿Tanto lo extrañas? —se burló Ben cruzándose de brazos.

—Ay, calla —repliqué con cansancio.

Tecleó algo en el celular. Pasaron unos minutos antes de que la mujer dejara perezosamente nuestras hamburguesas sobre la mesa. Ben se la terminó enseguida. Me di cuenta de que ya debía de hacer rato que tenía hambre.

Cuando volvió a sonar el timbre, miré hacia la puerta. Mi compañero estaba de espaldas, así que no prestó atención y aprovechó para robarme unas papas. Entraron tres hombres. Uno llevaba *piercings* en la nariz y la ceja, otro tenía la cara tatuada y en el tercero no aprecié ninguna marca en particular. Los tres se fijaron en mí, aunque yo aparté la mirada, intimidada por su aspecto.

Se dirigieron a una hilera de mesas al fondo. Ahora ya no era Ben quien estaba de espaldas a ellos, sino yo. Me fijé en que empezó a masticar más despacio y a abrir mucho los ojos. No sabía si el hecho de que se sintiera tan intimidado como yo era precisamente algo bueno.

Me lanzó una mirada furtiva antes de bajar la cabeza y taparse la cara con la mano.

—Está bien, querida... —murmuró—. Vamos a irnos de aquí poco a poco...

«Oh, no...»

—¿Los... los conoces? —pregunté esperando que fuera broma.

—Pues..., cómo decírtelo..., me cogí a su hermana —declaró haciendo una mueca—. En realidad, no me la cogí, pero...

—¡Eh, tú!

Me dio un vuelco el corazón y se me formó un nudo en el estómago. Mierda.

—Está bien, ¡vamos a irnos rápido!

Tras dejar un billete sobre la mesa, salimos del restaurante a toda prisa. Cuando entramos en el coche, la adrenalina seguía recorriendo nuestras venas.

Los tres hombres empezaron a perseguirnos. Cuando el del *piercing* señaló el coche con el dedo y gritó, Ben se alejó como un rayo. Intentaron alcanzarnos, pero la velocidad del coche se lo impidió. Ben se rio a carcajada limpia.

—¡Hay que correr más, bola de corrientes! —exclamó abriendo la ventanilla para que pudieran admirar su insolente dedo medio. Entonces se oyó un disparo—. ¡Ups! —jadeó mientras volvía a cerrar la ventanilla—. No me cogí literalmente a su hermana, solo me la chupó; cuando iba a cogérmela, uno de ellos entró en su habitación sin llamar.

Ahogué un grito, sorprendida por la anécdota de Ben.

—Y ¿después? —pregunté.

—Pues hui despavorido, ¿tú qué crees? Son miembros de una banda rival, no quería morir en una vieja cabaña en mitad del bosque como si fuera un trol.

Se rio y yo lo miré exasperada, cosa que lo hizo reír aún más.

—¿Qué sitios nos quedan? —me preguntó al tiempo que comprobaba la hora en la pantalla del coche.

—La antigua casa de su abuela, las colinas verdes y la villa roja.

Ben había puesto apodos a los lugares en los que podría estar el psicópata.

—¿Por qué iría Asher a la antigua casa de su abuela?

—Te juro que no tengo ni idea. Es una vieja mansión abandonada donde solíamos reunirnos a final de año cuando éramos pequeños.

Fruncí el ceño. ¿Por qué se escondería Asher en una de las mansiones abandonadas de los Scott? Tenía un aspecto lúgubre. Por otra parte, no me sorprendía. Cosas de psicópatas.

Intenté llamar de nuevo. Sonó un tono..., dos..., tres... Y colgó.

Carajo.

Me...

Había...

Colgado.

Se me aceleró el corazón y me temblaron las manos. Había rechazado la llamada. Volví a intentarlo. Tal vez hubiera sido una falla de su celular. Eso esperaba.

Pero, por segunda vez, colgó.

—Colgó... —balbuceé.

—¿Que hizo qué?

Ben agarró su celular. Él también lo intentó, pero Asher lo dejó sonar sin responder. Ben maldijo y llamó a Kiara, quien contestó al segundo tono.

—¿Hay noticias? —preguntó.

—Le colgó a Ella —anunció Ben—, pero no a mí. Intenta llamarlo tú.

—Está bien.

Me invadió el pánico. Tenía miedo. Temía por él. Me aterrorizaba que le hubiera pasado algo.

Kiara nos dijo que también había dejado sonar su llamada, pero que no la había colgado. Eso me dejó perpleja. ¿Por qué me colgaba solo a mí?

—Está bien..., llama otra vez —me pidió Ben con el ceño fruncido.

Al principio vacilé. Me daba miedo que me redirigiera al buzón de voz. Sucedió lo mismo.

—¡Otra vez! —exclamé dejando caer el celular sobre mis piernas.

Me pegué al asiento por el acelerón repentino del coche. Sentí que la ansiedad de Ben había aumentado. Demasiadas preguntas se agolpaban en su cabeza, que ya estaba a mil por hora.

Con la mandíbula apretada, no apartaba la mirada de la carretera.

—Está empezando a molestarme —murmuró enojado.

En el GPS, la hora de llegada se iba adelantando a causa de la velocidad a la que conducía.

Unos minutos después, llegamos a un portal que parecía tan viejo como el propio mundo. El lugar estaba protegido por muros de varios metros de alto y una alambrada. Estábamos muy lejos de la ciudad. Ahí no se oía nada más que el viento agitándome el pelo y haciendo que me estremeciera.

Ben se sacó un llavero del bolsillo y buscó la llave del portal. Tras varios intentos oímos un chasquido. Empujó la puerta, que se abrió con un chirrido. Ese ruido me resultó tan estridente en medio del silencio que nos rodeaba que me estremecí por puro instinto. Ben activó la linterna del celular; lo imité. Avanzamos en silencio por el sendero oculto entre los altos hierbajos.

—Seguramente aquí solo viva Tarzán —bromeó Ben al descubrir aquel lugar, que llevaba años desierto y abandonado—. Mierda, ten cuidado, hay espinas.

Tragué saliva. No sabía dónde ponía los pies. Esperaba que no me mordiera nada; Cole me mataría pronto a fuerza de tanto curarme.

Árboles sin hojas, hierba muerta, aire fresco, silencio y oscuridad... Eran las palabras justas para describir ese lugar. Había visto un programa en el que un equipo partía a explorar de noche lugares abandonados como este.

—¿Por qué dejaste el coche fuera? —pregunté con cuidado de evitar las zonas sospechosas en las que veía algún hueco.

—La entrada para coches está al otro lado, pero me daba flojera —explicó con cansancio—. Además, si Ash está aquí, no quiero que huya.

Yo estaba temblando de frío. Probablemente tendría las mejillas rojas, puesto que tenía la punta de la nariz tan fría que ya casi no la sentía.

A lo lejos vi una casa grande... No, más bien una mansión gigantesca. En comparación con las otras casas de los Scott, esta parecía casi... ¿en ruinas?

Todas las ventanas estaban cerradas, y algunos de los cristales, rotos. Casi ni se veía el cemento de las paredes, la naturaleza lo había invadido.

—Vamos a rodear la casa para comprobar si está aquí —murmuró Ben.

Lo seguí, esperando encontrar al menos huellas de los neumáticos de su coche. Mientras la rodeaba, admiré esa casa llena de recuerdos para la familia. Era inmensa, no podía ni contar el número de ventanas de tantas que había. Las paredes parecían cubiertas de musgo y hierbas.

Era casi la una y veinte de la madrugada, y el cansancio no hacía más que aumentar. Mi cuerpo no estaba acostumbrado a tanta ansiedad. Me moría de ganas de descansar de esas emociones que jugaban con mi cuerpo como un pianista con su instrumento.

—¡Mierda, me cago en todo! —soltó él en un susurro.

Su espalda me tapaba las vistas. No dudé mucho antes de pasar delante. Lo que vi me dejó paralizada y me revolvió el estómago. En una fracción de segundo todo mi cansancio se evaporó. Mi ansiedad volvió con más fuerza. No estábamos solos. Y Asher tampoco.

Delante de nosotros estaba uno de los coches del psicópata. Pero también había otro automóvil que no conocía.

Ben se volteó hacia mí. Pálido y con los ojos muy abiertos, me pidió que apagara la linterna del celular. Cuando nos encontrábamos a pocos pasos de la puerta principal, que estaba entreabierta, se llevó el dedo índice a los labios indicándome que no hiciera ruido. La probó para asegurarse de que no chirriaba. Sin embargo, cualquier sonido producía un grandísimo eco en aquella silenciosa mansión.

—Está bien... —susurró Ben—. El coche de Ash tiene una alarma escandalosa, ve a tirarle algo.

Negué con la cabeza. ¡Se había vuelto loco! Eso haría mucho ruido y...

Ah. Era eso lo que quería.

—¡Ve! —Se impacientó, empujándome hacia el coche.

Lo fulminé con la mirada y me encaminé con paso

vacilante hasta el vehículo. Busqué algo lo suficientemente sólido para activar la alarma, pero que no fuera demasiado pesado para mi lastimada muñeca. Agarré una piedra bastante grande y la sopesé. Me alegré al ver que podía cargarla. Ahora debía lanzarla a una de las joyitas de Scott.

El plan me hizo tragar saliva. No porque estuviera en peligro por el ruido, sino porque el psicópata podría matarme si se enteraba de que precisamente yo había dañado su coche.

—Que se vaya a la mierda, tiene más. —Me tranquilicé antes de tomar impulso y lanzar la piedra sobre el cofre.

La alarma se activó al instante, tal y como había predicho Ben. Estuvo a punto de estallarme el corazón al oír aquel estridente sonido. Volví a toda velocidad con el primo de Asher, que abrió la puerta mientras la alarma ocultaba el chirrido.

Una vez dentro, Ben me agarró de la mano y me pidió que me mantuviera en silencio.

—Oí algo fuera, espero que no te hayas ido —comentó una voz malévola desde arriba.

Me puse tensa. Sentí que los dedos de Ben hacían lo mismo.

Unos pasos resonaron por las escaleras. Ben me empujó enseguida al interior de la primera habitación lúgubre que había a nuestra derecha. Me presionó contra la pared junto al marco de la puerta tapándome la boca con una mano. Sentía su corazón latiendo a toda velocidad. Parecía que quería salirse de su caja torácica, al igual que el mío.

Los pasos lentos del desconocido resonaron por la

sala y la puerta volvió a chirriar. A mi lado, Ben contó hasta diez. Unas gotas de sudor me perlaron la frente; me temblaba todo el cuerpo ante aquel inminente peligro.

Subimos las escaleras a toda prisa antes de que ese hombre volviera y reparara en nuestra presencia. En el piso de arriba, seguíamos oyendo la alarma y las palabras del desconocido. ¿Y si era un psicópata de verdad y vivía aquí? ¿Y si esperaba que una presa acudiera a él para torturarla por puro placer?

No podía ver sin la linterna del celular. A mi alrededor estaba todo completamente a oscuras. La única fuente de luz provenía de la luna, cuyos rayos entraban a duras penas por las altas ventanas.

De repente se me heló la sangre cuando el chirrido de la puerta resonó de nuevo por los pasillos de la mansión. Había vuelto.

Ben se puso rígido. Se me erizó la piel. A él le sudaban y le temblaban las manos, pero no me soltó ni un instante. Estábamos atrapados.

—Tranquilo, solo quiero hablar contigo. Y después te mataré... como hice con nuestro querido padre.

40

La familia

—Sobre todo, camina de puntillas —me susurró Ben antes de arrastrarme con él entre oscuros pasillos.

El corazón me latía muy rápido y tenía la garganta seca. Ben parecía saberse los lugares de memoria, recorría ese laberinto de habitaciones y baños como si nada.

—Sé que no te escondes, hermanito —soltó el hombre—. No..., tienes demasiado ego como para hacerlo...

Me quedé sin aliento. Era su medio hermano. Estaba ahí. Y, sobre todo, estaba preparado..., preparado para acabar con él.

Tic... Tac... Tic... Tac...

Oímos sus fuertes pasos subir lentamente las escaleras de madera. Agazapados en la sombra, nos manteníamos alerta en una habitación tan vacía y fría como una morgue. Qué ironía. Pegados en silencio a la pared al lado de la puerta, nuestras respiraciones eran lo único que se oía.

Ben encendió la linterna del celular un instante para alumbrar delante de nosotros. A primera vista era una habitación muy sencilla. Entre los muebles viejos y polvorientos había una enorme cama de sábanas rojas que daba la impresión de tener más años que los árboles del exterior.

Ben me señaló en silencio algo que había cerca de la cama. Parecía un libro abierto.

—Claro, ¿para qué responder a las llamadas de tu primo desesperado cuando puedes dejarle tu diario secreto como pista? —resopló exasperado mientras se dirigía a recuperar el diario.

Era la confirmación de que estaba ahí. De repente oímos ruidos de puertas.

Abrirse..., volverse a cerrar.

Abrirse..., volverse a cerrar.

El medio hermano de Asher estaba registrando las habitaciones; cada portazo era más fuerte y violento que el anterior. Empezaba a enojarse.

Tic... Tac... Tic... Tac...

—¡Asheeeer! —canturreó—. ¡Vaya nombre! ¿Fue mamá quien lo eligió? Hablando de ella..., ¿sigue cogiendo con Addams?

¿La madre de Asher se acostaba con Addams? ¿Ese Addams? ¿Ese que había elaborado con Asher el plan para matar a James Wood en Montecarlo? ¿Por eso la repudiaba?

—Métete debajo de la cama —me ordenó Ben cuando los pasos se acercaron aún más.

Como no me movía, me empujó. Me metí como pude bajo esa cama, un poco demasiado baja, llena de telas de araña y montículos de polvo. Incluso me pareció oír ratas al otro lado de la pared. Mi nariz tocaba el colchón, que podía aplastarme si alguien se tumbaba encima.

Ben abrió con cuidado la ventana de la habitación. Cuando sus pies abandonaron mi campo de visión, el corazón me dio un vuelco. No iría a escaparse y dejarme sola con ese loco sediento de poder, ¿no?

Susurré su nombre con suficiente fuerza para que me oyera, pero desapareció volviendo a cerrar las ventanas como si no pasara nada.

Tic... Tac... Tic... Tac...

Bastaron algunos segundos más para que la puerta se abriera de golpe; me sobresalté. Se me aceleró el pulso con tal brusquedad que pensé que me moriría ahí mismo.

Todo el cuerpo se me tensó. Sujetaba una linterna que iluminaba la habitación. Tenía motivos para registrar la habitación, había muchos escondites. Sus pasos lentos y pesados hacían un ruido traicionero que me torturaba.

Tic... Tac... Tic... Tac...

Se había parado. No. Abrió la puerta de un armario y la cerró con un gruñido.

Tic... Tac... Tic... Tac...

Vi sus pies rodear la cama. Abrió la ventana por la que Ben se había escapado. Un instante después se sentó en el colchón, que se hundió y me aplastó la mejilla. Con la cara sudorosa, apreté los dientes y lágrimas de desesperación empezaron a deslizarse por mi nariz. Estaba aterrorizada.

«Piedad, que se vaya, por favor...»

—¡Tengo toda la noche, ¿sabes?! —gritó—. Toda la noche...

Mientras susurraba esa última frase, se levantó. De repente su celular se cayó al suelo. La montaña rusa era interminable. El corazón me dio otro vuelco cuando lo oí refunfuñar antes de agacharse un poco para recogerlo. Instintivamente, cerré los ojos diciéndome que tal vez así no me vería.

Tic... Tac... Tic... Tac...

—Sé lo que te puede hacer reaccionar, hermanito —declaró en voz baja antes de cerrar la puerta tras él.

Diez minutos más tarde, mientras luchaba contra mí misma para idear un plan, oí que la ventana se abría con suavidad; un ruido me hizo comprender que alguien acababa de entrar en la habitación.

—Ella —susurró Ben.

De inmediato una sensación de alivio ahuyentó toda mi angustia. Lágrimas de desahogo corrieron por mis pestañas para descargar el miedo que había invadido mi cuerpo durante esos interminables minutos.

Se agachó y me agarró del brazo para hacerme salir de mi escondite.

—Sé dónde está Ash —murmuró tomando mi rostro entre las manos.

Oímos al mismo tiempo el eco de las palabras maliciosas del medio hermano de Asher, que recorría los pasillos de la mansión.

—El problema es el camino que hay que tomar —me explicó—. Si tuvieras un mínimo de equilibrio, te propondría que escapáramos por la ventana, pero...

Desvió la mirada hacia mi yeso. Nerviosa, me pasé la mano por el pelo, alborotado y lleno de polvo. La piel de Ben era tan pálida como la mía. Era la primera vez que veía el miedo en su angelical rostro.

Los dos temíamos por Asher..., que no se había dejado ver desde que habíamos llegado.

Tic... Tac... Tic... Tac...

El asesino seguía deambulando por los pasillos de aquel mismo piso.

—¿Cómo está tu pequeña protegida? —susurró su voz cerca de la habitación donde estábamos.

Ben se dio una palmada en la frente y giró la cabeza hacia la puerta.

Tic... Tac... Tic... Tac...

Sus pasos se alejaron, pero el ruido resonaba todavía a través de las viejas y agrietadas paredes.

—¡Oí que se parece a la mía! —exclamó—. No puedes olvidarla...

Subió las escaleras despacio..., muy despacio...

Tic... Tac... Tic... Tac...

Ben aprovechó para llevarme con él hacia la puerta, ligeramente entreabierta.

El ruido de la alarma empezaba a molestarme, pues ya no tapaba los sonidos del interior. Era solo una molestia más.

—Y ¡puedo confirmarlo! Es una locura, parece que la elegiste solo por eso.

Estaba en el piso de arriba, su voz sonaba más lejos que antes.

Ben abrió la puerta de golpe para que no crujiese y me empujó con él al otro lado. Avanzábamos con sigilo, ocultos en la sombra de la pared para escapar de los atentos ojos del medio hermano de Asher.

—¿Cómo se llama? Ah, sí... ¿Ella?

Jadeé sorprendida y me quedé quieta. Acababa de pronunciar mi nombre. ¿Era así como pretendía hacerle perder la calma? Tal vez pensaba que era su novia, pero no, se equivocaba. Aunque nuestra relación no era tan profesional y «amistosa» como fingíamos.

Ben me sorprendió arrastrándome al interior de una habitación más oscura que las demás. Cerró la puerta detrás de nosotros sin hacer ruido. Pero, cuando encendió la linterna del celular para iluminar la habitación, nos sobresaltamos. Ahogué un grito al descubrir una figura frente a nosotros.

Con un arma en la mano.

Cerré los ojos un instante y respiré hondo para calmar el ritmo frenético de mi corazón, que amenazaba con explotar.

La figura tenía el pelo rubio y despeinado; algunos mechones le caían sobre unos penetrantes ojos grises.

Asher.

Arqueó una ceja mientras bajaba el arma.

—¿Qué...?

—¡Cállate! —lo interrumpió Ben, sin aliento, poniéndole una mano en el pecho—. Mierda, me diste el susto de mi vida.

Respiró hondo.

—¿Qué diablos hacen aquí? —murmuró la voz ronca del psicópata.

—¿Perdón? —solté desconcertada.

Ben también se ofendió. Su tono era serio, como si no quisiera que estuviéramos allí.

Vi que la expresión de su primo cambiaba.

—Te... estuvimos buscando durante todo el puto día, son las tres y lo único que se te ocurre decir es: «¿Qué hacen aquí?» —Ben lo señaló enfurecido—. ¡Si hubieras contestado el teléfono, no estaríamos aquí!

—Tenía mis razones —gruñó Asher mirándome fijamente—. ¿Por qué te la trajiste?

Aquellas palabras tan secas desataron mi ira. «A eso es a lo que yo llamo ser un descarado.»

—No respondías a mis llamadas —repetí mientras lo fulminaba con la mirada.

Con una diabólica y forzada sonrisa, respondió fríamente:

—Él, lo acepto, es mi primo, pero tú solo eres mi cautiva.

Ben se dio una palmada en la frente. Por mi parte, no pude más que abrir los ojos como platos.

Solo...

Su...

Cautiva.

Sus palabras se me quedaron clavadas en el cerebro y se repetían al ritmo del eco de los pasos del medio hermano de ese imbécil ingrato que tenía delante.

—Déjenme pasar —dijo apartándonos.

Ben se volteó hacia mí con una mirada desolada. Fingí que sus palabras no me habían herido, adoptando una expresión de indiferencia. Pero la realidad era muy distinta.

Me había hecho daño. Una vez más.

Tic... Tac... Tic... Tac...

Asher se detuvo frente a la puerta. Su medio hermano acababa de abandonar el piso de arriba. Mi corazón latía demasiado rápido. No debía de faltar mucho para que me diera un síncope. ¿Y si revisaba de nuevo las habitaciones para estar seguro?

Mis preguntas se disiparon cuando oí que bajaba las escaleras. Caminaba hacia el recibidor. ¿Acaso iba a irse?

—Me aburro, Ash —soltó con un tono infantil.

O no.

—¿Crees que va armado? —preguntó Ben inquieto.

—Solo creo que haces preguntas estúpidas —escupió Asher.

Está bien, era un lunático y Ben ponía sus nervios al límite.

—Ella, ¿no te mueres por volver a ver a su medio hermano? —me preguntó Ben.

—Ella, si le respondes, la próxima persona a la que verás será a James Wood —me soltó Asher mirándonos por encima del hombro.

—Pero si está muerto... —le dije frunciendo el ceño.

—Exacto —respondió el psicópata—. ¿Tienes fuego, Jenkins?

Ben hurgó en sus bolsillos y encontró en su abrigo un encendedor que le lanzó a Asher. Lo agarró en el aire y encendió el cigarro que acababa de ponerse entre los labios. Solo se veía el rojo de su cigarro en la oscuridad de la habitación.

Un rojo como su corazón. Una oscuridad como la de su alma.

—No salgan por ningún motivo. Ninguno.

Se me paró el corazón por un instante cuando salió

del cuarto. Iba al encuentro de su medio hermano, que solo quería una cosa: dar con él y matarlo.

Caminó lentamente por ese piso en forma de U. Sus anillos rozaban las barandillas de madera haciendo un ligero ruido. Se detuvo en el lado opuesto al nuestro, pero aún podíamos verlo desde la habitación en la que estábamos escondidos.

Me di cuenta de que nos protegía al alejarse así de nosotros. Asher intentaba atraer la mirada escrutadora de su medio hermano únicamente hacia él.

—¡Por fin! —lo oí gritar aliviado—. Tardaste mucho en salir de tu escondite, hermanito.

—No estaba escondido —dijo cansado.

Me sorprendió el tono que utilizó, como si no sintiera ningún miedo..., como si ni siquiera se lo planteara.

Su medio hermano se rio con maldad.

—Pero saliste en cuanto la mencioné, eso es interesante...

Ben volvió a darse una palmada en la frente. Hizo una mueca y luego susurró:

—No se va a rendir, quiere que Ash se rompa.

—No lo va a conseguir usándome a mí.

Puso los ojos en blanco.

—Es raro, porque tú y él son los únicos que dicen eso...

Negué con la cabeza. Observé como Asher reaccionaba a las provocaciones de su medio hermano, o, mejor dicho, como no reaccionaba. Se mostraba tranquilo.

Tenía curiosidad por saber cómo era su medio hermano. Su voz... era como si la hubiera oído antes.

—Tienes los mismos ojos que nuestro padre —dijo el asesino.

Vi que Asher apretaba la mandíbula, pero disimuló su enojo haciendo una mueca de asco.

—¿Nuestro? —repitió Asher indignado—. Te recuerdo que nunca te consideró su hijo, ¿sabes por qué? Porque no lo eres.

Una vez más esa risa falsa.

—No, tienes razón, pero conservo su apellido, el mismo que el tuyo, Asher —respondió burlón—. Y ¿sabes qué más compartimos? A nuestra madre.

—Tienes poca memoria. —Asher se rio—. Nuestra madre engañó a mi padre, le hizo creer que eras su hijo, porque incluso antes de nacer eras la vergüenza de la familia.

Ahora entendía mejor por qué odiaba a su madre, por qué todo el mundo detestaba a Chris. Era la madre de su medio hermano, el producto de una infidelidad.

—Tal vez, pero conservo su apellido —respondió este.

—Todos los Scott te repudiaron, yo primero. Así que no tienes ningún derecho sobre sus negocios.

Dejó escapar un fuerte suspiro.

—¿Sabes, Asher?, soy seis años mayor que tú. Los vi crecer a ti y a tu hermana, y disfrutar de los privilegios y de la riqueza de su familia. Siempre deseé lo que tú tenías, lo que yo debería tener.

Asher lo miró con dureza, pero lo dejó continuar.

—Mamá siempre te prefirió a ti porque eras un Scott puro, no como yo. El hombre que yo creía que era mi padre me repudió cuando se enteró de que no era su hijo —dijo con rabia—. Y nunca perdió la oportunidad de demostrarme que tú eras mejor que yo...

—Eso no es cierto —reprobó Asher, que tiró la colilla por encima de la barandilla.

—¡Sí que lo es! Te odiaba, quería vengarme, pero ahora quiero más... Deseo todo lo que tienes..., y para conseguirlo tengo que matarte.

Abrí los ojos como platos y mis extremidades se tensaron. Me volteé hacia Ben, impotente ante aquella escena; me imploró con la mirada que guardara silencio. Asher no se movió ni un milímetro. Parecía tranquilo, tal vez demasiado.

—¿Qué quieres, William? —preguntó.

Mi respiración se detuvo de inmediato. ¿Había oído bien? ¿Wi... William?

Ben me tapó la boca con la mano; yo estaba en shock. No podía creer lo que acababa de oír.

«Ella, ¿no te mueres por volver a ver a su medio hermano?»

Ben había dicho que iba a volver a verlo, no a conocerlo. Porque ya lo conocía. Conocía al hombre que era la fuente de todos los males de Asher y que lo había llevado a forjar esa coraza de acero. Conocía al hombre que había matado al padre de Asher, el mismo que me había dado su tarjeta. Todo se volvió más claro: las reacciones desmesuradas de mi propietario y su repentino deseo de declararle la guerra matando a su mejor amigo. Sabía que acudiría a él.

Estupefacta, me quedé mirando a Ben.

—Si no hiciste la conexión antes, eres realmente estúpida —susurró Ben exasperado.

William...

William... Scott.

—Vamos a empezar por tu pequeña protegida —manifestó.

Las manos de Asher apretaron la barandilla; se le hincharon las venas de los antebrazos.

—Ya tienes a tu puta —replicó Asher—. Ya sabes, Isobel.

—Ah, hablas de mi chica... Sí, pero ya no me gusta..., no desde que te interesaste por Ella.

Asher se apartó de la barandilla con un suspiro. William también se desplazó.

—Me das pena —dijo Asher regresándose sobre sus pasos.

Oí a William subir despreocupadamente las escaleras mientras Asher continuaba:

—Podrías tener todo lo que yo tengo y nunca serías yo. Podrías tener a esa chica, pero, cuando te la cojas por la noche, pensaría en mí. Y solo en mí.

Se me cortó la respiración ante tanta crueldad. Se detuvo frente a la puerta de nuestra habitación. Tenía la mirada clavada en la de William. Al detenerse justo enfrente de nuestra puerta, nos protegía de su medio hermano.

—No eres más que un imbécil que no recibió suficiente amor cuando era niño.

Nos sentíamos impotentes por lo que estaba ocurriendo ante nuestros ojos. Asher se encontraba en peligro y el menor ruido que hiciéramos podía cambiarlo todo.

—Dices eso, pero sabes que puedo ser mejor que tú. Dame a la chica y te perdonaré la vida.

El corazón me dio un vuelco cuando vi aparecer la punta de la pistola de William cerca del marco de la puerta, apuntando al pecho de mi propietario.

—Dispara, entonces —lo instó Asher.

«¿Qué?»

—¡Dispara! —volvió a gritar—. Usa las pelotas que no tienes y que nunca tendrás.

Lo estaba desafiando. ¡Maldita sea, lo retaba seriamente a que lo matara! Porque nunca me tendría... a mí.

—¡DISPARA, carajo! —gritó Asher, haciendo que me sobresaltara.

Oí como cargaba el arma. No podía morir. Se lo prohibía.

—Mátame, ¡porque yo no dudaré! ¡Solo la tendrás cuando me muera!

De repente, sin darme cuenta, mis piernas me empujaron fuera de la habitación, a la vista de William. Acababa de interponerme entre él y Asher. Impulsada por el miedo a perderlo, me puse entre mi propietario y el arma que iba a matarlo.

Ya no pensaba en nada, mi cerebro estaba en pausa. Solo sentía un gran miedo; un gran miedo de verlo morir.

Lo único que quería era protegerlo.

Lo único que quería era tenerlo cerca de mí.

Porque le prohibía morir antes que yo.

Porque estaba unida a él.
Más de lo que pensaba.
Más de lo que él pensaba.
Y entonces sonó un disparo.
Un solo disparo.

41

Herida

Se me cortó la respiración, tenía el cuerpo casi incrustado en el de Asher, que, al oír el ruido estridente del arma, me abrazó tan fuerte contra él que dejé de sentir la parte de arriba. El corazón le latía con fuerza contra mi oreja, como si amenazara con salírsele del cuerpo.

Mantuve los ojos cerrados esperando sentir el dolor, pero nada. No me había dado.

Se me aceleró el corazón. Le había disparado a Asher.

—¿Qué...?

Abrí un ojo. Lo primero que vi fue la tez pálida de Ben, que me observaba con los ojos muy abiertos y la cabeza entre las manos.

O bien William le había dado realmente a Asher, o bien yo acababa de cometer un grave error.

—Vaya... ¡Llegas justo a tiempo! —exclamó William a mi espalda.

¿La respuesta? Acababa de cometer un grave error.

Asher me colocó tras él de inmediato, interponiéndose entre nosotros.

—Ah, qué adorable, se protegen mutuamente —comentó; fingía estar conmovido—. Pero ya no pareces tan confiado, Asher... ¿Es ella la que te vuelve... vulnerable?

No respondió. Me sostuvo la muñeca con firmeza; no me iba a soltar.

—¿Ya no me contestas? —continuó William—. Ella..., tesoro..., no tendrías que haberlo protegido, pero si te preocupas tanto por él, bueno..., te propongo un trato.

—No —gruñó Asher, bloqueándome la vista con la espalda.

—¿Qué? —preguntó con aire inocente—. Acabo de desperdiciar una bala. Ella, solo me queda otra... Ven conmigo y lo dejaré vivir, tesoro.

—¡No la llames así! —dijo Asher.

William volvió a apuntar con el arma a mi propietario, que no se movió. No lo había hecho nunca.

—¿Ella...? —repitió su medio hermano—. Te dejo elegir..., tesoro.

—Ella, no contestes —me ordenó Asher sin apartar la mirada de su objetivo.

Tragué saliva. William movió el arma ligeramente a un lado. Ahora me apuntaba a mí.

—Tic-tac..., tic-tac.

Y, de repente...

En una fracción de segundo, ese silencio y esa angustia insoportables estallaron.

Por culpa de Ben.

Me empujó violentamente al interior de la habitación con tanta fuerza que estuve a punto de caer al suelo. Un instante después, una bala salió del arma de William y se incrustó en la pared. Acababa de desperdiciar la última bala por culpa de un movimiento furtivo y violento que no había sabido anticipar.

En ese momento Asher se sacó el arma de los jeans y disparó al cuerpo en movimiento de su medio hermano, que bajó apresuradamente las escaleras y saltó por encima de la barandilla. El disparo que había recibido en la pantorrilla no lo detuvo: salió corriendo de la mansión. Acababa de huir, una vez más.

Asher tenía razón. No era más que un cobarde.

Ben inhaló hondo. Aún bajo los efectos de la adrenalina, me abrazó con fuerza por la cintura como si su vida dependiera de ello. Nos levantamos sin soltarnos. Le temblaba el cuerpo, al igual que a mí. Cuando Asher se volteó hacia nosotros, vio los brazos de Ben alrededor de mi cintura y se encontró con la mirada de su primo, que acababa de salvarme.

Con la mandíbula contraída y los rasgos endurecidos, Ben se apartó de mí.

—Voy... voy a ver si se fue —soltó aturdido.

Se alejó de mi tembloroso cuerpo y bajó las escaleras de camino a la salida. No me atrevía a hablar, ni siquiera a mirar a Asher.

—Eres una idiota.

Acababa de romper el silencio con esa voz suya tan ronca. Se precipitó hacia las escaleras, enojado, dispuesto a dejarme atrás como si yo no le importara. Como si lo que había hecho no hubiera servido para nada.

La ira se impuso a la razón, que me impelía a mantener la calma.

—Y tú eres un imbécil —escupí molesta.

Lo vi detenerse en seco dándome la espalda. Como si no mereciera que se diera la vuelta.

—Eres una idiota —repitió con el mismo tono.

—¡Lo hice para protegerte! —me defendí.

Cerró los puños.

—No necesitaba tu protección —gruñó Asher rechazando lo que acababa de hacer.

Estaba atónita. Había intentado salvarle la vida, y ¿así reaccionaba?

—Espero que estés bromeando —protesté.

Se dio la vuelta para fulminarme con su penetrante mirada.

—¿Y si hubiera disparado? ¿Eh? ¿Lo pensaste con tu cerebro de niña de once años? —me preguntó alzando la voz—. ¡Te dije que no salieras bajo ningún motivo!

Avanzó peligrosamente hacia mí.

—Pero ¡estabas en peligro! —exclamé sin moverme de lugar.

—Sabía muy bien lo que hacía, ¿entiendes? —clamó—. ¡No tenías derecho a interponerte entre nosotros!

—¡Quería protegerte de tu estupidez!

Se estrelló contra mí. Me agarró la cara. Me sujetó la mandíbula para obligarme a mirarlo.

—¿MI ESTUPIDEZ? —gritó con tanta fuerza que le palpitó la vena del cuello—. Tú acabas de mostrarle que estás dispuesta a arriesgar la vida por mí, cautiva.

«Cautiva.»

Volví a abrir los ojos como platos. Era la segunda vez

que me llamaba así y, cuando me di cuenta, se me formó un nudo en la garganta.

—¿Qué? —me preguntó con una mueca maliciosa—. ¿Pones esa cara porque te llamé por que eres?

Era cruel, quería herirme.

Y lo estaba consiguiendo.

—¿Por qué querías protegerme? —añadió ardiendo de ira—. ¿POR QUÉ?

Me reprochaba haber arriesgado la vida por él, y ahora le habría gustado verme muerta.

—¡CONTESTA!

Me quedé callada. ¿Por qué quería protegerlo? No estaba segura.

—¿Deseabas que te matara? —preguntó mientras pegaba su frente a la mía.

Su respiración entrecortada se mezcló con la mía. ¿Que me matara?

—¿O tal vez necesitabas hacerte notar? —continuó—. ¿Quieres trabajar con él?

Lo miré fijamente, asqueada por lo que estaba diciendo. Lo había entendido todo mal.

—¡RESPONDE, CARAJO! —insistió, y me soltó la mandíbula.

Loco de rabia, le dio un puñetazo a la pared al lado de mi cara.

—Porque yo...

—¿Tú qué? —me interrumpió sin desviar la mirada—. ¿En qué mierda estabas pensando?

Ya no me daban miedo sus arrebatos de cólera. Si soy sincera, ya no tenía miedo, ni siquiera de la verdad.

—Porque te necesito, Asher —solté enojada—. Te necesito para sentirme viva, maldita sea. Por eso no quiero que mueras.

Se quedó helado. Abrió mucho los ojos, como si se le hubiera cortado la respiración. Me miraba como si fuera un fantasma. Lo sentí alejarse lentamente de mí, rezumando ira.

En ese instante mi corazón decidió tomar a mi cuerpo como rehén y apoderarse de mi lengua. Ya no tenía barrera. No tenía nada que perder.

—Soy tan egoísta como tú. No podría soportar verte partir cuando eres lo peor y lo mejor que me pasó en la vida.

Él se apartó en silencio mientras negaba con la cabeza.

—No podría soportar volver a ver, sin poder hacer nada, como alguien que me importa muere ante mí —dije con dureza—. No podría soportar morir otra vez.

Mientras avanzaba, él retrocedió hasta que topó con la barandilla. Huía de mis palabras como de la peste.

—Así que no, no me puse ante él para que me matara porque, desde que te conozco, lo único que quiero es vivir.

—Para —murmuró apartando la mirada.

Las lágrimas empapaban mi rostro, crispado por la cólera. Sus crueles palabras se amontonaban en mi mente y me apuñalaban el corazón.

—Lo hice porque te quiero vivo. Lo hice porque eres el final del túnel al que llevo años intentando llegar, Asher.

—¡Cállate, maldita sea! No digas...

—Lo hice porque estoy enamorada de ti —lo interrumpí.

Abrí los ojos y vi que él cerraba los suyos. Su cuerpo se tensó. Inmediatamente ahogué un grito. Lo que acababa de decir me golpeó como una bofetada. Mis sentimientos habían superado los límites que yo misma había establecido. Mis palabras acababan de romper todas las prohibiciones que me había impuesto.

Él levantó la cara hacia mí, con la mirada oscurecida y el ceño fruncido. Se alejó sin decir nada, como si no me diera la menor importancia. Me dejó sola en ese piso, con su silencio como respuesta.

En realidad, no sabía si había creído que me contestaría, aunque, en el fondo, esperaba una respuesta después de mi confesión. Albergaba dudas de mis sentimientos, pero no quería admitirlo.

¿Quizá por mi ego?

—Te lo hubieras callado, hubiera preferido no saberlo nunca —espetó con frialdad.

Entreabrí la boca. Su indiferencia fue como un cubo de agua fría. Él tenía mi corazón entre las manos y acababa de aplastarlo sin la menor vacilación.

«No tendría que haberlo hecho.»

Entonces lo entendí.

«Habría preferido no saberlo nunca.»

Esa era su respuesta.

Las cinco y media de la mañana. Despacho de Asher en el cuartel general

La reunión acababa de terminar; había estado marcada principalmente por los gruñidos que Rick y Kiara habían soltado por la desaparición de Asher y por que no hubiera dado señales de vida.

Asher los había informado de lo que había sucedido en la mansión y del peligro al que había estado expuesto. Y, sobre todo, había mencionado mi comportamiento calificándolo de «irreflexivo», cosa que me hizo enojar, puesto que él conocía el motivo y no tenía ningún derecho. No tenía derecho a pisotear mis palabras y a actuar con tanta frialdad. Me compadecía de mí misma. Estaba agotada.

Agotada por haberme pasado todo el día buscándolo, por haber intentado llamarlo cien veces, por haberme puesto en peligro sin reflexionar ni un instante acerca de que podría morir.

Pero, por encima de todo, estaba enojada. No merecía que me tratara así. Me arrepentía de haberme abierto ante él. Lamentaba haberle mostrado que era vulnerable.

«Bravo, Ella.»

Ahora me avergonzaba de haber dejado que esos preciosos sentimientos escaparan de mi boca mediante palabras. Unas palabras que no eran lo bastante poderosas para describirlos.

Si para él resultaban tan insignificantes como una llave que no abría ninguna puerta, para mí eran la llave de mi casa. Y esa casa era Asher.

Jamás había sentido algo así, pero con él todo era nuevo, todo me parecía más vivo. Me sentía protegida e importante, me había descubierto y había sido yo misma.

Me sentía en casa.

Era feliz.

Pero nunca volvería a sentir eso.

Su respuesta había colocado un candado entre esa puerta y yo. Esa puerta era su corazón. Acababa de cambiar la cerradura. Y ahora mi llave era como él la veía: inútil.

Con un suspiro, volteé la cabeza hacia él. Con la nariz entre sus documentos, parecía molesto y concentrado en las cuentas.

—Deja de mirarme, me pone de nervios —masculló fríamente sin dignarse a voltearse hacia mí.

Se me cortó la respiración y me hirvió la sangre. Iba a empezar una discusión, pero, en el último momento, me contuve y reflexioné. Él odiaba que hablara de sus miedos y sentimientos.

—¿Por qué no me dejaste hablar? —le pregunté haciéndome la inocente—. ¿Te daba miedo que aceptara?

Sus dedos se tensaron alrededor del bolígrafo que tenía en la mano. Un arranque de maldad invadió mi cuerpo, carcomido por la ira. Era muy fácil hacerlo reaccionar. Solo hacía falta hablar de los sentimientos que guardaba enterrados en su interior. Bastaba con rascar su helado caparazón, puesto que tenía miedo de lo que sentía.

—No —escupió el psicópata sin levantar la cara—. No me importaba en absoluto.

—Pues no es eso lo que dijiste —insistí encogiéndome de hombros.

Me fulminó con la mirada.

—No te hagas ilusiones, tú a mí no me importas una mierda.

Había vuelto el Asher frío y cruel que aparecía cuando alguien se acercaba demasiado a su corazón. No lo había echado de menos, pero era más fuerte que yo. Quería que explotara con las verdades que le estaba disparando.

Sin embargo, permaneció insensible. Usó mis sentimientos y los expuso como una debilidad.

Porque para él lo eran.

—Entonces ¿por qué te negaste, poniendo en peligro tu vida? —repliqué.

—No juegues con mis nervios y cállate. Ya soltaste bastante mierda por hoy.

Me levanté de un salto. Estrellé la mano con violencia contra su mejilla. ¿Mierda?

Contrajo la mandíbula, pero no parpadeó. Se me formó un nudo en la garganta. Quería llevarlo al límite sin sufrir las consecuencias, pero Asher Scott era lo bastante fuerte para herir a los demás antes de que nada lo afectara a él.

Acababa de perder en mi propio juego, pues él sabía golpear donde más dolía. Se frotó la mandíbula lentamente, pero no gritó. No expresó ningún disgusto por mi gesto.

—La verdad duele, cautiva.

Se me nubló la vista. Odiaba que se comportara como si yo no valiera nada. Pero ¿y si había estado haciéndome una idea errónea desde el principio? Ben se había equivocado.

«Antes quería verte muerta, ahora moriría por ti.»

No era él quien había atravesado la delgada línea entre el amor y el odio. Era yo.

Él estaba en el medio. En la indiferencia.

Me dejé caer en el sillón de piel. Una lágrima me resbaló por la mejilla, la primera que no era fruto de la ira, sino de la tristeza.

Se abrió la puerta; entró un hombre de unos treinta años. Asher no giró la cabeza, ni siquiera cuando el hombre dijo:

—Jefe, tengo un problema.

—Sal de aquí —ordenó secamente—. Ve a buscar a Cole.

El hombre frunció el ceño.

—Usted tiene un celular que sirve para eso, ¿sabe? —replicó en tono burlón—. No es motivo para...

—¿Ah, sí?

Asher se levantó para mirarlo cara a cara. De repente le dio un puñetazo en la nariz con tanta fuerza que lo hizo gemir de dolor. El hombre se presionó la nariz ensangrentada mientras su jefe lo fulminaba con la mirada.

—Ahí tienes tu motivo —dijo en tono enojado.

El hombre echó un vistazo en mi dirección antes de dar media vuelta y salir a toda prisa de la habitación cerrando la puerta tras él.

—Cole va a quitarte el yeso y a remplazarlo por una férula —informó secamente.

No contesté. Temía lo que pudiera suceder en los

próximos días. Ya no sabía cómo comportarme con Asher, que se había mostrado tan frío ante unos sentimientos que ahora debía reprimir. Pero estaba segura de que, con el tiempo, se disiparían. Tenían que hacerlo.

Se dice que el tiempo cura todas las heridas. Creo que, más bien, nos ayuda a aceptar lo que nos duele. Solo nosotros podemos sanar nuestras heridas, que, en mi caso, eran mis sentimientos.

Debía aceptarlos, era el único modo de liberarme.

42

Confesión

—Son más de las doce —refunfuñó Kiara, que acababa de entrar en mi habitación—. ¡Íbamos a ir de compras!

Asentí, con los ojos aún cerrados. Estaba cansada, muy cansada. No quería hacer nada más que quedarme en mi habitación y evitar verlo. No nos habíamos hablado desde el día anterior. Ni siquiera me miraba. Ya no desayunaba a mi lado en el sofá, ni se burlaba de mí, nada de nada. Actuaba como si yo no existiera, y yo tenía que hacer lo mismo.

Ese día iba a salir con Kiara de compras solo para distraerme y evitar encontrarme con él. Aunque, a simple vista, salir era lo último que quería.

No me sentía segura cuando estaba sola, o al menos no sin que él se encontrara cerca. Pero, para complacer a Kiara, había accedido. En ese momento necesitaba el apoyo de alguien y tal vez hablar con ella me ayudaría.

Era la primera vez que un chico me rompía el corazón. En las películas, a menudo eran las madres las que ayudaban a sus hijos a superar ese dolor, pero yo no tenía una madre. Así que, por esta vez, Kiara ocuparía su lugar.

—¡Vamos, levántate!

Mi amiga me jaló de los tobillos. Sentí unos calambres en el bajo vientre. Hice una mueca cuando me di cuenta de por qué me sentía tan cansada, tan vacía. El periodo había decidido venirme en el mejor momento para deprimirme aún más. Genial.

—No tengo ganas de salir...

—De todas maneras, me tomé el día libre. Así que, aunque no salgamos, me voy a quedar contigo —anunció con los ojos brillantes—. Quiero saber por qué Ella Collins se abalanzó sobre Asher Scott.

El corazón me dio un vuelco al recordar lo que había hecho por él y lo que había pasado justo después. Todavía podía escuchar sus crueles palabras, que habían destrozado en unos segundos todo lo que empezaba a sentir por él.

Sabía que Asher no iba a sentir lo mismo, pero... una voz muy débil en un rincón de mi cabeza me había susurrado que tal vez hubiera esperanza. Sin embargo, la esperanza resultaba destructiva.

Me sentía fatal por haber pensado siquiera un segundo que era buena idea abrirme a él. No se merecía lo que le había dicho.

—Y ya no tienes excusas —bromeó señalándome—. El señor estoy-todo-el-tiempo-enojado salió a trabajar y no volverá hasta las siete.

Hice otra mueca antes de anunciar:

—Si te lo tengo que decir, entonces prefiero que salgamos.

Soltó un gritito de alegría cuando me levanté de la cama. Ya no tenía nada que perder. Había ocultado nuestra relación todo este tiempo para no perderlo y al final lo había perdido igualmente. Kiara tenía derecho a saberlo, era mi amiga.

Me pasé una mano por la cara mientras me dirigía al baño. Sin sorpresas, comprobé que tenía la regla, cosa que multiplicaba mi mal humor.

El día anterior había estallado. En mitad de la noche, había dejado que mi tristeza derrotara a mi ira. Esa mañana mis ojos hinchados y mis ojeras daban miedo. Me lavé las manos y la cara para despejarme, y me vestí.

—Todo va a salir bien. —Suspiré mirando mi reflejo en el espejo—. Hoy será mejor que ayer...

Desde el piso de arriba podía oír el ruido de los platos y el crepitar de algo en el fuego. Kiara estaba cocinando.

En las escaleras, Tate se acercó a mis pantorrillas y lo tomé en brazos con una sonrisa. ¡Quería tanto a ese perro! Una cosa llevó a la otra y recordé cuando Asher había accedido a tenerlo aquí.

«Carajo. Lo odio.»

Al entrar en la cocina encontré, sin sorprenderme demasiado, dos bandejas de madera con nuestros desayunos: huevos con tocino. Incluso se había acordado de mi tazón de cereal.

Nos sentamos frente a la tele, donde estaban pasando una serie que conocía vagamente.

—¿Tienes que comprar ropa? —me preguntó dando un sorbo a su café—. ¿O vamos a dar una vuelta?

Negué con la cabeza y tomé una cucharada de cereal. Tenía todo lo que necesitaba.

Después de desayunar me senté en el último peldaño de las escaleras para ponerme los botines. Se encendió un flash que me deslumbró durante unos segundos. Con una gran sonrisa en los labios, Kiara acababa de tomarme una foto.

—¡Qué linda eres! —me piropeó enseñándomela—. Pero, mierda, estás pálida. Tienes que tomar pastillas de hierro.

Finalmente nos metimos en su cuatro por cuatro negro y arrancó en dirección al centro comercial.

—¡Hola! —dijo Kiara poniendo el celular delante de ella.

Sonreí instintivamente al ver la cabecita rubia de Ally en la pantalla.

—¡Ella! —gritó en los auriculares que nos habíamos puesto unos segundos antes.

¡La extrañaba tanto! Me sentía fatal por no saber nada de ella desde que se había ido. Aún no tenía la costumbre de preocuparme por la gente.

—¡Ally! —dije igual de contenta de volver a verla, aunque fuera a través de una pantalla.

—Estoy celosa, ¡se van de compras sin mí! —Se enfurruñó.

Caminamos hacia la tienda de la que Kiara me había hablado mientras charlábamos con Ally, que nos contaba sus días en Escocia. Kiara decía que ir de compras era como un antidepresivo. Me moría de ganas de probarlo para ver si funcionaba conmigo, aunque los calambres estaban saboteando la experiencia de ir de compras con la doctora Kiara Smith.

—¿Cómo está Théo? —pregunté cuando Kiara me pasó el celular para mirar unos tops.

—Está bien. El acento de los escoceses le resulta muy diferente al nuestro, pero le encantan los largos paseos que damos por las llanuras. Aquí todo es muy verde —me explicó con los ojos brillantes—. Y ¿qué hay de ti? ¿Cómo van las cosas con Ash? ¿Sigue igual de pesado?

Automáticamente se me hizo un nudo en la garganta. Si ella supiera...

—Depende del día —le dije fingiendo una sonrisa.

—Chicas, tengo que dejarlas, Théo me está esperando para que veamos una película juntos. Muchos besos, ¡que tengan un buen día!

Kiara se despidió con la mano, y yo le sonreí por última vez antes de colgar.

—Está bien, ahora vamos a centrarnos en ti —dijo Kiara delante de los vestidos de verano—. Voy a hacerte algunas preguntas. Ya sé lo que quiero saber.

Tragué saliva. Se volteó hacia mí con una sonrisa maliciosa.

—¿Cuándo empezaron a llevarse tan bien? —me preguntó.

Era una pregunta que todo el mundo llevaba tiempo haciéndose. ¿En qué momento Asher y yo pasamos de «nos odiamos» a «nos apoyamos»?

«Vas a seguir molestándome y quiero dormir. Así que sube y duerme, o te mataré y dormirás para toda la eternidad.»

—En Londres —admití, y sus ojos se abrieron mucho.

—¡Mierda! ¡Hace más de dos meses!

No pude evitar la mueca que se dibujó en mi cara. Me sentía culpable por habérselo ocultado durante tanto tiempo cuando la consideraba mi amiga. Pero no había sido capaz de revelarle nada por una sencilla razón: la ira de Asher.

—¿Cómo empezó todo?

Tragué saliva al recordar la primera noche.

—Yo... le pedí que se quedara conmigo una noche porque el rarito ese de su primo estaba merodeando por los pasillos —contesté mientras ella abría la boca exageradamente—. Luego nos fuimos a dormir y... tuve una pesadilla.

Los ojos casi se le salían de las órbitas.

—Me tranquilizó tomándome entre sus brazos.

Ella ahogó un grito.

—¿Durmieron... en la misma cama?

Asentí con la cabeza. Los recuerdos de aquella primera noche en Inglaterra seguían muy vivos. Luego le conté lo que había pasado al día siguiente y lo frío que había estado tras aquel primer encuentro. Aunque, después, me había despertado varias veces mientras luchaba contra mis demonios. Para tranquilizarme.

«Carajo. Lo odio.»

—¿Se produjo otro acercamiento desde entonces? —me preguntó con la misma mirada desconcertada.

Asentí.

—La noche... después de la fiesta de las cautivas.

Levantó los brazos sin saber qué responder.

—No..., necesito sentarme, vamos a tomar un café.

Salimos de la tienda en busca de una cafetería, que encontramos bastante rápido. El olor de la bebida que solía tomar el psicópata me llenó las fosas nasales.

«Te lo hubieras callado.»

Un joven se acercó a tomarnos la orden. Kiara por fin estaba preparada para obtener todas las respuestas a sus preguntas sin miedo a caerse al suelo.

—¿Qué pasó después de la fiesta?

Hice una mueca al recordar aquella noche. «Carajo. Lo odio.»

—Asher... enloqueció cuando le conté mi charla con Isobel. Y me interpuse entre él y su ira.

«¿Por qué tenías que parecerte a ella? ¡Mierda!»

Había descubierto otra faceta de Asher: su incontrolable furia.

—Muy mala idea —resopló, también esbozando una mueca—. Ash no sabe controlar sus ataques de ira...

—Lo sé. Por culpa de eso, tuve una... crisis, así que, una vez más, él... me calmó.

«No tengas miedo de mí, por favor.»

Se quedó mirándome. Permanecí en silencio esperando a que dijera algo, pero no lo hizo.

Nuestros cafés llegaron, y rompieron el incómodo silencio.

—¿Qué más? —me preguntó entonces.

Se me hizo un nudo en el estómago al recordar otro

acercamiento que había seguido a la noche de las cautivas: los mercenarios. Aquella noche me di cuenta de que le había agarrado cariño.

«Te veo muy unida a mí para ser una chica que vivió todo tipo de cosas con hombres.»

Compartimos nuestro primer beso. Entonces me di cuenta de que no era como los demás, de que podía curarme gracias a él. Sin embargo, al final, todo había sido una ilusión; me había apartado. Como siempre.

Lo odiaba tanto por haberme hecho sentir todas esas cosas...

«Te lo hubieras callado.»

—La noche que los mercenarios fueron a su casa..., nos... besamos —admití con un suspiro.

«Fue... un error.»

Se atragantó con el café. Unos desconocidos se voltearon hacia nosotros por el ruido que había hecho Kiara; me sonrojé. Odiaba atraer miradas.

—¿Lo... lo besaste? —me preguntó tosiendo.

Moví la cabeza negativamente.

—Fue él... al principio.

«Lo odio.»

—Mierda..., y ¡pensar que todo ocurría a nuestras espaldas! —soltó decepcionada—. Ben, Ally y yo somos unos imbéciles.

No pude evitar sonreír cuando fue consciente de que se habían perdido muchas cosas de la vida de Asher.

—¿Esa fue la única vez? —preguntó levantando los ojos hacia mí.

Hice una mueca y di un sorbo a mi *frappuccino*. Luego empecé a enumerar todas las veces que nos habíamos besado. Kiara no podía creer que esa fuera la razón por la que Tate seguía en casa.

«Lo odio tanto..., perdí en mi propio juego.»

—Espera..., ¿ya cogieron?

Me atraganté con la bebida, ahora era yo la que tosía. Ella abrió los ojos como platos al imaginar que ya nos habíamos acostado, pero me apresuré a negarlo:

—¡No! No llegamos tan lejos.

Exhaló un largo suspiro, aliviada por la respuesta. Nunca habría podido... No estaba del todo preparada.

Kiara continuó con su interrogatorio durante varios minutos, e intentó relacionar lo que le estaba contando con las veces que había sentido que le ocultábamos algo.

Ahora lo sabía todo.

—Ya lo entiendo todo mejor —murmuró mientras miraba su taza—. Todos sus cambios de humor, todas las órdenes que daba.

Esa frase me hizo fruncir el ceño. Kiara conocía a Ash mejor que yo, y oírla decir que nuestro acercamiento había afectado a su estado de ánimo me dejó perpleja.

¿Qué sabía ella que yo ignoraba?

—¿Te encariñaste con él? —me preguntó en voz baja.

Suspiré con los ojos cerrados. En ese momento sentía algo más que cariño por Asher Scott.

—Sí.

Al abrirlos vi su mueca, que me provocó un nudo en el estómago. No pude entender del todo su reacción, pero, por lo que deduje, no era buena.

—¿Crees que sus pequeños acercamientos son la causa del apego que sientes por él?

Negué con la cabeza una vez más. Era más que eso. Y lo odiaba por ello, por todo lo que tenía que ver con él.

—Asher... Asher me cambió, Kiara. Me mostró facetas de mí misma que desconocía —intenté explicarle mientras sentía que se me hacía un nudo en la garganta; siempre que hablaba de él me pasaba lo mismo—. Cambió mi forma de ver muchas cosas... Con él me siento segura... y... todo eso hizo que... me enamore.

Ella abrió la boca.

—Por favor..., tranquilízame y dime que no se lo dijiste.

Hice un gesto de dolor antes de oírla soltar un «mierda». No era una buena señal. Debería habérselo contado todo a Kiara mucho antes, me habría ahorrado la guerra fría que estaba librando con el psicópata, que hacía como si yo no existiera.

—No deberías haberlo hecho, Ella...

«Te lo hubieras callado.»

—¿Por qué? —le pregunté muy seria.

Su reacción y la de Asher habían sido muy similares. Me había vuelto a mostrar que había cometido un grave error confesándole mis sentimientos.

—Ash odia saber que alguien lo ama, odia saber que alguien siente algo por él. ¿Cuándo se lo dijiste?

—La noche que lo encontramos en la mansión... William estaba allí, iba a dispararle y yo me interpuse. Luego le dije que...

No tuve el valor de repetirlo, pero Kiara lo entendió.

—Elegiste el peor momento para decírselo... Además, maldita sea, Ella..., le demostraste a William que recibirías una bala por Ash...

Aunque mis sentimientos eran sinceros, elegí muy mal el momento. La combinación de esas dos cosas había resultado mortal.

—Imagino que ahora te estará evitando...

Asentí con la cabeza. Ella lo conocía y sabía cómo podía reaccionar. Ahora me odiaba aún más por habérselo ocultado. Si lo hubiera sabido, nada de esto habría ocurrido.

«Carajo, me odio. Incluso más de lo que lo odio a él.»

—¿Me dejas hablar con Ash? No voy a decirle que me dijiste, solo quiero tantear el terreno.

Teniendo en cuenta su reacción y cómo me estaba ignorando, no me sentía cómoda con la idea de que hablaran de mí. Kiara iba a irritarlo más que otra cosa. Asher era un maldito cabezota irascible.

Pero, al final, tal vez ella descubriría cosas que yo no sabía. Kiara tenía más posibilidades de hablar con un Asher sincero que yo. Me pregunté si, en primer lugar, alguna vez había sido franco conmigo.

Me tomó la mano y clavó sus ojos en los míos.

—Todo irá mejor dentro de poco y... olvidarás esta «fase».

—¡Espero olvidar mis sentimientos también! —exclamé con una risita.

«Porque él no se los merece.»

Kiara me sonrió.

—Yo también lo espero.

Esa frase provocó algo en mí. Aunque sabía que no tenía ninguna oportunidad con Asher, las palabras de Kiara acababan de confirmar mis pensamientos porque no me había contradicho. Y mi corazón, ya despedazado, se rompió un poco más.

Salimos de la cafetería al finalizar el interrogatorio. Me sentía más ligera que cuando había entrado. Hablar con alguien me había hecho mucho bien. Me costaba abrirme y hablar sobre mis problemas, pero las pocas veces que lo hacía sentía como si me hubieran quitado un peso enorme de encima.

Esperaba que eso me ayudara a seguir adelante.

—Tengo que comprarle un regalo a Ash —me informó mientras caminábamos—. No queda mucho para su cumpleaños.

Efectivamente, se acercaba el cumpleaños de Asher. Me lo había dicho la última vez mientras se reía de mí por mi yeso, poco antes de que me la quitaran. Estaba muy agradecida con Cole por la férula, que era mucho menos incómoda que el yeso blanco que el psicópata había intentado ennegrecer con estupideces.

—¿Quieres... quieres regalarle algo? —me preguntó tímida—. Podría ayudar... Quiero decir, a Ash en principio no le gustan los regalos, pero...

Me lo pensé. Un regalo para Asher, no sabía si era el momento adecuado, detestaba lo que me había dicho. Pero tal vez podría ser la excusa para romper el hielo y hablar de ello, en vez de odiarnos y evitarnos como llevábamos haciendo desde el día antes.

Aunque, en el fondo, quería algo más que una simple charla. Quería una disculpa.

—Creo que... sí.

Esbozó una pequeña sonrisa. Mientras Kiara pensaba en lo que podría gustarle, yo ya tenía una idea de lo que iba a regalarle.

Nueve de la noche.

Ya hacía unas horas que había regresado a casa. Frente a un programa de cocina, cenaba un plato de comida preparada. Qué ironía.

Kiara y yo habíamos comprado regalos para el cumpleaños de Asher, para el que solo quedaba una semana. Yo no conocía sus gustos tan bien como ella, que le había comprado una chamarra de piel que costaba un riñón. Por mi parte, había optado por un pequeño cuaderno en blanco y una pluma estilográfica. Ben me había dicho que escribía sus notas en cuadernos, así que eso podría resultarle útil.

Además, la tapa oscura me parecía bastante bonita. Solo por la decoración de su casa y su forma de vestir, suponía que le gustaba el negro.

Asher estaba encerrado en su habitación. Había llegado a casa hacía unos minutos y se había refugiado allí, sin dirigirme la palabra ni mirarme. La frialdad con la que me trataba me hacía sentir muy incómoda. Puede que no me mereciera su amor, pero me merecía menos aún las palabras que había pronunciado en un tono tan cortante. Como si mis sentimientos resultaran repugnantes. Como si no representaran más que un gran error.

Decidí abandonar la sala y salir. Me estaba asfixiando dentro de aquella casa. Por la noche podía admirar el jardín gracias a las luces exteriores. Temblaba mientras caminaba descalza por el pasto. Me caían gotas de agua en la cabeza. Cada vez eran más, había comenzado a llover. La melodía de la lluvia, sumada a mis pensamientos, hizo que se me hiciera un nudo en la garganta. No tenía derecho a hablarme como lo había hecho.

Me temblaba el labio y las lágrimas que había estado conteniendo todo el día corrieron por mi cara camufladas por las lágrimas de las nubes. Me odiaba a mí misma. Me odiaba mucho por haberme encariñado tanto. Y lo odiaba a él, detestaba saber que lo amaba.

Levanté la cabeza hacia el cielo haciéndome varias preguntas. ¿Por qué me había rechazado? ¿Por mi físico? ¿O quizá por todos mis miedos?

Era tan complicada... ¿Por qué lo que yo sentía no valía nada a ojos de los demás? ¿Por qué nadie me quería? ¿Por qué él no me quería? ¿Ni a mis sentimientos? ¿Qué tenía Isobel que no tuviera yo?

Todas esas preguntas hacían que me odiara más y más a cada segundo mientras empezaba a empaparme bajo la lluvia. Era patética.

El primer chico al que quería no me correspondía. Y ahora estaba de pie en su jardín llorando porque me había rechazado. Me había destrozado. Y él lo sabía.

Eso era lo que deseaba.

—Te vas a poner enferma —dijo una voz ronca a mi espalda.

Esa voz ronca que conocía tan bien, que me hacía temblar, que jugaba con mis nervios y al mismo tiempo hacía latir mi corazón sin permiso.

—¿No fuiste tú quien dijo que yo le importaba una mierda? —le pregunté mientras me daba la vuelta.

Estaba fumándose un cigarro en el balcón de su cuarto.

—Sí. Sigue siendo el caso —soltó antes de darme la espalda, volver a entrar en su habitación y cerrar la puerta corrediza de cristal.

Apreté los puños y los dientes. Aquella indiferencia me mataba. No sabía cuánto tiempo más iba a tener que aguantar esa situación; detestaba ser tan vulnerable.

43

El final del túnel... o no

Cuatro.

Cuatro días desde aquella infame noche.

Cuatro días sin dirigirnos la palabra, sin una sola mirada.

Tres.

Tres días desde que se lo había confesado todo a Kiara cuando habíamos ido de compras pensando que me ayudaría.

Tres días sin que ella hubiera venido.

Dos.

Dos días desde que Asher había salido de casa para ir a algún lugar sin avisarme.

Dos días sin que Kiara respondiera a mis llamadas y mis mensajes.

Una.

Era yo. Y me sentía terriblemente sola.

Sentada en una de las sillas altas de la cocina, con la mente vacía y llena al mismo tiempo, intentaba distraerme jugando a lamentables juegos del celular.

Lo bloqueé y apoyé la cabeza en la isla central de mármol. Me encontraba mal. No..., estaba mal. No sabía si era por mis sentimientos, porque me había rechazado de la peor manera posible o porque seguía ignorándome. Pero me había roto. Sus palabras resonaban en el silencio. Y aún más en el ruido, el ruido que hacía cuando todavía estaba aquí.

Eché un vistazo al reloj del celular y levanté la cabeza hacia el ventanal. Eran las tres y hacía un día precioso. Decidí salir al jardín. Tal vez el aire fresco me ayudara a pensar en algo que no fuera él.

Con paso despreocupado, salí por la puerta corrediza que llevaba a la terraza y me senté en el suelo de madera. Puse los pies en el pasto fresco. Mientras tanto, Tate corría como un loco por el jardín. Adoraba estar al aire libre, así que pasaba la mayor parte de su tiempo jugando en ese espacio sin límites.

—Vives la vida al máximo. —Suspiré mientras él rodaba por el suelo moviendo la cola.

—Y ¿tú no? —preguntó Ben.

Su voz me sobresaltó. Abrí los ojos por completo y él se sentó a mi lado.

—No te vi llegar —le dije, y fruncí el ceño.

No sabía cómo se las había arreglado para evitar aparecer en mi campo de visión. La terraza daba a todo el jardín, se veía incluso el camino de entrada que llevaba al garage.

—Estabas durmiendo en la sala cuando llegué —contestó encogiéndose de hombros.

Arqueé una ceja. Ya llevaba cuarenta y cinco minutos despierta.

—¿Estuviste aquí todo ese tiempo?

—No lo sé. Estaba en el segundo piso buscando unos documentos en el despacho de Ash —me explicó mientras miraba a Tate—. Evitaba hacer ruido para no despertarte.

Sonreí.

—Por cierto, ¿sabes adónde se fue?

—¿Ash? Eh, no... Bueno..., no sé dónde está —tartamudeó—. Creo que está con Kiara.

Qué extraño. En realidad, parecía que sí que lo sabía, pero que no quería decírmelo.

—Está bien —solté suspicaz.

Nos quedamos en silencio disfrutando del jardín. Ben tenía un aire soñador. ¿Estaría pensando en Bella?

—¿Nunca te dio miedo acabar en la cárcel por culpa de tu trabajo? —pregunté.

—¿A qué viene esa pregunta?

—No lo sé. Es decir, la red trafica con diversas cosas..., ¿no?

—Ilegalmente, drogas y armas, solo eso —explicó Ben—. Somos intocables gracias a las armas, ya que abastecemos al mundo entero. Y no hablo de personas.

Asentí con la cabeza. Sabía que la red de los Scott era poderosa, muy poderosa, pero nunca había investigado por qué.

—Así que no —respondió Ben—. Los acuerdos están para eso. Beneficio mutuo. Armas a cambio de libertad.

Lo escuché mientras hablaba sobre la red. Era una gran familia, traficaban a escala internacional, una empresa inmensa. Y era Asher quien la gestionaba. Él solo.

—Aparte de eso, tenemos muchas cosas legales, ¿eh? —continuó Ben—. Como la Scott's Holding Company. Es una gran empresa de desarrollo tecnológico y comunicación. También contamos con restaurantes, agencias inmobiliarias y antros. Sin olvidar los hoteles.

—Y ¿podrías trabajar allí? ¿En la Scott's Holding, por ejemplo? —pregunté.

—Por supuesto —dijo antes de levantarse—, pero a Asher y a mí no nos gustan los trajes, las corbatas y los tabloides. Esas cosas se las dejamos a nuestros primos —concluyó con una risita—. Me voy, tengo trabajo. ¡Hasta luego, querida!

Me despedí de él mientras bajaba el escalón de la terraza para ir al garage. Como empezaba a tener frío, decidí llamar a Tate, que estaba persiguiendo algo en el jardín, y volví a entrar en la casa vacía.

Oí como el coche de Ben se alejaba de la propiedad. El único ruido de la casa ahora era el de la tele. Me preguntaba adónde habría ido Asher. Intenté volver a llamar a Kiara, pero no me contestó. Como los últimos dos días.

Me dejé caer en el sofá con los ojos clavados en el anuncio de una agencia de viajes.

—El único viaje que me gustaría hacer es a Australia. —Suspiré dirigiendo la cabeza hacia el techo blanco.

Viví allí los primeros seis años de mi vida con mi madre y su marido. El zorro. Solo pensar en él me daba escalofríos.

Vivíamos bien, éramos felices antes de que él llegara. ¿Tal vez mi madre quería que alguien la ayudara porque me estaba cuidando sola? Yo no lo sabía, era demasiado pequeña para comprenderlo. Pero eligió muy mal a su compañero; era perverso..., cruel.

Una noche decidió perseguirnos en coche para arrancarme de los brazos de mi madre, quitándole así la vida al último miembro de mi familia. Jenna Collins, mi madre, había muerto en un accidente conmigo en el interior del coche. Había acelerado para huir de él hasta encontrar la muerte. Ese era el motivo principal de mi miedo a la velocidad en el coche. Su imagen seguía atormentándome.

Su rostro ensangrentado mirándome por última vez. Mi madre tenía los ojos abiertos mientras intentaba hacerla reaccionar. Le hablaba y le repetía que tenía miedo, pero ella no me contestaba. Tenía la mirada vacía. Ahora quería regresar para volver a verla. Bueno, para ver su tumba.

Si todavía estuviera viva, no habría sucedido nada de esto. Yo no habría sido víctima de un proxeneta, no habría entrado nunca en este mundo en el que reinaban la violencia y la muerte. Un mundo en el que solo contaban el dinero y el poder, un mundo en el que derramar sangre era tan normal como que saliera agua de la llave. Un mundo en el que se maltrataba a inocentes que eran víctimas de abusos sin que nadie hablara de ellos. Los olvidados de la sociedad. Los desaparecidos.

El mundo de las bandas y del tráfico ilegal era despiadado. Hacía falta ser muy fuerte y estar sediento de poder, hacía falta ser avispado y no temer al peligro y sus consecuencias. Y ese no era mi caso. Yo no estaba hecha para este mundo.

Sin embargo, sabía que no era la única. Sabía que, en

alguna parte, había personas a las que se las vendía como a marionetas sexuales, que eran violadas para que alguien obtuviera un placer temporal, aunque con ello se les creara un trauma eterno.

¿Cómo se podía ser tan inmoral?

Yo había sido víctima del proxenetismo. John me había hecho creer que era una cautiva, que ejercía un trabajo que servía para ayudar a mi tía en su desintoxicación, para mejorar su vida poniendo en peligro la mía. No era lo bastante avispada. No me había dado cuenta de hasta qué punto la vida que llevaba no era normal.

Por descontado, había sido víctima de violaciones, como muchos otros humanos en el mundo. El resultado siempre era el mismo: un descenso interminable a los infiernos. Negación, confusión, crisis de ansiedad, vergüenza, angustia, obsesión por lavarse asociada a la continua sensación de estar sucio, insomnio, terrores nocturnos, estado de alerta permanente, sensación de no tener el control sobre el propio cuerpo. Un cuerpo disociado de nuestra mente. Un cuerpo que ya no nos pertenece.

Empezaba entonces una guerra contra nosotros mismos en la que casi no había posibilidades de ganar. Y todo por un placer pasajero.

La violación era peor que el asesinato, podía matar a una persona dejándola viva. La violación era algo injustificable, inconcebible e imperdonable.

Recordaba cada hombre, cada movimiento repentino, cada dolor, cada sufrimiento, cada trauma, cada sensación. Me preguntaba si ellos guardaban mi imagen en su mente al igual que yo tenía la suya en la mía. Me preguntaba si se sentirían culpables, aunque sabía que muchos de ellos optaban por la negación.

Como todos los que lo sabían pero no decían nada, porque preferían «no involucrarse» en un acto tan horrible. Esa gente tenía más sangre en las manos que los que habían cometido el acto, pues sabían lo que estaba pasando. Estaban al tanto y habían optado por no decir nada, por no hacer nada.

Nuestros violadores, nuestros asesinos.

Pensaba mucho en las que eran como yo, las víctimas de un proxeneta, las víctimas de violaciones, las que habían decidido dejarse llevar por su trauma. Esperaba verlas luchar por sus vidas y verlas levantarse. Ver como nos levantábamos.

Porque lo haríamos. En lo más profundo de mi ser, sabía que nosotras, las víctimas de esos actos inhumanos, éramos más fuertes que cualquier cosa que pudiera existir.

Nos levantaríamos y nos aferraríamos a la vida, serviríamos de ejemplo para todas aquellas que aún no habían encontrado la fuerza de hacerlo. Prometido.

—¿Ella? —preguntó una voz interrumpiendo el hilo de mis pensamientos.

Me sequé una lágrima de la mejilla y levanté la cabeza para ver quién estaba ahí. Kiara.

Esbozó una sonrisita mientras yo fruncía el ceño, contrariada.

—No contestaste a ninguna de mis llamadas —la acusé mientras me levantaba.

—Lo... lo siento, tenía mucho trabajo y... no miré el celular —dijo evitando mi mirada.

Negué con la cabeza y me crucé de brazos. Sabía que escondía algo.

—Estás mintiéndome, Kiara. ¿Qué pasa? —le pregunté—. ¿Por qué desaparecieron todos?

Se pasó la mano por el pelo con nerviosismo; intentaba formular una frase adecuada.

—Ven, sentémonos —pidió en voz baja.

Se me cerró el estómago. No sabía qué esperar, pero sabía que no era nada bueno. Cuando le vibró el celular, contestó. Su tez pálida me lo confirmó.

No era bueno en absoluto.

—Yo... se lo diré ahora mismo. —Suspiró antes de colgar y dejar el celular.

Hablaba de mí. Movía la pierna con nerviosismo y evitó mi mirada. Otra vez.

—A-Ash acaba de despedirte —anunció.

Se me cortó la respiración.

«¿Qué?»

Me dio un vuelco el corazón. Tuve la impresión de que el tiempo se había detenido.

—¿Qu-qué? —exclamé.

—Por eso vine... Sabía que él no...

—¿Lo sabías? —la interrumpí atónita.

—No de forma oficial, por eso no estábamos aquí. Ella, estás en peligro con nosotros y...

—¿Por..., por eso no respondías a mis llamadas? —le pregunté.

Ella hizo una mueca y asintió lentamente.

—Quería ser la primera en decírtelo y...

Me levanté sin saber por qué. No podía quedarme sentada cuando mi vida acababa de desmoronarse ante mis ojos. Y Kiara hacía dos días que lo sabía.

¿Era porque le había confesado mis sentimientos a Asher? ¿De verdad era esa la razón?

—Oye..., sé que es un poco precipitado, pero... debes irte —dijo, y se levantó—. Hoy.

La observé sin creerlo. ¿Lo decía en serio? No tenía adónde ir.

—Ash lo dejó todo organizado —explicó lentamente—. Te irás a Manhattan, empezarás de cero, hay un departamento para ti y...

—Y ¿qué, Kiara? —exploté—. No tengo ningún título, no estudié nada desde que tenía dieciséis años. No tendré vida allí ni una fuente de ingresos...

—¡Sí! —exclamó—. Recibirás dinero en tu cuenta todos los meses, no te hará falta trabajar, pero hay que pensar en tu seguridad. Como en el caso de Ally.

—¿Mi seguridad? —Reí nerviosamente, todavía sorprendida.

—Tienes que irte ya —insistió—. No es negociable.

La observé escéptica. No sabía qué más decir, no había conseguido asimilar lo que me estaba contando. Asher acababa de despedirme y ni siquiera se había dignado a decírmelo él mismo. Kiara se estaba conteniendo, se le humedecieron los ojos, y yo me sorprendí a mí misma derramando lágrimas delante de ella. No tuve fuerza para retenerlas. Estaba destrozada.

¿Qué... qué iba a hacer ahora? Mi vida no tenía ningún sentido. Justo cuando acababa de encontrar algo de equilibrio y un poco de estabilidad, me lo arrebataban sin preguntarme mi opinión.

Como cada vez, me decían cómo gestionar mi vida sin que yo pudiera decidir nada.

—No quiero irme —repliqué cruzándome de brazos.

—Yo tampoco quiero que te vayas, pero es necesario, Ella. Si William te secuestra, te hará cosas horribles. De todos nosotros, tú eres quien más peligro corre.

—Ya lo dijo Asher, ¡no soy más que una cautiva, maldita sea!

—¡William sabe que no eres una simple cautiva a ojos de Ash! —exclamó mientras levantaba los brazos—. Solo quiere protegerte.

—¿Sigues diciendo lo mismo? ¡Sabes de sobra que no es verdad! Deja de defenderlo, Kiara.

Por primera vez, estábamos discutiendo.

—Ash está loco por ti, pero corres peligro por su culpa.

—¡Para! —grité abrumada—. Me rechazó como si fuera una mierda, como si no importara nada. ¿Crees que eso es estar loco por alguien?

Estaba cansada de oír que me pidieran que los comprendiera. De darles tiempo, de intentar caminar con pies de plomo.

—¡Si no le importaras, te habría mantenido aquí! —dijo—. Pero no lo hizo, y ¿sabes por qué? ¡Porque le importas, y William lo sabe!

Se me cortó de nuevo la respiración, nunca me había

gritado. Y menos por Asher. Me dirigió una mirada suplicante.

—Lamento no habértelo dicho antes, pero Ash quería que lo guardara en secreto hasta que tomara una decisión. Por favor..., no te enojes conmigo.

La miré sin decir nada. Me temblaba el labio, como a ella. Estábamos ahogadas por un dolor que reprimíamos.

De repente se arrojó a mis brazos y me estrechó contra ella. Olí el aroma de su cabello mientras las lágrimas me caían en silencio.

—Primero Ally y ahora tú. —Sollozó—. Te juro que, si no hablamos al menos siete veces por semana, iré hasta donde estés para acabar contigo.

Sonreí. No quería dejarla. No quería dejarlos. Estaba enojada con Asher por obligarme a irme, por no haberme dicho nada. Por haberse ocultado en el silencio hasta el final.

No pensaba que nuestros caminos fueran a separarse tan pronto y de un modo tan silencioso, como si ya no fuera más que un recuerdo lejano.

—Vamos... a hacerte el equipaje —sugirió sollozando.

Asentí y me tomó de la mano para conducirme al piso de arriba.

Sacó unas maletas del clóset y las dejó en el suelo. Sentada en la cama, vi que disponía mi ropa sobre el colchón. Las lágrimas no se habían secado.

—¿Te acuerdas? Te lo compré cuando nos conocimos. —Suspiró con nostalgia—. Qué poético.

Cuando me trasladé aquí, no tenía más que un bolso roto, dos jeans y tres suéteres. Con el corazón vacío, había llegado a mi nueva vida pensando que no había nada peor que John, mi antiguo propietario. Pero Asher me sorprendió subiendo la vara. Lo había odiado, lo había llamado «psicópata» y «sádico». Y Ben me había parecido muy perverso.

Había aborrecido esa casa por los ventanales y por el hombre que me hacía vivir un infierno. Pero ahora... Era mi último día y me iba con las maletas llenas y el corazón apesadumbrado. Temía por cómo sería mi vida sin ellos.

Quería a Asher. Consideraba a Ben el hermano que nunca había tenido. Me encantaba esa casa gracias al hombre que me había hecho vivir momentos que jamás había experimentado.

Pero seguía odiando esos ventanales.

—Llámame en cuanto llegues —exigió mientras doblaba la ropa.

—Prometido.

En el fondo, esperaba mantener una última conversación con Asher antes de salir de su vida durante un periodo indeterminado. Ignoraba si volveríamos a encontrarnos en algún momento, si esto solo sería algo pasajero.

—¿Volveré? —pregunté.

—No lo sé. —Suspiró—. Pero seguiremos siendo amigas, ¿está bien?

Asentí. Era la primera vez que alguien quería mantenerme en su vida. Me sentía querida. Allí, con ellos.

Las promesas se acumulaban, igual que las lágrimas.

—¿Quién se quedará con Tate? —pregunté al ver que el animal entraba en la habitación.

—¡Yo! ¡No hace falta ni decirlo!

Riendo, me levanté para recoger mis cosas del baño. Vi la habitación de Asher. La puerta entreabierta dejaba ver la cama deshecha. Recordé la vez que me había escondido allí porque habían llegado unos mercenarios. Aquella noche me había dado cuenta de que me preocupaba por él.

Había oído disparos, así que, en cuanto entró en la habitación, me arrojé sobre Asher. Él estaba mal y yo no sabía por qué.

Recordé ese beso febril, aquellos labios ardientes que podía sentir todavía sobre los míos. Nuestro primer beso. Y, justo después, su rechazo. Recordaba todo cuanto se trataba de él, pese a que seguía siendo un misterio para mí.

—¿Te has perdido? —preguntó Kiara desde mi habitación.

Con un suspiro, dejé los recuerdos que amenazaban con entristecerme aún más.

—¿Los mercenarios que vinieron los envió William? —inquirí.

—Sí, y lo de Londres también fue cosa de su banda. Gracias a tu ayuda, pudimos confirmarlo.

El símbolo que le había dibujado a Asher. Estaba empezando a comprender hasta qué punto William era peligroso.

—Ya está —anunció.

Se sentó en la cama y me miró con tristeza.

—Seguramente no podré volver aquí en mucho tiempo, prométeme que vendrás a verme en cuanto puedas.

Kiara asintió y me abrazó.

—Prometido. Iré con Asher.

—No tengo ningunas ganas de verlo.

—No le guardes rencor, Ella, por favor.

Me solté de su abrazo.

—No fue capaz ni de decírmelo él mismo, Kiara. No me habla, me evita y, encima, me despide.

—Lo sé... Su comportamiento a veces es una mierda, pero...

—¿A veces? —repetí.

Se rio.

—Está bien, la mayor parte del tiempo, pero tú eres lo mejor que le ha pasado desde hace mucho.

—Eso lo dices tú...

Se rascó la nuca, molesta, pero no me contradijo. Recibió una llamada de Carl avisándola de su llegada: era el momento de irme.

Se me formó un nudo en la garganta. Kiara me había dicho que no sabía cuánto iba a durar. ¿Una semana? ¿Un mes? ¿Un año? ¿Cinco? Me angustiaba la idea de no volver a ver a Ben y su sonrisa pícara, de no volver a oír sus perversos comentarios y esos chistes con los que solo yo reía.

«¿Eres de Australia? ¡Carajo, tu país me vuelve loco! Los animales de allí están poseídos... o algo así.»

Me angustiaba la idea de no volver a ver a Kiara y disfrutar de su alegría de vivir, de no volver a oír su voz jovial y sus demenciales insultos a Ben.

«¡Está bien, Collins! Tenemos muchas salidas que planear, empezando por el concierto de Harry Styles de dentro de dos meses.»

Me angustiaba la idea de no volver a ver a Ally desempeñando su papel de hermana mayor, de no volver a oírla dándome consejos o contándome anécdotas sobre su pequeño.

«¿Cómo estás? ¿Todavía te duele? Tienes el pelo mojado, ¡te vas a poner mala!»

Y, sobre todo, me angustiaba la idea de no volver a ver a Asher, de no volver a oler esa mezcla de perfume y tabaco, de no volver a oír esa voz grave que tanto me irritaba. De no volver a ser el blanco de sus burlas, soltadas para herirme. De no volver a sentirme protegida.

«Te doy mi palabra de que nadie podrá llegar a ti cuando yo esté cerca.»

Estaba enojada con él, le guardaba rencor por haberme dejado sin decir nada. Todas esas palabras... Sabía que no iba a venir a despedirse, aunque esperaba equivocarme.

Kiara bajó las primeras maletas y me dejó sola en la estancia que había considerado mi habitación. Esa habitación me había visto en todos mis estados: triste, enojada, enamorada, feliz... Ese dormitorio también había visto como Asher se presentaba por las noches para verme dormir.

Con otras dos maletas, salí de la habitación. Eché un último vistazo a los ventanales y murmuré:

—Sin embargo, a ustedes no los extrañaré.

Cuando Tate se restregó entre mis piernas, me tembló el labio. Me eché a llorar estrechándolo con fuerza. Fue la gota que colmó el vaso.

—No dejes que Asher te utilice como un pasatiempo —le dije, y le acaricié la cabeza—. Te llamas Tate. No Idiota.

Oí la puerta abriéndose y levanté la cabeza para ver, a través de la barandilla de cristal, quién había entrado. Ben subió los escalones de tres en tres hasta llegar a mi lado.

—¿Tú también lo sabías? —pregunté sollozando.

Hizo una mueca y asintió con timidez.

—No te enojes conmigo, no me correspondía a mí decírtelo...

—Quien debía hacerlo no vino —repliqué con el ceño fruncido.

Conforme iban pasando los minutos me sentía cada vez más molesta con él por haber enviado a Kiara. Me tomó por sorpresa cuando Ben me abrazó.

—No imaginé que me encariñaría tan rápido contigo. Aunque era de esperar, pues eres más divertida que Kiara.

Le rodeé la cintura con los brazos y reí. Ben me abrazó con más fuerza y me dio un suave beso en la frente.

—Cuídate y vive la vida al máximo, ¿está bien? Si algún tipo te hace enojar, llámame y lo haré pagar en un abrir y cerrar de ojos.

Otra lágrima rodó por mi mejilla.

—Ay, no llores, Kiara me matará —comentó asustado secándome la lágrima con el pulgar.

Me eché a reír cuando comprobó que su amiga no estuviera viéndonos. A continuación agarró mis maletas y salió de la casa.

—Vamos, vamos —me dijo, y cerró la puerta.

Los extrañaría mucho.

Bajé las escaleras con el corazón en un puño, mirando a mi alrededor por última vez. Esa casa me había marcado tanto la mente como el corazón... Para bien.

Admiré la sala, el lugar en el que pasaba la mayor parte del tiempo, donde había hablado por primera vez con los que ya se habían convertido en mi familia. Una estancia en la que Asher y yo habíamos compartido cenas, desayunos, horas de aburrimiento y programas televisivos que él no paraba de criticar.

Tenía que dejar de pensar en él. No valía la pena.

Fuera, vi a Carl delante de su coche; estaba fumándose un cigarro. Me despedí de Tate con la mano; el perro nos observaba desde uno de los ventanales de la sala. Justo después me volteé hacia Kiara, que lloraba en silencio.

La abracé antes de que Ben nos rodeara con los brazos. Una vez más se pelearon. Era la última de sus peleas que vería.

—Es solo un «hasta pronto», querida. Volverás, seguro —dijo Ben con confianza—. Ay, la bruja está llorando.

Kiara le dio una palmada en el hombro y volteó hacia mí.

—¡Llámame en cuanto llegues! Un conductor te esperará a la salida del aeródromo.

Asentí y los estreché una vez más entre mis brazos. Ignoraba el tiempo que iba a pasar sin ellos, pero sentiría su ausencia en mi vida, que ahora estaba vacía.

Me abrieron la puerta y se despidieron con la mano antes de cerrarla de nuevo. Al entrar, Carl me miró por el retrovisor.

—No pensé que volvería a verte para sacarte de aquí, sobre todo porque al principio habría apostado a que solo sobrevivirías unos días.

Se me escapó una risita por su sinceridad. Empezábamos a alejarnos de esa casa de hielo. A medida que pasaban los minutos fui asumiendo lo que sucedía. Me había ido.

Me salió una lágrima por el rabillo del ojo y bajó en silencio por mi mejilla. Con un nudo en la garganta, contemplé el paisaje.

Al final las cosas se repetían. Carl era el que me había llevado a casa de Asher por primera vez. También era quien me llevaba lejos de allí.

Había llegado sin nada, vacía, y me iba con maletas llenas, pero con el corazón acongojado y con recuerdos para los próximos cinco años de mi vida, que prometía ser solitaria. Y pensar que nuestro primer encuentro fue fruto del azar...

Estaba agradecida con Kiara, Ben y Ally. Por todo. «A veces, el azar hace bien las cosas... o no.»

—Toma —me dijo Carl tendiéndome un gran sobre negro—. Asher me pidió que te lo diera. No debes abrirlo hasta que llegues a tu destino. Por si pierdes los papeles.

Perpleja, agarré ese gran sobre, en el que podía leerse: «Ella». Seguramente serían documentos para Manhattan. Me los metí en el bolso sin mirarlos.

Tenía mucho tiempo para reflexionar durante el trayecto que me esperaba por delante. Iba a acabar un capítulo y a empezar otro. Pero sabía que no podría pasar página completamente mientras siguiera sintiendo el sabor de los asuntos pendientes. Asher y yo no habíamos terminado lo que empezamos.

Bueno, tal vez fuera mejor así.

Lo único que quería era darle una bofetada por haberme abandonado como si fuera un objeto desechable. No pensaba que pudiera amar y odiar tanto a una persona. Pero, al final, él tenía razón. Para él no era nada más que la etiqueta que me habían puesto.

Tan solo alguien insignificante a quien podría remplazar.

Tan solo una... cautiva.

Epílogo

«Cautiva»

Así es como la llamaba. La consideraba una espina clavada en la planta del pie que le hacía perder los nervios y le sacaba de sus casillas.

Durante los primeros meses había tenido que trabajar con ella, una obligación que pronto le acabaría gustando. Su deber era instintivo: protegerla de todo sin pararse a pensar en él.

Él, que era tan egoísta.

Se había convertido en su «ángel», su «cautiva», su «Ella».

Era suya.

Pero alguien lo sabía y la quería para él. Así pues, se prometió que nunca nadie la tendría. Ni siquiera él... Al menos no por el momento.

¿Su verdadero nombre? Asher. Él era su propietario, su amante, su protector... Solo que... Pronto, algo haría que cambiara su decisión.

La había alejado de él y de los peligros que la rodeaban haciéndole creer que ya no la necesitaba. No se imaginó ni por un segundo lo que iba a pasar.

Él, que todo lo planeaba, hasta el mínimo detalle. Él, que era tan posesivo.

¿Se moría de ganas de volver a esa casa que albergaba sus mejores momentos con ella? Desde luego.

¿Sabía si volvería con él tras haberle entregado ese sobre? Por supuesto que no.

¿Tenía miedo de lo que pudiera pasar? Estaba aterrorizado.

Agradecimientos

Hace tres años escribía mis primeras notas de la autora al final de los primeros capítulos de esta historia en Wattpad. Ahora escribo mis primeros agradecimientos de esta misma historia. De este primer tomo, mi primer libro.

Me gustaría empezar dando las gracias a la persona que creyó en esta historia y que me ayudó a darle vida. A la mejor de las editoras: Zélie, gracias por haber dado un giro a mi vida con un simple correo, que me tranquilizó, me sirvió de apoyo (también me hizo reír) y me ayudó a hacer de *Captive: No juegues conmigo* una verdadera novela. Estoy enormemente agradecida y no podría haber soñado con algo mejor.

Me gustaría dar las gracias a mis amigas, Lyna, Azra y Amar, a quienes volví locas con mis preocupaciones. Lyna, que esperaba este momento con más ganas que yo; Azra y Amar, con las que me reí muchísimo incluso cuando todo me estresaba y que siempre han estado ahí. Las quiero.

Gracias a Amina, la primera persona que me obligó a

publicar en Wattpad en 2019; a mi madre, que siempre me apoyó y sigue haciéndolo; a mi mejor amiga, Ignesse; así como a Aghiles y Oussama, que han estado ahí desde el principio y que me han animado desde las primeras páginas. A Bilal, Nihad y Asma, que ya veían esta historia en papel cuando ni yo creía en ella.

Y, ahora, lo mejor para el final.

Gracias a la comunidad de Wattpad..., mis ángeles. Podría escribir páginas y páginas de palabras para expresar la gratitud y el amor que siento por ustedes, pero ni siquiera eso sería suficiente. Gracias infinitas. Gracias a los primeros lectores, gracias por todos estos años de risas, por sus comentarios, gracias por sus publicaciones, sus historias, sus tiktoks, por todas esas veces en las que me pararon los pies cuando los finales de los capítulos eran terribles. Ja, ja, ja. Gracias por esas veces en las que me apoyaron: son lo mejor de mi vida. Y estoy muy feliz de tenerlos.

Hemos recorrido un largo camino juntos, hemos llorado al final de este tomo, nos hemos reído de Ben y Kyle, hemos odiado a Asher, hemos creado cuentas para los personajes, hemos hecho un libro. Gracias por el amor que mostraron por la historia de Asher y Ella. Si cobraron vida es gracias a ustedes.

Termino estos agradecimientos con lágrimas en los ojos, les estaré eternamente agradecida, gracias por ser ustedes.

Una última cosa..., crean en sus sueños, crean en ustedes como creyeron en mí, como yo creo en cada uno de ustedes.

... Terminamos los agradecimientos como las «N. de la a.» de Wattpad una última vez, ¿está bien? Está bien.

Cuiden mucho esas caritas.

Hasta pronto.

With love,

S.

Memento mori
Esto memor nostri

Próximamente:

No te pierdas las siguientes entregas de la serie *Captive*, el fenómeno *dark romance* n.º 1 en librerías.